MW01381195

LOUISE

DIDIER DECOIN
de l'Académie Goncourt

LOUISE

roman

ÉDITIONS DU SEUIL
27, rue Jacob, Paris VIe

ISBN 2-02-030857-6

A mon fils Julien
qui pendant trois ans a pris chaque jour
des nouvelles de Louise…

La réponse est le malheur de la question.
Maurice Blanchot

Première partie

JOANNE

Je me demande vraiment ce qui pourrait m'empêcher d'aller voir jouer les baleines, se dit la vieille dame.

Elle reposa sur la table le livre à couverture rose et filets noirs qui racontait la vie de la comtesse de Ségur. Elle l'avait achevé tard dans la nuit. Ensuite, au lieu de se coucher, elle était demeurée à rêvasser, le volume ouvert sur ses genoux, tiède et pesant comme un chat endormi. Elle avait eu des chats, autrefois, mais aucun n'était jamais resté bien longtemps sur ses genoux. Ils étaient ses chats, elle les avait achetés, elle payait pour leur nourriture, pour leurs soins, mais ils n'avaient pas l'air de s'en soucier. Ils vivaient très peu avec elle. Elle avait beau fermer portes et fenêtres, ils trouvaient toujours le moyen de s'échapper. D'après le vétérinaire, on n'y pouvait pas grand-chose : les chats couraient la ville parce que la ville sentait le poisson. Et c'est vrai qu'à la grande époque de la pêche, peu de villes au monde sentaient le poisson aussi fort que Saint-Pierre.

La vieille dame avait ruminé tout ce que le bon gros livre lui avait apporté. Aucun roman ne valait une biographie comme celle-ci. La vertu des biographies (les vraies, celles racontant la vie de gens qui avaient définitivement quitté ce monde), c'était la certitude que le personnage principal allait disparaître au cours du dernier chapitre. L'auteur consacrait souvent une part appréciable de ce dernier chapitre à la mort de son héros, à sa longue agonie s'il avait la chance d'en avoir une.

Ce n'était pas du voyeurisme. Simplement, Denise avait l'âge auquel on éprouve une curiosité légitime pour la façon dont les autres disparaissent.

La mort de Sophie de Ségur avait commencé un jour de novembre. La comtesse, usée, ruinée, était sortie de chez elle pour se rendre à l'église Sainte-Clotilde. Avait-il plu, pleuvait-il encore ? La chaussée était-elle mouillée, glissante ? Toujours est-il que Sophie avait raté un trottoir. Elle était tombée. Affaiblissement, alitement, étouffement. L'engrenage habituel, de plus en plus grinçant, jusqu'à l'arrêt complet de la machine humaine.

Tomber, mourir d'être tombée, c'était exactement ce qui, d'après sa fille, finirait par arriver à Denise. Eh bien, se dit la vieille dame (même quand elle se parlait à elle-même, elle aimait à débuter ses phrases par cet *eh bien* qu'elle considérait comme l'équivalent du *well, well* anglais, si plein d'élégance à ses yeux), eh bien, tant pis si je tombe, c'est peut-être aujourd'hui ma dernière chance de voir jouer des baleines, et je ne vais pas rater ça.

Elle se brûla en avalant son café trop vite. Elle reposa le bol au bord de la table, en déséquilibre. Le récipient chuta, se cassa. Les éclats de porcelaine rebondirent sur le carrelage de la cuisine. S'enfuirent sous les meubles avec de petits crépitements de souris qui courent. Je balayerai plus tard, pensa-t-elle, maintenant je sors, c'est décidé, je vais aux baleines, je trouverai bien un bateau pour me conduire à l'Ile-aux-Marins.

Là-bas, depuis les hauteurs de Cap-à-Gordon, Denise aurait une bonne vue sur le récif de l'Enfant perdu dans les parages duquel, à l'aube, des pêcheurs d'encornets avaient signalé par radio trois ou quatre grands cétacés en train de s'ébattre joyeusement. Ce serait peut-être épuisant de grimper jusqu'en haut de Cap-à-Gordon, mais, une fois sur place, Denise pourrait se laisser choir sur le banc face à la mer. Elle s'y reposerait autant qu'elle voudrait, en admirant la danse des baleines – bien qu'à la réflexion elle ne fût pas sûre que le banc soit toujours là. D'ailleurs, y avait-il jamais eu un banc pour s'asseoir sur les hauteurs de Cap-à-Gordon ? Elle ne s'en souvenait pas, il y avait trop longtemps qu'elle n'était pas allée sur l'Ile-aux-Marins. Mais, à défaut de banc, il y aurait certainement autre chose sur quoi elle pourrait s'asseoir. De toute façon, parier sur l'existence ou non de ce banc tout là-haut, face à la mer, sentait déjà bon l'aventure. Eh bien, pensa la vieille dame en gloussant, si ma fille me voyait, *well, well !*

Elle mit sa toque en fausse fourrure de carcajou. Elle y enfonça une longue épingle pour la fixer à son chignon. Elle serra contre elle son caban bleu marine. Elle sortit. Le jour se levait enfin.

Mais sur le seuil de sa maison, elle hésita. Tout de même, le port était bien loin. Et il faisait si froid. Elle hocha la tête. Finalement, elle renonça à aller voir jouer les baleines. Fière d'avoir encore l'esprit assez vif pour sauter si vite d'un projet à un autre, elle tourna le dos au port et s'engagea résolument dans les rues enneigées.

Comme tous les matins, elle irait à la chasse aux petites cuillers.

– Le seul problème avec maman, disait souvent sa fille Joanne, c'est qu'à bientôt quatre-vingts ans elle s'est mise à chiper des couverts dans les bars de Saint-Pierre.

Joanne préférait dire chiper plutôt que voler. Il lui semblait que ça donnait aux larcins maternels un côté puéril et taquin qui les minimisait.

D'ailleurs, était-ce si grave, tout ça ? Sur le continent, dans les salons de thé feutrés comme il en existait encore quelques-uns sur la côte est des États-Unis, dans ces villes puritaines des environs de Boston si fières de porter des noms de cités anglaises – Dover, Portsmouth ou Manchester –, les petites cuillers étaient en argent massif, leur manche frappé au chiffre de la maison, et le personnel responsable sur sa paye en cas de perte ou de vol. Mais ici, à Saint-Pierre-et-Miquelon, les cuillers étaient en alliage vulgaire, elles ne valaient pas tripette, leur destin n'émouvait personne.

De toute façon, depuis le temps que Denise Guiberry les volait, les gens des bars savaient qu'ils n'avaient pas d'inquiétude à se faire : la disparition des petites cuillers n'était jamais définitive. Joanne finissait toujours par les retrouver. Elle les rapportait le lendemain, après les avoir passées au lave-vaisselle. Et avec son joli sourire navré – « Vous connaissez maman... » –, elle s'offrait presque toujours un verre, quelque chose d'un peu trop cher pour son budget, comme pour s'infliger une amende.

La vie quotidienne de Joanne aurait été plus simple si les serveuses et les garçons qui travaillaient dans les bars de Saint-Pierre avaient été moins laxistes envers sa mère. Ils avaient pourtant éventé le stratagème de Denise, qui consistait à commander une boisson dont elle n'avait pas forcément envie mais qui, chaude ou froide, serait accompagnée d'une petite cuiller pour touiller le sucre ou écraser la rondelle de citron. Alors, quand elle renouvelait sa consommation, pourquoi lui donnait-on systématiquement une nouvelle petite cuiller toute propre dont on pouvait être sûr qu'elle allait la faire disparaître comme la première ? Et au moment de la débarrasser de son verre vide, pourquoi la serveuse ne disait-elle pas : « Tiens, je vous avais mis une petite cuiller et elle n'est plus là. Vous avez dû la faire tomber, madame Guiberry. Non, non, je vous en prie, ne vous penchez pas, je vais la ramasser » ? Denise n'aurait pas supporté d'être prise pour une vieille dame maladroite et un peu sourde qui fait tomber les choses sans s'en apercevoir, elle aurait profité de ce que la serveuse regardait sous la table pour sortir de son sac (ou de sa manche, ou de son corsage, ou de dessous sa toque en faux carcajou) la petite cuiller chipée et la tapoter sur la table en souriant : « Mais elle était là, mon enfant, elle vous crevait les yeux ! »

La mère de Joanne ne se contentait pas des petites cuillers. Quand elle le pouvait, elle volait les autres couverts qui traînaient sur les tables des bars.

Sans le savoir, Denise rusait comme ces courtisans de Louis XIV qui voulaient à tout prix se procurer les graines de plantes rares qui ne poussaient que dans les plates-bandes royales : sous prétexte d'une révérence ample et magnifique, ils lançaient loin derrière eux le pan de leur manteau. L'étoffe venait alors coiffer et brosser les pistils des fleurs, s'imprégnant discrètement des graines convoitées. Denise, elle aussi, utilisait son manteau pour dissimuler ses gestes de fauche, l'agitait et le secouait comme si elle avait du mal à l'enfiler. Avant que quelqu'un de compatissant ne se précipite pour l'aider, elle avait déjà escamoté deux ou trois paires de couverts. Bien enveloppés dans des serviettes en papier, ceux-ci ne faisaient aucun bruit quand elle les laissait choir au fond de ses poches.

Elle n'était pourtant pas ce qu'on appelle une kleptomane. Pas au sens névrotique du terme. Elle faisait ses courses très tranquillement, sans jamais rien dérober dans les magasins de Saint-Pierre. Elle était même d'une honnêteté scrupuleuse, n'hésitant pas à reprendre la caissière quand celle-ci se trompait au détriment de la boutique, fût-ce pour une bêtise de quelques centimes.

Seuls les couverts l'obsédaient.

Joanne disait qu'on pouvait faire remonter cette manie au temps où la maison qu'habitait sa mère avait été détruite par un incendie. Cette nuit-là, une neige épaisse et flasque était tombée sans discontinuer. On avait d'abord espéré que toute cette mouillure réussirait à empêcher les flammes de se propager, mais il n'en avait rien été. Le feu avait dévoré la maison, n'en laissant que des moignons calcinés dont les extrémités avaient continué de rougeoyer pendant des heures.

A l'époque, Denise gardait dans un tiroir un grand écrin rectangulaire en velours bleu avec un double fermoir en or. Dans cette boîte s'alignaient les cent soixante-douze pièces d'argenterie qu'elle avait héritées de sa propre mère et qu'elle destinait à Joanne pour le jour de son mariage.

Lorsqu'elle put enfin fouler la couche de cendres et de neige qui recouvrait ce qui, la veille au soir, était encore le parquet de son salon, Denise découvrit quelque chose de noir et de nauséabond qui avait été l'écrin bleu. Il était si chaud qu'elle dut le saisir avec des tenailles que lui prêtèrent les pompiers. Sous la morsure du feu, les pièces d'argenterie s'étaient recroquevillées, certaines s'étaient même soudées entre elles. On ne distinguait plus les fourchettes des couteaux. Ce n'était qu'un enchevêtrement de pauvres christs suppliciés, d'escargots monstrueux, de griffes hideuses, au milieu desquels luisait parfois l'éclat d'un fragment de métal d'autant plus insoutenable que le feu l'avait épargné.

Pour elle-même, Denise ne regrettait rien. Elle n'aimait pas ces couverts aux manches si tarabiscotés qu'ils en devenaient douloureux à tenir – à l'époque où les repas bourgeois comportaient cinq ou six services, ils finissaient par vous meurtrir le creux de la main. Mais elle se sentait coupable à l'égard de Joanne : cette argenterie était la seule chose de valeur qu'elle aurait pu offrir à sa fille, et voilà que tout avait fondu.

Joanne eut beau lui affirmer que c'était sans importance (lorsqu'avait éclaté l'incendie, Joanne n'en était qu'au tout début de sa liaison avec Paul Ashland, ils n'avaient même pas encore passé une vraie nuit ensemble, elle n'espérait donc pas se marier dans l'immédiat), Denise se persuada qu'il était de son devoir de mère de reconstituer par n'importe quel moyen le contenu de l'écrin bleu.

Dans un premier temps, elle choisit d'acheter de nouveaux couverts sur un catalogue de vente par correspondance édité à Toronto. Mais elle se trompa en recopiant le numéro de sa carte de crédit (il semble, disait Joanne, que maman l'ait confondu avec le numéro de sa carte de bibliothèque). En tout cas, la ménagère que Denise avait commandée ne lui fut jamais livrée. Elle perdit toute confiance dans les organismes de vente par correspondance et c'est alors qu'elle décida de voler des cuillers dans les bars.

Elle était consternée d'en être réduite à de tels expédients, moins parce que cela faisait d'elle une délinquante que parce qu'elle voyait bien que son butin n'avait pas la qualité des couverts de famille perdus dans l'incendie. Du fait que Denise opérait ses larcins dans différents établissements, les couverts ternes et mous étaient forcément dépareillés. Ils ne présentaient pas cet aspect rassurant d'armée bien alignée qu'avait eu autrefois l'argenterie de l'écrin bleu.

Surtout, elle ne parvenait pas à comprendre pourquoi, avec toute la constance qu'elle y mettait, elle n'avait pas encore réuni les cent soixante-douze pièces de la ménagère nuptiale. Elle était certaine d'en avoir déjà escamoté au moins le double. Elle ignorait simplement que Joanne lui reprenait les couverts au fur et à mesure qu'elle les dérobait. Elle se rassurait en se disant : « C'est parce que je les cache trop bien. Un jour de l'été prochain, quand il fera beau et que Joanne ne sera pas sur mon dos, je mettrai la maison sens dessus dessous, et je les retrouverai. J'aurai sûrement une bonne surprise. Peut-être suis-je plus près du compte que je ne l'imagine ? »

Joanne savait parfaitement ce que faisait et pensait sa mère, mais elle se gardait d'intervenir de façon directe : réussir à subtiliser chaque jour ouvrable son lot de petites cuillers entretenait chez Denise une agilité de l'esprit et des jambes que n'avaient plus toujours les femmes de son âge. Sa tournée des bars de Saint-Pierre, qu'elle accomplissait dans des conditions climatiques souvent sévères, la maintenait dans une condition physique inespérée. La fréquentation assidue des débits de boissons entraînait sans doute une consommation d'alcool excessive pour une personne de quatre-vingts ans, mais le médecin qui la suivait n'était pas inquiet : avant l'incendie qui avait détruit l'écrin bleu, Denise Guiberry ne buvait pas du tout, elle avait donc un estomac et un foie qui pouvaient lui assurer encore une belle marge de manœuvre. Et puis, grâce aux grogs et aux gin-fizz, elle avait chaud à la gorge et à la poitrine. Elle passait à côté des rhumes, s'endormait sans somnifères même les nuits où la tempête se déchaînait et hurlait sur les îles.

Dans l'archipel, il y avait donc une petite ville pimpante qui sentait le poisson (moins qu'autrefois, mais quand même), le goudron, l'odeur aigrelette des brumes ; et dans cette ville, il y avait une rue.

– Une rue située par 46º 49' de latitude nord et 56º 10' de longitude ouest, ne manquait jamais d'indiquer Joanne quand elle donnait l'adresse.

Mieux valait être précis quand on vivait presque toute l'année dans ces brouillards d'eau filée, ces petites neiges de toile émeri qui rayaient pare-brise et lunettes, ces copeaux de glace volante qui transformaient les nez un peu proéminents en hérissons qui saignent.

Entre deux rangées de maisons à bardeaux de bois peints de couleurs vives, la rue descendait en pente douce vers le port. Au bout, on apercevait une flaque d'océan, huileuse et noire, sur laquelle était mouillé le bateau pilote de Saint-Pierre.

Le frein à main et la vitesse enclenchée ne suffisant pas toujours à empêcher sa voiture en stationnement de glisser sur la chaussée verglacée ou simplement détrempée, Joanne avait pris l'habitude d'engager une cale sous les roues du 4×4. Paul Ashland lui avait taillé cette cale au couteau, dans un fragment d'épave. Il lui avait donné une forme sensuelle et belle.

Lorsqu'il prendrait sa retraite, Paul se consacrerait à la sculpture des bois rejetés par la mer. Un art où l'habileté manuelle compte moins que la façon de regarder le matériau brut, de le tourner dans tous les sens pour le « lire », pour deviner ce que l'érosion des vagues a déjà commencé à faire de lui.

Joanne et Paul se promettaient de longues promenades qu'ils feraient ensemble, tôt le matin, le long d'un rivage fouetté par le vent, repérant l'affleurement des souches noires enfouies dans le sable, se penchant front contre front pour les exhumer. Ils auraient un chien qui fouillerait les plages avec eux. Quand on leur demanderait quelle sorte de chien c'était, ils répondraient : « Un épavier – on dit bien un truffier, non ? » En rentrant, on mangerait des coquillages avec du pain beurré, on boirait du vin blanc. Le chien se secouerait longuement, et finirait par s'allonger devant le foyer en grognant de bien-être. Le bonheur semblait accessible, facile à mériter.

Un jour, en voulant allumer le feu dans la cheminée, Paul y jetterait, par distraction, une de leurs plus belles trouvailles du matin. Ils en riraient beaucoup. D'ailleurs, ils feraient en sorte de rire le plus souvent possible : ils avaient tous les deux un joli rire en cascade. C'était en se faisant rire mutuellement qu'ils étaient tombés amoureux l'un de l'autre.

A peu près à mi-pente de la rue, entre une laverie automatique et un vidéoclub, se trouvait un salon de coiffure. On l'avait récemment repeint en vert pomme.

Il s'appelait *Al's*.

La plupart des gens pensaient que *Al* était le diminutif du prénom de la fondatrice du salon, laquelle devait donc être une Alberte, une Alice, une Alexandra, une Aline ou une Alphonsine – et puisqu'on était dans la zone d'influence des États-Unis, on avait rajouté un petit *'s* pour faire américain.

Si les clientes lui avaient demandé : « Dis voir un peu, Joanne, pourquoi tu l'appelles *Al's,* ton salon ? », Joanne aurait été ravie de leur répondre, oh ! elle aurait adoré leur raconter toute l'histoire. Mais personne n'avait jamais questionné Joanne sur le nom de son salon. Les femmes venaient se faire coiffer chez *Al's*, et voilà tout.

Joanne aurait pu prendre les devants, expliquer sans qu'on l'interroge. *Al's* était un sujet de conversation qui en valait bien un autre, qui changerait un peu d'entendre les clientes rabâcher leurs voyages. Leurs évasions, comme elles disaient. Miami en hiver, Paris en été. Joanne n'en pouvait plus, elle était saturée de Miami et de Paris. Elle mélangeait tout, voyait des palmiers sur les Champs-Élysées, des marronniers sur les plages de Floride, un océan fadasse et pelliculé d'huile solaire clapotant aux terrasses des bistrots de Saint-Germain-des-Prés. Elle avait parfois l'impression d'être forcée de lécher les rues, de ruminer le goût de ces villes dans sa bouche comme lorsque petite fille, sa mère la punissait en lui frottant la langue avec des choses détestables – du savon quand elle avait dit un gros mot, du charbon quand elle avait taché ses vêtements, du vinaigre quand elle était de mauvaise humeur, de l'encre pour sanctionner ses mauvaises notes.

Alors un soir, face à ses séchoirs éteints (dans la pénombre, quand le salon était vide, les séchoirs avaient des formes de guerriers casqués, solennels, tout à fait dignes d'être les témoins d'un serment), Joanne avait juré, écœurée, qu'elle n'irait jamais à Miami ni à Paris.

Un jour, Paul Ashland viendrait la chercher. Il l'emmènerait dans une petite ville tellement plus rigolote à vivre que Miami ou Paris. Il connaissait des centaines de ces petites villes rigolotes. Représentant en produits capillaires pour la marque Denv'Hair (comme son nom le laissait entendre, c'était une firme basée à Denver, Colorado), le territoire dont il était chargé était immense. Il couvrait le Québec, le Nouveau-Brunswick, la Nouvelle-Écosse, le Maine, l'État de New York et la Pennsylvanie, plus toutes les îles habitées jusqu'à Terre-Neuve.

Joanne était discrète. Sa liaison avec Paul Ashland, c'était comme le nom de son salon : elle n'en parlerait que si on la questionnait. Cette réserve, presque de la timidité, s'accordait mal avec son physique de femme nord-américaine. Elle avait des yeux bleus, une fossette très marquée entre le dessous de son nez qui était petit et sa bouche qui était large et tendre. On l'imaginait tellement plus expansive, toujours prête à raconter mille bêtises.

Le jour où Joanne avait inauguré *Al's*, des journalistes étaient venus prendre des photos. Eux non plus n'avaient pas été intrigués par *Al's*. La seule chose qui semblait les intéresser était de savoir si Joanne allait finalement engager une assistante, une apprentie, enfin une fille pour balayer les cheveux coupés, ramasser les épingles et aider les clientes à enfiler les peignoirs. A cause du chômage dans l'archipel, n'était-ce pas la seule vraie question qui valait d'être posée ? Car si le fait de créer un nouveau commerce n'engendrait pas de nouveaux emplois, alors à quoi bon ouvrir un institut de beauté ? Pas pour faire égoïstement fortune, quand même !

De toute façon, Saint-Pierre-et-Miquelon était probablement le dernier endroit au monde où il fût rentable de s'établir dans la coiffure pour dames. Aucune mise en plis ne résistait plus de quelques heures aux vents furieux, aux pluies et aux neiges, à la viscosité des brumes. Les brushings ramollissaient, les chignons se dénouaient. Dans la nuque, les petites plumes de cheveux se gainaient de sel, devenaient croûteuses.

Joanne avait répondu aux journalistes que *Al's* était beaucoup trop petit (trente-six mètres carrés, deux séchoirs, un bac unique pour les shampooings et les teintures) pour envisager d'en partager l'espace vital avec une autre fille, même une très maigre, une brindille lascive qui remuerait très peu.

La preuve que ça ne serait pas raisonnable, les reporters de *L'Éclaircie* et de *L'Écho des caps* l'avaient sous les yeux : Joanne avait invité une cinquantaine de personnes à son cocktail de lancement, et la plupart devaient attendre dehors, sous le poudrin [1], avant de pouvoir se glisser à l'intérieur. Certains invités s'impatientaient, ils frappaient du plat de la main contre la vitrine, faisant signe à ceux qui étaient dedans qu'il serait peut-être temps pour eux de sortir afin de laisser ceux du trottoir entrer à leur tour et se réchauffer un peu.

Le lendemain, les photos donnèrent l'impression d'une réception très courue, avec des gens qui se battaient presque

1. Poudrin : pluie de neige très fine.

pour avoir le privilège d'être admis à l'intérieur – *Al's fait « salon » comble*, titrèrent les journaux.

Puisque ça n'avait l'air d'intéresser personne, Joanne s'était résignée à garder pour elle la raison qui lui avait fait choisir *Al's* en hommage à Al Capone.

Elle l'écrirait plus tard, sous forme d'une nouvelle : *La nuit où Al Capone fit la fête, contribution à l'histoire de notre archipel*, par Joanne Guiberry.

Mon grand-père, racontera Joanne, s'appelait Gustin Guiberry. Il n'avait pas du tout ce corps athlétique ni cette allure de sauvage que, depuis la description que donne Melville du harponneur Queequeg dans *Moby Dick*, on imagine devoir être celle d'un descendant, même lointain, des chasseurs de baleines. D'origine basque, Gustin Guiberry était un rabougri, plutôt tout en nerfs que tout en force. Seuls ses bras avaient quelque chose d'énorme, une sorte d'hypertrophie due à tout ce temps qu'il avait passé à tirer sur les avirons.

Dans les années vingt, quand la morue avait commencé à se raréfier, Gustin avait abandonné son doris pour se lancer dans la production de biscuits de mer. Il se souvenait d'une vieille recette de famille pour faire des biscuits nourrissants et qui restaient croquants même quand on ne prenait pas la précaution de les conserver dans une boîte en fer-blanc.

Du coup, en quelques mois d'inactivité musculaire, ses gros bras se mirent à dégonfler et leur fonte forma, depuis le dessous des aisselles jusqu'au pli des coudes, comme des sacs de peau vide et flasque. Avec les longs poils sombres qui les couvraient, les bras de mon grand-père ressemblèrent alors aux ailes du cormoran quand celui-ci les étend sous le vent pour les faire sécher. L'odeur de poisson dont il n'avait jamais pu se débarrasser tout à fait, sa voix criarde et sa démarche dandinée achevèrent de faire de Gustin un hybride d'homme et d'oiseau noir.

A peu près à la même époque que celle où mon grand-père perdait ses biceps, Saint-Pierre perdit une bonne partie de sa raison d'être : les uns après les autres, les armateurs français se mirent à équiper leurs flottes de pêche de navires à vapeur permettant de saler la morue à bord et de la rapatrier directement en métropole sans qu'il fût besoin de relâcher à Saint-Pierre-et-Miquelon pour la faire sécher. Les bateaux furent de moins en moins nombreux à doubler le phare du Petit-Saint-Pierre à l'entrée de la rade. Ils ne venaient plus dans les îles qu'en cas d'absolue nécessité, lorsqu'ils avaient une avarie ou un malade à débarquer.

Tant que les goélettes avaient utilisé Saint-Pierre comme une base avancée, Gustin n'avait eu aucun mal à écouler ses biscuits. De forme carrée, ceux-ci pesaient cent cinquante grammes chacun, mesuraient douze centimètres de côté et portaient, imprimé à l'emporte-pièce dans leur chair couleur de pain brûlé, le slogan « Guiberry de la faim vous guérit ». On s'accordait à les trouver mangeables. Ils étaient compacts au point de flotter comme du liège, si bien que certains matelots en bourraient leurs vareuses dans l'espoir que ces biscuits les aideraient à ne pas couler tout de suite au cas où ils passeraient par-dessus bord.

La défection des navires fit que les stocks de biscuits invendus se mirent à grimper de plus en plus haut, jusqu'à atteindre le plafond de l'entrepôt en planches que mon grand-père avait fait construire sur le quai de la Roncière.

Quand il apparut que plus un seul biscuit ne pourrait entrer dans le hangar, Gustin n'eut d'autre solution que d'en arrêter la production. Il licencia les huit femmes de son usine, son contremaître et son comptable.

Un soir d'hiver, dans la cour, à la lueur d'une lampe tempête, il leur adressa un long discours. A l'occasion de ces adieux, les mots qu'il séquestrait en lui depuis tant d'années (la pêche à la morue est un métier où l'on cause peu) jaillirent tous à la fois. Il tourna des phrases très belles dont il ne se serait jamais cru capable. Il se sentait comme un ventriloque. Les femmes pleuraient. Il faisait si froid que leurs larmes se figeaient sur leurs joues, gelaient au bout de leurs cils. C'était un soir où il avait beaucoup neigé, l'île était blanche.

Le cheval qui tirait la charrette bâchée (dont on enlevait les roues en hiver pour en faire un traîneau) entre la biscuiterie et l'entrepôt, fut vendu à l'équarrissage. Gustin n'était pas un lâche, il tint à assister à sa mise à mort. Le cheval et lui se regardèrent jusqu'au bout. A l'instant où le cheval mourut, sa crinière se dressa et se raidit comme la nageoire d'un grand poisson.

Et maintenant, restait à savoir ce qu'on allait bien pouvoir faire du prodigieux volume d'invendus. Conçus pour résister aux pires conditions de conservation, les biscuits Guiberry étaient à peu près aussi indestructibles que des galets. Mon grand-père tenta de les exporter chez les Canadiens, à Saint-Jean-de-Terre-Neuve et à Halifax. Mais ces gens-là lui retournèrent ses échantillons en l'assurant qu'ils en fabriquaient eux-mêmes d'aussi bons.

Gustin Guiberry et Saint-Pierre, car cet homme et son île ne faisaient qu'un, s'enfoncèrent alors dans cette léthargie qui, durant les mois d'hiver, quand la ceinture des glaces étrangle l'archipel, tourne au coma.

A cette époque, des centaines de familles quittèrent nos îles sans même prendre le temps de donner une fête d'adieu, comme on fuit la chambre d'un malade pour lequel on ne peut plus rien.

On ferma des maisons pour toujours. Certaines s'enflammèrent spontanément, sans qu'on sût pourquoi. Peut-être les gens les avaient-ils quittées trop précipitamment, en oubliant des braises encore vives dans la cheminée. Il est rare qu'un pays change d'odeur en quelques mois à peine, et c'est pourtant ce qui arriva chez nous : l'âcre senteur des fumées d'incendies remplaça la puanteur fade des poissons éventrés qu'on mettait autrefois à sécher sur les vigneaux de l'Ile-aux-Chiens ou des graves à Folquet.

D'autres maisons vieillirent et mirent un certain temps à mourir. Derrière les carreaux, on voyait les rideaux de dentelle peu à peu jaunir et se friper. Ils se desséchaient, se fendaient, et puis d'un seul coup se décrochaient des tringles. Un matin, dans les interstices des murs, apparaissaient des mousses, des lichens et des cristaux de sel. Sous leur poussée, les bardeaux se soulevaient, se détachaient et tombaient comme des pétales fanés. Charpente à nu, ouverte à la violence des vents, la maison écorchée devenait alors un sifflet géant, elle hurlait comme un chien. C'était intenable pour qui logeait à proximité. On l'abattait à la hache. Avec le bois qu'on en tirait, on faisait des palissades pour les jardins de ceux qui étaient restés dans l'île, et surtout des montagnes de petites caisses à poisson en prévision du jour où la morue reviendrait sécher à Saint-Pierre.

Le miracle se produisit au plus fort de l'hiver 1920.

Courant janvier, par le dix-huitième amendement de la Constitution, également appelé le Vostead Act, l'Amérique décréta la Prohibition sur tout le territoire de l'Union. Désormais, aux États-Unis, la distillation, la vente et la consommation de boissons contenant plus de 0,5 % d'alcool devenait délictueuse. Leur importation aussi – et c'est ce mot, importation, qui arracha brusquement mon grand-père à sa torpeur.

Un matin, traversant la ville, il entra dans tous les lieux publics, surtout dans les bars, où il rameuta des hommes.

– Des pelles ! leur criait-il. Prenez des pelles, les gars, et venez tous avec moi !

Il n'expliquait rien, n'annonçait rien, ne promettait rien. Mais ses yeux, qui avaient toujours été petits et assez enfoncés sous les sourcils, lui étaient montés presque à fleur de tête – voilà qu'ils étaient énormes, ronds et brillants comme les phares de ces voitures Ford dont quelques exemplaires couraient en rond sur les chemins de l'île qu'on n'osait pas encore appeler des routes. Et il riait, mon grand-père, il riait comme personne ici n'avait ri depuis longtemps – pas depuis le temps des goélettes, en tout cas.

D'ailleurs, personne ne songea à lui demander ce qu'il voulait : il était là, il venait les chercher, cela suffisait. Les hommes dans les bars abandonnèrent leur café, leur bière, leur alcool, ils s'ébrouèrent comme s'ils sortaient d'un long sommeil, agitèrent leurs mains engourdies pour dissiper la fumée des pipes et des poêles, et sortirent sous la neige. Quelqu'un dit qu'il voyait une aurore boréale. Mais tous n'étaient pas d'accord là-dessus. Peut-être y eut-il en effet une aurore boréale ce matin-là, mais si loin que la distance délavait ses couleurs, les noyant dans le gris du ciel au point que ses draperies étaient trop pâles pour que des yeux injectés d'alcool puissent les distinguer.

– Eh ! qui va me payer ? demanda un cafetier.

Mon grand-père se contenta de le regarder par-dessus son comptoir :

– Quand je dis venez tous, mon vieux Félix, ça te concerne aussi.

Alors Félix, mais aussi Joachim, Albert et Jean-Baptiste s'essuyèrent rapidement les mains d'un coup de torchon et contournèrent leur comptoir pour rejoindre Gustin et les autres. Il paraît que la plupart oublièrent de donner le tour de clé qui bloque le tiroir de la caisse enregistreuse. Pourtant, il n'y eut pas un seul vol.

A la tête de sa troupe, Gustin Guiberry gagna le quai de la Roncière. D'un coup de hache, il fracassa le cadenas qui fermait l'entrepôt. Lorsqu'il ouvrit le vantail, une odeur nauséabonde se dégagea de la montagne de biscuits. Ce n'étaient pas les biscuits qui puaient – n'oublions pas qu'ils étaient garantis incorruptibles et qu'ils l'étaient en vérité – mais les cadavres des petits rongeurs qui s'y étaient attaqués et qui, n'ayant pas réussi à en grignoter plus de quelques miettes à cause de leur dureté de pierre, avaient fini par crever de dépit.

– Allez, dit Gustin, foutez-moi ça dehors. Balancez-moi toute cette merde de biscuits dans la mer. Les rats et les souris avec. On fait place nette.

Au fur et à mesure qu'on la démolissait en l'attaquant par sa base, la masse des biscuits chancelait et menaçait de s'écrouler sur les pelleteurs. Il fallut étayer. Ce ne fut pas si facile pour des hommes rompus aux lois de la mer mais qui, n'ayant jamais creusé le moindre souterrain, ignoraient tout de celles de la mine. En improvisant dans la hâte et l'agitation, on n'évita pas quelques effondrements. Hippolyte Le Biardais fut à moitié assommé sous une coulée de biscuits. Par la suite, mon grand-père avait coutume de dire que c'était un miracle qu'il n'y ait pas eu mort d'homme.

Le vent soufflait à plus de trente nœuds, enfournant par la porte grande ouverte des tourbillons d'une neige d'hiver, épaisse et collante, qui s'agglutinait sur les biscuits en donnant à leur empilade prodigieuse une allure de vraie montagne blanche.

A la fin, quand tout fut débarrassé jusqu'à la dernière miette, Gustin contempla le désert du hangar. Les autres regardaient aussi, se demandant par quoi il entendait maintenant combler ce vide, cette résonance inhabituelle, presque angoissante dans un pays où le brouillard et la neige assourdissaient tout. Pas par la morue, quand même ? Il n'y avait plus de morue.

Gustin se tint au milieu d'eux, et il leur lut le dix-huitième amendement de la Constitution des États-Unis. Ils ne comprirent pas tout de suite où il voulait en venir.

– Pauvres gens d'Amérique, dit un cabaretier de l'Ile-aux-Chiens, la grande soif qui les attend !

– Je n'ai jamais vu un homme digne de ce nom accepter de mourir de soif, dit Gustin. Ils vont réagir.

– Mais la loi ? dit quelqu'un.

De nouveau mon grand-père fut secoué par ce rire formidable qui, avec ses yeux à fleur de tête, lui avait suffi tout à l'heure à les convaincre de le suivre.

Et c'est ainsi, écrira Joanne, que commença le nouvel âge d'or pour Saint-Pierre-et-Miquelon.

On ne sait pas exactement comment Américains et Canadiens se rappelèrent l'existence du petit archipel français si près de leurs côtes, mais six mois ne s'étaient pas écoulés depuis le rire de mon grand-père qu'un premier bateau vint mouiller dans la rade.

Il était si noir et trapu, si laid, si couturé de partout, que ceux qui s'étaient massés sur le quai pour le regarder manœuvrer n'auraient pas été autrement surpris s'il avait amené son pavillon canadien pour envoyer à la place le drapeau noir des pirates. D'abord, ce vapeur resta immobile et silencieux comme un petit fauve sournois qui couve de mauvaises pensées.

Jusqu'à ce jour, les navires qui nous visitaient exhalaient d'âcres puanteurs de saumure et d'huile de morue qui étaient synonymes de richesse. Désormais, l'odeur de la fortune serait pour longtemps indissociable de celle, chaude et boisée, qui s'échappait des cales du *Sable I*, si dense qu'elle brouillait légèrement les lignes du bâtiment comme l'aurait fait une buée de chaleur.

Après un moment, le navire se décida enfin à mettre une chaloupe à la mer. Armée par six marins, elle courut jusqu'au quai de la Douane, embarquant de l'eau à chaque coup d'avirons et menaçant presque de sombrer à cause de tous les barils qui la chargeaient.

– Ils arrivent, dit mon grand-père en se frottant les mains, nom de Dieu ! ils arrivent. Préparez des palans, ouvrez les portes de l'entrepôt, et que quelqu'un s'occupe d'atteler mon cheval au chariot.

– Tu n'as plus de cheval, Guiberry, tu l'as fait abattre.

– Qu'on m'en trouve un autre. Ou qu'on accroche mon chariot au cul d'une foutue Ford, si une de ces mécaniques du diable est capable de démarrer. Sinon, que des hommes s'y mettent et tirent eux-mêmes le chariot jusqu'au wharf.

Pour mieux goûter le bruit d'un premier tonneau de whisky canadien roulant sur le quai de la Douane, Gustin avait fait curer l'appontement et rejeter à la mer le varech qui le couvrait comme un tapis. Le vacarme du tonneau dépassa ses espérances et celles des hommes qui l'entouraient. Mon grand-père n'avait jamais entendu passer un train, mais il se dit que ça devait ressembler à ce tintamarre : un mélange de claquements métalliques, de chocs sourds, une résonance issue des profondeurs d'une lourde chose qui filait. Lorsque le tonneau de whisky fut en fin de course et s'arrêta, Gustin monta dessus. Il ôta son bonnet et l'envoya valser :

– Longue vie au dix-huitième amendement !

Jusqu'au soir, la chaloupe fit la navette entre le *Sable I* et le quai de la Douane. Le traîneau à l'enseigne des Biscuits Guiberry prenait ensuite le relais et emportait les fûts jusqu'à l'entrepôt de Gustin.

Lorsque les cales du bateau furent vides, mon grand-père et ses hommes s'attablèrent dans une taverne en compagnie du capitaine et des deux premiers officiers du *Sable I*. Levant leurs verres à la grande soif américaine, ils s'enivrèrent copieusement, mais pas trop vite pour faire durer le plaisir. Quand ils sortirent, ils marchaient encore assez correctement pour aller jusqu'au presbytère supplier le curé de leur ouvrir l'église où ils voulaient chanter un *Te Deum*. Le prêtre ayant refusé, ils restèrent dans la rue à brailler des chansons de marins.

Bientôt, par centaines puis par milliers d'hectolitres, les tonneaux de bourbons du Canada, de ryes d'Irlande, de whiskies iodés et tourbés d'Ecosse, de cognacs français, les caisses de Knickerbocker, d'Odd Colonel et de champagne débarquèrent sur les quais et furent roulés jusqu'aux entrepôts – on baptisait du nom d'entrepôt n'importe quelle cabane, on traçait dessus de grosses lettres à la peinture blanche, on barbouillait des mots en anglais, *offices of spirits, company stores, liquors exporters.*

Dans les *chauffauts*, ces cabanes sur pilotis où l'on avait pendant si longtemps dépecé la morue, stagnait encore une puanteur infecte, une odeur d'ammoniaque et de putréfaction dont personne ne pouvait jurer qu'elle n'allait pas finir par s'infiltrer à travers le bois des tonneaux et donner un goût étrange aux alcools.

Parce qu'on allait trop vite, parce que les quais et les chemins étaient ravinés, un grand nombre de barils tombaient des chariots ou des traîneaux. Ils éclataient. Alors, les vapeurs d'alcool s'envolaient sous le ciel bas, parfumées, si légères. Des gens imprudents battaient parfois un briquet pour allumer une pipe, une cigarette, ils enflammaient les effluves et une grande lueur bleue les environnait d'un seul coup. On avait l'impression de gens dans une ampoule électrique. Ils crépitaient, leurs cheveux se hérissaient. Les jours sans vent, les goélands qui planaient bas au-dessus des quais, guettant le poisson, respiraient eux aussi les émanations éthyliques. Les enfants riaient de leur voir faire des figures de voltige : regarde l'oiseau, comme il est drôle ! Et l'oiseau tombait, ivre mort.

Malgré la pluie, le poudrin, le brouillard, les hangars se

remplissaient sans discontinuer. Quand ils étaient combles à refus, on en construisait d'autres. En plus des senteurs de rye et de bourbon, un parfum de bois fraîchement coupé flottait à présent sur les îles. On installa aussi des distilleries, tandis que des hôtels s'ouvraient un peu partout dans l'archipel pour accueillir les fraudeurs. Ceux-ci étaient canadiens ou américains, vêtus selon la saison de flanelle ou de lin, ils portaient de beaux chapeaux qu'ils renvoyaient en arrière d'une chiquenaude. Ils dépensaient sans compter, ils aimaient le pain et le vin français. Ils invitaient les jeunes filles à bord des vapeurs. Les nuits sans brouillard, derrière les hublots illuminés, on voyait celles-ci danser et se laisser embrasser. Le port retentissait de jazz et de rires. L'été, on se serait cru au bord de quelque baie futile et joyeuse, dans le Midi de la France.

Dépouillées de leurs apparaux de pêche devenus inutiles, équipées de gréements plus performants, les goélettes saint-pierraises furent aménagées pour le transport de l'alcool. Avant de partir pour les États-Unis, les bouteilles étaient enfouies dans des sacs de jute, moins bruyants à manier que les caisses dans lesquelles elles étaient arrivées. Les îliens récupéraient le bois des caisses, ils en faisaient les murs de nouveaux entrepôts.

Une incessante noria de navires courait la nuit, la tempête. A proximité des côtes américaines, chahutés par la houle, les *speed-boats* des gangsters attendaient les goélettes françaises. Le transfert de l'alcool s'effectuait en pleine mer. D'un bord à l'autre, on se passait les sacs de jute qu'on tenait dans les bras comme s'il s'agissait d'enfants malades. Chargés à la limite du naufrage, les *speed-boats* s'écartaient en grondant.

Puis, un dernier lambeau de lune dansant sur leurs carrosseries d'acajou, on les voyait se cabrer et prendre de la vitesse.

Ils allaient maintenant devoir passer entre les mailles du filet que leur tendaient les garde-côtes.

C'était un peu comme la pêche, pensaient les marins de Saint-Pierre, mais vécue du point de vue du poisson ; et le nombre d'arrestations semblait prouver que les hommes n'étaient pas tellement plus malins que les morues.

Pour dire au revoir, les gangsters agitaient leurs chapeaux bordés d'un crêpe noir – ils étaient toujours plus ou moins en deuil de l'un des leurs. Ils s'en allaient dans des gerbes d'écume, laissant parfois traîner négligemment dans l'eau une main alourdie de bagues en or, sûrs d'eux-mêmes et de leur chance. Pourtant, on n'était jamais certain de les retrouver au prochain « voyage à la côte ».

Lorsque l'atmosphère était particulièrement limpide, que les goélettes opéraient en vue de terre et que la nuit touchait à sa fin, les marins surveillaient les palpitations lumineuses des villes côtières américaines. Si les lumières faiblissaient d'un coup, cela pouvait vouloir dire que, dans un pénitencier d'Etat, quelqu'un venait d'abaisser la manette qui envoyait le courant dans la chaise électrique. Certes, le trafic d'alcool n'était pas passible de la peine de mort, mais la soudaine baisse de luminosité de toute une ville était un de ces présages auxquels les marins attachent de l'importance. Les hommes de Saint-Pierre savaient que la plupart des trafiquants avaient probablement autant de sang que d'alcool sur les mains, ils n'éprouvaient pour eux aucun sentiment d'amitié vraie, mais les fraudeurs n'en étaient pas moins le seul cordon ombilical par lequel l'archipel pouvait à nouveau se nourrir et s'enrichir.

Les sentiments des contrebandiers étaient moins mitigés. C'est peu dire qu'ils aimaient les Français.

Séduit par le sens de l'organisation de mon grand-père, Al Capone en personne lui fit savoir qu'il lui rendrait bientôt un hommage à sa façon. Pendant des mois, Gustin Guiberry supputa les formes que pourrait prendre cette reconnaissance.

Il était veuf depuis deux ans mais, malgré sa fortune devenue considérable, il n'avait trouvé dans les îles aucune femme avec laquelle refaire sa vie. Il se mit dans l'idée que Capone lui choisirait une fiancée parmi toutes ces filles qui gravitaient autour de lui.

A ce qu'on racontait, il en avait déjà offert à de bons amis à lui. Il les faisait se cacher dans un immense gâteau et, à la fin du *Happy birthday to you*, du *Jingle bells* ou du *For he's a jolly good fellow*, la fille surgissait du gâteau, couverte de crème au beurre. Avant de l'emmener chez soi, on pouvait la nettoyer en la léchant. Comme la fille était debout sur la table, on commençait par sucer ses doigts de pied qui faisaient comme de tout petits éclairs au chocolat ou au café.

Selon les jours, Gustin l'imaginait italienne et pulpeuse, ou très blonde, un peu enfantine, avec d'immenses yeux et un nez court de poupée. Du bout de sa botte, il en dessinait rêveusement le profil dans la neige. Laquelle préférait-il, finalement, de l'Italienne ou de la poupée ? Il ne se décidait pas. Et, se fût-il décidé, était-il bien habile de faire connaître son choix à Capone, qui était réputé détester qu'on lui dicte une ligne de conduite ?

Ou alors, si ça n'était pas une fille, ce serait une automobile d'un noir luisant, avec marchepied, phares chromés, sièges recouverts de peluche grise et strapontins à l'arrière. Peut-être serait-elle immatriculée à Chicago, ce qui n'était pas pour déplaire à mon grand-père : « Avec une voiture comme ça, on aura vite fait de m'appeler l'Américain. » Être « l'Américain » en imposerait aux distillateurs canadiens. Du coup, Gustin remplacerait sa casquette gorgée de sel par un chapeau. Il s'achèterait des chaussures bicolores. Peut-être aussi des guêtres blanches. L'intérêt de posséder une puissante limousine à Saint-Pierre ne sautait pas aux yeux, mais Gustin se disait qu'après en avoir épuisé les plaisirs il trouverait toujours à l'échanger contre une maison ou un bateau.

Tout de même, l'hypothèse de la fille lui plaisait davantage. Choisie et offerte par Al Capone, elle ne serait pas que belle : obéissante, aussi. Ça le changerait de Marthe, ma grand-mère, qui lui avait gâché une bonne partie de l'existence en refusant de céder à ses petits caprices – ce que nous appelons aujourd'hui des fantasmes, écrira Joanne en souriant.

Ceux de Gustin, pourtant, étaient faciles à assouvir. Ils étaient essentiellement d'ordre vestimentaire. Il voulait que Marthe se déguise de façon à avoir chaque fois l'impression de faire l'amour avec une femme différente – une institutrice, une infirmière, une fermière spécialisée dans l'élevage des dindes, une trapéziste en maillot moulant qui porterait un bras en écharpe à la suite d'une chute (il ne voulait surtout pas d'une trapéziste trop glorieuse), une receveuse des postes. Pourquoi Marthe ne comprenait-elle pas que ces métamorphoses étaient le meilleur moyen de faire de Gustin un homme fidèle ? Mais non, elle ne le comprenait pas, elle trouvait ça malsain. Après avoir jeté un linge sur l'abat-jour, elle s'allongeait sur le lit en noyer, retroussait sa chemise de nuit, croisait mollement ses bras sous sa nuque : « Fais comme tu as toujours fait, fais comme tout le monde fait. » Il se demandait comment elle pouvait connaître la façon dont les autres hommes s'y prenaient.

La fille d'Al Capone sera moins butée que ma pauvre Marthe, pensait Gustin.

Au fur et à mesure que le temps passait, que les glaces hivernales fondaient, que le printemps s'affirmait, il était renforcé dans cette idée que le cadeau de Capone serait une jeune femme plutôt qu'une automobile neuve – et d'ailleurs, comment un *speed-boat* aurait-il transporté une Packard ?

Une nuit, les Américains des *speed-boats* transmirent le mot d'ordre aux marins des goélettes saint-pierraises :

– Prévenez Gustin Guiberry de se tenir prêt : Capone ne va pas tarder.

– D'accord, dirent ceux de Saint-Pierre, mais quand ?

– Il est écrit dans l'Évangile : « Vous ne savez ni le jour ni l'heure. »

On pourra trouver étrange que des hommes capables de tuer leur prochain sans sourciller se réfèrent à l'Évangile. Pourtant, nombre d'entre eux étaient très pieux. Des chapelets se balançaient derrière les pare-brise constellés de sel et de pluie, certaines vedettes rapides emportaient une statuette de la Sainte Vierge dans leur habitacle.

Pour accueillir dignement la fiancée qu'allait lui donner Al Capone, mon grand-père rénova de fond en comble sa maison de la rue Joinville. Il la récura, la décapa au feu, bardeau après bardeau. Après quoi, quand le bois fut à nu, il la fit peindre en bleu pâle. Aujourd'hui, la plupart des maisons de Saint-Pierre ont des teintes qui font penser aux bonbons acidulés, aux sorbets aux fruits, mais à cette époque, laissées à l'état naturel, la plupart étaient entre gris et noir. Comme pour les cheveux des hommes, leur couleur était fonction de leur âge : elles étaient d'un blond clair quand on les bâtissait, puis les planches devenaient plus sombres au fur et à mesure qu'elles vieillissaient, et enfin elles prenaient une tonalité argentée qui évoquait les cheveux gris. Mais une maison bleue, personne n'avait encore jamais vu ça.

Au cas où Capone aurait choisi de lui offrir une automobile plutôt qu'une femme, Gustin fit construire au flanc de sa maison un appentis qu'il baptisa garage.

Al Capone débarqua à Saint-Pierre un soir d'automne.

Vers la fin de l'après-midi, des promeneurs rapportèrent avoir vu comme des rougeoiements au loin sur la mer : « On dirait des forgerons qui s'avancent en frappant leur enclume. »

A dix-huit heures, les guetteurs du phare de la Pointe-Lecomte, de la Pointe-aux-Canons et de celle de Galantry signalèrent des gerbes d'étincelles qui, d'après eux, ne pouvaient être produites que par les tuyaux d'échappement de bateaux rapides.

Alors, Gustin Guiberry endossa son plus bel habit, celui qui comportait un gilet de satin blanc à boutons de nacre, et il se rendit sur le wharf. C'était une de ces soirées paisibles comme il y en a quelques-unes en automne, juste avant que les tempêtes ne se déchaînent. Il faisait froid, mais les fumées montaient droit dans le ciel. Les phoques grondaient sur les graves.

Peu à peu, les lumières sur la mer se révélèrent être en effet des bateaux. Ils escaladaient la vague, inclinés en arrière comme des femmes qui valsent.

A un mille du port, les *speed-boats* actionnèrent leurs sirènes. Les cloches de la ville et les trompes des voitures leur répondirent.

Encadré par deux autres canots où se trouvaient ses gardes du corps, le *speed-boat* d'Al Capone fut le premier à franchir la passe et à venir s'amarrer contre les pilotis du quai. Une fanfare s'avança et joua des hymnes américains tandis que Capone et ses hommes grimpaient sur le quai.

Capone ôta son chapeau :

– Lequel d'entre vous, messieurs, est Gustin Guiberry ?

– C'est moi, dit mon grand-père.

– *Nice to meet you, my friend*, dit Capone en lui tendant la main.

Des hommes portant des lanternes et des torchères entouraient Gustin. Malgré l'obscurité de la nuit, on aurait bien vu si une femme ou une automobile avaient été présentes à bord des *speed-boats*. Ceux-ci se balançaient le long du wharf, et ils étaient vides.

– Monsieur Guiberry, reprit Capone, je suis venu faire la fête avec vous. Et savez-vous pourquoi je viens faire la fête avec vous ?

Malgré l'absence flagrante de cadeau, mon grand-père ne se démonta pas :

– Dans cette affaire de whisky, nous sommes partenaires.

– Ce sera une grande fête, dit Capone. Quelque chose d'inoubliable.

Tout en parlant, essayant d'y voir à travers le rideau mouvant des lampes tempête et des torchères, il regardait la ville avec une sorte d'égarement. Il devait trouver incroyable qu'une si petite bourgade, toute en planches, ait pu tenir une place si considérable dans le trafic de l'alcool – et qu'à elle toute seule elle ait réussi à abreuver une partie de la côte est et des villes géantes des États-Unis.

– Il ne fait pas bien chaud, chez vous, remarqua Capone en enroulant une longue écharpe blanche autour de son cou.

Mon grand-père fit signe à l'une des Ford de l'archipel de s'avancer. Il ouvrit la portière. Al Capone s'engouffra dans le véhicule, tandis que ses lieutenants grimpaient sur le marchepied.

La voiture s'ébranla. Il neigait un peu, de fragiles papillons blancs qui fondaient en touchant les capots brûlants des voitures. La nuit sentait l'iode, l'essence, la fumée des cigares.

Dans un bar, ils s'attablèrent. Gustin et ses hommes d'un côté de la table, Capone et les siens de l'autre côté. On servit une soupe de coquilles Saint-Jacques, une salade de Saint-Jacques et des Saint-Jacques rôties – c'était la pleine période des Saint-Jacques à Saint-Pierre, on en profitait.

Derrière les carreaux, on voyait des mains effacer la neige collée, et des visages s'agglutiner en se poussant de la joue comme font les enfants devant les magasins à Noël. « Quelle belle nuit on va avoir ! » se disaient les gens en se donnant des coups de coude complices. Ils n'avaient aucune idée de ce que pourrait être la nuit d'Al Capone, mais ils supputaient des choses folles et énormes, des scènes inouïes à l'échelle américaine.

Pourtant, ça traînait en longueur. Al Capone savourait ses coquilles Saint-Jacques comme si ce repas devait être l'événement culminant de son voyage. Il ne semblait pas qu'il ait rien prévu d'autre. Du côté français, on n'avait rien prévu non plus.

– Et alors, demanda mon grand-père pour meubler le silence, est-ce que la traversée a été bonne, monsieur Capone ?

– Bah ! la mer, dit Capone, vous savez ce que c'est que la mer. Surtout en cette saison. Mais vos coquilles sont fameuses. Elles valent le voyage. Vous y mettez de l'ail, n'est-ce pas ?

– Vous êtes un peu en France, et les Français aiment l'ail.

Je voudrais ici disculper mon grand-père, écrira Joanne. Beaucoup de mes lecteurs doivent juger sévèrement le fait qu'il se soit assis à la même table qu'un gangster, qu'il ait bu, mangé, bavardé avec lui.

En fait, Gustin Guiberry ne savait pas grand-chose d'Al Capone. Il le regardait comme une sorte de commerçant plus avisé que les autres, en train d'amasser une fortune prodigieuse en important de l'alcool clandestin aux États-Unis et qui, grâce à ça, menait une existence fantaisiste et brillante. Mais pouvait-on le lui reprocher ? Que le whisky soit interdit ne signifiait pas qu'il soit dangereux. Si on va par là, l'océan aussi était dangereux, et personne n'avait jamais eu l'idée d'interdire l'océan. Gustin, qui lui-même buvait beaucoup, ne comprenait pas qu'on puisse proscrire la consommation d'alcool. Il était fier de contribuer à restituer aux Américains un peu de cette liberté qu'une loi imbécile leur avait confisquée.

Pour des gens simples comme mon grand-père, la connaissance s'arrêtait au bout de leur rue, au bout de leur île, elle se limitait à quelques rumeurs isolées de leur contexte, glanées au hasard des conversations dans les cafés-billards – telle cette histoire des grands gâteaux d'anniversaire avec de jolies filles à l'intérieur. Pour les Saint-Pierrais, le monde au-delà d'eux-mêmes était pratiquement sans images. Il n'y avait pas de cinéma dans l'archipel, très peu de photographies dans les journaux. Personne n'avait jamais vu Chicago la nuit, les impasses luisantes de pluie au fond desquelles, en embuscade derrière des poubelles, on se hachait à la *machine-gun*, ni les quais le long du Michigan où ceux qui avaient trahi le syndicat devaient plonger les pieds dans du ciment et attendre que ça prenne (le temps d'une cigarette ou deux) avant d'être précipités dans le lac.

En quelque sorte, pensait mon grand-père en se rengorgeant, je suis l'auteur d'une partie de la vie d'Alphonse Capone, laquelle ne serait pas aussi rutilante sans mes entrepôts, mes chariots, mes traîneaux, mes vieilles goélettes.

Gustin Guiberry, un contrebandier ? Un fraudeur ? Allons donc ! Se contentant de réceptionner des caisses et des barils d'alcool, puis de les reconditionner avant de les conduire aux limites des eaux territoriales américaines, il avait une bonne conscience d'épicier. C'était d'ailleurs une activité reconnue, parfaitement légale : les fonctionnaires de l'île recevaient de l'administration française le droit de travailler sur les docks jusqu'à minuit.

Tout en regardant Capone manger ses coquillages, mon grand-père songeait à tous ses retours de pêche, quand il débarquait de son doris en claudiquant dans des vêtements bons à tordre, gorgés d'un mélange d'eau de mer, de sang de poisson et de pisse, qui lui faisait pousser des furoncles sur la face intérieure des cuisses. Alors, il admirait cet homme qui avait réussi à rester aussi élégant après une traversée probablement tumultueuse à bord d'un *speed-boat*. Ses vêtements coupés chez un tailleur italien, repassés dans une buanderie chinoise, y étaient sans doute pour quelque chose, mais pas seulement : Capone irradiait naturellement un mélange de puissance et de sérénité. Il s'exprimait avec cette courtoisie, cette bonne humeur tranquille, qui sont l'apanage, le signe distinctif des gens sûrs d'eux. Sa seule présence dans le pauvre bar avait quelque chose de rassurant pour tout le monde ici. Depuis que Capone en avait poussé la porte et s'y était attablé en riant, un peu de l'Amérique triomphante était entrée là en même temps que lui, avec ses riches odeurs de brillantine, de cirage à chaussures, d'haleines tabagiques.

A voix basse, on fit remarquer à mon grand-père que les hommes escortant Capone étaient armés – mais il répondit que c'était pour tuer des phoques, probablement.

Quand Capone eut tout mangé, il se leva. Gustin pensa que le moment de recevoir son cadeau était enfin arrivé. Comme ce n'était ni une fille ni une Packard noire, il se demanda ce que ça pouvait bien être.

– Je vais prendre un bain, dit Capone. Je vous avais promis une fête, ça va vous étonner.

– La mer est extrêmement froide, monsieur, dit mon grand-père. Vous jeter là-dedans après tout ce que vous avez avalé, ça ne serait pas raisonnable.

Si Alphonse Capone mourait cette nuit d'une congestion, c'était toute l'économie de l'archipel qui risquait d'en être compromise.

– Je veux seulement me laver les pieds. Vous laverez les vôtres aussi, Guiberry. Vous verrez comme c'est agréable.

Alors, deux hommes parmi ceux qui accompagnaient Capone grimpèrent à l'étage. On les entendit qui, là-haut, remuaient tout un tas de choses. Quand ils redescendirent, ils portaient un tub en zinc. Ils le soutenaient avec une onctuosité de croque-morts menant un cercueil. Ils posèrent le tub dehors, sur le parvis du bar où s'était rassemblée une partie de la population, et ils le remplirent de champagne – évidemment, ça n'était pas ça qui manquait dans l'île.

On apporta deux tabourets de bar. Comme ils étaient trop hauts pour ce qu'on voulait en faire, on leur scia les pieds. Puis Al Capone s'assit sur celui de droite, tandis que Gustin prenait place sur celui de gauche.

Le champagne moussait dans le tub. A la lueur des lanternes et des torches, on aurait dit de l'or en train de bouillir. Et d'une certaine façon, puisqu'il avait la vertu de se transformer en centaines de milliers de dollars, c'était bien de l'or.

Capone ôta ses chaussures noires et ses guêtres blanches, plongea ses pieds dans le vin. « Il a de beaux pieds bien roses, constata mon grand-père en se déchaussant lui aussi, des ongles impeccables, rien à voir avec mes griffes de corne jaune. J'aurais su ça, j'aurais lavé les miens. Maintenant, il est trop tard. » A son tour, il enfonça ses pieds dans le champagne, aussi profondément qu'il pouvait pour essayer d'en cacher un peu la laideur et la crasse. La foule applaudit. Les lieutenants de Capone souriaient, désabusés. Sans doute n'était-ce pas la première fois qu'ils assistaient à ce genre de spectacle.

– Nous aurions pu tout aussi bien patauger dans du bourbon ou du cognac, dit Capone, mais nous n'aurions pas eu le plaisir des petites bulles qui nous chatouillent les orteils. Choisir entre deux raffinements n'est jamais chose aisée.

Peut-être était-ce raffiné, mais c'était froid. Mon grand-père éternua.

– C'est par les pieds qu'on s'enrhume, prévint-il.

– *E vero*, convint Capone. Je n'ai pas tenu compte des températures que vous avez ici. L'hiver, chez vous, ça peut descendre jusqu'à combien ? Je ne voudrais pas qu'il vous arrive du mal à cause de moi, Guiberry, ajouta-t-il en passant un bras autour des épaules de mon grand-père.

Il donna des ordres et on alluma un feu. Quand il y eut des braises, on y posa le tub comme on l'aurait fait d'une marmite de soupe. Le champagne se réchauffa rapidement, et la sensation devint alors délicieuse. Parfois, les pieds de Gustin touchaient ceux d'Al Capone.

– Il n'y a rien qui détende davantage, assura Capone. Moi parti, vous en ferez peut-être une des coutumes de votre petite île. Vous connaissez les paroles du Christ ?

– Jésus a tellement parlé, dit prudemment mon grand-père.

– *Faites ceci en mémoire de moi*, cita Capone ; puis, baissant la voix, il ajouta : Croyez-vous en Dieu, Guiberry ? Moi, ce qui me frappe, c'est l'idée de la résurrection des morts.

Il éclata de rire, se mettant soudain à sautiller dans le champagne comme un écureuil :

– Le marché d'assoiffés, ce jour-là !

On rit avec lui. C'était vrai, ce qu'il disait là. Le jour de la résurrection des morts, ce ne serait plus seulement l'Amérique, pourtant si vaste qu'il fallait plusieurs jours de chemin de fer pour la traverser, qui tirerait la langue en attendant d'être abreuvée – mais des milliards d'hommes et de femmes, dont certains, ceux des époques reculées, n'avaient seulement jamais connu le goût du bourbon et qui allaient adorer ça.

Les hommes qui s'étaient rassemblés autour du tub imaginaient, extatiques, une foule tellement innombrable que les gens n'auraient même pas de place pour s'asseoir – une foule aux gosiers desséchés par des millénaires et des millénaires de poussière de tombeau.

– A supposer que ce soit vrai, murmura Capone. En tout cas, ma mère y croyait. A Naples, beaucoup de femmes se font enterrer dans leur plus belle robe en prévision de ce jour-là. Pour être élégantes en sortant, comprenez-vous ?

– Si nos entrepôts sont encore debout le jour de la résurrection, promit mon grand-père, sachez que vous pourrez compter sur nous.

C'est en triomphe, au milieu des vivats, que Capone et ses lieutenants furent reconduits jusqu'à leurs *speed-boats*.

Au début des années trente, quand s'acheva le temps heureux de la Prohibition, le bar devant lequel s'était déroulée cette scène fut vendu et transformé en une sorte d'épicerie-bazar, le Comptoir.

Ce sont les murs et le fonds du Comptoir que j'ai rachetés en 1987 pour en faire ce salon de coiffure qui s'appelle *Al's* et que je revendrai quand Paul Ashland aura enfin divorcé et qu'il viendra me chercher pour m'emmener avec lui.

De la nuit d'Al Capone, on vous dira qu'il ne reste rien. Ceux qui pourraient témoigner qu'elle a bien eu lieu et qu'elle s'est déroulée telle que je l'ai décrite sont tous morts ou partis au loin.

Pour la plupart des gens, cette histoire n'est qu'une

légende ; d'ailleurs, maintenant que tout le monde sait quelles fripouilles étaient vraiment Capone et les *bootleggers*, ils préfèrent qu'elle en soit une.

Plus personne ici n'attend la résurrection des morts, on se contente d'espérer que le jour suivant sera moins compliqué à vivre que celui qui l'a précédé.

Mais moi, conclura Joanne, je possède un indice, quelque chose qui me donne à penser que tout ça était vrai : avant de reprendre la mer, Alphonse Capone offrit à Gustin Guiberry une bouteille de son whisky personnel.

Mon grand-père la conserva sans jamais céder à la tentation de l'ouvrir. Il est vrai qu'avec plus de trois cent mille caisses d'alcool transitant chaque mois par Saint-Pierre, il pouvait boire autant qu'il voulait sans devoir sacrifier cette bouteille qu'il s'était mis peu à peu à considérer comme un talisman.

Le whisky d'Al Capone, pourtant, ne lui porta pas longtemps bonheur.

Un soir de janvier, alors qu'il surveillait le déchargement d'un vapeur français qui apportait du vin, Gustin Guiberry sentit que l'air se refroidissait brusquement. En moins d'une heure, la température descendit à moins quatorze degrés. Ayant fait ouvrir une caisse provenant du vapeur, Gustin s'aperçut alors que les bouteilles, contrairement à l'usage, n'étaient pas protégées par de la paille. Craignant que cet excellent bordeaux ne fût abîmé par une chute aussi brutale du mercure, il décida de ne pas attendre la fin du déchargement pour conduire vers ses entrepôts les caisses déjà débarquées. Pour accélérer les choses, il prit lui-même les rênes d'un des traîneaux.

En tournant l'angle du quai de la Roncière, son cheval devint comme fou. Il a été prouvé par la suite que, tandis qu'il attendait qu'on charge son traîneau, l'animal avait lapé une large flaque de gin qu'un bris de caisse avait répandue sur le quai. Pris d'ivresse, le cheval s'emballa. Mon grand-père fut projeté au sol. La neige amortit son vol plané, et il pensait déjà s'en tirer sans trop de mal lorsque le cheval fit demi-tour et revint au galop dans sa direction. Cette fois, la neige qui l'avait d'abord sauvé perdit mon grand-père. Trop épaisse et trop collante pour qu'il parvienne à s'écarter à temps de la charge du cheval, il roula assommé sous les sabots. Sa poitrine fut écrasée par le traîneau qui portait encore toutes ses caisses.

Ses funérailles, suivies par toute la population de l'archipel, furent un des événements marquants de cette année-là.

La caisse du corbillard avait été placée sur les patins de ce même traîneau qui lui avait brisé les côtes et fait éclater le cœur, et on y avait attelé le cheval dont l'ivresse avait provoqué l'accident. Tout le monde fut unanime à souligner combien ce cheval avait un regard navré. Du givre, qui ne pouvait provenir que de larmes, empoissait ses longs cils.

Un photographe prenait des clichés comme s'il s'agissait de l'enterrement d'un roi : « Historique, vous verrez qu'un jour tout ça deviendra historique ! » s'exclamait-il. D'une certaine façon, ça l'était déjà : Saint-Pierre avait perdu son citoyen le plus éveillé, le premier à avoir compris que le whisky allait remplacer la morue, le premier à avoir arraché l'île à sa torpeur glacée, ouvrant à la volée les portes des bars plus sombres que des tombes, réveillant les hommes et les entraînant à sa suite comme un charmeur de rats.

Le photographe montait et descendait le long du cortège, cherchant des angles favorables, clignant des yeux pour évaluer les effets de la réverbération. Sitôt qu'ils le voyaient planter dans la neige les pieds de son appareil, s'enfouir sous le voile de percale noire et saisir la poire de l'obturateur, les gens s'arrêtaient et prenaient des poses avantageuses. Certains se passaient de la glace sur le visage pour donner l'illusion qu'ils pleuraient. « Historique, je vous dis ! » répétait le photographe.

Il impressionna ainsi près d'une cinquantaine de plaques dont il fit éditer une série de cartes postales avec la mention *Enterrement d'un honnête homme à Saint-Pierre*. Mais ce fut un échec commercial, car les voyageurs qui venaient à Saint-Pierre n'avaient aucune envie d'envoyer des images aussi tristes à leur famille et à leurs amis. Le photographe décida alors d'éditer un nouveau jeu de cartes postales pour lequel il choisit uniquement les vues qu'il avait prises de très loin, où les personnes du cortège avaient simplement l'air de petites taches noires sur la blancheur de la neige. Il s'arrangea pour faire disparaître la silhouette du corbillard avec ses quatre plumets et son cheval navré, il rebaptisa ces images *Oiseaux noirs sur la neige à Saint-Pierre*, et cette fois il en vendit des centaines.

Tout ce qui touche à Gustin Guiberry, même au-delà de sa mort, semble inséparable d'une connotation de fraude.

– Est-ce que tu ne triches pas un peu, toi aussi, avec ce que tu mets sur la tête de tes clientes ? me demande parfois Paul Ashland.

Il s'étonne que je n'écoule pas davantage de ces produits capillaires que fabrique la firme du Colorado pour laquelle il travaille. Il s'imagine sans doute que je profite de ce que mes clientes ont la tête dans le bac pour diluer les shampooings avec de l'eau du robinet. Il refuse de voir la vérité, qui est que le salon *Al's* ne marche pas fort.

Paul vient d'un pays où, malgré la crise, les instituts de beauté ne désemplissent pas. Les femmes américaines ont deux obsessions : avoir l'haleine des anges (et pour ça elles mastiquent des chewing-gums toute la journée ou avalent, par trois ou quatre à la fois, de minuscules capsules contenant de l'huile essentielle de persil) et des cheveux si doux, si brillants, qu'on dirait du Nylon.

Mais ici, chez nous, les armes de la séduction ne sont pas du tout les mêmes.

On essaye d'abord de se dénicher de jolies robes légères sous lesquelles on meurt de froid, on met des chaussures ravissantes que la neige et le sel ont tôt fait de taveler, on s'entoure le cou de sublimes foulards que le vent nous arrache, mais surtout, belles ou pas, on prodigue aux hommes des caresses inattendues dont les Américaines n'ont même pas idée.

Quand il est près de moi, sur mon lit ou dans mon 4×4, Paul Ashland n'arrête pas de répéter : « Mais qu'est-ce que tu me fais, là ? » Ce que je lui fais ? L'amour, pardi ! A ma façon, bien sûr, qui n'est ni celle de sa femme Carolyn, ni celle que montrent les films niais qu'il visionne à bord des avions ou le soir dans son motel.

Moi, j'ai fait couler du miel de luxe, du miel de France, sur le visage de Paul. Et j'ai léché longtemps le miel sur son visage, en insistant sur ses narines et sur ses yeux, en bourdonnant, lancinante comme une petite abeille. Ce n'est qu'un exemple, choisi parmi les plus banals. Depuis, Paul m'appelle *honey*. En Amérique, beaucoup d'hommes appellent leur petite amie *honey*. Mais pour lui, *honey* a évidemment une signification particulière, quelque chose qui, à chaque fois qu'il le prononce, lui rappelle le parfum du miel et celui de ma bouche.

Paul vient me retrouver à Saint-Pierre deux fois l'an – une fois au solstice d'été, l'autre au solstice d'hiver.

Ses produits capillaires ne sont qu'un prétexte, je lui en achète très peu, bien trop peu pour justifier son billet d'avion depuis Halifax et ses quelques frais dans l'île.

Il reste trois nuits avec moi.

Après un quelconque audit, la direction commerciale de Denv'Hair lui ordonnera probablement de rayer Saint-Pierre de son territoire. S'il ne l'a pas fait avant, c'est ce jour-là que Paul claquera la porte et qu'il viendra me chercher pour m'emmener avec lui.

Les richesses que mon grand-père avait amassées grâce à la contrebande nous ont permis de vivre agréablement, ma mère et moi.

Petite fille, je n'ai jamais manqué de rien. Sauf d'un père, le mien est mort quand j'avais deux ans.

Il s'est électrocuté un soir de juin en faisant tomber un poste de radio dans sa baignoire, une belle radio américaine carossée en bois de merisier. Il voulait changer de station, il avait envie de musique légère, il ne supportait pas que l'instant délicieux de son bain du dimanche fût gâché par les voix nasillardes de tous ces gens qui se querellaient sur la meilleure manière de sauver le monde – pour ça, bon Dieu ! ils avaient tous les autres jours de la semaine ; il a tripoté le poste, il s'est énervé parce qu'il n'y avait de musique légère nulle part sur les ondes ce soir-là, rien que de la parlote stérile, et voilà comment c'est arrivé.

Ma mère a aussitôt fait teindre en noir les petits vêtements que je portais alors – tous, même ma chemise de nuit – pour que je me sente en deuil malgré mon jeune âge, pour que tout ce noir m'impressionne, me marque à jamais, pour que je n'oublie pas ce père que j'avais à peine connu.

Malgré ça, je n'ai gardé aucun souvenir de lui. Mais j'ai longtemps associé les hommes à la tristesse. Paul Ashland est le premier qui m'ait fait rire.

Autrement, j'ai l'impression d'avoir eu une enfance insouciante, avec des anniversaires et des Noëls somptueux.

Aujourd'hui, il ne reste plus rien de cette fortune. Sauf la bouteille, numérotée AC 23177.

Les lettres AC sont les initiales d'Al Capone – sinon, qu'est-ce qu'elles voudraient dire ? C'est pour moi la preuve de sa venue dans l'île, de son amitié d'une nuit pour mon grand-père Gustin Guiberry.

Cette bouteille fait partie de l'héritage familial, nous avons le devoir de nous la transmettre de génération en génération en nous racontant son histoire. Depuis que ses mains tremblent un peu et qu'elle a peur de la faire tomber en l'époussetant, ma mère m'en a confié la garde. Je l'ai posée sur une étagère où elle est toute seule. Quand vient le soir, elle est éclairée par un de ces petits spots à basse tension dont on se sert dans les galeries de peinture.

N'ayant pas eu d'enfant, je suis un peu pour la bouteille comme une impasse, un butoir au bout des rails.

Je pourrais probablement encore avoir un bébé. A quarante ans, aujourd'hui, c'est devenu banal. C'est le rêve de

Paul Ashland. Robin si c'est un garçon, Isabelle si c'est une fille. Paul a choisi ces prénoms lors du dernier solstice d'hiver, à bord de mon Range Rover arrêté dans la courbe que fait la route en terre près de l'étang du Cap au Diable. J'étais nue, j'avais froid, mais il me caressait plutôt bien. Il est doué, rien ne le répugne, il comprend vite ce qui plaît aux femmes. Il n'est pas si coincé, pour un Américain. C'était la nuit, dans le faisceau des phares on voyait des fuites éperdues de petites bêtes velues, véloces, à travers la fourrure basse des conifères nains, des mousses et des lichens. La radio du 4×4 jouait *Sortie du port*, une musique de Wojciech Kilar pour un film de Wajda que je n'ai pas vu.

Cette bouteille, je ne m'en séparerai à aucun prix, je ne céderai jamais à la tentation de l'ouvrir pour la goûter. D'ailleurs, vu l'âge qu'elle a maintenant, je doute qu'elle soit encore buvable. Mais peu importe, sa couleur est toujours aussi délicatement ambrée. A moins que ce ne soit une illusion due à la teinte du verre fumé.

Sur l'étiquette qui se décolle un peu, on distingue malgré les taches d'humidité la silhouette d'un vieux château effondré au bord d'un loch. On voit un oiseau sauvage, quelque chose comme une grande oie, qui vole tout en haut, au-dessus de la mention *blended scotch whisky*, et qui donne l'impression de s'évader hors de l'étiquette.

Joanne se leva à cinq heures. A cinq heures trente, elle était dehors. Rien ne justifiait un départ aussi matinal, sinon le plaisir qu'elle éprouvait à traverser une ville encore engourdie qu'elle n'avait à partager avec personne.

La neige tombée durant la nuit brisait la rectitude des angles, Saint-Pierre avait perdu son allure de bourgade américaine, policée, sèche et cubique. Elle s'arrondissait comme ces villages pelucheux des dessins de Beatrix Potter. L'île elle-même semblait gonfler l'échine à la façon du lièvre blanc de l'Arctique qui, pour se protéger du froid, présente son dos au vent du Nord et demeure ainsi, absolument figé, jusqu'à l'accalmie.

Joanne ralentit en passant devant la maison de sa mère. Après l'incendie, on l'avait reconstruite à l'identique. Seul l'étage supérieur n'avait pas été réaménagé et restait une grande pièce vide. Denise avait refusé d'y vivre, refusé d'être l'otage d'un escalier en bois au cas où elle devrait une nouvelle fois s'enfuir devant les flammes.

Mais pour la vieille dame la peur des bêtes avait remplacé la peur du feu : elle jurait entendre marcher la nuit, sur le parquet nu de la chambre vide – de petits piétinements griffus, pressés.

– Des souris, maman, disait Joanne.

Denise avait ce hochement de tête, triste et lent, des personnes âgées qui savent d'avance qu'on ne les croira pas :

– Des mouffettes, ma chérie, de puantes mouffettes. En tout cas, je t'assure qu'il y a des bêtes chez moi, tout un peuple de bêtes qui font des choses sans nom au-dessus de ma tête.

Comme tous les matins, Joanne s'assura qu'une lumière précoce brillait derrière le rideau de la chambre du rez-de-chaussée, signe que sa mère était réveillée.

Elle redoutait le jour où il n'y aurait pas de lumière. Ce jour-là, Joanne arrêterait son 4×4, elle guetterait la lumière, mais la lumière ne viendrait pas. Elle descendrait du Range, courrait jusqu'à la porte. La gorge nouée, elle enfoncerait le bouton de l'interphone :

– Maman, c'est moi. Maman, tu m'entends ?

Pas de réponse. Alors, stupéfaite et stupide au milieu de la rue enneigée, Joanne regarderait autour d'elle, cherchant du secours – c'est-à-dire quelqu'un d'assez fort pour enfoncer la porte d'un coup d'épaule, quelqu'un d'assez courageux pour entrer le premier dans la maison, quelqu'un d'assez sensible pour savoir lui dire, en se tournant vers elle : « J'ai bien peur qu'il ne soit arrivé quelque chose de très grave à votre maman, mademoiselle Guiberry. »

Ce matin, la lumière étant là, Joanne sourit et poursuivit sa route.

Dans la rue en pente, elle était la première à ouvrir son commerce. Elle allumait son enseigne depuis sa voiture, grâce à une télécommande – un gadget promotionnel offert par Denv'Hair à ses meilleurs clients, auquel elle n'aurait évidemment pas eu droit sans une habile petite tricherie de Paul Ashland.

Il y avait une place de stationnement en face de chez *Al's*, mais Joanne préféra se ranger trente mètres plus loin – le miracle d'une place libre juste devant le salon de coiffure pouvait inciter une cliente, qui autrement n'y aurait même pas songé, à entrer se faire donner un coup de peigne.

Bien entendu, Joanne oublia de neutraliser le système d'alarme avant d'ouvrir la porte. Elle l'oubliait une fois sur deux, et elle savait pourquoi – un acte manqué : elle n'avait jamais vraiment voulu de cette alarme. Elle l'avait achetée par une sorte de compassion pour le représentant venu la lui proposer – un homme inquiet, fragile, qui tentait sa dernière chance dans les centrales d'alarme après avoir échoué dans le placement d'assurances, les contrats d'obsèques et les abonnements à des encyclopédies. A l'approche de la quarantaine, beaucoup de gens décident tout à trac d'apprendre une langue étrangère ; Joanne, quant à elle, pensait qu'elle ferait mieux d'apprendre à savoir dire non.

La sirène émit un long ululement désespéré. Heureusement, le brouillard et la neige étouffaient un peu son cri.

– Oh toi, ta gueule, dit Joanne à la sirène.

Elle la fit taire en pianotant rapidement son code – AC 23177, le numéro de la bouteille d'Al Capone. Elle resta un instant sur le trottoir, surveillant les maisons alentour pour s'assurer que l'alarme n'avait réveillé personne. Elle imaginait les gens brusquement tirés du sommeil, s'agitant dans leurs lits moites, et pestant contre elle : « Maudit bon Dieu, cette Joanne Guiberry, quelle pagailleuse ! »

Au cours de la nuit, le petit salon avait perdu ses odeurs capillaires, ses effluves de lavande synthétique, de jaune d'œuf, de vinaigre, de benjoin, de composants soufrés. Comme tous les matins, les murs recouverts de frisette ne sentaient plus que le bois mouillé, le verger sous la pluie. Ils ruisselaient d'humidité, laissaient suinter une sorte de liqueur sirupeuse qu'on aurait pu prendre pour de la sève.

Joanne s'empara d'une serviette pour essuyer ses cloisons détrempées. Après quoi seulement, elle brancha les radiateurs électriques – si elle les enclenchait avant d'avoir épongé les murs, la chaleur brutale des convecteurs faisait aussitôt sourdre des planches une seconde vague d'humidité, moins grasse mais plus abondante que la première.

Pour décorer *Al's*, Joanne disposait de tout un jeu d'affiches touristiques sur les châteaux de la Loire, le marais poitevin, la route des abbayes, Chausey à marée basse, Vézelay et sa basilique, l'Estérel, les rassemblements d'oiseaux migrateurs en baie de Somme. Elle en changeait tous les jours.

Ce matin, elle choisit de punaiser des vues de Montmartre. Par souci d'harmonie, elle prépara des shampooings à la violette et au réséda dont elle trouvait les fragrances plus montmartroises que celles du chèvrefeuille et de la lavande. Elle tourna les robinets du bac, fit couler l'eau jusqu'à ce que celle-ci soit fumante. Elle mit sous pression la machine qui fabriquait du café noir ou au lait, avec ou sans sucre, serré ou allongé à l'américaine.

Dans le clair-obscur et le silence du petit jour, elle éprouvait un réel plaisir à apprêter son salon comme une maîtresse de maison se prépare à recevoir des invités qu'elle ne veut pas décevoir. Chaque fois qu'elle rencontrait son image dans un miroir, elle rectifiait une mèche de cheveux, faisait bouffer son chemisier, humectait ses lèvres.

Pourtant, comme trop souvent, son livre de rendez-vous était vide.

Dans la nuit, les hôtesses d'Air Saint-Pierre, qui venaient tôt le matin se faire faire un chignon avant de s'envoler pour Halifax, avaient laissé un message laconique sur le répondeur : « Salut, Joanne, c'est Fabienne et Pauline. D'après la météo, il y aura trop de brouillard pour décoller. Si ça se lève, ça ne sera pas avant midi. Pauline et moi, on reste au dodo. Peut-être à vendredi, *weather permiting.* »

Découragée, Joanne appuya son front contre la porte vitrée. Née de la chaleur de sa peau, la buée s'étala aussitôt autour de son visage, prenant la forme inattendue d'un grand papillon. Dehors, le jour naissant était d'un gris compact, le gris de cette poussière au fond des sacs en papier des aspirateurs.

Joanne n'avait plus qu'à attendre la cliente de passage. Mais qui viendrait chez *Al's* ? Pourquoi une femme voudrait-elle se faire un peu plus belle, et pourquoi précisément aujourd'hui ? De qui cette femme pouvait-elle espérer être admirée dans cette brume épaisse et poisseuse qui interdisait l'envol des avions, où l'on distinguait à peine les phares des autos ?

La seule chose visible, c'était la neige qui barbouillait le brouillard de grandes bavures blanches, comme un enfant s'acharne à gommer un dessin raté.

Dans la boutique de vidéo qui jouxtait *Al's*, Joanne avait loué une cassette sur les filles qui se prostituent dans des vitrines, quelque part en Belgique, au bord de la Meuse, peut-être à Liège – ça n'était pas précisé. « Moi, disait Vanessa Van de R..., brunette de dix-neuf ans, petite bouche mince, petits seins sous un boléro de dentelle noire, petits genoux encore striés d'écorchures enfantines, moi je m'organise, j'apporte ma radio, ma cafetière, mes bouquins. Je me fais mon chez-moi, en somme. Le jour où je pourrai me payer l'entretien d'un chien ou d'un chat, et si je fais encore ce job, je l'amènerai aussi. Parce qu'on s'ennuie fort derrière une vitre. Des clients, j'en reçois deux par nuit. Quelquefois trois, mais c'est pas souvent. Et quoi, le reste du temps ? Le spectacle de la rue ? C'est toujours pareil, des hommes qui traînent, tous les mêmes, ils s'approchent, ils jettent un coup d'œil sur mes pieds, sur mes jambes croisées, sur mon collant résille. Leurs yeux jaunes, leurs yeux de loup, montent jusqu'à ma poitrine, jamais plus haut, jamais jusqu'à croiser mon regard à moi. Ils se dérobent. Et voilà, encore un qui n'entrera pas, le type s'éloigne en allumant une cigarette. »

Depuis qu'elle avait visionné cette vidéo, Joanne, elle aussi, apportait au salon de coiffure un transistor pour lui tenir compagnie, une cafetière et des livres.

Elle aimait relire les albums de Bill Watterson – des bandes dessinées en noir et blanc qui racontaient les aventures de Calvin, six ans, et de son tigre qui s'appelait Hobbes, un tigre que tout le monde croyait en peluche mais qui, pour Calvin, était un grand tigre tout ce qu'il y avait de vivant, un tigre qui était même un peu philosophe. Joanne partageait la vision qu'Hobbes avait du monde – une vision gourmande et pleine de dérision, bien qu'un peu inquiète. Comme elle, Hobbes était un de ces êtres capables de se rouler par terre de rire avant de tomber dans un état de prostration inouïe.

Ou bien Joanne lisait de vieux romans français aux pages feutrées, semées de taches de rousseur, des romans que tout le monde avait oubliés et dont elle était peut-être la dernière à posséder un exemplaire – aujourd'hui *La Maison au bord du monde* de Jean Guirec, hier *La Chair est forte* d'Henri Chabrol, et demain *Les Deux baisers* de Raymonde Machard.

A huit heures, le comptable frappa à la porte vitrée.

C'était un Japonais courtois et sévère. Il avait un visage chevalin avec de longues dents jaunes curieusement recourbées vers l'intérieur de sa bouche.

Il s'appelait Gyokuchô Hosokawa. Fils d'un arboriculteur chargé de l'entretien des cerisiers des jardins impériaux de Kyôtô, il avait été employé aux écritures sur l'*Akebono Maru*, un navire-usine qui avait fait pendant un temps le voyage de Saint-Pierre-et-Miquelon. Un jour, Hosokawa en avait eu assez de l'odeur des morues mortes. Il avait profité d'une escale pour débarquer. Été comme hiver, ses costumes continuaient néanmoins à sentir le poisson.

– Monsieur Hosokawa, dit Joanne en s'efforçant de lui sourire, je suis contente de vous voir.

Elle mentait, elle n'aimait pas du tout cet homme, il l'effrayait.

Hosokawa se tenait debout, légèrement incliné, derrière le bureau en bois de pin, attendant que Joanne lui permette de s'asseoir. Elle le laissa quelques secondes dans l'incertitude, puis lui fit signe de prendre place. Il sortit quelques dossiers de sa serviette, les empila devant lui sans les ouvrir. Parmi les dossiers s'était glissé par inadvertance le livre que lisait en ce moment le comptable Hosokawa. C'était *Le Suicide des amants d'Imado*. Il s'empressa de le remettre dans sa serviette en disant : « Excusez-moi, mademoiselle, ça n'a rien à voir avec nos affaires. » En suçant ses dents recourbées, il ajouta avec une sorte de délectation gourmande que le dernier bilan faisait ressortir une diminution des recettes de près de trente pour cent. C'était préoccupant, dit-il.

– C'est à cause de l'hiver, expliqua Joanne. Les femmes cachent leurs cheveux sous des fichus, des bonnets, des capuchons, est-ce que je sais ! Mais dès la débâcle, monsieur Hosokawa, les affaires vont reprendre.

Elle parlait comme une lycéenne qui s'engage à faire des efforts au troisième trimestre pour passer dans la classe supérieure. Elle promit que tout irait beaucoup mieux dès qu'elle pourrait remplacer le séchoir n° 2. Ce séchoir était complètement déréglé – en fait il était devenu comme fou, il n'obéissait plus aux ordres de son thermostat, il brûlait la tête des clientes.

Le comptable Hosokawa regarda Joanne avec tristesse :

– Changer un séchoir ? Le changer maintenant, vous voulez dire ? Et pourquoi pas aussi changer de voiture, ou déménager, ou partir en vacances tant que vous y êtes ? Si le séchoir n° 2 devient dangereux, débranchez-le et travaillez avec le n° 1. Il est convenable, au moins, celui-là ?

– Très convenable, assura Joanne, mais avec un seul séchoir...

– Mademoiselle Guiberry, dit Hosokawa, mon diagnostic est qu'il vous faut réduire les frais. Ou alors, vous diversifier. Prenez exemple sur monsieur votre grand-père. Quand il n'y a plus eu de morue, il s'est lancé dans les biscuits de mer. Et quand les biscuits de mer ont cessé d'être rentables, il est passé à la contrebande. C'était un homme qui savait s'adapter.

– Je ne demande pas mieux que de m'adapter moi aussi, dit Joanne. Tenez, j'ai pensé à ouvrir une cabine de bronzage.

– Cela pourrait plaire, approuva le Japonais. Beaucoup de femmes souhaiteraient certainement commencer à bronzer avant de partir pour Miami, ou conserver leur hâle une fois rentrées.

– Ne me parlez pas de Miami, fit-elle. Et puis non, c'est impossible ! Vous avez une idée de ce que ça coûte, vous, une installation UV ?

– Alors, pourquoi pas le tatouage ? suggéra Hosokawa. Le tatouage n'exige pas un investissement aussi important que des UV.

– Pour tatouer, objecta Joanne, il faudrait que je sache dessiner.

– Aujourd'hui, dit le comptable, les choses ont bien changé. On présente au client un cahier de décalcomanies où il lui suffit de choisir le motif qu'il désire. On applique la décalcomanie sur son corps, à l'endroit voulu, et il n'y a plus ensuite qu'à laisser courir le stylet le long des contours.

Tout en parlant, Gyokuchô Hosokawa avançait vers Joanne les formulaires de déclaration d'impôt sur le revenu. Elle les signa. Puis elle fit du thé, qu'ils burent en silence. Tandis qu'elle avalait son thé à grandes gorgées, lui se contentait de laper le sien.

– Combien ça pourrait me rapporter, vous croyez, de tatouer les gens ?

– Tout dépend de la surface et de la complexité du graphisme, des encres que vous employez, et surtout du nombre des séances. Sans être vraiment douloureuses, les piqûres sont vite agaçantes. Au bout d'une vingtaine de minutes, la peau se couvre de sueur, vos doigts glissent et vous ne pouvez plus travailler avec autant de précision.

– Je ne pourrais pas faire souffrir quelqu'un, dit-elle.

Al's était un lieu de bien-être. « Laissez-vous aller, recommandait Joanne de sa voix douce, relaxez-vous. Et surtout, ma chère, vous m'arrêtez si c'est trop chaud. » Elle appliquait ses paumes fraîches et parfumées de part et d'autre du visage de sa cliente, lui inclinant la tête en arrière, positionnant la nuque et le cou dans la demi-lune de plastique noir, y étalant les cheveux comme on épanouit des fleurs dans un vase. Joanne aimait se pencher sur ces femmes qui s'abandonnaient à elle, humer leurs cheveux avant de les doucher. Aux odeurs fugitives qui s'en évadaient, elle devinait les petites choses de la vie quotidienne : on venait de changer les draps de lit chez Sylvette Lechanteur dont les longues mèches s'étaient imprégnées des senteurs de lessive de son oreiller tout neuf, Élise Montagnais avait mangé du bacon à son petit déjeuner, Nathalie Borotra mentait quand elle disait avoir cessé de fumer.

– Vous réfléchirez, dit monsieur Hosokawa en sortant.

Il disparut, absorbé par la brume que striait toujours l'averse de neige. Il marchait courbé – une étiquette connue de lui seul devait sans doute exiger qu'il s'incline ainsi, devant le ciel bas et les flocons comme devant l'empereur du Japon et sa cour.

En emportant vers le bac la tasse dans laquelle il avait bu, Joanne remarqua que les lèvres du comptable Hosokawa avaient laissé une empreinte rouge sur le bord du récipient. Il se peignait donc la bouche comme une femme ? Joanne connaissait presque tout le monde dans l'archipel, et elle se demanda un instant quel petit jeune homme monsieur

Hosokawa, pourtant si laid avec sa tête chevaline et ses dents retournées, pouvait bien avoir comme giton.

Du brouillard s'infiltrait sous la porte. Il rampait sur les dalles de linoléum comme ces fumées qui, dans les shows de variétés, s'enroulent autour des jambes du chanteur et de ses choristes en donnant l'impression qu'ils sont un peu des anges au bord des nuages.

Parvenue sous le lustre, la flaque de brume se souleva en ondulant, sans doute aspirée par la chaleur que dégageaient les douze ampoules. L'incandescence des lampes modela le brouillard en forme de petit corps dodu surmonté d'un crâne de vieil homme, hirsute et gris, avec, à mi-hauteur, des échappées de vapeur qui pouvaient passer pour des bras enfilés dans les manches d'une chemise flasque.

– Tu ressembles à Gustin, dit Joanne au brouillard.

Elle n'avait jamais vu son grand-père que sur des photographies délavées à force d'être restées exposées à la lumière du nord, laquelle était connue pour manger les images. Sur les clichés, Guiberry avait cette apparence incertaine, vaporeuse et pâle du brouillard sous les lampes.

– Mon vieux Gustin, ajouta-t-elle avec amusement, c'est le moment de me donner des idées. Qu'est-ce que je pourrais bien faire pour que monsieur Hosokawa cesse de me prendre pour une glaouche[1] ?

Alors, à l'instant même où le contact des ampoules brûlantes pulvérisait le brouillard en une infinité de particules légères et mouillées, Joanne eut une inspiration subite,

1. Glaouche : bonne à rien.

comme celle de son grand-père découvrant le dix-huitième amendement de la Constitution américaine.

Elle prit les ciseaux dont elle se servait pour égaliser les franges de ses clientes – les mieux aiguisés, ceux qui travaillaient sans effilocher – et elle découpa huit grandes lettres dans de la feutrine jaune fluo.

Ces lettres, quand elle les appliqua sur l'envers de sa vitrine en les lissant du tranchant de la main, formaient le mot *piercing*.

Elle sortit sur le seuil de sa boutique pour voir l'effet que cela produisait. Dans la grisaille épaisse et monotone, les lettres jaunes rutilaient comme des œufs au plat sur une poêle noire.

A dix heures, le brouillard se dissipa. Pauline Leglorieux et Fabienne O'Creagh, les hôtesses d'Air Saint-Pierre, arrivèrent en toute hâte. Finalement, l'avion pour Halifax allait décoller. Les filles couraient de travers à cause de leurs jupes d'uniforme trop droites, trop cintrées, qui les entravaient. Elles s'affalèrent dans les fauteuils en bâillant. *Sélection du Reader's digest* pour Pauline, *Match* ou *Gala* pour Fabienne, un chignon un peu lourd, bas sur la nuque, pour Pauline, des couettes pour Fabienne, café au lait sans sucre pour Pauline, café américain, long, fade et brûlant, pour Fabienne.

– J'ai vu que tu avais collé piercing sur ta vitrine, dit Pauline.

– J'ai collé piercing, répéta Joanne comme si elle avait besoin de s'en convaincre elle-même. Je suis contente que tu l'aies remarqué, je n'étais pas sûre que ce soit très visible. Surtout avec ce brouillard.

– Oh, on ne voit que ça ! s'exclama Pauline. Est-ce que

ça veut dire que tu vas trouer la peau des gens pour leur enfiler des bijoux à des endroits farfelus ?

– Je le ferai s'ils me le demandent.

– Je trouve ça vulgaire et laid, dit Fabienne. A mon avis, les personnes qui se font percer cherchent avant tout à se livrer aux mains de quelqu'un qui va les faire souffrir. Elles payent pour qu'on leur fasse mal. C'est morbide et malsain.

– Je ne sais pas si ça leur fait si mal que ça, dit Joanne. La vérité, c'est que je n'ai encore aucune idée de la façon dont on s'y prend. Mais je suppose qu'il y a des livres qui expliquent la méthode. Si vous trouvez ce genre de bouquins à Halifax, les filles, je serai contente que vous m'en rapportiez un ou deux.

– Je vais être franche avec toi, dit Fabienne. Je ne viendrai plus chez *Al's* si tu fais de ce salon une petite boucherie. Je refuse que tu me touches avec des mains pleines de sang.

Elle se leva sans attendre que Joanne ait fini de nouer un ruban écossais au bout de ses couettes. Elle pressa Pauline de boire son café au lait.

– Je finis mon histoire, dit Pauline, et on y va.

Quand elle venait chez *Al's*, Pauline relisait inlassablement le même vieux *Sélection* que Joanne lui gardait précieusement, celui qui racontait la catastrophe d'un strato-clipper de la Pan American reliant Honolulu à San Francisco. C'était dans les années cinquante. Une des hôtesses de l'avion s'appelait Lynn Daniels, elle était blonde, douce, courageuse. Pauline, qui était très brune, violente et peureuse, était persuadée d'être la réincarnation de cette fille.

A travers la vitrine que barraient désormais les grandes lettres jaunes du mot piercing, Joanne regarda les hôtesses monter dans le minibus où les attendaient les pilotes.

Une heure et demie plus tard, l'avion passa au-dessus du salon dont il fit trembler les miroirs, le lustre et les produits de beauté alignés sur les coiffeuses. Le séchoir nº 2, celui qui était doué d'une vie autonome et perverse, glissa sur ses roulettes. Il courut sur le linoléum une distance de près d'un mètre, ce qui est considérable pour un objet réputé inanimé.

Puis ce fut au tour de Denise de défiler derrière la vitrine, grave et préoccupée sous sa toque en carcajou bidon, en route pour sa chasse matinale aux petites cuillers.

– Hello, ma Joanne, fit-elle en agitant sa main gantée.

– Hello, maman, répondit Joanne.

Un peu plus tard, vers onze heures du matin, alors qu'elle jetait de nouveau un regard distrait en direction de la rue, Joanne vit, sur le trottoir opposé, une jeune fille accompagnée d'une grande oie blanche.

La jeune fille avait un visage ovale, encadré de cheveux noirs, coupés court et luisants. Ses yeux étaient légèrement fendus – ou alors elle les plissait, comme les myopes quand ils n'ont pas leurs lunettes.

Elle portait une robe d'un brun assez pâle, qui lui descendait jusqu'aux chevilles, faite d'une étoffe grossière qui évoquait un peu la bure. En bas de la robe, l'ourlet s'ornait d'une frange alourdie de perles en terre cuite. Les perles étaient de trois couleurs : le bleu du ciel clair, le rose des saumons, l'ocre des murailles. Elles s'entrechoquaient comme les grains d'un chapelet quand la fille changeait d'appui, faisant porter son poids d'une jambe sur l'autre.

Sans doute cette petite était-elle fatiguée par le paquetage qu'elle portait dans son dos, retenu par une sangle de poitrine faite de ficelle entortillée et par un bandeau frontal, très large, décoré de piquants de porc-épic. En langue athabascane, ce bandeau s'appelle *tump*, c'est-à-dire « qui sert à porter un cerf dans la forêt après qu'il a été abattu ».

Un flot soudain d'autos et de camions déroba la fille et son oie aux yeux de Joanne, qui pensa : « Dommage, je ne les reverrai plus. »

Elle se trompait. Quand la rue fut vide, elles traversèrent, la fille en tête et son oie derrière elle. Parvenue sur le trottoir de Joanne, la fille au *tump* regarda à droite vers la boutique de vidéos, puis à gauche vers la laverie automatique. Elle avait une façon très souple de tourner la tête, et Joanne fut contente que cette fille ait traversé la rue, et de pouvoir ainsi la détailler de plus près.

Elle va entrer dans la laverie, crut deviner Joanne, pour lessiver tout ce linge sale qu'elle trimbale dans son dos. Mais comme elle n'a sûrement pas de pièces pour faire fonctionner les machines, elle va venir me réclamer de la monnaie. On parie qu'elle va vouloir changer des dollars US ? A combien est le dollar US, aujourd'hui ?

Et déjà, elle pianotait sur sa calculette.

La fille poussa la porte de *Al's*, qu'elle maintint ouverte le temps que la grande oie entre à son tour.

– Madame, salua poliment la fille.

– Mademoiselle, répondit tout aussi poliment Joanne.

– Je suis intéressée par un piercing.

– Ah oui ? fit prudemment Joanne.

– Je vois que c'est une de vos spécialités, dit la fille au *tump* en désignant les lettres en feutrine jaune appliquées sur l'envers de la vitrine.

– Spécialité, c'est beaucoup dire. Nous sommes un institut

de beauté qui s'efforce de satisfaire le plus largement possible les désirs variés de sa clientèle.

– Mais enfin, vous faites bien des piercings, comme c'est marqué sur la vitrine ?

Joanne dit que c'était un nouveau service qu'*Al's* allait en effet bientôt proposer – elle insista sur le « bientôt ».

– Parce que là, tout de suite, vous ne le faites pas ?

– Non, avoua Joanne. Franchement, là tout de suite, on ne le fait pas encore. Notre département piercing ouvrira dans quelques jours. Lundi, mettons. Revenez lundi, si vous voulez quelque chose de ce genre.

– Lundi, c'est loin, dit la fille.

– Nous pourrions déjà convenir d'un rendez-vous, suggéra Joanne en ouvrant son grand livre. Je vais noter. Lundi matin, un piercing. (Elle écrivait en même temps, au crayon pour pouvoir effacer si, finalement, la fille ne voulait pas de ce rendez-vous.) Vers dix heures, ça vous convient ? C'est à quel nom ?

– Manon, dit la fille au *tump*.

– Manon, répéta doucement Joanne. Et à quel genre de piercing avez-vous pensé, Manon ? Le lobe des oreilles ?

– La langue, dit Manon.

Elle tira sa langue, qui était souple, large, couverte de toutes petites bulles de salive blanche. Deux centimètres en retrait de la pointe, elle posa l'index. Son ongle était noir de crasse, comme si elle venait de planter quelque chose dans une terre riche. Puis elle rentra sa langue dans sa bouche, avec une vivacité de serpent. Son doigt resta un instant suspendu en l'air devant son visage, avec son ongle sale où la salive avait mis du brillant :

– Vous avez vu ? Juste là.

– Je suis désolée, dit Joanne, mais chez *Al's*, on ne fait que des piercings extrêmement classiques : le cartilage des oreilles pour y mettre des anneaux, les ailes du nez pour y incruster des perles ou de minuscules brillants, le bout des seins à la rigueur.

Et encore, pour le bout des seins, elle n'était pas très sûre de savoir s'y prendre, ni même de disposer d'ici lundi des poinçons, des aiguilles, des compresses et des produits antiseptiques.

– Alors, dit Manon, n'écrivez pas piercing sur votre vitrine si vous n'êtes pas foutue d'en faire. C'est de la publicité mensongère. Si j'étais une fille chiante, je déposerais plainte et ça pourrait vous coûter un maximum.

– Mais vous n'êtes pas une fille chiante, dit Joanne, ça se voit tout de suite.

– Je l'ai été, dit Manon.

Elle sourit. Elle parla à nouveau de sa langue, la tira pour la montrer à Joanne, la rentra dans sa bouche, la tira encore une fois.

– Arrêtez ça, dit Joanne, vous n'êtes pas un petit serpent.

– Écoutez, insista Manon, aux États-Unis, il n'y a rien de plus banal que de se faire trouer la langue. Ils n'en font pas toute une histoire, là-bas. Dans n'importe quelle boutique, à New York…

– A New York, la coupa Joanne, ça se peut bien. Mais ici, je vous répète que ce n'est pas à notre catalogue.

Elle disait *nous* comme si *Al's* avait entretenu un personnel nombreux et spécialisé – une shampouineuse, un teinturier, une manucure, et maintenant un perceur. Pourquoi essayait-elle d'impressionner cette fille maigre et crasseuse au lieu de lui expliquer qu'elle s'était trompée d'adresse et de les pousser dehors, elle et son oie ?

La fille au *tump* s'assit dans le fauteuil sous le séchoir n° 1, et l'oie se coucha à ses pieds. Elles paraissaient épuisées toutes les deux.

– Cette oie s'appelle Louise, dit brusquement Manon. Elle est jolie, n'est-ce pas ?

– Très jolie, admit Joanne, qui se pencha vers l'oiseau et ajouta : bonjour, Louise, tu es la bienvenue chez *Al's*.

Elle pensa que, si elle avait dû parler anglais, il lui aurait paru bizarre de dire également *you* à la jeune fille et à son oie. Tandis que le français, avec son tu et son vous, permettait de marquer une différence appréciable entre ce petit être humain rébarbatif et son grand volatile.

– Elle ne sait pas qu'elle s'appelle Louise. Elle ne connaît pas encore son nom. Si ça se trouve, elle ne le connaîtra même jamais. Je ne sais pas grand-chose à propos des oies. Elle me suit parce qu'elle ne peut rien faire d'autre. Elle a une aile cassée.

– Je ne troue pas les langues et je ne soigne pas non plus les ailes cassées, s'empressa de préciser Joanne. Mais je peux vous donner l'adresse d'un vétérinaire, si vous voulez.

Manon dit que Louise guérirait toute seule. C'était un animal sauvage, il n'était pas bon pour elle d'être touchée par l'homme, même si celui-ci était animé d'intentions généreuses :

– Je ne l'ai jamais caressée, sauf quand je l'ai ramassée.

Parmi les grandes oies blanches qui, par centaines de milliers, se posaient deux fois l'an sur les battures du Saint-Laurent, une fois au printemps quand elles remontaient vers l'Arctique et une autre fois à l'automne quand elles entamaient leur longue migration vers le sud, vers les lagunes de la Caroline du Nord et de la Virginie, Louise n'était évidemment pas la seule à s'être brisé une aile.

Si l'approche et la descente sur le cap Tourmente se faisaient dans une sorte d'harmonie idéale, dans une glissade de gloire qui épousait l'épanouissement et la majesté du fleuve, l'aire d'atterrissage s'avérait souvent trop exiguë pour une telle population d'oiseaux. En prenant pied toutes ensemble sur la vase parmi les scirpes, les sagittaires, les joncs tendres et les riz sauvages, les oies se heurtaient parfois avec une telle violence que certaines tombaient assommées.

– Elles finissent presque toujours par se remettre, dit Manon. Évidemment, quand il s'agit d'une aile, c'est plus grave.

Elle avait l'intention de garder Louise jusqu'à la migration d'automne, le temps que son aile gauche se ressoude. Alors elle la reconduirait au cap Tourmente où elle la lâcherait parmi ses congénères. En attendant, Louise lui coûtait cher en soins et en nourriture.

– C'est pour ça, conclut Manon, que je ne peux pas payer trop cher pour ce piercing. Pas ce qu'ils demandent à New York, en tout cas. Vous, combien voulez-vous que je vous donne ?

– Mais rien du tout, pas un maudit dollar ! dit Joanne avec agacement. Je vous répète, mademoiselle, que nous ne pratiquons pas ce genre d'intervention chez *Al's*.

L'oie s'était aplatie, affaissée sur elle-même, les yeux à demi clos. Elle semblait penser que cette discussion entre Joanne et Manon allait s'éterniser.

– Et si je ratais mon coup ? reprit Joanne. Si je vous

esquintais la langue ? Si je vous rendais infirme ? Si vous ne pouviez plus du tout parler, après ça ?

– Le trou est minuscule, dit Manon, juste un millimètre de diamètre. Vous avez peur de faire un trou d'un millimètre ? Si on ne met pas de bijou dedans, il se rétracte, il se referme tout seul, on ne voit plus rien.

– Non, dit Joanne.

La jeune fille dégagea le *tump* qui pressait son front. Elle ramena son sac devant elle, l'ouvrit. Elle en tira cent dollars américains.

– Ne faites pas ça, dit Joanne. Reprenez votre argent. Je ne suis pas compétente. Je ne sais même pas ce qu'il faut mettre sur une langue pour la désinfecter.

– Vous êtes nulle, dit Manon.

Elle se pencha, souffla son haleine sur la tête de son oie, lui ébouriffant les plumes du cou. Louise se leva en cacardant.

– Viens, Louise, dit Manon, on se tire. C'est une conne.

Elle traversa le salon, laissant dans son sillage une odeur d'étoffe imprégnée de neige et de fumée, de corps chaud et d'urine. Oh ! mon Dieu, qu'elle est sale, pensa Joanne qui, au même instant, éprouva un sentiment de frustration insupportable à l'idée que cette fille allait quitter *Al's*, et qu'elle ne la reverrait probablement jamais. Elle chercha un moyen de la retenir.

– Attendez, Manon. Pour dix dollars, je vous fais un shampooing et un brushing.

Manon et son oie avaient atteint la porte.

– Pour seulement six dollars, marchanda Joanne, en plus du shampooing et du brushing, je vous fais une coupe dégradée, vos cheveux ressembleront aux plumes de Louise.

Manon mettait à présent sa main sur la poignée de la porte, elle abaissait cette poignée. Déjà, par l'interstice, s'engouffrait la froidure de la neige.

– Cinq dollars, supplia Joanne. Ne partez pas comme ça. Cinq dollars et je vous offre un café par-dessus le marché. Deux cafés, même. J'ai une machine qui peut faire du cappuccino.

– Mes cheveux sont très bien comme ça, dit Manon.

Joanne s'interposa entre elle et la porte :

– Ils sont dégueulasses et ils puent.

– On verra ça lundi, en même temps que le piercing.

Quand l'avion d'Air Saint-Pierre revint se poser en fin de journée, les hôtesses rapportèrent à Joanne des ouvrages sur les différentes techniques de piercing, des pinces nickelées, un poinçon, un jeu d'aiguilles, du coton et des produits désinfectants.

La nuit était tombée, à nouveau le brouillard palpitait autour des réverbères, des fenêtres, des enseignes au néon, des phares de voitures, attiré comme les phalènes par tout ce qui était lumineux. Du côté du port, la corne de brume avait recommencé à couiner.

– Tu as vu, sur le trottoir ? chuchota Pauline. Il y a une fille assise, le dos calé contre ta vitrine. Un grand oiseau s'est blotti près d'elle, il dort le cou sur les genoux de la fille, un peu comme un chien. C'est étrange, je n'ai jamais vu ça.

– C'est Manon, dit Joanne, et l'oiseau est une oie qui s'appelle Louise. Je croyais qu'elles étaient parties, toutes les deux.

– Non, elles sont là – est-ce qu'elles essayent d'attendrir les gens pour avoir du fric ?

– Manon a sur elle cent dollars. Elle me les a montrés, elle est prête à me les donner si je lui troue la langue.

– C'est rudement bien payé, dit Pauline en riant. Tu vas faire fortune, ma chère, avec ta nouvelle activité.

– Mais je ne lui ferai pas ça, rétorqua Joanne. C'est trop cruel.

Elle ajouta qu'elle passerait à la gendarmerie en rentrant chez elle, pour demander qu'une patrouille vienne expulser cette fille de devant sa vitrine. Elle commença d'éteindre l'une après l'autre les lumières du salon. Elle referma son livre de rendez-vous. Le téléphone n'avait pas sonné de toute la journée. Sauf la fille au *tump*, personne n'était entré chez *Al's*.

Joanne repensa à la vidéo sur les prostituées belges. Dans ce reportage, les femmes disaient qu'elles passaient maintenant plusieurs nuits entières derrière leur vitrine, à croiser et à décroiser leurs jambes, à imiter des gestes de succion avec leurs bouches, tout ça sans qu'aucun client ne se décide à entrer. Si les hommes de là-bas renâclaient à se démunir d'un peu d'argent pour un peu d'amour, et si les femmes d'ici en étaient à se refuser frileusement le plaisir d'un bon shampooing bien chaud, c'était que l'ampleur de la crise avait dépassé les prédictions les plus alarmistes.

A travers la vitrine, Joanne reconnut la voiture blanche du comptable Hosokawa qui rentrait chez lui. Il ralentit légèrement en passant devant chez *Al's*, jeta un bref regard en direction du salon.

Joanne se dit que ce regard avait dû être sévère.

Elle raccompagna les hôtesses de l'air, leur ouvrit la porte.

– La météo prévoit une nouvelle purée de pois pour demain, dit Pauline en sortant, donc ça n'est pas sûr du tout qu'on décolle. Du coup, pas la peine de te lever à l'aube rien que pour nous.

– En cas d'éclaircie, dit Fabienne, Pauline m'aidera à faire mes couettes.

– La compagnie ne nous rembourse pas les frais de coiffure, expliqua Pauline, alors c'est toujours ça de gagné quand on se débrouille toutes seules.

Joanne les regarda monter dans le minibus aux vitres embuées. Elle les vit se jeter sur la banquette de skaï, se blottir contre les pilotes. Ceux-ci passèrent leurs bras autour des épaules des jeunes femmes. Leur geste était protecteur, simple, avec quelque chose d'éternel. Ce geste fit envie à Joanne, qui sentit son ventre se crisper. C'était presque une douleur. Il était temps que revienne le solstice d'été, et avec lui Paul Ashland.

Elle traîna un moment dans le salon obscur, cherchant un emplacement où ranger le matériel de piercing que les hôtesses lui avaient rapporté d'Halifax.

Malgré la pénombre, les aiguilles luisaient au fond de leur boîte chromée, bien alignées sur un lit de coton. Chaque aiguille était équipée d'une sorte de protubérance en matière plastique rose par où, probablement, il convenait de la tenir pour l'enfoncer dans la chair. Joanne déboucha le flacon de désinfectant, le huma, lui trouva une odeur de pétales de violette qu'on aurait fait macérer dans de l'éther. C'était une odeur agréable.

Elle feuilleta le manuel. Imprimé à Singapour, il était rédigé en anglais. Le chapitre douze était tout entier consacré au piercing de la langue. Des photographies en couleur très explicites montraient comment l'opérateur s'asseyait face à son patient, entre ses genoux et légèrement plus bas que lui, comment il devait s'y prendre pour saisir la langue par la pointe et l'attirer vers lui entre les deux mâchoires d'une pince protégées par une double compresse hémostatique, et enfin comment il perforait le muscle de bas en haut. Sur les clichés, les patients – l'un d'eux était un Noir avec une langue extraordinairement rose et charnue – regardaient l'opérateur droit dans les yeux.

Joanne se demanda si elle supporterait le regard de Manon.

– Vous n'allez pas rester dans la rue, quand même ? dit Joanne à la fille.

Manon répondit qu'elle n'avait sur elle que les cent dollars qu'elle avait montrés tout à l'heure. Elle n'avait pas l'intention de les gaspiller en chambre d'hôtel, elle les gardait pour le piercing. Comme c'est infantile ! pensa Joanne. Car il n'y avait pas que la chambre d'hôtel. Comment cette fille allait-elle s'y prendre pour tout le reste – et d'abord pour manger ?

Manon haussa les épaules. Elle était sûre que personne ne la laisserait mourir de faim ou de froid. Ce genre de choses pouvait arriver dans des grandes villes comme New York ou Montréal, mais pas dans les rues de Saint-Pierre. Quelqu'un finirait bien par s'apercevoir qu'il y avait là une fille en difficulté, et l'aiderait d'une façon ou d'une autre. Mais Manon ajouta qu'elle comprenait parfaitement que Joanne soit contrariée à l'idée qu'une inconnue allait peut-être passer la nuit adossée à la devanture de son salon de coiffure. Elle irait donc se mettre un peu plus loin en attendant que quelqu'un la remarque, s'arrête et s'occupe d'elle. Cette boutique ou une autre, ça lui était bien égal. Elle reviendrait lundi à dix heures pour son piercing, comme convenu. Elle se leva.

– Viens, Louise, on se déménage, dit-elle à la grande oie

qui avait commencé un somme, la tête enfouie sous son aile valide.

– Attendez, fit Joanne. Il y a plusieurs choses que vous me faites dire et que je n'ai pas dites. D'abord, je n'ai pas dit que j'étais d'accord pour vous percer la langue. Ni lundi ni aucun autre jour. Ensuite, à supposer que j'accepte de le faire, je n'ai jamais dit non plus que ça vous coûterait cent dollars.

– Combien, alors ?

– Je ne veux pas de votre argent. Tout ce que je vous demande, c'est de me laisser réfléchir. Je n'ai pas encore pris ma décision. Pour l'instant, je ne suis pas prête à vous faire ça. Essayez de comprendre que ça me fait peur.

Manon et Louise se dirigeaient vers le port, sans autre raison que la pente de la rue qui les y entraînait naturellement. Manon réglait son pas sur celui de son oie. Joanne marchait légèrement derrière elles deux.

Plus on avançait, plus on percevait l'odeur musquée que continuaient d'exhaler les chalutiers en sommeil. A cause de la crise de la pêche, ils n'avaient pourtant pas pris la mer depuis de longs mois. Mais les relents d'entrailles et d'huile de poisson formaient toujours le parfum *sui generis* de l'archipel. Ce parfum n'imprégnait pas vraiment les choses, il semblait plutôt flotter autour d'elles. Il planait au-dessus des toiles cirées, il était dans le halo de brume des réverbères. On croyait que le vent le chassait, mais il réapparaissait sitôt le vent passé, comme l'oiseau dérangé revient se poser sur le chemin pour achever son festin de hérisson éventré. Joanne se demandait s'il l'enrobait elle aussi quand elle faisait voler ses cheveux. C'était peut-être pour ça que Paul Ashland l'appelait quelquefois ma sirène, la soulevant dans ses bras pour la porter d'un point à un autre de la maison comme si elle était en effet une vraie sirène incapable de marcher sur un parquet. Elle ne se débattait pas, elle aimait la force de Paul Ashland. C'était terrible à penser, mais elle rêvait parfois d'être paralysée et molle pour dépendre à jamais de la force et des bras de Paul. Elle avait honte de ce rêve, bien sûr, mais elle le faisait quand même. Entre deux solstices, entre deux visites de Paul, elle s'allongeait sur son lit, s'interdisant de remuer ne fût-ce qu'un doigt : « Et maintenant, mon amour, viens et emporte-moi. Cours avec moi dans tes bras. »

– Vous êtes québécoise, n'est-ce pas ? dit-elle à Manon. Pourquoi ne retournez-vous pas à Montréal ? Ils ont de véritables cabinets de piercing, là-bas, avec des gens beaucoup plus compétents que moi. Pourquoi avoir choisi Saint-Pierre pour cette opération ?

– Opération ? pouffa Manon. Vous voyez les choses en grand, vous ! Et puis, je n'ai rien choisi du tout. C'est une idée qui m'est venue comme ça, en passant devant votre vitrine.

Joanne sourit, soulagée :

– Ah bon, j'aime mieux. Parce que si c'est juste une idée comme ça, alors vous devriez pouvoir facilement vous l'ôter de la tête.

– Oui, admit Manon. Je suppose que je pourrais. Mais pour l'instant, je la garde. Elle me plaît assez bien.

Elles étaient arrivées sur les quais. Avec la froidure de la nuit, une mince pellicule de glace se formait à nouveau sur l'étendue d'eau que la débâcle avait commencé à libérer. Mais cette glace ne tenait pas, il suffisait d'un léger remous pour qu'elle se fende en longues aiguilles scintillantes aussitôt englouties. C'était à des signes comme celui-là qu'on savait que l'hiver allait finir.

Il restait moins de cent jours avant le solstice d'été.

En attendant, Manon frissonnait dans sa robe trop légère, faisant tinter les perles de terre de son ourlet. Elle regardait autour d'elle.

– Vous cherchez quelque chose ?

– Le genre petite pension pas chère, finalement.

Il y avait, pas très loin, une maison avec une fenêtre derrière laquelle était accroché un panneau indiquant « chambre à louer ». Il fallait le savoir car, d'ici, on ne pouvait pas apercevoir la maison qui était masquée par le bâtiment de la Poste. Et Joanne le savait, bien sûr, comme elle savait aussi qu'en cette saison la chambre à louer avait toutes les chances d'être libre. Pourtant, elle n'en dit rien. Et même, elle s'empressa de décourager Manon :

– Sur le port, vous ne trouverez rien. C'est plutôt industriel, comme vous pouvez le constater.

Elle ne voulait pas quitter la fille. C'était un sentiment déconcertant. Elle chercha à le justifier en mettant son intérêt pour Manon sur le compte de l'oiseau qui l'accompagnait. C'était la première fois qu'elle voyait une grande oie des neiges.

– Gardez plutôt vos dollars pour votre nourriture. Si ça vous intéresse, moi j'ai une chambre. Plus exactement, c'est ma mère qui a cette chambre. Enfin, chambre, c'est peut-être un grand mot : il s'agit d'une pièce vide, sous le toit. Ce n'est pas meublé, mais je vous prêterai un matelas, des draps, des couvertures. L'isolation est en bon état, vous n'aurez pas froid. L'avantage, c'est par rapport à Louise : dans une pension, on refusera peut-être de vous accueillir avec cette oie. Car évidemment, j'imagine qu'elle fait ses besoins n'importe où. Chez ma mère, sur le plancher nu, ça n'aura aucune importance.

– C'est vrai qu'elle s'oublie partout, confirma Manon. On ne peut pas lui en vouloir. Et on ne peut pas non plus lui apprendre à être propre. Ce n'est pas un chien. Quand elle salit, je nettoie. D'ailleurs, ça ne sent pas vraiment mauvais. A propos, il faut que je lui donne à manger.

Elle parla de graminées et de rhizomes aux noms étranges, de trèfles et de spartine. Elle ajouta que ça serait encore mieux si tout ça était humide, avec de la vase fluviale autour des racines, parce que c'était la nourriture que préféraient les grandes oies des neiges – c'était précisément pour s'en gaver qu'elles se posaient au cap Tourmente.

– Il n'y a pas ça chez nous, dit Joanne. Mais maman a sûrement du maïs à la maison, pour le pop-corn.

– Oh ! tu vas adorer ça, Louise, dit Manon en gratifiant d'une pichenette le bec de son oie.

Lorsque Manon s'arrêta dans le tambour de l'entrée pour se débarrasser de son sac et de ses bottes, Denise Guiberry vit tout de suite combien cette fille était sale. Elle avait pensé la même chose de Joanne quand celle-ci était devenue une adolescente avec les cheveux dans les yeux ; et elle n'en pensait pas moins de toutes les jeunes filles modernes.

Elle se déclara néanmoins heureuse d'héberger Manon pour quelques jours. Par sa seule présence, elle allait sûrement contribuer à faire déguerpir pour longtemps les mouffettes qui grouillaient là-haut dans la chambre vide. C'était comme d'enfermer un chat dans une pièce infestée de souris : même si le chat n'en attrapait aucune, son odeur de chat suffisait à faire comprendre aux souris que le temps du sabbat était révolu pour elles.

Elle décida donc que Manon devait sentir le chat, et que c'était le côté positif de son aspect crasseux.

Tandis que Joanne allait chez elle chercher de la literie, Denise et Manon s'assirent dans le salon pour faire connaissance.

Il y avait un peu partout des portraits de Gustin Guiberry. De quelque façon qu'on se tourne, on avait toujours l'impression que le vieil homme vous suivait des yeux, qu'il tenait son regard obstinément fixé sur les personnes présentes dans la pièce. Il semblait leur reprocher de vivre après lui et de s'amuser égoïstement. A l'époque où ces portraits avaient été faits, il n'était pas d'usage de sourire au photographe. On prenait au contraire un air dominateur, on se composait un regard sévère, on se cambrait en glissant une main dans l'échancrure du gilet. Sur les grandes images ovales qui le représentaient, qu'on avait encadrées d'ébène ou d'acajou très sombre et barrées de crêpe noir, Gustin le contrebandier avait l'air d'un juge.

– Est-ce que c'était votre mari ? demanda Manon.

– Mon père.

– Il est mort quand ?

– Oh ! il y a bien longtemps – c'est à cause des crêpes noirs que vous me demandez ça ?

– Je croyais qu'on les enlevait au bout d'un certain temps, dit Manon.

– Pourquoi dire « un certain temps » quand il s'agit de la mort ? La mort n'a plus rien à voir avec le temps.

– La plupart des gens n'ont aucune idée de ce qu'est la mort, dit Manon.

– Naturellement non. Moi, à mon âge, je le saurai bientôt. D'ailleurs, je me renseigne. Je veux dire que je lis des livres. Mais je n'en ai aucune peur, vous savez.

Manon sourit. Elle faillit dire quelque chose, se retint. Le temps où le sourire resta sur son visage et l'éclaira, elle fut assez jolie, au point qu'on ne remarquait même plus comme elle était sale et dépenaillée.

Elle laissa lentement son sourire s'effacer et désigna, posée sur le napperon de dentelle du vaisselier, l'unique photo du seul homme à ne pas être le vieux Guiberry.

– C'était lui, alors, votre mari ?

– Non, dit Denise, celui-là c'était Al Capone. Il a fait notre fortune. Enfin, celle de mon père. Indirectement, bien sûr. Mais nous autres, les Guiberry, on lui doit beaucoup. Heureusement, parce que les affaires de ma fille ne sont guère florissantes. La pauvre Joanne perd tout ce qu'elle veut avec son salon de coiffure. Est-ce qu'elle vous a proposé un engagement ? ajouta-t-elle avec une soudaine inquiétude dans la voix.

Manon fit non de la tête. Denise respira.

– Heureusement, reprit-elle, ma fille est sur le point de se marier. Avec un homme remarquable, un Américain, lui aussi dans la coiffure.

Denise prononçait le mot coiffure avec une sorte de préciosité gourmande, traînant excessivement sur les deux f et le u, les aspirant comme si elle sirotait, avec une paille, une boisson délicieuse. Elle appartenait à une génération pour laquelle la coiffure avait beaucoup compté. Elle avait vécu cette époque de transition où les femmes avaient soudain cessé de porter des chapeaux mais sans céder encore au négligé d'une chevelure sauvage, livrée à elle-même, qui aujourd'hui leur battait la figure. Elle pouvait associer chaque période de sa vie à telle ou telle coiffure à la mode, telle ou telle innovation de l'art capillaire. Elle avait pris ses premières vacances en France au temps des chignons à la Simone Signoret de *Casque d'or*, sa ménopause avait coïncidé avec l'abandon définitif des fers à friser, elle était devenue veuve en plein déferlement des choucroutes à la Bardot. Comme ces personnes qui vous racontent avec nostalgie le temps des locomotives à vapeur ou des avions à hélices, Denise était intarissable sur les premiers berlingots de shampooing à l'œuf, la révolution des bombes de laque, les colorations qu'on pouvait se faire soi-même à la maison. Mais à quoi bon, tout ça ? Aujourd'hui, on se coiffait n'importe comment. Autant dire qu'on ne se coiffait plus. On pouvait même se montrer sans cheveux du tout, sous prétexte de solidarité avec les malades du cancer ou du sida.

– Quand j'étais plus jeune, rappela Denise, être chauve sous-entendait qu'on vous avait assise de force sur une chaise de cuisine et qu'on vous avait tondue. Vous savez ce que ça voulait dire, être tondue, pour une femme ?

– Non, dit Manon.

Elle commençait à avoir faim.

– Vous n'ignorez tout de même pas qu'il y a eu une guerre ?

– Quelle guerre ? dit Manon. Il y en a eu tellement.

Son regard se fit rêveur, et elle ajouta :

– J'en connais plein, moi, des guerres. En 1885, un jour, un officier qui s'appelait Strange a voulu empêcher des Indiens des plaines, des Cris de la bande à Gros Ours, d'exécuter une danse de la Soif. Ça s'est passé près de la Butte-aux-Français. La guerre à cause de cette danse de la Soif a commencé en mai, elle a duré jusqu'en juillet. Mais peut-être que vous n'appelez pas ça une guerre.

Denise comprit qu'il en était des guerres comme des coiffures : Manon et elle n'avaient pas les mêmes références. Elle renonça donc à lui raconter l'Occupation, la Collaboration, l'Épuration, tous ces mots qui finissaient par *tion*, comme punition, humiliation.

Elle-même n'avait connu la guerre que par les journaux. De temps à autre, des pêcheurs de Saint-Pierre avaient signalé des masses sombres qui sortaient de la mer dans un bouillonnement d'écume. Des kiosques de sous-marins, peut-être. Mais pour autant, on n'avait jamais vu un Allemand dans l'archipel.

– Seriez-vous de race indienne ? demanda Denise.

– Je sais, j'en ai l'air, répondit Manon sans se compromettre.

La grande oie polaire, en claudiquant, s'était approchée d'une fenêtre. Le cou raide, Louise regardait tomber la neige.

Une fois chez elle, Joanne se traita d'imbécile. Elle avait promis à la fille de lui prêter un matelas, un oreiller, une couette (et pourquoi pas une brosse à dents ?), sans réfléchir qu'elle n'avait rien de tout ça en double exemplaire.

Même quand Paul Ashland avait décidé d'instaurer le rite des deux solstices, Joanne n'avait pas eu besoin d'acheter pour lui un second oreiller : Paul apportait toujours le sien, un truc gonflable en latex rose déjà constellé de rustines, qui lui servait de point de repère dans ses voyages, de balise immuable, qu'il utilisait aussi bien en avion qu'au lit ; aussi perdu que soit le motel où il s'arrêtait pour la nuit, quel que soit l'inextricable écheveau de fils électriques, d'enseignes éteintes et de pluie qu'il découvrait le matin à travers sa fenêtre, le rebondi de l'oreiller caoutchouté et son odeur familière étaient là pour le rassurer, pour lui rappeler qu'il n'était pas un homme déraciné.

Il était trop tard à présent pour espérer trouver un magasin de literie encore ouvert. Joanne se contenta donc de récupérer son propre oreiller et sa couette. Si elle-même avait froid cette nuit, elle n'aurait qu'à pousser le chauffage. Elle ne prit pas son matelas, tant pis, Manon était jeune, elle dormirait par terre.

Sur la route du retour, elle croisa la voiture blanche du comptable Hosokawa. Le Japonais fit mine de ne pas reconnaître Joanne. Il roulait lentement, et la neige n'était pour rien dans cette conduite excessivement prudente. Manifestement, Gyokuchô Hosokawa était à la recherche de quelqu'un.

Quand elle entra chez sa mère, les bras encombrés par la couette et l'oreiller, Joanne sentit flotter, dès le sas, une odeur différente de celle dont elle avait l'habitude.

Que ce soit dans cette maison reconstruite ou dans l'ancienne, celle qui avait brûlé, ça n'avait jamais senti autre chose que l'*Heure bleue* de chez Guerlain, les petits œufs de naphtaline dispersés dans les armoires, le linge moite tout juste repassé, le goménol des gouttes pour le nez, les fruits confits mis à macérer dans du kirsch, le mélange de poudre de détergent et de marc de café renversé sur la paillasse de l'évier, les cigarettes Chesterfield dont Denise raffolait.

En plus de tout ça, il y avait ce soir quelque chose de nouveau, de tiède, d'un peu fade et gras, qui la faisait penser à Noël. Elle se souvint de l'oie. C'était l'oie, sûrement, qui sentait comme ça.

En ouvrant la porte du séjour, Joanne découvrit sa mère et Manon qui regardaient, l'air attendri, Louise en train de picorer dans un plat en aluminium. Avant de relever la tête et d'allonger démesurément le cou pour engloutir son maïs, l'oiseau donnait des coups de bec furieux contre les parois de sa gamelle.

– On s'est offert un petit whisky pour célébrer ça, dit Denise. Tu en veux un aussi, Joanne ?

– Célébrer quoi, maman ?

– Louise qui est enchantée de son dîner.

A l'intention de Manon, Denise se lança dans un long discours sur les difficultés qu'elle avait eues à nourrir Joanne.

En voilà une qui n'avait pas été facile à gaver. Des heures, quelquefois, pour lui faire prendre la moitié d'un biberon. Des heures de pleine nuit, debout, les bras en berceau et tout engourdis par le bébé récalcitrant, à rêver d'une aurore boréale dont la splendeur apparaîtrait soudain derrière la fenêtre noire pour récompenser Denise de ses crampes, de sa veille. En fait d'aurores boréales, Denise avait mijoté dans les renvois aigres, les petits vomis, les crachotis de Joanne.

– Elle ne supportait pas les laitages. Elle ne prenait pas de poids, même que le docteur a eu peur d'un début de cachexie. Elle était maigre, cassante comme une baguette de verre.

– Joanne, fit Manon en riant, tu as rudement changé.

Joanne releva le tutoiement, mais ne dit rien. Elle regardait les cheveux un peu huileux de Manon, essayant d'imaginer de quelle façon ils s'étaleraient sur l'oreiller qu'elle avait apporté pour elle.

Denise ouvrit des boîtes d'un peu n'importe quoi, cœurs de palmier, olives vertes, cerises confites, pousses de soja, corned-beef, mélangea leur contenu pour confectionner une salade géante, aux couleurs heurtées. On dîna aux bougies. La civilité parfaite des petites flammes dont aucune ne s'élevait plus haut que l'autre rattrapait les excès bariolés de la salade.

Joanne évita de s'asseoir face à Manon. Elle appréhendait d'entrevoir sa langue quand elle ouvrirait la bouche pour manger.

Certes, la langue n'était qu'un muscle permettant de parler, de repérer et de dissocier les sensations savoureuses, et accessoirement d'exciter Paul Ashland.

Aux solstices, quand elle embrassait Paul, Joanne ne s'occupait pas de savoir ce que faisait sa langue enfouie dans la bouche de son amant. Un baiser, c'était comme un soir d'été quand on libère le chien après dîner en lui disant : « Allez, va jouer, le chien ! », et qu'on lui laisse organiser sa petite joie de chien libre. Qui se soucie des bonds du chien, de ses cabrioles ? Les chiens dans les soirées d'été, les langues dans les bouches amoureuses, ça gambade sans trop réfléchir, ça fait ce que l'instinct commande, ça va où le bonheur les mène.

Mais depuis que cette petite crasseuse de Manon était entrée chez *Al's* pour réclamer son piercing, Joanne voyait des langues partout. Elle espérait que c'était temporaire, que ça n'allait pas tourner à l'obsession comme les petites cuillers pour sa mère.

Manon dévorait sa salade tête baissée, presque le nez dans son assiette. Comme une petite loutre affamée, pensa Joanne.

La jeune fille parla peu, sinon de choses anodines, de la difficulté à atteindre le petit archipel français les jours de grand brouillard quand on venait du Canada.

Elle alla se coucher tout de suite après la salade, sans attendre les pêches au sirop. Pour gagner sa soupente, elle dut porter Louise dans ses bras, car l'oie ne savait pas monter un escalier. L'oiseau se débattit furieusement.

– Cette bête est restée vraiment sauvage, fit Denise en hochant la tête.

Lorsque la porte de l'étage fut refermée, Joanne et sa mère entendirent, sur le plancher au-dessus de leur tête, résonner des pas flasques. C'était Louise qui marchait d'une extrémité à l'autre de la pièce vide. Sans doute cherchait-elle la route du Saint-Laurent.

– Crois-tu qu'elle va faire son numéro toute la nuit ? s'inquiéta Denise. Ma chambre est juste en dessous.

– Je ne connais rien aux oies, maman, avoua Joanne en commençant à débarrasser la table. Si tu as peur de ne pas dormir, avale un somnifère.

– Depuis l'incendie de la rue Nielly, tu sais bien que je ne prends plus jamais de somnifères. Si je m'étais droguée cette nuit-là, j'aurais grillé et fondu comme l'écrin bleu.

Manon n'avait pas hésité : elle avait étendu la couette au milieu de la pièce, comme au centre d'une clairière, puis elle avait ouvert en grand le vasistas. Aussitôt charriée par le vent, la neige s'était engouffrée et accumulée sur le parquet. Il y en avait eu tout de suite deux ou trois centimètres. A cause de la chaleur qui montait du rez-de-chaussée et réchauffait les lattes du plancher, cette première couche de neige n'était pas très compacte. Elle se délitait, s'effondrait sur elle-même en gros cristaux mouillés, fragiles, ruisselait comme un pissat. Mais au fur et à mesure de la nuit, un froid de plus en plus vif continuerait d'entrer par l'ouverture. La température de la maison s'abaisserait et la neige tiendrait de mieux en mieux. Cela plairait à la grande oie polaire.

Avant de s'endormir, Manon respira longuement l'oreiller de Joanne.

Elle y promena ses narines, deux ou trois centimètres au-dessus de la surface bombée, comme elle l'avait vu faire aux animaux de la forêt quand ils reniflaient les mousses. L'oreiller sentait le parfum, une eau de toilette assez fraîche, aux notes fleuries où dominait le muguet.

Mais sous le masque du muguet, Manon releva tout un jeu complexe d'autres arômes, infimes et charnels. L'odeur un peu saline de la sueur de Joanne, celle qui perle derrière les oreilles quand on dort, avait peu à peu imprégné le duvet d'eider. Sur le coin gauche, tout en bas de la taie, Manon repéra une senteur presque imperceptible qu'elle supposa être celle du souffle de Joanne ; c'était à cet endroit précis de l'oreiller que, pendant des nuits et des nuits, avait probablement reposé la bouche ouverte de Joanne.

Autrement, en diagonale de l'oreiller, il y avait une odeur plus ambrée qui provenait sans doute du bras que Joanne devait allonger sous sa joue : on discernait nettement les effluves poivrés des aisselles.

En posant à son tour la tête sur cet oreiller, en le creusant pour y nicher ses cheveux raides, courts et noirs, en le gorgeant de sa propre haleine fiévreuse, Manon Wikaskokiseyin – c'est-à-dire Manon Herbes odoriférantes, son nom dans la langue des Cris –, détruisit les traces parfumées de Joanne, si discrètes, et les remplaça par les siennes, si fauves.

Le lendemain, il faisait très beau. Louise s'éveilla la première. Comme tous les matins, la nuit lui ayant fait oublier qu'elle avait une aile cassée, l'oie s'essaya à voler. Elle traversa la chambre, battant de son aile valide dans un bruit de soie déchirée, visant la fenêtre ouverte dans la toiture. Un instant, grâce à la détente de ses pattes qui agissaient comme un puissant ressort, elle crut qu'elle s'envolait. Elle poussa un cri vainqueur. Elle retomba. Humaine, elle en aurait sans doute pleuré. Mais elle n'était qu'un oiseau, alors elle s'apaisa en enfouissant sa petite tête résignée sous la pénombre de son aile blessée.

En bas, Denise s'agitait déjà dans la cuisine. Elle allongea dans la poêle de longues, fines et roses lamelles de bacon. Elle les regarda rétrécir, se crisper, et puis, d'un coup, avec une sorte de volupté douloureuse, se rouler en volutes raides et crissantes, bordées de brun sombre – le jour où tu réussiras les boucles de tes permanentes comme moi je réussis celles du bacon ! avait-elle coutume de dire à Joanne. Elle brouilla des œufs qu'elle mélangea à de la crème épaisse, battit des yaourts qu'elle saupoudra de sucre brun et de gingembre avant d'y laisser tomber des morceaux de pruneaux, d'abricots secs, quelques amandes.

Elle avait enfilé sa robe de chambre de pilou bleu, d'où dépassait l'ourlet d'une chemise de nuit semée de fleurettes roses et de minuscules citrons jaunes. Sur ses pantoufles moutarde étaient brodés des chats cerise aux yeux vert pomme. Autour du cou, elle portait une longue écharpe en laine couleur prune. Sur une vieille dame, tout ça faisait évidemment beaucoup trop de couleurs. Mais bientôt, Denise allait s'habiller en souris, elle sortirait tout de gris vêtue – un gris légèrement métallique, comme il convient à une chasseuse de petites cuillers qui veut se confondre avec ses futures proies.

Elle tint à surveiller le petit déjeuner de Manon et de son oie. Elle s'était composé un visage d'infirmière, mi-doux mi-sévère.

Elle avait toujours rêvé d'être anesthésiste. Ce devait être merveilleux d'endormir les gens, de les voir battre un peu des cils avant de fermer les yeux, et de pouvoir se dire : voilà, ils sont ailleurs, ils n'ont plus ni peur ni mal. A l'école, dès les petites classes, elle avait travaillé dans ce seul but. A treize ans, elle avait simulé les douleurs d'une crise d'appendicite pour être opérée et pouvoir observer de plus près comment les choses se passaient. Quand on l'avait allongée et attachée sur l'étroit plateau de la table d'opération, elle avait eu un tel sourire extatique que l'anesthésiste s'était dit : « Cette petite fille voit déjà le Ciel, elle va nous claquer dans les mains. »

Mais quand Denise avait enfin atteint l'âge d'avouer sa vocation, Gustin Guiberry l'avait rabrouée : on ne bâtissait pas sa vie sur le sommeil. Au temps d'Al Capone et des *speed-boats*, la mode était aux yeux grands ouverts. Denise usa donc les siens sous la lampe et devint comptable.

– Votre oiseau le sait bien, lui, qu'on doit refaire ses forces. Mais vous, ma petite Manon, vous chipotez. Je vous trouve maigre. Et pâle. Pas votre peau, bien sûr, mais vos lèvres. Elles sont chlorotiques, vos lèvres, c'est le mot. Ici, vous n'êtes pas n'importe où. Le climat est rude. On a vite fait de brûler ses calories. Le petit creux de onze heures, chez nous, c'est carrément un gouffre. Je serais curieuse de savoir combien vous avez comme tension. Si vous voulez, je peux vous la prendre, Joanne m'a offert un tensiomètre pour mes soixante-quinze ans.

– Non, dit vivement la fille en cachant ses bras derrière son dos.

Denise n'insista pas. Elle savait que les malades – les vrais – commencent toujours par refuser de se laisser examiner. De toute façon, quand Joanne lui aurait percé la langue, Manon aurait besoin de soins. Traverser un muscle vivant avec quelque chose d'effilé ne pouvait pas être tout à fait innocent. La première nuit, elle aurait sans doute mal. Alors elle se sentirait réconfortée que Denise vienne s'asseoir auprès d'elle et lui caresse le front en murmurant : « Là, là, tout va bien, surtout ne parlez pas pour ne pas fatiguer votre pauvre petite langue. » Lorsqu'elle la sentirait apaisée et confiante, Denise lui donnerait un de ces somnifères qu'elle-même se refusait à avaler. Elle triplerait la dose – ça n'était pas dangereux. Elle aurait le plaisir de voir papillonner et se fermer doucement les yeux de Manon.

– Reprenez des corn-flakes, je vous en prie. Qu'est-ce que vous voulez faire de votre journée ?

– N'importe quoi du moment que c'est gratuit, dit Manon.

Elles sortirent ensemble. L'oie marchait devant elles, imprimant ses empreintes palmées dans la neige fraîche. Denise expliqua à Manon que voler des petites cuillers était comme un jeu, et que c'était le type même d'occupation qui ne coûtait presque rien :

– Il faut commander une boisson à chaque fois, bien sûr, mais je payerai pour vous. Si vous êtes d'accord, on prendra une seule consommation pour nous deux, on boira dans le même verre. Enfin, si ça ne vous dégoûte pas. Je sais que les touristes qui viennent du continent américain sont très à cheval sur les questions d'hygiène. Nous autres Français, ajouta-t-elle avec un petit rire, nous sommes plus décontractés. En France, on vous donne le pain comme ça, de la main à la main, sans l'emballer.

– Qu'est-ce que vous aimez boire ? dit Manon.

– Des pimm's, avoua Denise, j'aime énormément les pimm's avec des feuilles de menthe, des tranches de concombre et des cerises confites.

– Vous avalez de l'alcool si tôt le matin ?

– Oh ! c'est de l'alcool très dilué, dit la vieille dame, ils mettent beaucoup d'eau de Seltz dans leurs pimm's. Et puis, après, je ne bois plus rien jusqu'au lendemain.

Denise vécut une matinée particulièrement enthousiasmante et lucrative. Dans les bars et les cafés de Saint-Pierre, la présence de Louise faisait heureusement diversion : amusés par cette grande oie qui suivait Manon comme un chien, les serveurs n'étaient plus du tout attentifs à surveiller les mains alertes de la vieille dame. Ni celles, brunes, fines et nerveuses, de la jeune fille. Car Manon s'était mise de la partie. A quatre mains, le butin fut ce matin-là plus conséquent qu'il ne l'avait jamais été. En plus des traditionnelles petites cuillers, Denise avait enfoui dans les poches profondes de son manteau un ustensile très astucieux pour décapiter les œufs à la coque, trois casse-noix qui feraient merveille pour briser les pinces des homards et une demi-douzaine de fourchettes à huîtres.

– Le principe d'association, expliqua Denise à Manon, c'est dans la tradition de notre famille. Tout seul, même un homme comme Gustin Guiberry n'aurait pas fait fortune. Il lui fallait Al Capone et les autres.

Dans le dernier établissement qu'elles visitèrent, Denise et Manon commandèrent deux coupes de champagne pour célébrer leur succès et une portion de cacahuètes pour Louise. A cette heure matinale, le champagne n'était pas encore convenablement frappé. Mais Louise adora les cacahuètes.

Chez *Al's*, ce matin-là, quelques marins entrèrent. Ils commencèrent par se dandiner, mal à l'aise, puis s'épanouirent en constatant qu'il n'y avait encore aucune femme au bac ni sous les séchoirs. Ils avaient entendu dire que le fait d'avoir un anneau dans le lobe des oreilles améliorait la vision.

– C'est probablement lié à un point d'acupuncture, admit Joanne. Mais je ne sais pas où se situe exactement ce point. Si vous voulez repasser en début de semaine prochaine, je me serai renseignée d'ici là.

Elle nota le nom des marins sur son livre de rendez-vous. Puis elle appela les hôtesses d'Air Saint-Pierre et leur demanda de lui rapporter d'Halifax un traité d'acupuncture. Avec des planches bien lisibles.

Elle se fit un cappuccino. Elle se demanda comment allait Manon. Elle avait longuement pensé à elle en s'endormant. Elle avait lu les manuels de piercing. Elle avait pris les instruments nickelés dans ses doigts. Ils étaient frais et doux. Bien équilibrés. Elle avait posé un poinçon sur sa propre langue, en appuyant légèrement. Tout de suite, la salive avait afflué dans sa bouche, comme lorsqu'elle pensait à des mots acides tels que citron ou vinaigre. Que ferait-elle si la salive débordait de la bouche de Manon ? Elle ne possédait pas ce genre de petites pompes dont se servent les dentistes.

Et puis le téléphone avait bourdonné. C'était Paul Ashland. Il appelait d'une ville tout en bois, qui donnait sur un estuaire aux fortes odeurs de vase.

– J'ai écrit à ma femme, annonça Paul d'une voix claironnante.

– Tu as posté la lettre ?

– Demain, je la posterai demain. Je voudrais d'abord te la lire. Savoir ce que tu en penses.

– Paul, murmura Joanne avec lassitude, il s'agit de ta femme. Tu dois savoir mieux que moi comment lui présenter les choses.

Il y eut un silence assez long. Dans le téléphone, on entendait au loin des sirènes de police et, plus près, un petit tintement de glaçons qui s'entrechoquaient dans un verre.

– Dans cette foutue lettre, reprit Paul Ashland, je tente de lui expliquer que je l'ai aimée, que j'étais sincère en l'épousant, mais qu'à présent j'aime une autre femme. C'est assez banal, en somme. Nous avons vu, elle et moi, des dizaines de films qui racontent ce genre d'histoire. Et bien sûr, ajouta-t-il en riant, tu es cette autre femme que j'aime à la place de Carolyn.

– Oui, Paul, j'imagine que oui.

– Tu l'imagines ? Tu ne fais que l'imaginer ?

– J'attends le prochain solstice.

– Et moi, j'imagine que tu n'as pas tellement envie que je te lise ma lettre.

En effet, Joanne n'en avait pas envie. Un jour, peut-être, Paul Ashland lui enverrait une lettre à peu près semblable à celle qu'il venait de rédiger pour Carolyn. Il serait bien temps, alors, de découvrir ce qu'il était capable d'écrire dans ces cas-là. Après tout, Joanne commençait à avoir de petites rides, un ou deux cheveux blancs. Et il lui semblait que ses dents n'étaient plus aussi parfaitement ourlées par la digue rose des gencives.

– Paul, la seule chose importante, c'est : est-ce que tu demandes le divorce, oui ou non ?

– Oui, je le demande.

– As-tu écrit le mot divorce noir sur blanc ?

– C'est une lettre très habile, Joanne. Et même une lettre subtile. En la lisant, tu ne peux pas faire autrement que de penser qu'il va y avoir un divorce.

Joanne soupira. Elle avait toujours nourri des doutes à propos de la subtilité de la femme de Paul.

– A quoi penses-tu en ce moment ?

– Concernant Carolyn ?

– Me concernant. Je suis Joanne et je t'aime. Je veux savoir ce que tu penses de ça.

Paul marqua un temps.

– Je pense à ton odeur, dit-il enfin. Je crois que c'est par là que tu me tiens. Elle me manque plus que jamais. Je suis descendu dans un motel de merde. Tout pue, ici. La vase est partout, j'ai même l'impression qu'elle coule de la douche. De quoi est-ce que c'est constitué, la vase ?

Joanne se laissait facilement attendrir par les naïvetés de Paul. C'était un homme qui, hormis l'amour et la composition des produits capillaires, paraissait ne rien savoir du monde. Il répugnait à évoquer ses années de collège, sinon pour se souvenir d'un garçon, Patrick, dont il avait cru un moment être amoureux. Il s'en excusait en riant :

– Il avait un peu l'air d'une fille, ceci explique cela.

Il n'y avait jamais rien eu entre Paul et Patrick que ce petit peu de linge fortement odorant, ces chandails humides et ces chaussettes moites qu'ils se dérobaient l'un à l'autre, en puisant au fond des sacs de gymnastique. Bien des années plus tard, dans un aéroport de l'Illinois fermé au trafic aérien à cause d'une tempête de neige, Paul s'était retrouvé, à la cafétéria où la compagnie offrait un repas, assis à côté d'une femme d'une cinquantaine d'années dont le visage carré, les yeux gris, le nez retroussé et les lèvres admirablement parallèles lui avaient brusquement rappelé Patrick. Il avait noué connaissance avec cette femme. Elle n'avait pas cherché à l'éviter, au contraire. Au bout d'un moment, elle avait dit :

– Je vous reconnais. Je vous ai vu si souvent, sur cette vieille photo d'école. Patrick vous aimait beaucoup.

Paul en avait déduit que cette femme devait être la mère de Patrick, et que celui-ci était mort. Mrs. Hotgrave[1] – c'était son nom, un nom atrocement prédestiné pour une mère qui a perdu un enfant – lui confirma l'exactitude de ses deux déductions. Alors, comme il semblait que le vol

1. *Hotgrave* : litt. tombe chaude.

815 pour Chicago ne décollerait finalement pas ce soir, Paul Ashland avait proposé à Lucy Hotgrave de confondre leurs deux solitudes. Ils avaient pris une chambre pour deux à l'hôtel de cet aéroport enneigé. La mère de Patrick faisait l'amour comme un garçon.

– J'ai des clientes, Paul, je vais devoir te quitter, dit Joanne.

Denise, Manon et Louise venaient d'entrer chez *Al's*. Joanne leur fit un petit signe de connivence qui voulait dire je suis à vous tout de suite.

Avant de raccrocher, Paul Ashland donna à Joanne la latitude et la longitude de la ville américaine pleine de vase où il se trouvait. C'était plus romanesque que de laisser un numéro de téléphone ou une adresse. Joanne ouvrit une armoire sur la porte intérieure de laquelle était punaisé un planisphère, et elle planta une épingle à tête bleue à l'endroit précis où se trouvait l'homme de sa vie future. Cet endroit se rapprochait sensiblement du nord-est. Lorsque Joanne pourrait planter une épingle sur Halifax, sur le contour bleu clair séparant la terre de l'océan, ce serait le signe que le solstice d'été approchait et que Paul allait traverser la mer pour venir la rejoindre.

– Eh bien, commença Denise en désignant Manon, voilà une de ces jeunes filles comme on n'en fait plus. Il y a en elle quelque chose de Camille de Fleurville.

De toutes les *Petites Filles modèles*, Camille était sa préférée. La vieille dame arbora ce sourire béat qu'elle avait chaque fois qu'elle venait de s'enticher de quelque chose. Elle pouvait ainsi rester de longues minutes en extase devant une vitrine, à sourire à une poêle à frire, à une couverture de livre, à un poisson aux yeux glauques. Mais c'était la première fois qu'elle se prenait de passion pour un être vivant.

– J'ai décidé de lui offrir un shampooing, une coupe, une mise en plis.

Avec autorité, elle dirigea Manon vers le bac. Elle lui enfila elle-même le peignoir.

Louise considérait Manon avec étonnement. Elle inclina son long cou sur le côté, légèrement, comme quelqu'un de pensif. Elle dégageait une odeur d'oiseau, de nid, fade et violente à la fois.

Denise revint vers la caisse, ouvrit son porte-monnaie noir :

– Combien te devrai-je pour tout ça, ma fille ?

– Oh ! maman, dit tout bas Joanne à sa mère, ton argent, le mien, c'est le même fric.

Joanne mit sa blouse. En haut et à gauche, sur une petite poche à hauteur du cœur, était brodé en coton rouge le nom du salon. La tête renversée, la nuque dans le goulot du bac à shampooing, Manon fermait les yeux.

Joanne passa derrière le fauteuil. Elle enfouit ses mains dans les cheveux de Manon, les souleva, les brassa. La chevelure était lourde et grasse, elle laissa sur ses doigts une sorte d'enduit comme la brillantine d'autrefois.

Ne sachant pas quelle nature de cheveu elle allait trouver sous cette gaine luisante, Joanne décida de commencer le lavage en utilisant un shampooing pour bébé. Elle prit la douchette, régla le jet à la puissance maximum et le dirigea sur la nuque avant de remonter l'arrondi de la tête jusqu'au front. Au fur et à mesure que l'eau s'engouffrait sous les cheveux de Manon, elle décollait et emportait avec elle d'étranges vestiges – des brindilles, des poussières dont certaines scintillaient comme des parcelles de mica, de petits insectes morts, de la terre rouge, des fragments de mousse ou de lichen.

Des cheveux de Manon monta alors une odeur puissante d'humus, de forêt sous la pluie, qui sembla tirer l'oie de sa torpeur.

Louise se dressa soudain, le cou tendu. A coups de bec rageurs, elle fourragea dans le plumage de son aile brisée, comme pour trouver l'origine de sa blessure et l'arracher. Malgré sa position à moitié allongée, Manon devina l'agitation de sa grande oie. Elle sourit :

– Elle trouve que ça sent bon la sauvagerie, ça lui donne des envies de s'envoler.

– Ce qui sent bon pour une oie ne sent pas forcément aussi bon pour un être humain, précisa Joanne. Où diable êtes-vous allée fourrer votre tête ? Au fond d'un terrier de renard, ou quoi ?

D'habitude, quand elle procédait à un shampooing, Joanne laissait ouverte la bonde au fond du bac pour permettre aux eaux sales de s'évacuer plus vite. Cette fois, elle la ferma pour retenir la pluie qui ruisselait des cheveux de Manon, chargée des traces d'on ne savait quelle course folle. Plus tard, elle verrait à récupérer ces stigmates qui, pour l'instant prisonniers des bulles de shampooing, s'accumulaient en crépitant dans la coquille de porcelaine blanche. Elle les étendrait sur un buvard, les ferait sécher, les examinerait à la loupe. Elle tenterait de comprendre à qui elle avait affaire. Comme Denise, elle se passionnait pour les romans de Patricia Cornwell, une femme blonde assez belle, une ancienne spécialiste de médecine légale qui avait renoncé à son job pour créer le personnage du Dr Kay Scarpetta et devenir ainsi un des écrivains les plus en vogue aux États-

Unis. D'après Kay Scarpetta, on pouvait à peu près tout déduire de presque rien.

En attendant, Joanne appliqua un second shampooing, plus décapant celui-là, sur le cuir chevelu de Manon. L'odeur de sous-bois s'atténua puis disparut, avalée par la senteur soufrée du nouveau produit – une exclusivité du laboratoire pour lequel travaillait Paul Ashland.

Privée des effluves qui l'avaient fait rêver un instant, la grande oie se recoucha au pied du fauteuil.

– A quel genre de coiffure avez-vous pensé ? demanda Joanne en faisant un turban de la serviette-éponge qu'elle enroulait à présent autour de la tête de la jeune fille.

Manon haussa les épaules :

– Oh, alors ça, je m'en fiche complètement !

– Il s'agit de votre aspect physique, insista Joanne.

– Je me fiche complètement de mon aspect physique, répéta Manon.

– Si votre physique vous était indifférent, je suppose que vous ne seriez pas prête à souffrir pour qu'on vous pose un bijou sur la langue.

– Je n'ai jamais dit que j'attachais tellement d'importance au bijou. D'ailleurs, placé comme ça dans la bouche, qui pourra le voir ?

– On le verra très bien quand vous lècherez une glace.

– Tu n'y connais rien, ce sont les petites filles qui lèchent des glaces. Les femmes les mordillent, les sucent. Pour ça, elles n'ont pas besoin d'ouvrir tellement la bouche. Et puis, j'ai d'autres ambitions dans la vie que de manger des glaces.

Joanne ne répondit pas. Elle ne comprenait pas d'où venait cette hostilité latente que lui manifestait Manon. Pour sa part, elle avait l'impression de n'avoir jamais cherché à lui faire que du bien – et en tout cas, si l'on s'en tenait à cette affaire de piercing, à lui faire le moins de mal possible.

– Eh bien, intervint Denise, je pense que nous pourrions proposer à Manon une tête pleine de boucles – si tu vois de quel genre de boucles je veux parler.

– D'accord, maman, s'emporta Joanne, *Al's* est à toi, je te le donne, vas-y, décide, ordonne, prends des initiatives. J'avais oublié que tu sais tout mieux que tout le monde.

Elle fit crisser les dents du peigne sous l'ongle de son pouce. Elle n'imaginait décidément pas Manon avec des frisettes de caniche.

– Dans mon idée, reprit la vieille dame sans s'émouvoir, je voyais des boucles plumées.

– Boucles plumées ? répéta Joanne.

– Eh bien oui, ourlées, douces, frissonnantes comme des plumes. Des boucles qui seraient plus ou moins en harmonie avec les plumes de Louise. Ce serait charmant. Enfin, à mon avis.

Joanne considéra avec incrédulité les cheveux de Manon, dont le double shampooing semblait avoir encore accentué la raideur.

– Boucler « ça » ? fit-elle.

– Bigoudis, séchoir, tu devrais y arriver, dit Denise avec conviction. J'ai fait beaucoup de choses pour toi, et je suis prête à en faire aussi longtemps que je vivrai, mais ne compte pas sur moi pour t'apprendre ton métier de coiffeuse. Quelqu'un a-t-il seulement eu la patience de m'apprendre à être ta mère ?

Deux heures plus tard, Joanne coupa le séchoir nº 1, délivra Manon de sa voilette et de ses bigoudis. Le résultat de la mise en plis était très supérieur à ce qu'elle avait escompté. Bien sûr, ça n'avait aucune chance de tenir : Manon n'aurait pas plus tôt franchi la porte de chez *Al's* que les fameuses boucles plumées seraient ramollies par la neige, défrisées par le vent. Quelques minutes à l'air libre, et il n'en resterait rien. Mais enfin, tant qu'elle était là, tranquillement assise dans la moiteur du salon, les mains sages sous son peignoir, la tête un peu inclinée sur le côté, vaguement endormie, Manon était plutôt ravissante.

Cette fille, pensa Joanne, j'ai envie de l'embrasser.

C'était une pulsion absurde, un peu comme ces idées burlesques qui viennent la nuit quand on rêve – mais qui sont finalement les seules qu'on se rappelle au réveil, avec un peu de honte quelquefois.

Joanne essaya de chasser celle-ci de son esprit, de la remplacer par une réflexion strictement technique : et maintenant, devait-elle ou non laquer toutes ces boucles qui sortaient glorieusement du séchoir avec ce côté un peu miraculeux d'un soufflé parfaitement réussi qu'on extrait du four ?

Elle n'arrivait pas à se décider. Le mélange de laque, de neige et de vent salé allait produire un amalgame collant qui provoquerait l'effondrement de la fragile architecture capillaire. Joanne choisit de ne pas laquer les boucles de Manon. Si ces boucles devaient mourir – et elles allaient mourir, c'était irrémédiable –, que ce soit au moins en pleine liberté.

Elle essuya ses mains comme font les peintres quand ils ont achevé leur toile. Et, toujours comme un peintre, recula de quelques pas pour mieux apprécier son travail – oh ! on pouvait presque parler d'une œuvre.

C'est alors qu'elle vit dans le miroir que des femmes étaient entrées chez *Al's*. Trop absorbée par le démontage des bigoudis qui hérissaient la tête de Manon, Joanne ne les avait pas entendu franchir le seuil du salon. En feuilletant des magazines vieux de plusieurs mois, ces femmes attendaient maintenant leur tour d'être coiffées. Elles étaient quatre ou cinq. Quand Joanne se retourna vers elles, les femmes lui sourirent et lui demandèrent la même coiffure que la petite jeune fille.

Jusqu'au soir, le salon ne désemplit pas. La chaleur humaine s'ajoutant à celle du bac, des radiateurs et des séchoirs, les vitres ne tardèrent pas à se couvrir de buée. Dehors, cependant, une tempête de neige faisait rage – une tempête si furieuse que Joanne, en temps normal, aurait tout simplement choisi de fermer boutique. Mais les clientes se succédaient, prêtes à patienter le temps qu'il faudrait, apparemment indifférentes aux bourrasques qui menaçaient pourtant d'anéantir en quelques secondes l'ouvrage que Joanne allait construire avec leurs mèches.

Devant cette affluence qu'elle n'avait jamais connue, qu'elle ne s'expliquait pas, Joanne dut prendre le risque de brancher le séchoir nº 2. Contre toute attente, les résistances rougirent instantanément et, sous le casque, le système d'air pulsé se mit à souffler de l'air chaud avec régularité. Joanne installa sous ce séchoir nº 2 les clientes qu'elle connaissait le mieux, celles qui n'iraient pas crier au scandale si, brusquement, le séchoir s'emballait ou s'arrêtait net.

Un balai à la main, Denise rassemblait les cheveux coupés en un petit monticule, et elle faisait un autre tas des épingles tombées par terre.

Manon s'était endormie, recroquevillée au fond d'un fauteuil dans une pose enfantine, un journal en couleurs ouvert sur ses genoux.

L'air sentait la chimie, la laine mouillée, le café, l'héliotrope, le patchouli. La grande oie polaire claudiquait d'une cliente à l'autre, en claquant du bec et en semant partout ses fientes vertes.

A la fin de la journée, au plus fort de la tempête, tandis que la neige courait à l'horizontale au-dessus de l'archipel, s'agglutinant sur les réverbères jusqu'à les aveugler, Joanne put enfin couper les séchoirs. Elle éteignit aussi le cumulus d'eau chaude. Elle se laissa tomber sur une chaise. Elle était épuisée. Elle regarda Manon qui s'était réveillée et s'appliquait à découper des rondelles de métal dans des canettes de Coke, puis à les coller en les superposant les unes sur les autres pour en faire des leurres destinés à tromper la machine à café en faisant croire à celle-ci qu'il s'agissait de pièces de un franc. Ça marchait une fois sur deux. Manon était une petite personne pleine de ressources.

– En parlant avec les clientes, dit Denise, j'ai fini par comprendre.

La vieille dame était occupée à trier les cheveux coupés qu'elle avait balayés durant toute la journée. Elle les classait à présent dans de petits sacs en plastique selon des critères de teinte, de longueur, de qualité de texture. Quand on avait rempli beaucoup de ces petits sacs, on les revendait au poids à des usines américaines qui en faisaient des perruques pour les malades qui suivaient des chimiothérapies.

– C'est Louise qui te vaut cette journée triomphale, poursuivit Denise. Merci, Louise : *Al's* est le premier salon de coiffure au monde à offrir une grande oie polaire comme attraction.

– Attraction, dit Joanne, quelle attraction ? Louise ne fait rien d'extraordinaire, sinon qu'elle chie partout.

– Attraction, répéta Denise, c'est-à-dire quelque chose qui attire. Ne sois donc pas étriquée, ma fille : attraction n'est pas un mot de cirque, c'est un mot cosmique – le soleil exerce une attraction sur les planètes. Les femmes passent dans ta rue. Machinalement, comme tous les jours, elles jettent un coup d'œil à travers la vitrine de chez *Al's* – et qu'est-ce qu'elles voient ? Ce grand oiseau qui déambule. Eh bien, dans une petite île paumée où, ayons le courage de le reconnaître, il ne se passe pas grand-chose, du moins dans les commerces, ça suffit pour exciter la curiosité. Il est plus de vingt heures trente à ma montre, et je suis prête à parier que tout Saint-Pierre sait maintenant que Joanne Guiberry héberge une oie polaire dans son salon de coiffure. Et pourquoi fait-elle ça, Joanne Guiberry ? Bonne question ! En préparant le repas, les femmes en parlent à leurs hommes, et les gamins s'en mêlent : dis, maman, est-ce que tu l'as caressée, toi, l'oie polaire ? Mais non, se défend la maman en riant, ça n'est pas du tout comme un chien, tu sais ! C'est comme quoi, alors ? Eh bien, dit la maman, c'est un oiseau sauvage, un oiseau qu'on ne voit jamais par ici dans l'archipel, un grand oiseau, absolument très grand, et tu te demandes vraiment ce qu'elle fout là, cette oie. Et tant mieux si nous n'en savons rien, intervient le père, parce que ça n'est pas la connaissance qui fait progresser l'humanité, mais la curiosité qui remplit les salons de coiffure. Et la femme dit qu'après avoir mis la morue à cuire avec les poireaux, les pommes de terre et l'ail, elle va téléphoner à Pierrette pour lui dire d'aller chez *Al's* pour voir cette oie elle aussi. Pierrette appellera Elisabeth, qui essayera de joindre Stéphanie sur son portable, et...

Denise s'interrompit, attrapa une serviette, s'essuya les lèvres. Elle avait toujours la bouche mouillée quand elle parlait beaucoup.

– Bref, conclut la vieille dame, tu peux remercier la petite Manon.

Joanne sourit. Contrairement à ce qu'elle avait tellement redouté, la vieillesse de sa mère n'avait décidément rien d'amer ni de dépressif. Denise s'enfonçait dans les brumes du grand âge d'une manière plutôt imaginative et charmante.

– Alors merci, Manon, dit Joanne, et laissez-moi vous embrasser.

Elle saisit la jeune fille par les poignets, l'attira à elle. Le hasard voulut que les pouces de Joanne se posent exactement là où battait le pouls. Mais comme ça bat vite, constata-t-elle avec surprise, on dirait que ça s'affole !

– Qu'est-ce qu'il y a, Manon ? Vous êtes émue ?

Manon ne répondit pas. Joanne pensa : c'est parce que je l'ai regardée d'une façon trop intense en lui prenant les mains ; sans le vouloir, je l'ai déconcertée – le mot « troublée » lui était venu à l'esprit, mais elle le récusa aussitôt, car c'était un mot comme une fourmi sur un fruit, à la fois admissible et incongru.

Joanne ne déplaça pas ses pouces, n'atténua pas leur pression discrète sur les poignets de Manon. Elle aimait ressentir sous la pulpe de ses doigts cette pulsation du sang, d'une violence inattendue chez une fille si jeune, en apparence indifférente à tout, si résignée.

Elle continua de rapprocher du sien le corps de Manon.

Celle-ci ne résistait pas, enfin pas davantage que si elle dansait, et pourtant Joanne avait l'impression qu'il s'en faudrait encore d'une éternité avant qu'elles ne se rejoignent. Tout en l'amenant contre elle, elle se demandait ce qu'elle allait en faire à l'instant où elle lui atterrirait dans les bras. Une possibilité était de repousser Manon presque aussitôt, en riant, un peu comme dans une figure de tango. Une autre était de l'embrasser – mais où ? Leur différence de taille (Joanne plutôt grande, Manon plutôt petite) faisait que, logiquement, le front de Manon allait se retrouver juste en face de la bouche de Joanne. Mais un baiser sur le front n'avait-il pas, quand on voulait dire merci, quelque chose d'un peu trop solennel et hautain ?

C'est sur ses lèvres, que j'aimerais l'embrasser.

Cette pensée brutale, qui lui venait aujourd'hui pour la deuxième fois, choqua Joanne comme une piqûre de guêpe. Elle éprouva le même sentiment d'être brûlée par quelque chose de sournois et d'injuste – mais qu'il était inutile de chercher à écraser puisque, désormais, le venin était inoculé.

Alors, elle choisit la figure de tango. Presque violemment, en éclatant de rire, elle repoussa Manon à l'instant où celle-ci venait s'abattre contre elle. Elle eut juste le temps de sentir éclater sur son visage une fleur invisible : le souffle de Manon, qui était ce qu'on devait attendre d'une souillon de son espèce, c'est-à-dire une haleine lourde comme ses cheveux, et, comme eux tout à l'heure, pleine de mille petites choses déroutantes, une haleine assez désagréable en somme.

– Allez, dit Joanne, on s'y met toutes les trois pour donner un coup de serpillière, on éteint l'enseigne, on branche l'alarme et on rentre à la maison.

Il en allait des tempêtes comme des mèches de cheveux, il y en avait de longues, il y en avait de courtes.

Les tempêtes longues se formaient très loin sur l'Atlantique, elles avançaient en poussant devant elles une houle puissante qui courait avec un mugissement caverneux, elles s'accompagnaient de neiges mouillées, flasques, qui s'effondraient avec des hoquets, des crachouillis obscènes comme font les bombes de crème Chantilly quand elles sont presque vides.

Les tempêtes courtes naissaient brusquement, à quelques dizaines de milles des côtes, de la rencontre de deux vents égarés dont l'un était plus chaud que l'autre. Elles étaient imprévisibles et hargneuses. Elles affolaient les girouettes et les bêtes. Joanne les avait baptisées tempêtes de la Mère Michel, parce que c'était au cours d'une de ces tempêtes courtes qu'on avait perdu un chat. Elle était encore une enfant. Elle se souvenait d'avoir couru dans les rues en l'appelant : « Cat Capone, reviens, Cat Capone ! » Au début, elle avait trouvé presque amusante cette poursuite dans la nuit, sous l'averse froide, et elle était sûre que Cat Capone s'amusait comme un fou lui aussi, et que, dès qu'il en aurait assez – oh ! ça n'allait pas tarder, c'était un chat qui se lassait toujours très vite des jeux, des choses, des gens aussi –, il apparaîtrait en miaulant dans la flaque de lumière d'un réverbère. Elle n'aurait qu'à se baisser pour le prendre dans ses bras. Elle le ramènerait à la maison, enfoui bien au tiède sous son anorak rouge. C'était la première fois de sa jeune vie que Joanne était lâchée en liberté la nuit dans Saint-Pierre : tu as laissé échapper le chat, à toi de lui courir après, avait dit sa mère en croyant la punir. « Cat Capone, reviens, Cat Capone ! » Alors, à l'angle d'une rue, la porte d'une maison s'était ouverte brusquement, une ombre en avait jailli pour barrer la route à Joanne et la gifler :

– Al Capone est mort, petite conne, et Dieu nous préserve de jamais voir revenir rôder cette sale bête !

– Je disais pas Al Capone, madame, c'est Cat Capone que j'appelle.

– Quoi ?

– Rien.

Le vent hurlait trop fort, on ne s'entendait pas. L'ombre puait le whisky et titubait un peu. Ainsi naissent les malentendus, et cette certitude qu'ont les enfants que les grandes personnes leur veulent du mal – une certitude qu'ils gardent même quand eux-mêmes sont devenus des grandes personnes. Les joues brûlantes, titillant du bout de sa langue une dent de lait que la gifle avait à moitié arrachée, Joanne, en larmes, avait abandonné les recherches et regagné le domicile familial.

On n'avait jamais retrouvé Cat Capone.

Ce soir, les trois femmes et la grande oie s'enfoncèrent dans une de ces tempêtes de la Mère Michel.

Joanne passa un bras protecteur autour des épaules de Manon. Elle dit que le remuement des bateaux que le vent secouait dans le port la faisait penser au bruit des crabes essayant de s'escalader les uns les autres au fond d'un cageot. La fille haussa les épaules (ce qui eut pour effet d'obliger Joanne à ôter son bras) et répondit que le crabe qui parvenait tout en haut du cageot était le premier qu'empoignait la ménagère, et donc le premier ébouillanté :

– C'est pour ça que, moi, j'ai abandonné.

– Abandonné quoi ?

– Tout ce qui conduit au-dessus du panier.

Joanne ne put s'empêcher de penser que le sort du crabe qui se laissait piétiner au fond du cageot n'était pas plus enviable. Il finissait par y passer, lui aussi. Il mourait dans une eau déjà rendue bien opaque par l'agonie des fameux premiers de la promotion, ceux qui s'étaient donné tant de mal pour atteindre le sommet du cageot. Et en attendant, éperdu d'angoisse, un œil arraché, deux ou trois pattes cassées, il se vidait de sa substance en vomissant une mousse glauque aux odeurs d'iode.

Pour Joanne, il n'existait pas de plus grande détresse que la peur. Or, depuis qu'elle avait pris conscience d'être vivante, elle n'avait pratiquement jamais cessé d'avoir peur.

Comme il fallait s'y attendre, les sublimes boucles plumées de Manon n'étaient déjà plus qu'un tas de cheveux emberlificotés les uns dans les autres.

Pour marquer cette journée magnifique où *Al's* avait pulvérisé tous ses records de fréquentation, Joanne invita sa mère et Manon au *Caveau* pour un souper de fruits de mer.

Par précaution, pour éviter qu'elle ne lâche ses fientes au

restaurant, les trois femmes promenèrent Louise, longuement, un peu comme un chien, sur la jetée de la Pointe-aux-Canons. Offrant son large poitrail au vent d'ouest, essayant de déployer son aile blessée comme un porte-drapeau qui s'arc-boute pour tenir sa bannière droite, la grande oie polaire avait quelque chose de naïf, de glorieux et de fragile à la fois, qui faisait songer à ces vétérans invalides qui défilent aux jours anniversaires des batailles dont ils sont revenus.

Lorsque Louise atteignit le bout de l'avancée, sa blancheur de fantôme se confondit si bien avec celle de la neige qu'il fallut se concentrer en plissant les yeux pour la distinguer encore.

– Et si elle ne guérissait jamais, demanda Joanne, que feriez-vous ?

– Je ne sais pas, dit Manon. On continuerait la route ensemble, non ? Seulement, pour que l'idée de s'envoler ne la taquine plus, je lui ferais couper les muscles de l'autre aile – celle qui va bien.

– Ce serait cruel, reprocha Joanne.

– Est-ce que tu as lu *The Collector*, le bouquin de John Fowles ?

– Je préfère ne pas prendre l'habitude de lire en anglais.

– Oh, pour une fois, dit Manon. Je te le prêterai, si tu veux. Je l'ai dans mon sac. Il est dans un sale état, c'est le seul bouquin qui voyage avec moi. C'est l'histoire d'un type qui kidnappe une fille, une certaine Miranda. Avant ça, le type collectionnait des papillons. Mais là, c'est Miranda qu'il attrape. Il ne peut quand même pas lui enfoncer une épingle à travers le thorax pour qu'elle ne se sauve pas. Alors, il la fait vivre avec les mains attachées. Et qu'est-ce que tu crois qu'elle finit par penser, Miranda ?

– Rien du tout, fit Joanne, je ne crois rien du tout. Je déteste ce genre d'histoires morbides.

– Moi, dit Manon sans s'émouvoir, je pense qu'il y a un moment où Miranda est prête à passer le reste de sa vie avec les mains attachées. Évidemment, dans l'espèce de journal qu'elle tient, elle prétend le contraire. Mais en fait, je suis sûre qu'elle s'est résignée. Et je relirai ce putain de livre autant de fois qu'il le faudra jusqu'à ce que je trouve le passage, ou la petite phrase, ou même seulement le mot qui prouve que j'ai raison. On se fait à tout. Bouger, remuer, s'agiter comme on veut, ça n'est pas ce qu'il y a de plus important dans la vie. Louise est un oiseau assez intelligent pour comprendre ça – je la soupçonne d'être même plus intelligente que cette Miranda qui n'est qu'une petite pleurnicheuse exaspérante.

Louise ne voulut rien savoir quand il fallut faire demi-tour et rebrousser chemin vers les lumières de la ville. Manon dut saisir son oiseau par le cou, en serrant ses doigts un peu fort pour la faire obéir.

A la fin du repas, tandis que Denise allumait sa Chesterfield, Joanne allongea le bras en travers de la table et joua un instant avec les doigts que Manon lui abandonnait :

– Vous les avez si longs, si fins. Vous n'avez jamais essayé le piano ?

– Non, le tambour.

– Jazz ?

– Non, sans baguettes, à l'indienne.

Elle arracha ses doigts à la pression de Joanne. Elle ramena ses bras contre son corps, plia ses coudes. Après avoir fait gigoter ses poignets pour les assouplir, elle commença à frapper ses phalanges sur le bord de la table. D'abord, cela ne fit presque aucun bruit – il y eut simplement une sorte de vibration qui infiltra le bois de la table et se communiqua à tout ce qui était posé sur la nappe. Les verres se déplacèrent et vinrent se heurter. Une bouteille de muscadet (le chablis avait été jugé trop cher) chaloupa comme une femme saoule vers le centre de la table. Les couteaux tremblaient, leurs lames tintaient en heurtant le rebord des assiettes. Une petite fourchette à huîtres s'enfuit en naviguant entre les miettes de pain bis.

Accélérant soudain le rythme, Manon se mit à frapper la table du tranchant de ses deux mains. Le tapotement lancinant du début tourna au tonnerre – on ne pouvait pas encore parler de musique.

Ce soir, la clientèle du *Caveau* se composait surtout d'Américaines, des touristes âgées venues se familiariser avec la cuisine française, la manie de boire du vin et de fumer à table, avant d'entreprendre un voyage en Europe. Elles suspendirent leurs babillages pointus de vieux bébés et se retournèrent pour regarder Manon. Elles pressaient leurs serviettes sur leurs bouches rouges et gercées, se chuchotaient que cette fille décidément *too cute and so lovely* allait probablement monter sur la table et danser toute nue. On paria une bouteille de champagne qu'elle portait des jarretelles.

Un des employés du restaurant eut l'idée de diminuer progressivement l'intensité des appliques lumineuses. La lumière chuta comme si un spectacle était sur le point de commencer.

Les Américaines applaudirent.

Maintenant, Manon martelait la table de toute la largeur de ses paumes, produisant un son lourd et profond qui rappelait le galop d'un troupeau chargeant sur une terre rouge. Un verre à pied vacilla, se coucha, répandant sur la nappe une longue coulée mordorée.

La petite fourchette à huîtres contourna la corbeille de pain, le vinaigrier. Elle fuyait vers l'autre extrémité de la table, comme si une force irrépressible la poussait à se jeter dans le vide à la façon d'un lemming suicidaire. Denise la regardait, fascinée. Comme un pêcheur son filet, la vieille dame lança sa serviette sur la petite fourchette. Celle-ci continua de palpiter sous le linge blanc, par saccades, comme quelqu'un qu'on étouffe et qui ne veut pas mourir. Denise ramena discrètement la serviette vers elle. Elle n'avait pas perdu sa soirée.

Manon cognait la table au rythme de quatre-vingt-deux coups par minute. Tandis que sa main gauche continuait de battre ainsi à la vitesse d'un cœur, sa main droite partit en courant sur la nappe, dressée sur la pulpe des doigts avec des cambrures d'araignée, à la recherche d'autres caisses de résonance. Elle tira des sons étranges d'une biscotte, du paquet de cigarettes de Denise, du ravier en métal argenté, des coquilles Saint-Jacques vides et retournées dans les assiettes.

On avait quitté la terre rouge et ses troupeaux emballés pour s'enfoncer à travers une forêt. On croyait entendre la pluie crépiter sur la cime des arbres, et comme un orage qui se rapprochait.

Au milieu de la salle, Louise, le cou tendu, fixait le plafond avec cette immense espérance, cette foi éperdue dont seuls les animaux sont capables. L'oie attendait que le plafond se déchire comme elle l'avait si souvent vu faire aux nuages, et que le ciel apparaisse. Elle poussa un long cri guttural et se mit à battre de son aile valide sur un rythme de plus en plus pressé, qui semblait vouloir se confondre avec celui des mains de Manon.

La fille s'arrêta brusquement, comme quelqu'un qui a perdu le fil de sa pensée. Inondées de sueur, ses mains brunes avaient doublé de volume. Le silence qui s'ensuivit parut presque choquant.

Du coup, Louise comprit que le plafond ne s'ouvrirait pas. Tant que Manon avait battu du tambour, elle y avait cru.

Ce tambour évoquait pour elle le battement d'ailes formidable des centaines de milliers d'autres oies des neiges en compagnie desquelles elle avait volé, depuis le nord de la terre de Baffin où elle était née, jusqu'aux battures rousses du cap Tourmente. Malgré sa jeunesse, pendant près d'une moitié de nuit, Louise avait été l'oie-capitaine qui conduit le vol, qui entraîne dans son sillage l'immense troupeau, qui précède le tambour étourdissant dont les milliers de peaux blanches palpitent sous les étoiles. Elle en gardait un souvenir ébloui de vent glacé, une ivresse provoquée par ce mélange de solitude en avant de la tribu, et de multitude en sentant s'évaser derrière elle le triangle confiant, plus ou moins aveugle, des oies qui volaient tout en dormant.

Louise avait attendu de toucher aux extrêmes limites de l'épuisement pour admettre qu'il était temps pour elle de céder sa place à une autre. Elle s'était déportée pour glisser tout à l'arrière de la formation. L'air de la nuit sentait la moisson, les fruits, et le pop-corn quand on survolait une ville. Quelquefois, aux approches des aéroports, des avions cherchant à atterrir filaient sous le ventre des oiseaux. Leurs réacteurs rejetaient des courants chauds et âcres sur lesquels les oies s'allongeaient.

Louise revint en claudiquant se réfugier sous la table. Au passage, les Américaines, enchantées, lui lancèrent des miettes de pain. L'une d'elles alla même jusqu'à lui faire une offrande de cinq dollars. L'oie enjamba le pain et les dollars. On ne peut pas lire dans le regard d'un oiseau aussi clairement que dans celui d'un chien, peut-être parce qu'on ne voit jamais en même temps ses deux yeux. En fait, on ne déchiffre ses secrets que lorsqu'il réunit ses paupières, la haute et la basse, dans une sorte de lassitude, d'affliction pesante. C'est alors, bien souvent, le signe que cet oiseau va mourir. Louise n'allait pas mourir, mais Joanne vit néanmoins combien elle était triste. Manon se trompait : son oie n'était pas du tout comme la fille dans *The Collector*, elle ne se résignait pas à cette blessure qui entravait son aile à la façon des courroies attachant les mains de la Miranda de John Fowles.

Joanne réclama l'addition. Le maître d'hôtel lui dit qu'il n'y avait pas d'addition pour elle : ce soir, le souper lui était offert par le *Caveau*.

– Pour vous remercier du spectacle, mademoiselle Guiberry, enfin du récital, enfin je ne sais pas comment vous appelez ça, mais c'était vraiment impressionnant. Si votre amie veut revenir, elle sera toujours la bienvenue chez nous.

– Cette jeune fille n'est pas une amie, juste une cliente du salon *Al's*.

Dehors, tout en raclant la neige qui s'était accumulée sur le pare-brise de son 4×4, Joanne dit à Manon :

– Nous sommes vendredi. Laissons passer samedi, qui est toujours un bon jour pour les teintures, les mises en plis, les chignons. Mais dimanche, je prépare le matériel. Je m'entraînerai sur une peau de banane. Si on crache un peu dessus, c'est ce qui doit ressembler le plus à une langue. Enfin, j'imagine. Lundi matin, je vous fais votre piercing. Vous serez gentille de vous brosser les dents. A fond.

– Je n'ai pas de dentifrice.

– Maman vous en prêtera. Dans le même ordre d'idées, évitez de boire du café avant de venir. Je vais avoir votre bouche à trois centimètres de mon nez. Une haleine qui sent le café, excusez-moi, ça me soulève le cœur.

– Et le chocolat, fit Manon avec un sourire moqueur, tu supportes ?

Joanne consentit au chocolat. Elle avait parfaitement conscience du ridicule de ce marchandage, mais elle voulait mettre toutes les chances de son côté. Elle avait déjà tellement peur d'avoir la main qui tremble, de faire crier la fille et surtout de l'abîmer. La blessure qu'elle allait infliger à Manon pouvait s'infecter. La bouche était ce qu'il y avait de plus vulnérable, de plus sensible à la contamination. Celle de la fille était peut-être déjà pleine de germes, de bactéries qui n'attendaient que ça – une porte d'entrée pour se propager et investir tout l'organisme.

Joanne était née à une époque qui n'était pas celle qu'elle aurait choisie si on lui avait demandé son avis. Certainement, il avait été plus agréable de vivre ici au temps de la morue et, mieux encore, à l'époque d'Al Capone : on n'exigeait rien d'autre des femmes que de mettre à sécher des poissons décapités et de savoir emballer soigneusement des bouteilles.

Après avoir déposé Denise et Manon, Joanne resta un moment dans la Toyota à attendre que les lumières s'éteignent chez sa mère.

Un quart d'heure s'écoula, et la maison était toujours éclairée.

Mais qu'est-ce qu'elles foutent ? se demanda Joanne, d'autant plus contrariée qu'il commençait à faire froid dans la voiture dont elle avait coupé le moteur. Elle baissa la vitre et écouta. Dans le silence de la nuit, elle entendit la voix de la fille. Manon parlait toute seule, comme si elle s'était lancée dans une longue confession.

Joanne éteignit les phares du 4×4 pour ménager sa batterie et descendit de voiture. La neige était encore trop fraîche pour crisser sous ses pas, aussi put-elle s'approcher de la maison sans se faire remarquer.

Elle n'éprouvait d'ailleurs aucun sentiment de culpabilité. Lorsque Joanne était une petite fille, et même ensuite quand elle était devenue adolescente, sa mère ne s'était jamais privée de l'espionner – tout en prétendant le contraire, évidemment.

– Tu me demandes ça à moi ? s'offusquait Denise quand Joanne exigeait des éclaircissements à propos d'un cahier déplacé, d'un tiroir retrouvé entrebâillé, de son lit qui n'était pas bordé comme elle l'avait laissé. Moi, ta mère, tu m'accuses d'avoir fouillé dans tes affaires ? Et pour y dénicher quoi, ma pauvre petite ?

Denise avait percé tous les secrets de l'enfant, les plus brûlants comme les plus dérisoires. Elle avait curé comme des oreilles les grands coquillages exotiques dont Joanne faisait collection, persuadée qu'ils recelaient des messages amoureux dans leurs circonvolutions. Elle avait lu avec stupéfaction le journal intime de sa fille, où celle-ci, entre deux citations empruntées à J. D. Salinger ou à Kerouac, parlait de son désir de mourir très jeune, assassinée si possible, mais pas d'une manière sale, pas égorgée ni poignardée dans le bas-ventre, plutôt étouffée sous un oreiller bordé de dentelle et fleurant bon la lavande, et en tout cas vêtue d'un chemisier candide et d'une jupette de chez Courrèges en tissu plastifié d'un bleu très pâle et avec de gros boutons blancs.

Joanne décrivait cette jupe avec un tel luxe de détails, elle en discourait avec un tel lyrisme (à bout de dithyrambes, comme essoufflée, elle en avait finalement collé une photo découpée dans *Elle* avec cette légende : « Bon, ben voilà, c'est celle-là ! ») qu'on pouvait se demander si l'adolescente n'était pas davantage fascinée par la jupe bleu pâle que par la mort.

J'ai enfanté une folle, s'était dit Denise. En tout cas, une frustrée. Elle n'aura jamais de quoi s'offrir une de ces petites horreurs modernes de chez Courrèges. Ou bien, quand elle aura enfin de quoi, la mode aura changé.

Joanne vint tout contre la maison. Elle regarda à travers la fenêtre du séjour. Le feu flambait joyeusement dans la cheminée. Louise dormait, la tête enfouie sous une aile. Denise fumait une Chesterfield. C'était au moins la sixième aujourd'hui. Accroupie à ses pieds, Manon lui lisait des passages du livre de John Fowles :

– *My arms ache. Would you mind tying my hands in front of me for a change*[1] ?

En fait, Manon ne se contentait pas d'une simple lecture :

1. Mes bras me font mal. Est-ce que ça vous ennuierait de m'attacher les mains par-devant pour changer un peu ?

elle s'efforçait de mettre une réelle conviction dans ce qu'elle disait, comme si elle était une comédienne auditionnant pour décrocher le rôle de Miranda Grey – et presque comme si elle était Miranda Grey elle-même.

Joanne se souvint de ce que lui avait dit Fabienne à propos de ces gens qui en cherchent d'autres qui accepteront de les faire souffrir.

Elle se détourna, écœurée.

Tandis que Joanne regagnait son domicile, Paul Ashland l'appela sur son portable.

Il était un peu plus de minuit. Il ne neigeait plus. Les constellations brillaient dans un ciel redevenu d'une limpidité absolue. On se sentait vraiment en pleine mer, au large de tout ce qui, ailleurs, faisait de ce monde une porcherie moite et collante.

Paul, lui, était en plein dans la porcherie. A l'en croire, il avait échoué dans un motel encore plus débilitant que celui de la veille. Sa chambre donnait sur une route où d'énormes camions défilaient sans interruption. De plus, comme la route amorçait une courbe juste devant sa fenêtre, il y avait un moment où les phares des camions pointaient droit sur lui. Leur lumière aveuglante entrait et balayait le lit. Il était héroïque de vouloir dormir dans ces conditions, et pourtant cette saleté de chambre était facturée plus de cinquante dollars la nuit.

Le portable coincé sous sa joue, Joanne sourit. Voilà, ça, c'était tout Paul : au téléphone, il n'avait pas de mots assez durs pour critiquer les motels où il descendait ; mais quand il retrouvait Joanne, il promettait de l'emmener bientôt dans ces mêmes motels qu'il lui décrivait alors comme des endroits idylliques.

Quand Paul disait-il la vérité – et pas seulement à propos des motels ?

– Je te trouve lointaine, reprocha-t-il.

– Je ne suis pas lointaine, je suis loin. Combien y a-t-il de foutus kilomètres entre nous ? Paul, viens vite. S'il te plaît, essaye de venir le plus vite possible. Plus vite que le solstice, pour une fois.

– Oh, *honey*, si je pouvais...

Si un homme et une femme s'aiment, si cette femme supplie l'homme de la rejoindre, si l'homme possède une carte de crédit pour payer son billet d'avion ou son passage sur un bateau, la question pour l'homme n'est pas de savoir s'il peut, mais s'il veut. C'était ce que pensait Joanne – et n'importe quelle femme amoureuse l'aurait pensé à sa place –, mais bien sûr elle ne le dit pas.

La suite de leur conversation fut entrecoupée de silences, et même de quelques bâillements de part et d'autre.

Pendant les solstices aussi, il leur arrivait de bâiller quelquefois : ce n'est pas parce que j'ai envie de toi que je suis dispensé(e) d'avoir également envie de dormir. Alors, Joanne se lovait dans les bras de Paul pour s'abandonner au sommeil. Il lui caressait la tête. Puis les caresses s'espaçaient. Paul s'était endormi le premier. Joanne pensait : nous avons tout pour être heureux. Il ne leur manquait qu'un mariage, une maison et un chien – ce fameux chien « épavier » qu'ils achèteraient entre le mariage et la maison.

Dans la nuit du dimanche au lundi, les étoiles et la lune furent peu à peu occultées par une couche nuageuse basse et grise qui venait des lointains de l'océan. Aux premières heures de la matinée, les stratus s'étaient transformés en brouillard. Tandis que la température remontait, la visibilité tomba en dessous de vingt mètres. En dépit des tambours protégeant l'entrée des habitations, malgré les joints et les doubles vitrages, la brume finit par s'infiltrer partout. Dans certaines maisons moins étanches, on avait peine à se distinguer d'une pièce à l'autre. Dehors, avec des chuchotements de sources, la neige commençait à se liquéfier.

Joanne grimpa sur une chaise pour attraper, là-haut sur l'étagère, la bouteille de whisky numérotée AC 23177.

Au cours de la nuit, elle avait pris la décision de rompre le pacte selon lequel les descendants du vieux Guiberry étaient tenus de protéger cette bouteille qui trônait chez eux comme un petit dieu lare.

Ce matin, Joanne allait emporter la bouteille chez *Al's*. Tout à l'heure elle la déboucherait et verserait une longue rasade d'alcool ambré dans la bouche de Manon en guise d'anesthésique – cette espèce de Miranda au rabais serait ainsi privée de sa dose de souffrance, et Joanne n'aurait aucune raison de se sentir coupable.

Elle aurait pu choisir d'emporter un autre de ces alcools dont elle stockait toujours quelques bouteilles neuves en prévision des folles heures des solstices. Mais la légende qui s'attachait à la bouteille AC 23177 devait conférer à son contenu des pouvoirs un peu magiques. Elle sourit en pensant que, depuis tout ce temps qu'elle préservait et choyait la bouteille comme une relique, elle n'aurait jamais imaginé être finalement la personne qui allait oser la sacrifier.

Après l'avoir descendue de son étagère, elle l'examina attentivement. Malgré les années, le whisky ne s'était pas évaporé. A travers l'opacité du flaconnage, on constatait que le liquide baignait la base du bouchon. Il restait à espérer que ce bouchon, dont le liège avait l'air de s'être dilaté et d'être devenu une espèce de bourre noirâtre, n'adhérait pas trop aux parois du goulot. Il ferait beau voir que Joanne ne réussisse pas à le décoller, puis à l'extirper.

Est-ce que j'en goûterai un petit peu, moi aussi ? se demanda-t-elle.

Elle n'avait jamais absorbé d'alcool avant midi. Elle se dit que sa mère, probablement, n'aurait pas autant de scrupules et insisterait pour y goûter. Dans ce cas, elle l'accompagnerait.

Au moment de partir, elle se rappela qu'il n'y avait pas de verres chez *Al's*, juste ces minables gobelets en plastique qui s'empilaient sous la machine à café. Le whisky mythique d'Al Capone et de Gustin Guiberry méritait des récipients dignes de lui.

Joanne fouilla dans les placards de sa cuisine.

Elle en sortit plusieurs verres, tous dépareillés, les porta à ses lèvres pour en éprouver l'épaisseur, l'agrément du rebord. Jusqu'alors, elle n'avait jamais vraiment prêté attention aux verres dans lesquels elle buvait. Il lui suffisait qu'ils soient propres et sans ébréchures. Cette fois, c'était différent : l'osmose entre le nectar (ou le tord-boyaux, on verrait ça à l'usage) et le verre devait être aussi parfaite que possible, et le contour où s'appliqueraient les lèvres assez fin pour qu'un minimum de matière étrangère s'interpose entre l'alcool et la bouche.

Aucun verre ne lui paraissant digne de la bouteille, Joanne décida que Manon boirait AC 23177 directement au goulot. Ce serait une façon de rendre hommage au vieux Guiberry et à son ami Capone, qui n'auraient sûrement pas fait tant de manières pour ingurgiter leur whisky. Et cette fille devait être du genre à aimer se désaltérer sans chichis, la tête renversée en arrière, le trop-plein de boisson lui dégoulinant sur le menton.

Joanne emmaillota la bouteille dans un torchon qui représentait des oiseaux dont certains – elle y vit comme un heureux présage – semblaient être de grandes oies des neiges. Elle ouvrit un tiroir et rafla une boîte d'Alka-Seltzer : après sa cure d'AC 23177, si Manon ne souffrait pas trop de sa langue trouée, elle aurait vraisemblablement très mal à la tête. Joanne imagina une Manon dolente, se nichant contre son épaule et murmurant de sa voix boudeuse : « Donne-moi quelque chose pour faire passer… »

Plus tard, quand elle habiterait dans l'État du Maine et qu'elle serait la maman d'un Robin ou d'une Isabelle, Joanne s'arrangerait pour faire de ce « donne-moi quelque chose pour faire passer… » une des phrases magiques du rituel familial. En souvenir de Manon, de Louise, et de Saint-Pierre-et-Miquelon.

Elle s'assit sur un tabouret. Berçant machinalement sa bouteille dans ses bras, elle renifla pour ne pas pleurer, et pleura quand même – c'était chaque fois la même chose quand elle évoquait le Maine, Robin et Isabelle.

Paul n'en finissait pas de divorcer. Et quand il serait libre, combien de temps lui faudrait-il encore avant de prendre vraiment la décision de l'épouser, de l'emmener, de lui donner des enfants ? Parfois, quand il l'appelait très tard dans la nuit, après un premier sursaut de surprise et de joie, elle songeait : « S'il appelle si tard, c'est qu'il était trop occupé avant. Occupé à quoi ? La nuit, que je sache, les salons de coiffure sont fermés. Alors oui, occupé à quoi, dans son sale hôtel minable ? Ou plutôt, occupé avec qui, avec quelle petite pétasse de shampouineuse séduite entre deux démonstrations ? Les mains dans la mousse, on a vite fait de lier connaissance. »

Elle essuya ses larmes avec le torchon aux oiseaux qui enveloppait la bouteille sacrée.

Au même instant, Denise grimpait hardiment l'escalier qui menait à la chambre sous les toits.

Avant d'entrer chez Manon, elle s'était longuement examinée dans un miroir, s'efforçant de se composer un visage d'infirmière qui vient réveiller, préparer, calmer une future opérée. Elle devait se montrer tout à la fois enjouée, rassurante et autoritaire. A défaut de pouvoir endosser une vraie blouse et un calot, elle avait passé son peignoir de bain qui était blanc, et serré ses cheveux gris sous un bonnet de douche en plastique translucide. Elle seule se savait déguisée.

Pour Manon, elle était simplement une vieille dame qui vient de prendre sa douche.

– C'est pour ce matin, mon petit, dit-elle en déposant sur les genoux de la jeune fille un plateau aux rebords ajourés en forme de cœurs. A titre exceptionnel, je vous ai monté votre déjeuner. Oh ! bien sûr, vu les circonstances, il sera plus frugal que d'habitude. Nous avons juste droit à un jus de pamplemousse, une cuillère de miel, et la tasse de chocolat dont il a été question. C'est du cacao pur, c'est plus digeste. Normalement, il ne faut rien absorber avant une intervention.

Elle s'assit sur le bord du lit. Elle aurait donné cher pour pouvoir prendre le poignet gauche de Manon et compter les battements de son pouls.

– Dommage que nous n'ayons plus nos jolies boucles, dit la vieille dame avec un attendrissement navré. C'est tellement émouvant, des boucles, quand ça s'étale sur un oreiller tout blanc.

L'oreiller prêté par Joanne était en réalité bleu lavande avec des dessins de poissons-lunes et de poissons volants. Mais Denise avait assez d'imagination pour transformer cet oreiller en une de ces galettes mal gonflées, d'un blanc fade, qu'on glisse sous la tête des opérés.

– Dépêchons-nous de prendre notre chocolat. Après quoi, nous allons nous lever et aller jusqu'au lavabo pour bien nous brosser les dents.

Elle disait *nous* comme l'anesthésiste qu'elle avait voulu être, comme ces gens des hôpitaux quand ils veulent montrer à quel point ils partagent les angoisses ou les souffrances de leurs patients.

Quand Manon envoya valser la couette et se leva, Denise

ne remarqua même pas que la fille se dandinait toute nue devant elle, et que son corps était griffé – Denise était ailleurs, elle souriait et se répétait mentalement : « Et maintenant, nous allons fermer les yeux et commencer à compter à l'envers, à partir de dix en descendant jusqu'à zéro, mais nous n'aurons pas à aller jusque-là, nous dormirons avant... »

– A quelle heure Joanne vient-elle nous chercher ? demanda Manon, la bouche pleine de mousse de dentifrice à la cannelle.

Denise s'ébroua.

– Oh ! elle a autre chose à faire. Elle est sur place, là-bas, depuis longtemps. Elle finit de tout préparer. Cette nuit, dans sa cuisine, elle a fait bouillir les instruments. A présent, elle les stérilise encore une fois en les passant à l'éther enflammé. C'est moi qui vais vous accompagner chez *Al's*. Un taxi viendra nous prendre à sept heures quinze.

Elle aurait tellement aimé qu'il soit blanc comme une ambulance. Mais c'était peu probable. A Saint-Pierre, sauf la neige, la brume et l'océan, tout était en couleur.

Pour la première fois depuis des années, Joanne emprunta l'itinéraire direct, celui qui menait au salon de coiffure sans passer devant la maison de sa mère. Ce matin, elle n'éprouvait pas la nécessité de vérifier que tout allait bien chez Denise. Elle la connaissait trop pour savoir que la vieille dame n'aurait jamais accepté de mourir un jour comme aujourd'hui.

Comme elle descendait la rue Ange-Gautier vers l'angle que fait celle-ci avec la rue Bruslé, Joanne reconnut la voiture de Gyokuchô Hosokawa. Malgré le brouillard qui aurait dû l'inciter à plus de prudence, le comptable avait rangé son véhicule n'importe comment. Il avait apparemment oublié d'éteindre les phares, et, la batterie s'étant épuisée, ceux-ci n'émettaient plus qu'une espèce de faible clignotement jaunâtre.

Joanne ralentit en longeant la voiture arrêtée. Elle vit Hosokawa paisiblement assis derrière son volant. Sa bouche ouverte comme dans un bâillement découvrait ses dents recourbées. La nuque contre l'appui-tête, les yeux grands ouverts, le Japonais était comme quelqu'un qui rêve tout éveillé, ou qui cuve une cuite formidable.

Joanne opta pour la seconde hypothèse. Pensant que son comptable avait peut-être bu pour oublier ses désillusions amoureuses – tenter désespérément de trouver un partenaire quand on était un homosexuel aussi laid dans une île aussi petite ne pouvait conduire qu'à des échecs –, elle hésita à le réveiller. Mais la façon dont le véhicule était garé le mettait en danger d'être percuté. Joanne appuya à plusieurs reprises sur son avertisseur. Dans le rétroviseur, elle constata que Gyokuchô Hosokawa ne bougeait pas. Alors elle arrêta sa voiture et remonta vers celle du Japonais.

A travers la vitre, elle vit que Hosokawa avait déboutonné sa chemise blanche et baissé son pantalon jusqu'aux chevilles. Une sorte de pieu, qui devait être le manche d'un poignard, était enfoncé dans son ventre jusqu'à la garde. Il y avait très peu de sang apparent – mais peut-être tout le sang avait-il coulé depuis longtemps sur le plancher de la voiture. Pour le savoir, il aurait fallu pouvoir ouvrir une portière, mais Hosokawa avait tout verrouillé de l'intérieur.

Sur le siège voisin était posé, retourné, l'exemplaire du

Suicide des amants d'Imado. Un élégant marque-page, en carton entoilé de soie rose où était imprimée une danse de grues huppées parmi des joncs, gisait à côté.

Apparemment, le comptable avait tenu à finir son livre.

– Oh ! monsieur Hosokawa, murmura Joanne, vous vous êtes tué ?...

Elle aurait probablement vomi si elle avait déjeuné. Mais elle avait gardé son estomac vide, dans la crainte d'être prise de malaise en sentant, sous son aiguille, la résistance de la langue de Manon. Elle regarda encore une fois Gyokuchô Hosokawa. Elle ne pouvait plus rien faire pour lui, même pas lui fermer les yeux.

Elle décida de ne pas appeler la police. Elle avait hâte d'en finir d'abord avec Manon.

Le taxi qui vint chercher Denise et Manon prit un itinéraire qui évitait le carrefour Ange-Gautier et rue Bruslé. Dans le rétroviseur, le chauffeur ne cessait de regarder Louise. L'oie s'était blottie sur la banquette de skaï, entre les deux femmes.

– Drôle d'oiseau que vous me faites transporter là, dit enfin le chauffeur. C'est quoi, au juste, comme genre de canard ?

– Une grande oie des neiges, dit Manon.

– Elle ne va pas faire son caca sur mes sièges, au moins ?

– En réservant la voiture hier au soir, rappela Denise, j'ai parlé avec votre femme au téléphone. Je l'ai bien prévenue qu'il y aurait un animal.

– Ouais, dit le chauffeur, un animal. Mais Noémie croyait que ça serait un chien. Je le croyais aussi. On croyait tous les deux que c'était un chien qui allait se faire piquer. Ces choses-là, tout le monde préfère que ça se fasse tôt le matin.

Denise désigna Manon avec fierté :

– En fait, c'est cette petite demoiselle qui va se faire opérer.

– Mais pas piquer, gloussa le chauffeur de taxi.

– Justement si, dit Denise.

En déposant les deux femmes et l'oiseau devant chez *Al's*, le chauffeur pensa que c'était jeter l'argent par les fenêtres que d'aller se faire faire un brushing, ou n'importe quoi de ce genre, juste avant une intervention chirurgicale. Tout le monde savait que les opérés sortent du bloc avec les cheveux collés par la sueur.

A cette heure encore très matinale, la brume enveloppait la ville d'un gris morne. Ça s'éclaircirait peut-être un peu plus tard, avec la brise de mer. En attendant, Saint-Pierre évoquait vaguement un grand aquarium aux parois mal lavées. Aussi Joanne avait-elle allumé son enseigne pour permettre au taxi de se repérer dans le brouillard.

Mais dès que sa mère et Manon furent entrées, elle éteignit l'enseigne, verrouilla la porte et suspendit une pancarte qu'elle avait préparée : *Le salon est fermé jusqu'à 14 h pour cause d'inventaire.*

– Tu es pâle, chuchota la vieille dame en prenant sa fille à part. Tu ne dois pas t'en faire comme ça. Tout se passera très bien. La petite est confiante.

Il y avait longtemps que Denise n'avait plus été la mère de Joanne. Un jour difficile à dater avec précision, mais dont elle se rappelait qu'il coïncidait avec les prémices de la débâcle, les rôles s'étaient renversés exactement comme ces grands glaçons flétris par la tiédeur nouvelle de la mer qui basculent soudain cul par-dessus tête. Avant que Denise ne demande : « Eh bien, voyons un peu ça, qu'est-ce que tu as l'intention de faire demain ? », Joanne l'avait devancée : « Je suppose que tu ne voudras pas sortir demain, maman, car il fera encore très froid et les trottoirs seront verglacés. Alors je passerai vers midi, je t'apporterai de quoi dîner, reste au chaud et ne t'inquiète de rien. » Et le temps que la glace achève de fondre, les choses étaient allées ainsi, au chaud et sans inquiétude, jusqu'à ce que l'existence de Denise ait perdu tous ses inattendus, ses aspérités, et soit devenue aussi lisse que l'eau du port après la débâcle.

La chasse aux petites cuillers était le seul courant secret qui l'agitait un peu – et encore le secret était-il largement éventé.

La vieille dame avait abdiqué sans regrets, dégustant comme une friandise ce nouveau mélange d'oisiveté et de sérénité. Elle éprouvait du contentement et de la fierté à pouvoir montrer dans l'île comment sa fille la dorlotait, combien elle se montrait avec elle affectueuse et prévenante : « J'en profite bien davantage que lorsqu'elle était une gamine toujours à courir la grève, à se faire emmener sur les bateaux. Elle m'invite, je l'invite, nous nous voyons au moins une fois par jour, et le dimanche toute la journée. On parle de tout et de rien, on feuillette des catalogues devant la télé, elle boit de la bière en boîte, moi je ne sais pas boire à même les canettes, mais donnez-moi un verre et je me rattrape. Quand elle repart, elle m'embrasse fort comme si elle avait peur de ne pas me revoir. »

Et puis Joanne avait acheté *Al's*, et Paul Ashland avait débarqué dans l'île moins d'un an plus tard, avec ses valises pleines d'échantillons de produits capillaires. A raison de deux solstices par an, on ne pouvait pas l'accuser d'être encombrant. Mais les effets d'une passion, comme les ravages d'une tempête, s'évaluent en qualité, pas en quantité. Denise avait constaté que Paul était un sujet sur lequel elle n'avait aucune prise. Cette affaire-là, l'affaire la plus importante de sa vie, Joanne prétendait la gérer toute seule. Elle tenait Denise informée (plus ou moins) des progrès de son histoire d'amour. La vieille dame devait se contenter d'en supporter les avatars, comme ceux du temps qu'il faisait, sans jamais être appelée à donner son avis. Pourtant, il arrivait à Joanne de pleurer. En essayant de la consoler, Denise se faisait rabrouer : « Oh ! je t'en prie, maman, tu ne peux pas comprendre. D'ailleurs, ça n'est pas du tout ce que tu crois. » D'autres fois, Joanne était exaltée, elle téléphonait ou débarquait à des heures impossibles, elle apportait du vin, parlait d'une nouvelle vie, d'une maison dans le Maine, une maison à bardeaux avec un hangar à bateaux : « Peut-être que nous ne pourrons pas tout de suite acheter un bateau, évidemment, mais ça sera déjà si romanesque d'avoir le hangar. Tu peux t'asseoir sur le ponton, les pieds dans l'eau, ça sent bon le bois mouillé, et tu regardes le soleil se coucher. » Denise approuvait gravement, et puis elle se risquait à demander en quoi elle serait jamais concernée, elle, par le hangar à bateaux – ne parlons pas du bateau lui-même. « Eh bien, disait Joanne, tu viendras nous voir. Quelques jours dans le Maine, en été, ça te changera les idées. Il ne faut pas avoir peur de l'avenir, maman. »

Et voilà que ce matin c'était à Joanne d'avoir peur de ce qui allait se passer. Du coup, devant le petit visage crispé de sa fille, Denise Guiberry retrouvait ses prérogatives de mère. Rien que pour ça – qui ne durerait pas mais qui était sacrément bon à prendre, comme un trop-perçu que lui restituait l'existence –, la vieille dame eut envie de bénir la jeune fille et son oie.

Manon s'était posée sur un des fauteuils du bac. Les jambes repliées sous elle, elle avait extirpé de son sac l'exemplaire esquinté de *The Collector* qu'elle trimbalait partout. Elle l'avait ouvert au hasard.

– Vous ne voulez pas essayer de lire autre chose ? fit Joanne que ce livre commençait à agacer. Vous devez le connaître par cœur, à force. Si c'est le style de John Fowles qui vous plaît tellement, je vous signale qu'il a aussi écrit *La Maîtresse du lieutenant français.*

– Je sais, dit la fille. Très romantique, non ?

Joanne se demanda si Manon avait une juste appréciation du mot romantique. Pour elle, il était probablement indissociable d'une longue robe puritaine soulevée par des bouffées de tempête et découvrant de petites bottines lacées haut, tandis que les cheveux de l'héroïne s'effilochaient sur fond de ciel tourmenté, voire strié d'éclairs pour faire bonne mesure – ah oui, et il devait y avoir aussi un océan furieux qui se fracassait contre une digue, et peut-être, dans le lointain, la silhouette d'un homme.

– Je serai prête dans un instant, dit Joanne.

Denise ouvrit de grands yeux incrédules tandis que sa fille, avec des gestes d'égyptologue dépouillant une momie de ses bandelettes, déroulait lentement le torchon aux oiseaux qui enveloppait la bouteille AC 23177. Sur le rebord de la coiffeuse était posé un tire-bouchon. Pour la vieille dame, il était manifeste que Joanne s'apprêtait à commettre un sacrilège.

– Où as-tu pris que tu avais le droit de faire ça ? chuchota-t-elle d'un ton effaré.

Joanne répondit que, si elle avait eu des enfants, elle aurait gardé pour eux la bouteille fétiche du vieux Guiberry. Seulement voilà, elle n'avait pas d'enfants.

– Tu en auras avec Paul, dit Denise. Paul va adorer te faire des enfants. Il me l'a clairement laissé entendre, la dernière fois. Et le prochain solstice n'est plus si loin, après tout.

– Je ne veux pas que la fille souffre. Tu n'as donc pas compris ? Elle espère que je vais lui faire mal. Elle m'a choisie pour ça. Comme on choisit une pute. Elle est prête à me donner cent dollars pour que je la martyrise un peu. Mais moi, je n'ai pas l'intention d'entrer dans ses sales combines. Elle est à jeun ?

– Presque. Une cuillerée de miel, un peu de cacao.

– On va lui faire boire le whisky du vieux Guiberry. A l'époque, ça titrait au moins 50° , sinon plus. S'il n'est pas éventé, elle aura la tête qui tourne et elle ne sentira rien.

Sous la pression de Joanne, la vrille du tire-bouchon s'enfonça avec régularité, juste en grinçant un peu – le liège avait dû se durcir au cours des années.

Quand la tige filetée eut traversé toute l'épaisseur du bouchon, Joanne dit :

– Voilà, c'est fait. Il est trop tard pour revenir en arrière.

– Quelque chose de notre passé va disparaître à jamais, dit Denise, ça va couler dans la gorge de Manon et, dans quelques heures, ça sera devenu du pipi. Je ne sais pas quel effet ça te fait, ajouta-t-elle avec une sorte de lucidité navrée, mais voilà toute une partie de l'histoire du grand-père, et même de l'histoire de nos îles, qui va s'en aller en pipi.

Joanne lui fut reconnaissante de ne pas conclure sur

un grandiloquent : « Nous ne sommes pas grand-chose, avoue ! » Elle n'oubliait pas qu'au même instant, dans sa voiture mal garée, le corps du comptable Gyokuchô Hosokawa avait entamé ce lent processus de décomposition par lequel il allait lui aussi se liquéfier. Heureusement, il faisait un froid de morgue.

Mais Joanne se rappelait certains détails qu'avaient révélés les policiers qui avaient dû forcer les portières d'une autre voiture, avenue Victor-Hugo à Paris, où gisait le cadavre de Jean Seberg.

Joanne était encore une toute jeune femme et cette histoire l'avait émue : Jean Seberg n'avait pas seulement été une actrice délicieuse, elle avait aussi été, pendant un temps, la compagne lumineuse de Romain Gary dont Joanne aimait infiniment les livres. Dans ses livres, Gary semblait vouloir dire que l'homme n'oscillait pas tant entre le bien et le mal, comme on l'avait cru pendant si longtemps, qu'entre le désespoir et l'élégance. C'était aussi ce que pensait Joanne.

A Paris aujourd'hui, on ne devait plus tellement parler de Romain Gary. Ni de Jean Seberg. Un temps de désespoir, et puis la longue élégance de l'oubli, comme une robe du soir dont la ligne se serait perdue dans une interminable traîne de mousseline qui n'était plus dans le champ des projecteurs.

Sur une sorte de siège bas pour manucure-pédicure qu'elle avait acheté à l'époque où elle croyait encore qu'*Als* serait une réussite, Joanne s'assit aux genoux de Manon. Elle lui tendit la bouteille :

– Nous allons commencer. Posez votre livre et buvez ça.

– Qu'est-ce que c'est ?

Perplexe, Manon examinait l'étiquette avec son vieux château en ruines au bord d'un loch sauvage que survolait un oiseau qui ressemblait à Louise.

– Un désinfectant. Une sorte de bain de bouche, en beaucoup plus efficace. Je vous préviens que je refuse de vous tripoter si vous n'en buvez pas.

Manon fronça son nez.

– Mais ça pue le whisky !

– Je sais. L'antiseptique sentait pire encore. Alors je l'ai mélangé à ce vieux fond de whisky, pour parfumer.

Tout de même un peu stupéfaites d'en être arrivées là, Joanne et Denise dévisageaient cette fille dont elles ne savaient presque rien et que les circonstances avaient pourtant désignée pour être la première personne à boire le whisky merveilleux qu'Al Capone avait offert à Gustin Guiberry, et que ce dernier avait fini par considérer comme un trésor plus inestimable qu'une pin-up dans une pièce montée ou une voiture américaine avec marchepied et flancs blancs.

Denise la fixait avec une intensité presque douloureuse. Mais Joanne détourna les yeux quand Manon, enfin, arrondit lentement ses lèvres tendres avant d'en effleurer le goulot de la bouteille AC 23177.

Je suis amoureuse de Paul Ashland, se dit secrètement Joanne à elle-même, lui seul peut m'emmener dans le Maine, me donner un Robin et une Isabelle, et un chien déterreur d'épaves, et surtout me donner le bonheur, je n'ai aucune raison d'avoir envie d'embrasser cette fille qui n'est qu'une crasseuse, une malsaine, qui a essayé de me faire jouer un jeu dont je ne veux pas, qui m'est complètement indifférente, que je déteste.

Manon but une gorgée, prudemment.

– Alors ? demanda Denise d'une voix tendue.

– Alors quoi ?

– Eh bien, est-ce qu'il est bon ?

Manon s'octroya une deuxième gorgée qu'elle fit rouler dans sa bouche.

– En tout cas, le goût du désinfectant a complètement disparu.

– Buvez encore, dit Joanne qui avait de nouveau posé les yeux sur elle.

Manon la troublait. Et elle éprouvait des picotements de plaisir à se débattre contre ce trouble en sachant parfaitement qu'elle allait perdre le combat – se demandant seulement quand et comment elle serait défaite.

Elle pensa alors que ce soir, demain au plus tard, Manon partirait, et qu'elle n'aurait même pas une photo d'elle pour s'en souvenir. Tout à l'heure, quand les commerces ouvriraient, elle enverrait sa mère chercher le photographe qui faisait les mariages et les communions, elle raconterait n'importe quoi, dirait qu'elle tentait une expérience pour renouveler la décoration de son salon, qu'elle songeait à remplacer ses vieux posters des châteaux de la Loire et des remparts de Saint-Malo par des portraits de jolies filles – elle se reprit mentalement : non, pas *jolies filles*, elle dirait *filles* tout court, ou plutôt elle dirait *femmes*.

– Continuez à boire, ordonna-t-elle à Manon. Buvez jusqu'à ce que je vous dise d'arrêter. Vous êtes sûrement aussi répugnante au-dedans qu'au-dehors, et je n'ai pas l'intention de vous flanquer une septicémie.

La fille obéit.

– Encore, insista Joanne.

– Arrête, murmura Denise, tu vas la rendre malade.

– C'est moi qui suis malade, maman.

Le regard de Manon commençait à se troubler. Elle rit brièvement. Elle se renversa en arrière. *The Collector* glissa de ses genoux et tomba sur le sol avec un bruit de détonation sèche qui effraya Louise. Joanne se dit que, pour écarter définitivement les soupçons, elle demanderait au photographe de faire aussi quelques portraits de la grande oie des neiges.

Assez loin dans la ville, on entendit monter la sirène d'une voiture de gendarmerie. D'abord déchirant, son ululement se perdit en direction du nord-est. Joanne devina que quelqu'un avait enfin trouvé le cadavre de Gyokuchô Hosokawa.

Quand tout fut prêt, que les petits instruments barbares furent parfaitement alignés et le manuel de piercing ouvert à la bonne page, Joanne enfila des gants blancs que lui avait prêtés Pauline, des gants d'hôtesse de l'air si étroits, si moulants, qu'ils faisaient ressembler ses mains à celles de Mickey Mouse. Elle dit avec douceur :

– Ouvrez la bouche, s'il vous plaît, et tirez la langue.

Manon obéit avec un temps de retard. Elle avait bu le tiers de la bouteille sacrée, elle était parfaitement ivre, au bord d'un sommeil lourd, empâté. Elle exhiba une langue souple à l'extrémité ronde et charnue, partagée en deux par un sillon central, et dont le rose pâle s'était légèrement coloré sous l'effet des tanins du whisky.

S'aidant d'un mouchoir en papier qu'elle avait préalablement plié en deux, Joanne saisit cette langue et l'emprisonna entre ses doigts.

Elle faillit la lâcher, bouleversée par la palpitation, la tiédeur et l'humidité qui, malgré le mouchoir et les gants, enchantaient la pulpe de ses doigts. Par réflexe, Manon contracta sa langue comme si elle voulait la rentrer et émit un « ah-aaaah-ah » plutôt lamentable. Joanne tint bon. Elle regarda vers le linge sur lequel était posé son attirail. A présent, elle devait se servir de cette pince qui ressemblait un peu à celle utilisée pour recourber les cils. Mais elle n'était pas si pressée.

A neuf heures, surgissant du brouillard, la voiture de gendarmerie s'arrêta devant chez *Al's*, et les deux gendarmes frappèrent au carreau de la porte. Ils racontèrent à Joanne ce qu'elle savait déjà. Elle prit d'abord un air ébahi parfaitement imité, puis horrifié quand les gendarmes lui décrivirent la façon dont Hosokawa s'était donné la mort, et enfin elle se laissa tomber sur la chaise derrière sa caisse :

– Mais c'est une épouvante ! Je suis consternée, messieurs, absolument consternée...

Les gendarmes dirent qu'ils comprenaient ça. Eux-mêmes avaient éprouvé un choc en ouvrant la portière. A présent, ils souhaitaient recueillir le témoignage de Joanne à propos de son comptable, plus précisément sur l'état psychologique où elle l'avait trouvé la dernière fois qu'elle avait parlé avec lui.

C'était un interrogatoire de routine. Il n'y avait pas présomption de meurtre, bien sûr, mais personne ne savait si Gyokuchô Hosokawa n'avait pas à Kyôtô une famille qui allait exiger des explications. Le consulat du Japon, en tout cas, voudrait savoir ce qui était arrivé à son ressortissant.

– Dois-je vous suivre ? demanda Joanne.

– Le plus tôt sera le mieux, dirent les gendarmes.

Joanne acquiesça. Elle était soulagée à l'idée de pouvoir s'échapper un moment.

Assommée par l'alcool, Manon n'avait pas crié quand on lui avait troué la langue. C'était à peine si elle avait gémi. Mais elle avait saigné. Sa bouche était brusquement devenue rouge et poisseuse comme celle d'une petite fille qui s'est gavée de framboises et de groseilles, à pleines mains. Puis elle s'était endormie. Ou évanouie. D'après Denise, c'était presque la même chose.

– Ne reste pas à tourner dans mes jambes et laisse-moi faire, avait dit la vieille dame à sa fille.

Joanne partie dans la voiture des gendarmes, Denise avait regardé dormir Manon. Ses lèvres étaient entrouvertes. A chaque respiration, il en sortait une petite grappe de bulles rosâtres. Les bulles éclataient en libérant une légère odeur de whisky.

– Eh bien, murmura Denise au bout d'un moment, je crois qu'il est temps de nous réveiller, jeune fille. Tout s'est parfaitement bien passé. Maintenant, nous allons gentiment revenir à nous. Et pour commencer, nous allons ouvrir les yeux.

Manon ouvrit les yeux, les fit papillonner. Mais, éblouie par les lumières du lustre, elle se dépêcha de les refermer en les plissant. Denise prit une grosse voix d'infirmière contrariée et gratifia la fille de quelques chiquenaudes sur les joues :

– Non, non, on ne se rendort pas. Au contraire, nous ouvrons nos yeux très grand, et nous disons : je m'appelle... voyons, comment nous appelons-nous ? Je le sais, bien sûr, mais ce n'est pas à moi de le dire.

– Manon, dit Manon.

Elle avait des difficultés à articuler, la bouche engourdie comme après une séance chez le dentiste.

– Manon, répéta la vieille dame. C'est très joli, ça, Manon. Je connais bien des jeunes personnes qui aimeraient s'appeler Manon, elles aussi. Donc, nous sommes Manon – mais Manon comment ?

– Framboisiers, dit-elle. Manon Framboisiers, avec un s au bout. Ou Manon Wikaskokiseyin. C'est pareil et c'est comme on veut.

Deuxième partie

MANON

Elle était née à Trois-Rivières, au confluent de la Saint-Maurice et du Saint-Laurent.

C'était un jour de canicule, le jour de la course automobile, au tout début du mois d'août. La climatisation de la maternité ayant eu une défaillance, on avait cru bon d'ouvrir les fenêtres de la salle de travail pour profiter d'un léger souffle d'air qui venait du fleuve – et c'est ainsi que les premiers vagissements de Manon avaient été couverts par le vacarme assourdissant des bolides qui s'élançaient à travers les rues de la ville. « Est-ce que mon bébé est déjà mort, s'était affolée sa mère, je n'entends plus sa petite voix ? »

Plus tard, à l'école, Manon avait largement exploité l'anecdote, se faisant passer auprès de ses camarades pour la seule petite fille de tout le Québec (quant aux autres pays, elle préférait ne pas trop s'avancer) n'ayant pas crié à sa naissance.

– Dans ma poitrine, disait-elle en baissant des yeux d'enfant injustement punie, mes poumons doivent être restés tout plissés.

Évidemment, les regards des garçons se portaient aussitôt sur cette poitrine maigrichonne qui recelait un si grand mystère – alors que d'autres fillettes, qui commençaient pourtant à avoir de vrais seins, ne parvenaient pas à capter la moitié de leur attention.

Avec une modestie feinte, se gardant surtout de rien changer à son fameux regard d'enfant punie, Manon affirmait qu'elle ne méritait pas pour si peu de figurer dans le Guinness des records. Elle ajoutait qu'elle ne savait d'ailleurs toujours pas crier, ce qui incitait les plus serviables (ou les plus dubitatifs) de ses condisciples à lui infliger tout un tas de pinçons, piqûres et tiraillements divers, destinés à lui arracher enfin un cri. Comme elle était particulièrement douillette, elle hurlait dès qu'on la touchait. Son tourmenteur du jour se rengorgeait : « Eh ! regardez-moi, je suis le type qui a tiré son premier cri à Manon Framboisiers ! »

Elle se fit ainsi un nombre d'amis considérable, surtout parmi les garçons.

Toute son enfance, Manon avait habité une maison en briques de la paroisse Saint-Philippe, le plus ancien quartier ouvrier de Trois-Rivières.

Son père avait travaillé jusqu'en 1975 rue Bellefeuille, à la manufacture de cercueils Girard et Godin. Les gens avaient beau mourir toujours au même rythme, l'usine avait fermé ses portes quatre ans avant la naissance de Manon. Depuis, Robert Framboisiers passait d'une embauche à l'autre, ballotté au gré des créations et des cessations d'activité.

Il achevait à présent sa carrière au service d'une compagnie qui produisait du papier journal pour les entreprises de presse de Chicago, Boston et New York. Il avait pour tâche de faire en sorte que les caractéristiques du papier, son grammage, sa couleur, sa capacité d'absorber les encres, ne varient jamais.

Mais tandis que les machines déroulaient leurs kilomètres de papier encore duveteux et boursouflé, l'humeur du monde changeait. Le père de Manon se demandait quelles nouvelles heureuses ou tragiques allaient, dans quelques heures, venir noircir ce long fleuve crémeux.

Un jour, sur une minuscule parcelle de ce papier qu'il avait contribué à fabriquer, on imprimerait quelque chose qui le concernerait directement – une photo de lui le jour de son départ en retraite, brandissant joyeusement la canne à pêche offerte par ses collègues, ou sa fille sortant d'une église en robe de mariée, ou l'image discrètement encadrée de noir de quelqu'un qu'il avait aimé.

Il s'en était toujours bien sorti, et sa famille n'avait manqué de rien. Sauf peut-être de la climatisation qui n'avait été installée dans la maison de la rue Notre-Dame que quelques jours avant la fugue de Manon.

Quand un air délicieux avait commencé à circuler à travers toutes les pièces, Manon s'était dit que ses parents, son père surtout, verraient dans sa disparition une terrible manifestation d'ingratitude : c'était pour elle, rien que pour elle, qu'ils avaient fait poser ce climatiseur très cher, très sophistiqué, couplé à un système de distribution d'ozone, afin qu'elle trouve du bien-être à s'enfermer dans sa chambre pour réviser ses cours d'hydraulique. Dépassés par la complexité des études de leur fille, incapables de l'aider quand elle butait sur une difficulté, c'était tout ce qu'ils avaient trouvé pour lui prouver leur soutien : répandre dans sa chambre un air idéalement filtré et tempéré.

Mais rien, désormais, ne pouvait faire revenir Manon sur sa décision de s'en aller. Quant à expliquer les raisons de sa fuite, il n'en était pas question : pour tout le monde à Trois-Rivières, Jean Soulacroix était un homme honorable. Une fois même, au début de la première année de Manon à l'université, il était venu souper rue Notre-Dame. On avait mis les petits plats dans les grands. La tarte au sucre était grande comme une roue de scooter.

Soulacroix était un homme vieillissant qui vouait au silence un culte maniaque. Même dans la neige épaisse, il ne se déplaçait jamais qu'en mocassins de cuir souple pour faire le moins de bruit possible. A cause du sel qu'on jetait pour faire fondre la neige et qui brûlait aussi les cuirs, surtout lorsqu'ils étaient fins, chaque hiver lui coûtait une fortune en souliers.

Manon n'avait pas lu ses romans, mais elle savait par les journaux qu'ils n'étaient pas trop mauvais. Sans doute ne survivraient-ils pas longtemps à leur auteur, mais pour l'époque ils étaient considérés comme « littérairement corrects ».

Soulacroix semblait d'ailleurs s'en contenter. Il ne parlait jamais de s'améliorer ni d'explorer de nouvelles voies pour tenter d'exprimer ce qu'il avait dans la tête. D'ailleurs, il avait apparemment peu d'idées, juste une panoplie d'obsessions dont il faisait sa boutique : l'innocence supposée des jeunes filles, les robes avec des manches ballons, les corsets serrés jusqu'à la syncope, la passion des îles telle que l'avaient éprouvée et décrite Compton Mackenzie ou D. H. Lawrence, le prénom d'Agnès (toutes les héroïnes de ses romans s'appelaient ainsi, et toutes ses Agnès s'évanouissaient à un moment ou l'autre de l'intrigue), les interminables baisers sur la bouche (longues, très longues descriptions de la texture des muqueuses, de l'agilité des langues, du goût des salives) et les musiques de films qu'il citait avec cette gourmandise d'expert que d'autres ont pour les poètes chinois. Sa pensée ne s'élevait jamais au-dessus de ces petites choses sans importance, mais il était capable de broder sur elles un nombre infini de variations qui faisaient illusion. Les lecteurs achetaient ses romans parce qu'ils étaient certains d'y retrouver ses Agnès évanescentes et sa petite musique rose pâle qui les rassurait.

A l'université de Trois-Rivières, il enseignait la littérature française du XIXe siècle.

Avec cette même naïveté qu'on retrouvait dans son œuvre, il s'émerveillait de ce que le XIXe, surtout vers son terme, ait eu ce qu'il appelait « la révélation et l'insolence du bonheur ». Pour la première fois de son histoire, dépassant enfin son obsession affolée de la survie, l'humanité avait alors rejeté fatalisme et dolorisme, revendiqué le droit au confort et fait un pas vers l'exigence du bonheur pour tous. N'est-ce pas en 1844 qu'on avait inventé l'anesthésie générale au protoxyde d'azote et épaissi les banquettes des diligences pour que les voyageurs souffrent moins des lombaires et du coccyx ? Comment ne pas s'enthousiasmer pour un siècle qui était le premier à s'intéresser aux dos et aux fesses de ses contemporains autrement que pour les fouetter ? Face à une Antigone ou à un Œdipe génétiquement moulés pour le désastre, Gervaise, Anna Karénine, Emma Bovary, Cosette, ou même Bouvard et Pécuchet auraient dû être heureux. Dès lors qu'ils ne l'avaient pas été, leurs malheurs devenaient objets de scandale, et donc sujets de romans. Soulacroix soutenait que la littérature de cette époque n'était qu'une longue protestation véhémente contre les égarements du destin, une description d'erreurs d'aiguillage toutes plus choquantes les unes que les autres. Dans l'odeur piquante des jupons mal lavés et des premières machines à vapeur, la leçon du XIXe était de ne pas avoir confondu justice et punition.

Depuis, on avait passablement régressé.

Pour les étudiants qui, comme Manon, préparaient un diplôme de physique hydraulique, ce cycle de littérature était une matière secondaire, une de ces options qu'on prend pour limiter un peu les dégâts en cas de catastrophe dans une discipline principale.

Manon, pourtant, assistait scrupuleusement à tous les cours de Soulacroix. Elle se laissait bercer par sa voix feutrée qui lui évoquait quelqu'un en train de bavarder paisiblement au coin d'un feu de bois. Il n'y avait pas de cheminée chez les Framboisiers, aussi les leçons de l'écrivain procuraient-elles à la jeune fille une impression de tiédeur, de raffinement et de volupté qu'elle ne trouvait pas chez elle.

Comme l'amphi était presque toujours vide, elle pouvait s'asseoir au premier rang. Sous le bureau derrière lequel il balançait ses jambes, elle voyait Soulacroix nouer ses pieds et frotter l'un contre l'autre ses mocassins très fins. Il sentait l'eau de Cologne, il posait parfois sur elle un regard qui avait juste ce qu'il fallait de vacuité pour paraître rêveur.

Un soir d'hiver, l'écrivain l'avait attendue sur le campus de l'université. Tout de suite, la prenant par les épaules, il s'était montré familier et enjoué :

– Allons dîner quelque part. Je viens de mettre le mot fin à mon prochain roman, je n'ai pas envie de célébrer ça tout seul. Vous pourrez appeler vos parents du restaurant, pour les prévenir. De toute façon, nous ne rentrerons pas tard et je vous ramènerai.

Elle était flattée d'avoir été choisie. En montant dans la voiture, elle avait remarqué, dans une vulgaire caisse en plastique orange posée sur la banquette arrière, une quantité impressionnante de canettes de bière. Elle avait ri :

– Est-ce que vous marchez à la bière, quand vous écrivez ?

– Ne soyez pas sotte. Je n'écris plus pour le moment. Je viens de vous dire que j'avais fini mon livre. Vous n'écoutez donc pas quand on vous parle ?

Elle se mordit les lèvres. Comme il était susceptible, comme il devait souffrir de l'indifférence que les autres élèves manifestaient à l'égard de ses cours ! Et davantage encore vis-à-vis de son œuvre, car personne ne lui apportait jamais un de ses romans pour qu'il le dédicace. Elle s'excusa :

– Je me disais que vous alliez peut-être en commencer un autre, voilà tout.

Il lui sourit, elle comprit qu'elle était pardonnée.

Elle se promit de passer la soirée à s'intéresser à lui, à l'écouter sans se lasser, les coudes sur la table et le menton dans les mains.

Ils prirent la route 138, dépassèrent l'embranchement du pont Laviolette, et elle en conclut qu'il avait projeté de l'emmener souper à l'Auberge du lac Saint-Pierre. Elle la connaissait de réputation sans y être jamais allée, c'était un endroit agréable qu'elle n'avait pas les moyens de s'offrir, alors elle se laissa glisser, heureuse, au fond de son siège. La voiture de l'écrivain n'était pas d'un modèle très récent mais elle était parfaitement calfeutrée, grise et silencieuse, à l'image de son propriétaire. On entendait à peine la neige fondue gicler sous les pneus.

Manon ferma les yeux.

Quand elle les rouvrit, la voiture était arrêtée dans un endroit désert. Son moteur tournait au ralenti, presque inaudible. Sur la gauche, Manon devina l'immensité du Saint-Laurent à une sorte d'opalescence qui palpitait sous les nuages.

– Ma chère, dit Soulacroix, écoutez bien. Il fait manifestement trop froid pour qu'on se déshabille. Alors, il est inutile de vous affoler, je ne vais pas faire l'amour avec vous. Mais il y a autre chose qu'un homme et une femme peuvent faire pour se sentir plus proches l'un de l'autre.

L'écrivain alluma le plafonnier, dispensant dans l'habitacle une petite lumière citronnée. Manon crut comprendre qu'il voulait l'embrasser. Elle le dévisagea. Le premier mot auquel elle pensa ne fut pas piège, mais déception. D'une manière générale, elle n'aimait pas embrasser. Ce soir en tout cas, elle n'avait aucune envie d'embrasser cet homme – ce n'était pas une question d'haleine, ni rien de tout ça, c'était seulement qu'elle n'en avait pas envie.

– Excusez-moi, murmura-t-elle, mais je crois que non.

– Vous dites non sans seulement savoir de quoi je parle.

Comme la plupart des étudiantes, Manon portait une queue-de-cheval qu'elle nouait avec un ruban écossais. Elle secoua sa queue-de-cheval, ce qui signifiait : si, oh ! si, je sais très bien ce que vous avez dans la tête !

– Je suis sûre qu'il vaut mieux que nous rentrions. Est-ce que nous sommes loin de Trois-Rivières ? Pas trop, j'espère.

C'est stupide, ajouta-t-elle en se forçant à lui sourire, j'ai dû m'endormir.

Il répéta qu'elle ne savait décidément pas à quoi il avait pensé. Il avait une voix et un regard tellement consternés que, pendant un instant, elle crut s'être trompée sur ses intentions : craignant que le restaurant ne soit trop bruyant, il l'avait conduite dans cet endroit isolé au bord du fleuve pour lui parler plus tranquillement du livre qu'il venait tout juste de terminer.

Après tout, que savait-elle des écrivains, de leurs angoisses et des rituels qu'ils employaient pour les apaiser ?

Il se pencha pour actionner une tirette qui eut pour effet de renverser son siège en position couchette. Il déboutonna posément sa braguette. Son sexe n'était même pas raide. Ce n'était qu'une lourde virgule de chair pâle, mal dessinée, au bout fripé, sans odeur particulière sinon celle de latex et de talc d'un préservatif qu'il devait porter depuis qu'il avait abordé son élève sur le campus. Cette idée qu'il avait tout prémédité depuis le début dégoûta Manon plus que tout.

– D'accord, balbutia-t-elle, je comprends ce que vous voulez. Mais je ne peux pas. Même avec le caoutchouc dessus, c'est plus fort que moi, ça me soulève le cœur.

– Pourtant, dit seulement l'écrivain.

De sa main droite, il commença à peser sur la nuque de Manon pour la contraindre à baisser son visage. Elle résista un peu, puis se laissa incliner. Elle pensait qu'il lui suffirait de garder sa bouche obstinément fermée pour qu'il n'arrive rien.

Manon résista longtemps.

Soulacroix avait beau être romancier, et donc supposé

connaître le maniement et la magie des mots, il ne parla pas, ne chercha aucun argument pour la convaincre de faire ce à quoi elle se refusait.

De sa main libre, l'écrivain glissait de temps en temps des cassettes dans l'autoradio. Ils écoutèrent des extraits de la bande originale de *Limelight*, *The Wizzard of Oz*, *High Noon* et *Waterloo Bridge*. C'étaient de vieux films que Manon n'avait pas vus, alors l'écrivain les lui raconta de sa voix de feu de bois.

Il était près de vingt-deux heures quand il dit :

– J'avais prévu que vous auriez tellement mal au cou que ça vous obligerait finalement à faire ce que je voulais. Mais c'est moi qui ai mal. Une crampe est en train de monter dans mon poignet et dans mon bras. Je suis assez fréquemment sujet aux crampes. Celle-ci est en passe de devenir intolérable. Je vais devoir vous lâcher.

Il libéra sa nuque tellement endolorie que Manon fut un moment incapable de relever la tête. Il embraya et, tranquillement, fit accomplir un demi-tour à la voiture.

Malgré la buée sur le pare-brise, on apercevait au loin les lumières de Trois-Rivières.

– Comme quoi, dit l'écrivain, les hommes se croient très forts, et puis…

Il lui demanda si elle allait porter plainte contre lui. Elle dit que non, il n'existait aucune preuve qu'il ait cherché à abuser d'elle, il ne l'avait même pas embrassée.

Soulacroix rejoignit Trois-Rivières par les faubourgs de l'ouest. Les arches et le dos métallique du pont Laviolette se découpaient contre le ciel et la luminescence du fleuve. Il y avait de plus en plus de circulation sur la route 138. Manon aurait pu exiger qu'il arrête à présent la voiture pour la laisser descendre. Mais elle n'avait plus peur de lui. Elle l'entendait respirer avec difficulté, comme un enrhumé. Elle le regarda à la dérobée :

– Pourquoi est-ce que vous n'avez pas mis cette scène dans votre livre, en la racontant jusqu'au bout ? Ça vous aurait soulagé. Mais peut-être que vous ne savez pas décrire ce que vous ne connaissez pas en vrai ? Peut-être que vous êtes aussi impuissant comme écrivain que comme mec ?

Elle était consciente du mal qu'elle lui faisait. Elle s'en justifiait en pensant qu'il méritait un châtiment. Elle aurait pu choisir une autre punition, le gifler, lui griffer le visage ou lui cracher dessus, mais qui sait s'il n'aurait pas aimé souffrir et être un peu humilié par elle ?

Il ne répondit pas tout de suite, occupé à ralentir – en fait, il s'était presque arrêté et rangé sur le côté – pour laisser une voiture de police les doubler, comme s'il voulait offrir à Manon une chance de faire quelque chose contre lui. Elle regarda passer les policiers et haussa les épaules.

Alors il dit que ça n'était pas le terme d'impuissance qui pouvait qualifier son œuvre – le mot œuvre lui arracha d'ailleurs un petit rire grinçant.

Ses livres n'étaient tout simplement rien du tout. Des poupées inertes, molles, lisses, insipides. Il n'aimait aucun d'entre eux. Tout à l'heure, sur le campus de l'université, il avait fait semblant d'être content et fier d'en avoir terminé un nouveau – en réalité, sa joie sonnait faux et n'avait été qu'un prétexte pour inviter Manon à monter dans sa voiture. Il n'était même pas sûr de montrer le manuscrit à son éditeur. A l'inverse de tous ces grands écrivains qui avaient influencé les pensées de leurs lecteurs, lui n'avait jamais réussi à écrire une seule page capable de changer quoi que ce soit dans la vie de qui que ce soit. Sans doute n'écrivait-il que pour justifier son métier d'enseignant, pour pouvoir dire qu'il savait à peu près de quoi il parlait quand il se gargarisait d'expressions comme création littéraire, vie autonome des personnages, psychologie du comportement.

Ils longèrent les hautes cuves du terminal pétrolier, puis les silos de coke et d'alumine de Lauralco. Pénétrant par les ouïes du chauffage, des effluves de substances chimiques et d'hydrocarbures envahirent la voiture, chassant la petite odeur fauve dont Manon et son professeur, pendant leur longue halte au bord du fleuve, avaient imprégné l'habitacle.

On avait rejoint la civilisation – du moins cette civilisation-là.

L'écrivain s'engagea dans la rue Saint-Georges, qu'il remonta vers le nord avant de prendre la rue Royale sur sa gauche. Malgré le froid mordant, des groupes d'étudiants se dirigeaient vers les bars de la vieille ville. Ils riaient, chahutaient. Certains garçons portaient sur l'épaule des patins liés par leurs lacets. Avec leurs crosses de hockey, ils chassaient des paquets de cigarettes vides le long des trottoirs verglacés. Manon connaissait beaucoup d'entre eux. A quelques-uns, elle avait accordé sans répugnance ce qu'elle venait de refuser à l'écrivain.

– Tout de même, dit Soulacroix, ni vous ni moi n'allons plus pouvoir faire comme s'il ne s'était rien passé. Évidemment, vous n'assisterez plus à mes cours.

– Évidemment non, répéta-t-elle de façon machinale.

Cette constatation la glaça comme une de ces nouvelles intolérables qu'on réfute aussitôt qu'on vous les annonce, dont on s'efforce de repousser la réalité en s'écriant : « Non, oh ! non, pas ça ! » Pourtant, il avait raison. Elle n'entrerait plus jamais dans l'amphithéâtre aux trois quarts vide, jamais plus elle ne prendrait place au premier rang pour l'entendre discourir sur l'invention du bonheur à travers la littérature française du XIXe siècle.

– Mais j'ai pensé à tout, mademoiselle Framboisiers. Pour vous éviter d'être pénalisée à l'examen, je vous enverrai une photocopie de mon cours. Vous ne serez lésée en rien : comme vous l'avez peut-être remarqué pendant les amphis, je me contente de lire sans ajouter de commentaires. Me l'a-t-on assez reproché ! ajouta-t-il en reniflant d'un air lamentable.

– Merci, murmura-t-elle. Et autrement, monsieur, est-ce qu'il y a un livre que vous me conseillez de lire en particulier ?

Il lui suggéra *The Collector* de John Fowles. Elle ne savait pas ce que c'était. Il lui dit que ça n'avait rien à voir avec le XIXe siècle français, mais que c'était tout de même une histoire à propos du bonheur, l'histoire de quelqu'un dont la recherche du bonheur impliquait que quelqu'un d'autre – une fille, Miranda – fût malheureuse. Il ajouta que, malgré ses excès, c'était un roman banal comme la vie, beau et navrant comme elle.

Il la déposa au coin de la rue Notre-Dame, sous un réverbère. Il dut se pencher sur elle pour lui ouvrir la portière dont il avait tout à l'heure verrouillé la sécurité enfants pour l'empêcher de se sauver. Il s'excusa de la frôler. Elle sentit son parfum d'eau de Cologne mêlé à une légère odeur de transpiration. Elle faillit lui saisir le poignet, s'emparer de sa grande main moite et la plaquer sur sa poitrine en lui disant que c'était elle qui lui demandait pardon. Mais la portière s'ouvrit d'un coup. Manon se retrouva dehors. La voiture repartait déjà, en dérapant un peu sur la neige.

Manon voulut acheter le livre dès le lendemain. Mais l'ouvrage de Fowles ayant été publié trente-cinq ans auparavant, la librairie ne l'avait plus en stock. La jeune fille le commanda. On l'avertit qu'il coûtait cher pour une étudiante, près de treize dollars. Manon paya d'avance pour être sûre qu'on ferait venir son livre. Elle dut patienter plusieurs semaines avant d'en prendre possession. La couverture représentait une planche de papillons épinglés. A travers les ailes du plus grand des papillons, un papillon bleu, on devinait un paysage de nuit et de vent, des nuages courant devant la lune, un paysage qui ressemblait à celui que Manon avait eu le temps d'entrevoir à travers le pare-brise juste avant que l'écrivain ne commence à lui appuyer sur la nuque.

Elle laissa passer l'hiver, qui n'était pas une époque propice à la fuite.

Elle partit aux premiers jours du printemps, une nuit à deux heures du matin, profitant du raffut d'un orage qui avait éclaté sur Shawinigan et qui, suivant le cours de la rivière Saint-Maurice, descendait en roulades furieuses vers le Saint-Laurent.

Si, malgré le tonnerre, quelqu'un l'avait entendue ouvrir la porte et lui avait demandé : « Eh ! attends un peu, Manon, où vas-tu et qu'est-ce que tu fuis ? », elle aurait été incapable de répondre.

Soulacroix ne l'avait plus importunée. Fidèle à son engagement, il lui avait envoyé par la poste l'intégralité de son cours, sans un mot d'accompagnement.

Par la suite, ils ne s'étaient revus qu'une fois, au musée des Ursulines, à l'occasion d'une exposition de photographies anciennes sur le grand incendie de juin 1908 qui avait ravagé le centre de Trois-Rivières. C'était presque l'heure de la fermeture, ils étaient seuls. Manon avait esquissé le mouvement d'aller vers lui. Elle désirait lui dire qu'elle avait lu avec passion son cours sur le bonheur au XIXe, et qu'elle avait décidé d'abandonner ses études d'hydraulique pour se consacrer désormais à la littérature.

Elle serait professeur de lettres à Trois-Rivières, comme lui. Un jour viendrait où ils prendraient leurs repas à la même cafétéria, entre collègues.

Elle avait également lu quelques-uns des romans qu'il avait publiés. Elle ne les avait pas trouvés si nuls – enfin, pas au point où il le disait lui-même. Elle aurait voulu savoir pourquoi la bouche des filles, le prénom d'Agnès et les manches ballons le hantaient tellement, et s'il avait quelquefois pensé à essayer une psychanalyse pour tâcher d'y voir un peu plus clair.

Mais à l'instant où elle commençait à lui sourire, il fit mine de ne pas la reconnaître, se détourna vivement et partit.

Elle se retrouva, humiliée et stupide, le nez collé contre un agrandissement des ruines encore fumantes de l'hôtel Dufresne. En sortant, dans l'air du soir, elle crut retrouver une trace du parfum de l'écrivain – c'était un parfum chaud de chemises sortant d'une laverie automatique, il avait renoncé à l'eau de Cologne.

Jean Soulacroix s'était tué quelques jours après l'épisode du musée des Ursulines. Un soir, sa voiture tellement silencieuse avait quitté la route pour s'abîmer dans le Saint-Laurent. La reformation durant la nuit d'une pellicule de glace plus bleue, plus mince, avait permis de localiser l'endroit de sa chute. On avait repêché l'auto dont les phares étaient encore faiblement allumés. Les yeux de l'écrivain étaient restés ouverts, son visage ne manifestait aucun signe d'étonnement. Malgré les expertises, la police ne fut jamais capable de dire pour quelle raison il avait perdu le contrôle de son véhicule.

L'accident s'étant produit très précisément à l'endroit isolé où il avait essayé de la forcer, Manon avait son idée sur ce qui avait pu se passer – plus exactement : déferler – dans la tête de Soulacroix. Au moment de négocier le virage, peut-être avait-il eu un éblouissement en se rappelant les événements de cette nuit-là ; et peut-être alors, à cause de la mémoire de ces événements, avait-il délibérément lancé sa voiture vers le fleuve. D'une façon ou d'une autre, Manon pensait avoir une part de responsabilité.

Devançant de peu l'orage, elle s'était mise à courir vers le Saint-Laurent. Des étincelles crépitaient déjà sur les croisillons métalliques du pont Laviolette. Leur palpitation se reflétait brièvement sur le fleuve, comme si des nuées de lucioles dorées s'étaient jetées pour mourir dans les eaux gonflées par la débâcle.

La pluie se rapprochait rapidement du sud de Trois-Rivières. Avant même qu'elle ne s'écroule en cataractes, les rares voitures qui circulaient avaient instinctivement ralenti. Les essuie-glaces commençaient à frétiller sur des pare-brise encore secs. Les automobilistes suivaient des yeux, surpris, la fille en fuite que le rideau d'éclairs semblait poursuivre.

Un pick-up rouge et blanc s'arrêta à la hauteur de Manon :

– Tu vas quelque part ? demanda la personne qui conduisait le pick-up en ouvrant la portière côté passager.

Manon se souvint d'un film, *Sur la route de Madison*, où un homme à bord d'un pick-up un peu comme celui-là surgissait un soir dans la vie d'une femme. C'était une histoire simple et belle. Mais là, le conducteur du pick-up était une femme appelée Danny, qui possédait une érablière et des cabanes à sucres. Elle sentait la sueur. Manon monta quand même.

– Moi, je vais sur Arthabaska. Toi, si c'est Québec que tu vises, je peux te laisser à l'embranchement de l'autoroute 20.

Manon ne « visait » pas particulièrement Québec. Mais l'autoroute 20 était un axe fréquenté par lequel elle trouverait à s'éloigner rapidement de Trois-Rivières et de l'odeur écœurante des fleurs qui se fanaient sur la tombe de l'écrivain.

Car à présent qu'il était mort de cette façon mystérieuse et brutale, les étudiants qui n'avaient pas lu ses livres et n'assistaient pas à ses cours se relayaient pour fleurir sa tombe.

Bien entendu, toute l'université s'était cotisée pour offrir à Jean Soulacroix des funérailles impressionnantes. C'était l'occasion rêvée de lui dire, sans crainte d'être contredit par un de ces sourires narquois dont il avait le secret, combien il avait été apprécié par tout le monde ici. Des critiques littéraires étaient même venus de Montréal pour prononcer quelques paroles – des mots qui avaient fait tout à coup de ce pauvre homme de professeur quelqu'un de bien plus grand qu'il n'avait été, et qui, maintenant que l'émotion des obsèques était retombée, sonnaient faux comme des photos de vacances qu'on regarde au bureau.

Pendant des jours, les hasards de l'auto-stop firent que Manon eut l'impression de rebondir d'une rive à l'autre du Saint-Laurent comme une boule sur les bandes d'un billard.

Passé Québec, elle dormit à Trois-Pistoles, aux Escoumins, à Rimouski, à Pointe-aux-Outardes, à Sainte-Anne-des-Monts.

De là, elle s'enfonça à travers les forêts de Gaspésie à bord de la camionnette d'un installateur de paraboles qui s'appelait Jean-Étienne Brouillard.

Ils voyagèrent plus de trois jours ensemble. Manon dormait dans la camionnette tandis que Brouillard grimpait sur les toits pour y poser ses grandes soucoupes grises. La nuit, c'était lui qui se reposait pendant qu'elle le relayait au volant pour le rapprocher du client suivant.

A plusieurs reprises, dans la lumière des phares, elle aperçut des ours noirs qui traversaient la route en se dandinant. Elle croisa aussi d'interminables semi-remorques qui transportaient des grumes pour les scieries et les papeteries. Dans leur cabine surélevée, les chauffeurs balançaient la tête au rythme de *Georgia on my mind*, l'air préféré des camionneurs de la forêt ; d'ailleurs, avec leurs lunettes noires qu'ils gardaient pour se protéger de l'éblouissement brutal des phares des voitures, ils ressemblaient à Ray Charles en train de se trémousser devant son piano.

Le plus souvent, l'aube n'était pas encore levée quand Manon arrêtait le véhicule devant la maison où Brouillard était attendu pour poser une parabole.

Elle se faufilait à l'arrière du véhicule, préparait du café et grillait des toasts sur un réchaud à gaz. A travers les vitres sales de la camionnette, elle observait la maison dont elle voyait s'allumer les lumières une à une, en commençant par l'étage du haut, celui des enfants. Elle discernait des bruits de tuyauteries, de douche, de chasse d'eau. Au rez-de-chaussée, la silhouette de la mère se profilait dans la cuisine, robe de chambre rose ou bleue, un baby-doll quelquefois. Les fenêtres du rez-de-chaussée se couvraient de buée à cause des œufs brouillés et du bacon dans la poêle. Manon suivait des yeux les enfants qui partaient vers l'arrêt du bus scolaire, le cartable aux épaules. Elle était heureuse pour eux en pensant à la joie qu'ils auraient, au retour de l'école, en découvrant sur le toit de leur maison la parabole qui allait leur permettre de capter plein de nouveaux dessins animés dont ils pourraient ensuite, sous forme de figurines en plastique, retrouver les petits héros grimaçants au fond des boîtes de corn-flakes.

Jean Soulacroix avait eu tort de prendre la vie pour plus compliquée qu'elle n'était. Mais évidemment l'écrivain n'était pas un enfant, il méprisait la télévision, détestait les dessins animés et, dans l'un quelconque de ses livres, il avait avoué qu'en matière de petit déjeuner il préférait une canette de bière à un bol de céréales.

Manon écoutait les gargouillis des salles de bains, mais

elle ne s'était pas lavée depuis son départ de Trois-Rivières. Elle ne sentait pas très bon. Parfois, elle était prise de démangeaisons et se grattait furieusement. La poussière des routes et la crasse de la banquette où elle prenait ses sommeils de fortune avaient assombri la peau de son visage, lui donnant une matité de cuivre un peu terni. Ses cheveux s'étaient raidis, ils retombaient en casque sombre et luisant autour de son visage. Elle avait, disait Brouillard, un air de fourmi noire qu'accentuaient encore l'agitation de ses mains nerveuses et inquiètes, et sa manie de toujours porter quelque chose à sa bouche – ce n'était parfois qu'une herbe – pour tromper sa faim.

Quand elle ne somnolait pas, elle relisait *The Collector*.

Au soir du quatrième jour, comme la camionnette longeait les bords de la rivière Bonaventure, Manon vit la Réserve.

Derrière un rideau d'érables et de bouleaux, de part et d'autre d'une rue principale engluée d'un mélange de neige et de boue, il y avait un semis de mobile homes et de bâtiments en bois plutôt déglingués.

Un décor idéal pour *Les Ames mortes*, se dit aussitôt Manon qui adorait ce roman.

Elle l'avait lu avec un sentiment de culpabilité, car Jean Soulacroix le lui avait fortement déconseillé, soutenant que les carambouilles de Pavel Ivanovitch Tchitchikov auraient eu une tout autre profondeur si Pouchkine, le véritable inventeur du sujet, les avait contées lui-même (ne voulait-il pas en faire un immense poème fou ?) au lieu de les refiler à Gogol. Soulacroix ne parvenait pas à comprendre comment ce dernier avait pu consacrer tant d'années à composer un roman sur un thème qui ne lui appartenait pas. Ce livre, disait-il, le faisait penser à un trop long adultère dont la passion se serait peu à peu effilochée, dissoute – d'ailleurs, l'histoire de Tchitchikov n'était-elle pas restée inachevée ?

A la vérité, Soulacroix n'aimait pas les écrivains russes.

Pour lui, Dostoïevski était un juge manqué qui devait sentir le chou rance et la vodka aigre, Tolstoï un illuminé qui transportait en permanence de la crotte de chien sous ses semelles ; seules quelques rares nouvelles de Tchekhov avaient sa sympathie, encore que prudente et modérée.

Manon écoutait avec délices cette voix, si feutrée qu'elle en devenait quelquefois presque inaudible, avec laquelle son professeur proclamait son mépris pour des hommes que tout le monde considérait comme des génies. Dans ces moments-là, ce qu'il y avait d'émouvant chez Soulacroix, c'était moins l'originalité de ses jugements littéraires que la parfaite sérénité de sa mauvaise foi. Contrairement à tant de gens persuadés de penser droit, il savait, lui, qu'il avait tort. Il le prouvait d'un sourire à peine esquissé, qui relevait légèrement le coin gauche de sa lèvre supérieure. Il était laid et irrésistible. Pourtant, Manon lui avait résisté et il en était mort.

A l'entrée de la Réserve, trois hommes clouaient des panneaux fléchés sur le tronc des arbres – *cafétéria*, *aire de danses*, *magasin de souvenirs*, etc.

On pouvait se demander si ces panneaux avaient une réelle utilité puisque tous indiquaient finalement la même direction, à savoir la rue principale, sa neige, sa boue. Mais ce fut précisément cette convergence qui, après la période d'incertitude et d'errance qu'elle venait de vivre, parut soudain à Manon si rassurante et désirable.

– Je vais descendre ici, dit-elle à Brouillard.

– Je croyais que vous vouliez venir avec moi jusqu'à Paspébiac ?

– J'ai changé d'avis.

Il arrêta la camionnette. Il était déçu de quitter Manon. Il avait prévu de lui offrir un bon repas à Paspébiac, et un vrai lit dans un motel. Il était ce genre d'hommes qui aiment penser les choses à long terme, un technicien méticuleux qui supportait mal les brusques changements de projets.

Manon avait déjà ouvert la portière, il la retint par le bras :

– Vous savez, on ne se reverra probablement jamais. Statistiquement parlant, nos chances de nous rencontrer à nouveau sont même proches de zéro. Au moins, si vous me disiez votre nom, j'aurais un petit espoir de pouvoir vous retrouver.

– Pourquoi auriez-vous envie de me retrouver ?

Il dit qu'il éprouvait pour elle un sentiment d'attachement. Si souvent il avait cherché dans la forêt des coins où le sous-bois n'était pas trop détrempé pour qu'elle puisse s'accroupir et pisser sans se mouiller les fesses – ça créait des liens, non ? Et puis, elle avait été la première jeune autostoppeuse à monter dans sa camionnette. Avant, il ne prenait jamais personne à bord, de peur d'avoir des ennuis. On lui avait raconté que des filles se faisaient embarquer et, au bout d'un moment, menaçaient : « Tu me files ton fric, salaud, ou je raconte aux flics que tu m'as tripotée et essayé de me violer ; je suis mineure, espèce d'ordure, ça va te coûter cher. » Quand ils tombaient sur un Brouillard, les flics devaient penser qu'avec un nom pareil le type avait des chances, en effet, d'être un sournois, un embusqué. Mais en voyant Manon marcher sur le bord de la route à la sortie de

Sainte-Anne-des-Monts, Brouillard avait ralenti – est-ce que ça ne créait pas aussi des liens, ce genre d'intuitions ?

Elle lui demanda s'il était marié. Il l'était. Il ajouta, penaud, que s'il avait été libre il aurait peut-être tenté de faire quelque chose avec elle. Peut-être pas carrément quelque chose comme l'amour, mais enfin quelque chose. Il la trouvait vraiment jolie, dit-il encore. Elle sourit, descendit. Il hocha la tête. Il allait devenir le plus grand preneur d'autostoppeuses de tout le Québec.

Manon s'approcha des hommes qui clouaient les pancartes, dit qu'elle cherchait du travail, n'importe quoi.

On sentait que la neige d'hiver ne tiendrait plus longtemps, elle se creusait par en dessous, la forêt était déjà toute bruissante de sa fonte qui faisait un murmure de sources, des oiseaux chantaient. La Réserve ouvrirait bientôt ses portes aux touristes, alors on aurait peut-être besoin de quelqu'un pour diriger les bus et les voitures sur le parking, vendre des cartes postales ou laver des tasses à la cafétéria – non ? Manon précisa qu'elle était non fumeuse.

– A quelle bande appartiens-tu ?

Manon nota que les hommes avaient dit bande et non pas tribu. Ils avaient des nez busqués et des yeux légèrement étirés, ils n'étaient pas des déguisés, elle ne pourrait pas les tromper sur ce qu'elle était elle-même.

– Aucune bande. Je ne suis pas amérindienne. Mais s'il le faut, je peux en avoir l'air.

Ils convinrent qu'elle en avait déjà l'air.

– Et vous, quelle bande ?

– Micmacs, Malécites, Abénaquis – de toute façon, les gens s'en foutent. Ils ne savent rien et ne veulent rien savoir des Indiens. Ils viennent ici pour acheter des souvenirs et assister à des danses.

Les trois hommes s'appelaient Baptiste, Gibson et Lazarus.

Dans les années soixante-dix, ils avaient eu l'idée de fonder ce campement en pleine forêt pour aider à la réinsertion de jeunes Indiens en difficulté – les plus tendus, les plus révoltés de ces jeunes, issus des réserves aussi bien que des banlieues des villes.

Les premiers garçons recrutés avaient participé avec enthousiasme à la construction des baraquements et à la sculpture des mâts totémiques, tandis que les filles écorçaient les bouleaux pour fabriquer du papier à l'ancienne mode, préparaient de l'encre en mélangeant de l'huile de poisson et de la suie, confectionnaient des coiffes de plumes, enfilaient des colliers, taillaient des flèches.

Il y avait eu quelques rixes, bien sûr, et des beuveries formidables qui, malgré le vent, avaient empuanti la clairière.

Mais il y avait eu aussi de belles histoires d'amour. Une fille avait même accouché d'un bébé si énorme qu'on l'avait baptisé Mistawasis, c'est-à-dire Gros Enfant. Le pari semblait gagné. Et puis, une nuit d'été, sans raison évidente, les jeunes avaient mis le feu aux arbres et tout saccagé dans la Réserve.

Baptiste, Gibson et Lazarus avaient alors renoncé à faire du social pour se lancer dans le folklore. Après avoir abattu les arbres carbonisés et reconstruit tant bien que mal ce qui avait été détruit, ils avaient remplacé leurs jeunes délinquants par de vieux Indiens placides.

Chaque soir d'été, au centre de la clairière, ils donnaient tous ensemble un spectacle qui comportait une quinzaine de danses, dont la célèbre danse de la Soif. La fête se terminait par une ronde à laquelle les touristes étaient conviés à participer.

– Un peu ringard, non ? fit Manon.

– L'intégration, dit Gibson. On essaye de prouver qu'on peut se débrouiller dans la société actuelle tout en conservant nos origines. La plupart des gens pensent qu'il faut choisir entre deux mondes. Nous, on ne pense pas comme ça.

Baptiste ajouta qu'ils observaient scrupuleusement les lois de l'hospitalité. Comme leurs ancêtres avant eux, ils tenaient pour un crime – un crime, oui, *vraiment* un crime – le fait de violer ces lois.

Lazarus précisa qu'ils aimeraient mieux épuiser en une seule nuit toutes les ressources de la Réserve, pourtant bien maigres à cette époque de l'année, plutôt que de renvoyer Manon faire du stop sur la route où descendait à présent une brume poisseuse.

Ce qui ne voulait pas dire qu'ils allaient lui donner du travail, conclut Gibson.

Ils la conduisirent à travers la rue principale qui s'appelait Swan Chief, du nom d'un ancien chef de la tribu athapascane des Castors, dont l'âme pouvait quitter son corps et voler aussi haut que les cygnes.

Manon fit remarquer que ça ne faisait pas très haut pour une âme.

– Tu es bien la première à dire ça, gronda Gibson.

Il avait l'air de penser qu'elle ne comprendrait jamais rien à ce qu'ils étaient, Lazarus, Baptiste et lui.

Manon se vit attribuer pour la nuit un mobile home sans électricité ni eau courante. Sous le toit, les plaques d'isolation pendaient comme des écailles arrachées. A travers les trous du plancher miroitaient des flaques de terre spongieuse et noire où poussaient des touffes de petits champignons violacés. Ils parfumaient la caravane d'une entêtante odeur d'humus.

– Mais tout ça, dit Gibson, c'est de la forêt. Chez nous, elle n'est pas sale.

– Et les bêtes, demanda Manon, est-ce qu'il y a des bêtes ?

– Pas encore. Pour cette nuit, tu seras tranquille.

Manon alluma une lampe torche et s'assit dans une encoignure, les genoux relevés sous son menton. Elle n'était ici ni mieux ni plus mal que dans la camionnette de Brouillard. Elle se sentait seulement détachée de tout, comme l'âme de Swan Chief.

Plus tard, Lazarus lui apporta une couverture et un souper composé de gros concombres, de pruneaux et d'une sorte de ragoût qu'il appela *succotash* – un plat d'autrefois composé de maïs et de haricots bouillis avec du poisson de la rivière Bonaventure ; on en servait à la cafétéria, les touristes en raffolaient.

Tandis qu'elle mangeait, Lazarus lui dit que ses amis avaient discuté de sa proposition de travailler pour eux. Il y avait évidemment un danger à engager une fille dont on ne savait rien, sauf qu'elle n'était pas amérindienne. Mais les artistes de la Réserve devenaient trop âgés pour certaines danses, notamment la danse de la Soif qui était physiquement si exigeante. Alors, si Manon était d'accord, ils étaient prêts à la prendre comme danseuse.

– Pour ce qui concerne cette danse de la Soif, ajouta Lazarus (qui avait avoué ne pas pouvoir y participer lui-même à cause d'une descente d'estomac), tu ne trouveras nulle part des gens aussi authentiques que nous autres ici.

Comme au temps des ancêtres, lorsque tant de choses étaient taboues et que le respect des plus infimes détails était poussé jusqu'au paroxysme, toute erreur lors d'une figure de la danse de la Soif était punie.

– Punie comment ? s'inquiéta Manon.

– Je ne sais pas, dit Lazarus. La loi, chez nous, c'est du domaine de Gibson. Ni Baptiste ni moi ne nous occupons de ça. D'ailleurs, jusqu'à présent, aucun de nos vieux n'a jamais fait de faux pas. Mais toi, tu n'es pas des nôtres. Tu es faillible. On ne te ratera pas, on ne te pardonnera rien.

Après la danse de la Soif, Manon serait chargée de lancer la grande ronde finale avec tous les touristes.

– Go-go girl, en somme, conclut Lazarus en riant.

Il se leva, ajoutant que la chasteté était la règle, que la consommation d'alcool était interdite sur tout le territoire de la Réserve, mais qu'il y avait un peu partout, le long de la Bonaventure, des villages avec des bars bien fournis en vin de bleuets, bière Fin du Monde et schnaps.

Manon Framboisiers accepta toutes les conditions.

En quelques jours, elle se donna l'apparence d'une Indienne. En quelques semaines, elle en apprit les gestes, la démarche, la façon de plisser les yeux pour regarder les êtres humains et de les ouvrir au contraire très grand devant les plantes et les animaux. En deux mois, elle fut instruite des principales figures de la danse de la Soif.

Juste avant l'été, par un après-midi torride, elle vint se placer au milieu du cercle de la clairière. Elle allait montrer aux anciens ce qu'elle savait faire à présent.

– Corrigez-moi, leur dit-elle.

Aux pieds des vieux et des vieilles, dans la poussière, elle déposa un bouquet composé d'orties et de fines baguettes de saule qu'elle avait cueillies elle-même. Ils comprirent que Manon entendait le mot correction dans sa double acception, rectification et châtiment, et ils hochèrent la tête avec satisfaction.

Elle dansa plus d'une heure, sans musique.

On n'entendait que le bruit mat, la cadence sèche et dure de ses pieds nus tapant la terre, le sifflement de sa respiration qui se faisait de plus en plus rauque. Une pluie de sueur giclait de sa tête comme d'une pomme d'arrosoir, s'écrasant en grosses gouttes aussitôt bues par la terre sèche. Se vidant irrésistiblement de tout ce qu'il y avait de liquide en elle, larmes, salive, urine, elle n'était plus que soif. Croyant mâcher un bâillon de cuir, elle se mordit la langue pour ne pas crier. Tout le temps de sa danse, alors qu'elle faisait sonner la fournaise de la clairière comme un tambour, les oiseaux n'en continuèrent pas moins de chanter sans effroi dans les cèdres blancs et les épinettes – c'était la preuve, se chuchotaient les vieux, que la danse de Manon respectait l'ordre de la Nature, que cette danse était fidèle à ce qu'elle avait dû être aux origines.

Quand ce fut fini, elle tournoya encore un instant sur elle-même, puis elle s'affaissa sur les genoux, piquant du nez comme un animal foudroyé. Son front heurta violemment la terre. Avant de s'évanouir, elle pensa que Gibson avait dit vrai, le premier soir : personne n'était forcé de choisir un monde plutôt qu'un autre, on pouvait être à la fois de l'un et de l'autre.

Le soir, lors du repas pris en commun dans la plus grande des baraques, celle qu'on appelait la Longue Maison, Lazarus rapporta les verges de saule et les orties que la jeune danseuse avait préparées dans l'éventualité d'une correction. Il les avait enveloppées dans du papier cristal et nouées d'un joli ruban. Il les déposa dans les bras de la fille avec autant de solennité que s'il lui offrait une gerbe de roses ou de glaïeuls. Tout le monde rit. Les vieux essuyaient leurs yeux bleuis par la cataracte, noyés de larmes d'hilarité.

On avait allumé les guirlandes d'ampoules qui couraient entre les mobile homes. Le vent balançait leurs lumières. Des poissons fourrés d'aromates grillaient sur la braise.

Assise entre Gibson et Baptiste, Manon se faisait l'effet d'une mariée lors d'une noce à la ferme. Ses pieds nus, enflammés et hypertrophiés par la danse, baignaient dans une bassine remplie d'une infusion de plantes que Lazarus rafraîchissait au fur et à mesure en y jetant des cubes de glace qu'il courait chercher dans la machine à glaçons de la cafétéria. A la fin du repas, Gibson fit une entorse au règlement et ordonna de servir de la bière et du whisky. Seule Manon ne fut pas autorisée à en boire : son corps était à ce point desséché que Gibson craignait que chaque molécule d'eau qu'elle avait perdue ne soit aussitôt remplacée par une molécule d'alcool.

La saison allait être belle et bonne, pour peu qu'il continue de faire beau et que les moustiques ne soient pas trop voraces.

A plusieurs reprises, Manon éprouva une sensation de torsion dans la poitrine, comme si des doigts pinçaient, tenaillaient, écrasaient quelque chose de profondément enfoui en elle.

Cette douleur fulgurante se manifestait le plus souvent après la danse de la Soif, quand elle saluait le public tout en s'efforçant de calmer sa respiration. Était-ce le fait de devoir se casser en deux, de s'incliner si bas que la frange de ses cheveux balayait la poussière ?

Généralement, l'étau se desserrait le temps que les spectateurs se décident enfin à venir la rejoindre au centre de la clairière pour la ronde finale.

Une ou deux fois, pourtant, la douleur résista, s'amplifia même, irradiant la cage thoracique, l'épaule gauche et la base du cou. Manon était alors incapable d'écarter seulement les bras pour donner la main aux autres et faire la chaîne avec eux. Elle restait immobile, le souffle court, ne pensant qu'à continuer à sourire quand même. Les reflets cuivrés des grands feux de bois et les peintures rituelles qui couvraient son visage empêchaient Gibson, Baptiste – et surtout Lazarus qui lui portait un amour presque maternel – de voir à quel point elle devenait pâle.

Manon ne disait rien. Elle se persuadait que ces malaises à répétition lui venaient d'un excès de fatigue. Elle trouvait normal qu'une étudiante de Trois-Rivières ait du mal à supporter une vie de danseuse indienne en Gaspésie.

Après l'exténuante danse de la Soif, après la ronde endiablée qui clôturait le spectacle, il fallait encore raccompagner les touristes jusqu'à leurs voitures ou leurs autocars. Insatiables, les spectateurs réclamaient à la troupe une dernière figure de danse pour pouvoir faire une photo de plus près. Quand ils posaient avec Manon, les hommes timides la prenaient par la main, les plus délurés par les épaules ou par la taille. Parfois, à l'instant de la libérer, ils se frottaient furtivement contre elle, lui soufflant au visage leurs haleines lourdes et leurs prénoms – *my name is Frank, remember William, I'm Brian, don't forget Walter*. Les plus hardis lui touchaient les seins en essayant de faufiler quelques dollars de pourboire dans son corsage. Il arrivait que les dollars soient accompagnés d'un numéro de téléphone ou de quelques mots obscènes.

Une nuit, alors qu'elle agitait la main pour dire au revoir aux voyageurs d'un autocar argenté qui repartait vers Boston, un homme en chemise noire apparut à la coupée, agité et nerveux comme s'il avait oublié quelque chose. A bord du car, les autres lui criaient de se dépêcher. Chemise noire tenait cinq cents dollars dans sa main droite, qu'il présentait en corolle comme les pétales d'une marguerite. Sans descendre du marchepied de l'autocar, il se pencha sur Manon, presque à la toucher, et l'implora de lui cracher au visage.

« Vite, supplia-t-il, ça ne vous prendra même pas une seconde. » Elle le fit. Pas pour les cinq cents dollars qu'elle s'empressa de repousser, mais parce qu'elle était bouleversée à l'idée que Chemise noire se sente obligé d'acheter si cher quelque chose d'aussi misérable qu'un peu de salive.

Cette nuit-là, en lavant ses peintures rituelles, elle s'examina longuement dans le miroir du mobile home, se demandant ce qui, dans le dessin de ses lèvres, la brillance de ses dents mouillées ou la palpitation discrète de sa langue, avait tellement fasciné Chemise noire – était-ce la même chose qui, un soir au bord du fleuve, avait aussi troublé Soulacroix jusqu'à le rendre brutal et presque fou ?

C'est alors que l'étrange tenaillement la déchira à nouveau, avec une telle violence qu'elle en eut le souffle coupé. Elle sentit monter une nausée. Les mains crispées sur sa poitrine, elle se laissa glisser de sa chaise. Une fois par terre, elle eut honte et voulut se relever, mais elle avait trop mal. Elle dut se résoudre à marcher à quatre pattes jusqu'à sa couchette, devenue pour elle la chose la plus enviable du monde. Malgré la douleur qui la fouaillait et dont l'intensité l'empêchait presque de penser, elle parvenait encore à se représenter le bien-être qu'elle allait éprouver si elle réussissait à s'allonger. Mais la couchette se dressait devant elle comme la paroi d'une montagne inaccessible, bien trop haute pour espérer jamais pouvoir y grimper. Écartant ses mains de sa poitrine, elle crocha ses doigts dans la couverture indienne dont la frange de perles multicolores traînait sur le sol. Elle s'y accrocha et voulut s'en servir pour se hisser. Mais la couverture bariolée dégringolait du lit au fur et à mesure qu'elle l'appelait à elle. Alors, elle décida de l'arracher tout à fait, et de tenter ensuite la même manœuvre avec le drap – qui, lui, étant bordé de l'autre côté de la couchette, allait forcément mieux résister à la traction. Et en effet, le drap tint bon. A force de tirer dessus, Manon se retrouva à genoux. Dans cette position, qui représentait pour elle un progrès considérable, elle pouvait contempler la surface de sa couchette un peu comme un pilote d'avion qui sort de l'opacité des nuages et découvre le paysage terrestre. Cette couchette, pensait Manon, était un monde merveilleux qu'elle devait absolument rejoindre pour s'y étendre et n'en plus jamais bouger. Mais elle vomit soudain, ce qui englua ses doigts et lui rendit l'ascension d'autant plus pénible. Enfin, en haletant, elle se hissa dessus. Elle avait rêvé de s'y allonger, elle fut seulement capable de s'y recroqueviller. Elle était allée aussi loin que ses forces le lui permettaient, et probablement bien au-delà. Elle n'était plus capable de rien faire.

Malgré la chaleur de la nuit, l'angoisse la faisait grelotter.

Derrière ses paupières qu'elle ne parvenait plus à soulever, elle chercha à se projeter les images mentales qu'elle s'était inventées pour s'apaiser chaque fois que quelque chose l'effrayait.

Le jeu consistait à s'imaginer prenant place dans un ascenseur entièrement vitré, situé au cœur d'un immeuble lui aussi transparent. En se refermant doucement, les portes en verre ne la retranchaient pas du monde mais l'isolaient de sa rumeur, la protégeaient contre ses aspérités, ses frottements et ses heurts. Il était inutile d'appuyer sur un quelconque bouton, l'ascenseur se mettait en marche tout seul au moment où il le fallait. Il s'élevait alors dans un silence parfait, semblant glisser sans à-coups dans la lumière. A travers ses parois, on continuait de voir ce qui se passait à l'extérieur. Mais on s'en éloignait et, au fur et à mesure qu'elles rétrécissaient, les choses se confondaient, se brouillaient jusqu'à devenir dérisoires. A partir d'une certaine élévation, les distances semblaient abolies, l'agitation fébrile de la foule paraissait s'arrêter. Les gens, les autos, les boulevards, les maisons et les parcs dans la ville ressemblaient à ces petites compositions colorées, figées, noyées au fond des sulfures. Au bout d'un moment, sans avoir jamais donné l'impression de chuter, l'ascenseur était de nouveau à son point de départ. Ses portes en verre se rouvraient. Manon retrouvait les choses comme elle les avait laissées, sauf qu'elle n'en avait presque plus peur.

Mais cette nuit, l'ascenseur était en panne.

Après le départ des spectateurs, il fallait encore étouffer les feux, ramasser les canettes entamées, pourchasser les emballages vides emportés par le vent dans la forêt, ranger les tambours de danse, débrancher la sono, rouler les câbles des projecteurs, rassembler les calumets, les bijoux, les coiffes, identifier et étiqueter les objets trouvés.

C'était le travail de Lazarus, pendant que Gibson comptait la recette et que Baptiste faisait à cheval le tour de la Réserve pour vérifier que personne, volontairement ou non, ne s'y était laissé enfermer.

Lazarus tenait en équilibre un projecteur sur chaque épaule lorsqu'il passa devant la cafétéria. Une vieille femme, encore habillée de la longue robe décorée de perles et de broches en argent qu'elle avait portée pour le show, s'affairait à préparer un souper pour ceux des danseurs qui avaient préféré ne rien absorber avant le spectacle de peur de s'alourdir. Cette vieille arrêta Lazarus et lui chuchota à l'oreille :

– Il faudrait bien que quelqu'un aille là-bas, tout au bout de Swan Chief Road, prévenir Manon Wikaskokiseyin que son repas est servi depuis un bon moment déjà. Autant que ce soit toi, Lazarus. Mais ne restez pas des heures à bavarder, vous deux, ajouta-t-elle avec un petit sourire entendu.

Abandonnant ses projecteurs, Lazarus s'élança aussitôt dans la rue qui sinuait le long de la lisière de la forêt.

A l'exception de quelques lampes de service, les lumières de la Réserve étaient à présent éteintes. Mais la lune s'était levée, dont la clarté froide, par contraste, rendait plus brûlante la flambée des érables empourprés par l'été indien. Le vent dans les feuillages, les brindilles sèches piétinées par la course des bêtes, produisaient un crépitement continu, comme un bruit d'étincelles qui ajoutait encore à cette impression d'incendie.

A bientôt soixante ans, Lazarus ne se lassait pas du spectacle. Chaque année, avec une fébrilité d'enfant attendant Noël, il guettait le brusque réchauffement qui, fin septembre, annonçait l'été indien et le soudain embrasement des arbres. Celui-ci durait une quinzaine de jours, dont les huit derniers faisaient ressembler la forêt à un brasier prodigieux. Puis, avant d'entrer dans sa phase d'extinction, le flamboiement atteignait un paroxysme de splendeur pendant trente-six à quarante-huit heures – et ces heures-là venaient précisément de commencer.

C'était donc une nuit idéale pour faire quelques pas seul avec Manon, pour lui répéter ce que Gibson avait laissé entendre le matin même – à savoir qu'après avoir tellement hésité à l'engager pour l'été, voilà qu'il souhaitait à présent qu'Herbes odoriférantes reste parmi eux après la fermeture saisonnière de la Réserve.

Ici, l'hiver, la vie n'était pas si désagréable. Quand on en avait assimilé les règles, la neige protégeait davantage qu'elle n'agressait.

Et puis, de temps en temps, la bande était sollicitée pour aller danser dans une ville de la côte – souvent à l'époque des fêtes, dans les hôpitaux, pour distraire les enfants malades. Dans ces cas-là, Gibson savait se montrer modéré à propos des cachets, mais obtenait en contrepartie que tout le monde soit logé dans le meilleur hôtel. Oh ! alors, on passait des heures merveilleuses, tous vautrés dans les baignoires à faire provision de mollesse, de buée chaude et de propreté. A peine avait-on pris ses quartiers dans l'hôtel qu'on se rendait visite de chambre en chambre pour voir celui dont la trempette avait rendu l'eau de son bain la plus grise et se moquer de lui.

La saison passée, Fleur-qui-tombe avait été trouvée la plus sale. Comme elle n'avait pas encore tout à fait quarante ans et qu'elle était plutôt jolie, Gibson avait ordonné à la bande de se jeter sur elle pour la décrasser. On lui avait curé profondément tous ses orifices, même ceux que la décence interdit de nommer – et à plus forte raison de pénétrer. Elle avait beaucoup crié. On l'avait frottée si fort que la serviette pour l'éponger s'était teintée de rose, comme si le corps de Fleur-qui-tombe avait exsudé un sang clair et léger.

Mais le soir même, à la pizzeria proche de l'hôtel, à peine s'était-elle assise que le serveur s'était mis à lui bourdonner autour. Lazarus n'était pas loin de penser qu'il y avait une relation de cause à effet entre le débarbouillage forcé qu'elle avait subi et la suite de son histoire – car sinon, comment expliquer que Fleur-qui-tombe et le serveur de la pizzeria vivaient à présent ensemble à Montréal où ils avaient ouvert une laverie automatique ?

Sous les parpaings qui servaient de pilotis aux mobile homes, des grappes de petits yeux furtifs suivaient la marche souple de l'Indien remontant Swan Chief Road – le silence et l'obscurité revenus, les loirs investissaient la Réserve où ils s'offraient des festins de miettes et d'épluchures.

Bien plus que le froid et la brièveté des jours, expliquerait honnêtement Lazarus à Manon, l'hygiène était le seul vrai problème que posait l'hiver à ceux de la Réserve. Il fallait bien du courage pour se déshabiller et faire ses ablutions à l'eau froide. Lazarus ne pouvait s'empêcher de penser que tout le monde, en hiver, se dévêtirait et se laverait beaucoup plus volontiers si Gibson autorisait les rapports sexuels – et à ce propos, il se demanda s'il n'allait pas entrer chez Manon sans frapper : la nuit était si chaude que la fille avait dû se dévêtir avant de se jeter sur sa couchette où elle s'était probablement endormie, toute nue, épuisée par sa danse de la Soif ; alors, l'Indien pourrait la contempler aussi longtemps qu'il le voudrait, du moins jusqu'à ce qu'il entende Baptiste et son cheval venir fureter dans les parages.

Lazarus ne s'était jamais posé la question de savoir s'il était amoureux de Manon – à quoi bon puisque, même si la réponse était oui, ça ne pouvait le mener nulle part ? A supposer qu'il ose transgresser la loi de chasteté imposée par Gibson, Lazarus se savait trop âgé et trop laid pour qu'une belle fille comme Manon Wikaskokiseyin ait envie de partager quoi que ce soit d'intime avec lui.

Elle n'avait rien voulu révéler de sa vie passée, mais, à certains mots qui lui avaient échappé, tout le monde avait compris qu'elle avait fréquenté l'université d'une grande ville au bord du Saint-Laurent. On pouvait admettre qu'une pouilleuse comme Fleur-qui-tombe cède aux charmes d'un serveur de pizzeria, mais il était impossible de croire aux chances de l'Indien Lazarus de séduire une étudiante.

Mais quelle importance, tout ça ? Chez les Indiens sans écriture – et Lazarus était issu d'une de ces bandes qui avaient parlé pendant des siècles sans jamais rien écrire –, bien des choses avaient existé dans le passé, et continuaient d'exister aujourd'hui, qui n'avaient pourtant jamais eu besoin de se matérialiser.

Ce n'est pas parce qu'il était fluide et instantané comme la rivière que l'esprit n'était pas une force puissante.

S'il avait la chance de surprendre Manon endormie et dévêtue, Lazarus ne la toucherait pas. Il se pencherait pour respirer son parfum de jardin qui lui avait valu le nom de Wikaskokiseyin. Faire palpiter ses narines, voilà tout ce qu'il se permettrait physiquement. Par contre, il prendrait l'image de Manon dans son regard, d'où il la ferait passer dans son esprit où elle flotterait, fine, silencieuse et légère comme un canoë d'écorce. Il s'y embarquerait quand il voudrait, pour les voyages qu'il voudrait. Et où il irait alors, cela ne regardait personne parce que cela ne faisait de mal à personne.

Après s'être avancé sans bruit, Lazarus se haussa sur la pointe des pieds et, à travers la fenêtre mal protégée par un store en lambeaux, il scruta l'intérieur du mobile home.

Il vit Manon sur sa couchette, roulée en boule comme une petite bête qui a souffert.

Il cogna au carreau à plusieurs reprises, chaque fois plus fort, mais elle ne bougea pas. La palpitation instable d'un néon rendait plus frappante encore son immobilité absolue.

Quand la lumière consentit à se stabiliser pendant quelques secondes, Lazarus remarqua que Manon était très pâle. Sa mâchoire inférieure pendait comme dans un bâillement sans fin. Un de ses yeux était ouvert et regardait fixement vers la vitre. Sur l'autre œil, qui lui aussi était fixe, la paupière était à moitié retombée.

Ce furent les yeux qui poussèrent Lazarus à entrer dans le mobile home.

Il savait que Manon n'y voyait plus, mais l'idée lui était insupportable que d'autres puissent la découvrir ainsi, avec ce demi-regard qui lui donnait l'apparence de quelqu'un qui cligne de l'œil par plaisanterie, alors que la lividité de son visage, la tétanie de ses membres et le vomi répandu partout disaient assez ce qu'elle avait enduré avant de mourir.

Tandis que des femmes nettoyaient le mobile home, Gibson, Baptiste et Lazarus ôtèrent à Manon ses vêtements souillés.

Parce qu'il s'agissait tout à la fois d'une femme, de la mort et de quelque chose qui les avait pris au dépourvu, ils s'obligèrent à une certaine délicatesse ; ce qui, tranchant sur leurs habitudes de rudesse, rendit leurs manipulations plutôt empruntées et maladroites.

A deux reprises, de peur d'imprimer dans la chair de Manon la marque de leurs doigts recourbés comme des serres, ils faillirent la laisser tomber. Quand elle fut nue, ils plissèrent les yeux comme pour éviter de la regarder.

Puis ils fouillèrent partout, en quête d'indices leur permettant d'identifier et de prévenir la famille de Manon. Mais ils ne trouvèrent aucune trace significative de son passé, sinon ce qu'ils en connaissaient déjà – à savoir qu'elle était née et avait vécu à Trois-Rivières.

Ils s'assirent dans le mobile home pour la veiller en attendant l'arrivée du médecin et de la police.

Il était près de quatre heures du matin quand le praticien, enfin, examina Manon.

Après que Lazarus eut rappelé que la jeune danseuse s'était parfois plainte d'élancements dans la poitrine (elle les comparait tantôt à des coups de poignard et tantôt aux morsures d'une bête, précisa-t-il), le médecin attribua la cause du décès à une crise cardiaque. Manon devait être porteuse d'une malformation du cœur, sans doute congénitale, qui n'avait jamais été décelée. Elle-même, prenant probablement ses douleurs pour des points de côté, ignorait à quel degré elle était malade, sinon elle n'aurait pas dansé aussi follement qu'elle le faisait.

Gibson demanda aux policiers s'ils pensaient que les parents de Manon, à supposer qu'on les retrouve, puissent se retourner contre la Réserve et assigner les Indiens devant un tribunal. Les policiers répondirent que c'était une hypothèse qu'on ne pouvait pas exclure absolument ; mais ce genre de procès aurait peu de chances d'aboutir car, la morte étant majeure, c'était à elle de savoir à quoi elle s'exposait en dansant.

Ils ajoutèrent que le mieux était de rapatrier Manon vers sa ville natale où elle serait déposée à la morgue en attendant que quelqu'un, alerté par les photos que la presse de Trois-Rivières allait publier, vienne la reconnaître.

On glissa la morte dans un grand sac en plastique blanc que les policiers avaient apporté avec eux. Une ambulance longue distance fut appelée par radio.

Puis tout le monde quitta le mobile home pour aller boire un café. Seul Lazarus voulut attendre sur place l'arrivée de l'ambulance. Il craignait que les maudits loirs ne viennent faire leur charivari et ne réussissent à se faufiler dans le sac pour grignoter le cadavre de Manon.

D'abord soulevé par l'air qui avait été enfermé dans le sac en même temps que Manon, le plastique blanc commença à retomber comme une voile qui faseye. Avec des rondeurs de sarcophage, l'étoffe épousa peu à peu les formes du corps et du visage de Manon.

Du bout des doigts, Lazarus effleura l'endroit légèrement creusé sous lequel il supposait que devait se trouver la bouche de Manon. Il était au bord des larmes, mais il se retenait de pleurer parce que ça n'était pas dans la tradition de sa bande. Encore que, comme le rappelait si souvent Gibson, c'était un droit, et même un devoir, que de se sentir de l'un et l'autre monde.

Il n'était pas loin de midi quand une ambulance remonta enfin Swan Chief Road. Son chauffeur se nommait Prévert, Constantin Martial Marie Prévert, mais tout le monde le surnommait Jacques, évidemment.

Il avait été retardé par un mouvement de protestation qu'étaient en train de lancer les entreprises chargées du transport des grumes : à la suite d'une information selon laquelle l'une des plus importantes usines de pâte à papier de la péninsule allait mettre la clef sous la porte, entraînant dans sa chute le chômage et la déroute pour une bonne part de la filière du bois en Gaspésie, les camionneurs se rassemblaient dans l'intention de bloquer les routes.

En signe de solidarité, les tronçonneuses et les scies circulaires s'étaient elles aussi arrêtées, plongeant l'immense forêt dans un silence déconcertant.

A Chandler, Gaspé et Matane, des imprimeries s'étaient

mises en grève illimitée, n'assurant plus que le tirage des faire-part de décès. Aux environs de cap Chat, pour faire prendre conscience à ses clients de ce à quoi pouvait ressembler un monde privé de cellulose, la direction d'un centre commercial annonçait l'imminence d'une rupture de stock sur les mouchoirs jetables, les cartes anniversaire, le papier toilette, les livres sentimentaux, les filtres à café, les couches-culottes.

– Je suis ce genre de type qui a toujours vécu grâce à la bagnole, dit Jacques Prévert. N'empêche que je crois que l'invention du papier vaut bien celle de la roue. Sans papier, on aurait vite fait de retomber dans la barbarie.

Il ajouta qu'il avait hâte de repartir avant que la seule route longeant la rive gauche du Saint-Laurent en direction de Rimouski ne soit barrée.

Lazarus tint à porter lui-même Manon jusqu'à l'ambulance dont Prévert avait relevé le hayon. C'était la première fois que l'Indien tenait la fille dans ses bras ; elle était beaucoup plus pesante qu'il ne l'avait imaginé.

– A poids égal, expliqua Prévert, une personne inanimée paraît toujours plus lourde que quelqu'un qui vous met les bras autour du cou.

A eux deux, ils allongèrent le sac blanc sur le brancard installé à l'arrière de l'ambulance. Manon était si sage au fond de son étui qu'il ne leur parut pas nécessaire de la sangler sur la civière. Lazarus dit même qu'elle aurait pu tout aussi bien voyager à visage découvert, sa figure n'étant pas abîmée, juste terriblement pâle. Mais Prévert déclara que c'était interdit par le règlement, du moins par celui qu'édictait la compagnie qui l'employait.

– Si vous voulez, proposa Jacques Prévert, vous pouvez

monter devant avec moi. Ou vous asseoir à l'arrière, à côté d'elle. C'est comme vous préférez. D'ailleurs, en cours de route, vous pourrez changer de place.

– Je ne monte pas, dit Lazarus, ni devant ni derrière. Elle s'en va toute seule à Trois-Rivières. Quand vous la déposerez là-bas, dites bien à ceux de la morgue de l'habiller avec ça quand ils l'auront sortie du sac.

Il étendit près du sac, en la lissant soigneusement, la robe indienne que Manon aimait porter pour se promener dans la forêt. Il ajouta un paquetage et le bandeau d'un *tump* parce qu'il pensait que cette fille avait peut-être des choses à emporter avec elle dans la mort.

Puis il tendit à Prévert une photo de Manon prise pendant une danse de la Soif. C'était un cliché d'une netteté parfaite, on voyait les gouttes de sueur qui fuyaient sur le front de la petite danseuse, sur ses joues, comme un arbre brillant, comme un delta, comme la pluie sur un pare-brise quand on roule vite.

Pour faire plaisir à l'Indien dont le menton tremblait de chagrin, pour lui montrer qu'il était sensible à son désarroi, Jacques Prévert accepta la photo et la posa sur son tableau de bord. Il avait dans l'idée de s'en débarrasser aussitôt qu'il aurait franchi les barrières de la Réserve. Mais, le temps d'arriver à ces barrières, la photo de Manon lui était déjà devenue agréable à regarder, alors il ne la jeta pas. Quand la route lui paraîtrait monotone, il pourrait toujours lui parler. Ce serait moins impersonnel de s'adresser à une photo qu'au sac en plastique qu'il apercevait dans son rétroviseur.

Au fur et à mesure que l'ambulance traversait la forêt en remontant vers le nord de la péninsule, les semi-remorques se faisaient plus nombreux. Sur sa cibi, Prévert entendait les forestiers qui dirigeaient et concentraient les camionneurs vers une portion de route située entre Mont-Joli et Rimouski. C'était apparemment là qu'aurait lieu le blocus. Pour l'instant, roulant à la queue leu leu, les mastodontes se contentaient d'obliger les voitures à se déporter et le trafic à s'écouler sur une seule file. Grâce à ses gyrophares et à sa sirène, Jacques Prévert obtenait facilement des véhicules venant en sens inverse qu'ils se rangent pour le laisser passer.

Le sommet des montagnes s'était peu à peu voilé de nuages donnant l'impression d'une fumée vaste et tranquille montant du faux brasier des érables, des hêtres, des bouleaux et des tilleuls d'Amérique. Dans des trouées à mi-pente, quelques troncs oubliés, dévorés par d'énormes champignons poreux, s'effritaient en cendres grises. L'obscurité gagnait déjà.

Sur le tableau de bord, la photo de Manon devint indistincte, sauf quand le pinceau d'un phare l'éclairait brièvement. Mais maintenant, depuis ces longues heures qu'il roulait en sa compagnie, Prévert connaissait par cœur le visage de la jeune morte.

Il alluma ses phares et une cigarette.

Il faisait presque nuit quand il buta contre le barrage, au milieu d'une petite ville qui ressemblait à une gare de chemin de fer avec ses trottoirs surélevés comme des quais, ses signaux suspendus au-dessus de la route, et les halètements de locomotive des poids lourds qui s'étaient placés en travers de la chaussée.

Sauf ceux du piquet de grève, les camionneurs avaient investi les bars aux murs de brique où ils s'étaient affalés, attendant les *happy hours* en buvant de la bière et en guettant, à la télé, les premiers reportages sur leur révolte.

Un homme coiffé d'un bonnet d'où pendait une queue d'animal (de renard ou de raton laveur, c'était difficile à dire tellement ce trophée était à présent vieux et déplumé), agita une lampe de poche pour faire signe à Prévert de couper sa sirène dont le ululement strident avait quelque chose d'incongru dans ce monde bloqué, verrouillé – les camions formaient une muraille au-delà de laquelle on ne distinguait rien, pas même le halo des lumières de l'autre moitié de la ville ; on pouvait penser que tout s'arrêtait ici, la route et le reste.

Le forestier au bonnet à queue d'animal s'approcha, balaya l'arrière de l'ambulance du faisceau de sa lampe.

– Combien de temps allez-vous barrer la route ? demanda Prévert.

– Quelle importance, mon gars ? Avec la cargaison que tu trimbales, tu n'as plus aucune raison d'être pressé.

– C'est ce qui vous trompe, rectifia Prévert. Si le corps était dans un cercueil, je ne dis pas. Mais là, il est juste dans un plastique.

Le forestier braqua à nouveau la lumière de sa lampe sur le sac. Comme la plupart des gens, il se faisait de la mort une idée aseptisée, associée à des images de cercueils vernis, de fourgons immaculés, de morgues fraîches et proprement carrelées, de salons mortuaires climatisés, tapissés de moquettes aussi épaisses que dans les hôtels les plus luxueux. Chez les Américains d'à côté, même les exécutions capitales ressemblaient maintenant à des interventions chirurgicales ; pour les tuer, on allongeait les gens sur des draps blancs, dans des pièces bleues, et la lumière était discrètement tamisée.

Jacques Prévert essaya de lui expliquer que, loin d'être quelque chose de figé, la mort était un état plus instable encore que la vie, sans cesse en évolution, sans cesse en transformation rapide. Il n'osa pas prononcer le mot de décomposition pour ne pas trop impressionner le forestier, mais enfin, c'était tout de même ce à quoi il pensait en demandant qu'on fasse une exception pour lui et pour Manon, qu'on leur ouvre un passage entre les camions.

Il montra la photo de Manon, celle qui devait être publiée par la presse de Trois-Rivières :

– C'est elle qui est dans le sac, là derrière.

L'homme au bonnet mité regarda longuement la photo. Il dit que la mort de cette jolie fille était navrante, mais elle n'aurait d'écho douloureux que pour la poignée de gens qui l'avaient connue et aimée – et probablement bien baisée, ajouta-t-il avec un clin d'œil. Tandis que la grande mort collective des scieries, des papeteries et des entreprises de transport des grumes allait foudroyer les milliers d'hommes et de femmes qui vivaient des arbres.

– La route de Rimouski est coupée pour quarante-huit heures au moins, dit le forestier. Parce que même si la négociation s'engage cette nuit, on maintiendra la pression. Pour dormir, on a les camions. Et dans cette ville, ils sont tous d'accord pour nous donner à bouffer.

– La bataille sera rude et belle, approuva Jacques Prévert, et je suis sûr que vous la gagnerez. Mais cette fille que j'emmène, elle, ne peut pas attendre quarante-huit heures.

Le forestier se pencha vers la vitre baissée. Il sentait la

résine, l'humus et la fumée. Il chuchota en prenant une de ces voix qu'on donne aux traîtres dans les dessins animés :

– En reculant de cinq cents mètres, il y a une petite route sur ta gauche.

– Je vois bien, dit Jacques Prévert qui avait déplié une carte, mais elle mène au milieu de nulle part.

– Elle mène à l'intérieur du bled, et ensuite à l'ancienne scierie. Sept ou huit kilomètres de macadam. Après, tu as la forêt.

– La forêt, dit Prévert, je ne suis pas un ours.

– Tu es une ambulance, c'est encore mieux : avec les amortisseurs que tu as, tu passes partout, même si ça chahute un peu. D'ailleurs, il y a une espèce de piste. Je l'ai déjà suivie pour aller chasser l'orignal. Tu fais route plein ouest pendant trente kilomètres, tu ne peux pas te tromper. Après, tu repiques au nord sur quinze kilomètres, et tu verras les lumières de Rimouski. Avec un peu de chance, tu y seras avant la fermeture des bars. Bois un verre à ma santé, mais ne dis à personne que je t'ai aidé à sortir de la nasse.

– Aucun risque, fit Prévert en enclenchant sa marche arrière, je ne sais même pas ton nom.

Pour reculer, il fut obligé de se retourner. Son regard se posa sur le sac.

– Ma petite, dit-il à Manon, j'imagine que tu as envie qu'on te foute enfin la paix. Moi aussi, je commence à en avoir ma claque. Alors, accroche-toi, on décolle, destination Rimouski.

Le mot décollage est un de ces mots aéronautiques qui plaisent assez aux hommes de la route, surtout ceux des longs voyages.

Après avoir rebroussé chemin sur cinq cents mètres, Jacques Prévert précipita son ambulance sur la chaussée déserte à la façon d'un grand jet. De part et d'autre, les lumières de la ville se mirent à défiler comme des balises au bord de la piste, de plus en plus vite, jusqu'à se confondre en un long ruban lumineux un peu laiteux. Et puis, la ville s'arrêta brusquement. Tout devint noir. L'ambulance parut flotter un instant, pareille à l'avion qui s'appuie sur l'air.

Prévert alluma ses phares. Il vit la piste tracée par les bûcherons et les chasseurs qui s'ouvrait légèrement en biais. Il s'y engagea comme on s'enfonce dans une couche de nuages. La voiture tressauta sur les irrégularités du sol. Les branches basses griffaient la carrosserie qui réagit par des grincements, des couinements de souris.

La forêt se referma avec cette onctuosité dangereuse qu'ont les ronces enchantées des contes de fées.

Il fit alors nuit comme il fait parfois nuit sur la mer, une nuit de sirop, de coulée de verre et d'huile, qui gainait de noir cireux tout ce qu'elle touchait. A travers le pare-brise, le capot de l'ambulance lui-même n'était plus tout à fait blanc.

Prévert se sentait hypnotisé par le défilé des arbres, comme lorsqu'il voyageait tout à l'arrière d'un train, dans le dernier wagon, et qu'il regardait fuir les traverses des rails – au fait, combien y avait-il de traverses sur le trajet du Canadian qui relie Toronto à Vancouver, quelqu'un le savait-il ? On devait pouvoir le calculer en multipliant le nombre de traverses au kilomètre par les 4 467 kilomètres du parcours.

Il pianota sur son portable et appela la gare de Vancouver

– il aurait pu appeler celle de Toronto, c'était moins loin, mais il préférait l'accent des gens de Vancouver :

– Combien de traverses au kilomètre sur la voie du Canadian ?

Une voix de fille lui répondit :

– C'est pour un concours ? Désolée, monsieur, mais nous n'avons pas le droit d'aider les gens qui participent à des concours.

– Attendez, non, c'est juste pour me tenir éveillé. Je conduis une ambulance, il fait nuit, je suis crevé. Alors je me pose des problèmes, les plus idiots possible, ça occupe l'esprit. Soyez chic, aidez-moi.

C'était exactement ce qu'il fallait dire. A l'autre bout du fil, la fille de Vancouver s'adoucit comme les infirmières quand on leur dit qu'on a vraiment mal :

– Bon, d'accord, ne quittez pas, je vous branche sur le service des relations publiques, ils doivent savoir ça. Vous n'aurez qu'à demander Marylène. Et en attendant, regardez bien devant vous, surtout ne vous endormez pas.

Malgré trois heures de décalage horaire, il était déjà trop tard, Marylène n'était plus dans son bureau. Prévert obtint au bout du fil une autre fille qui se présenta comme étant Cathy. Mais elle n'avait pas la moindre idée du nombre de traverses par kilomètre de voie. La réponse était forcément quelque part dans l'ordinateur central, mais Cathy ne savait pas quel fichier ouvrir pour la trouver.

– Rappelez demain, à partir de huit heures trente, *local time*.

– Il sera trop tard, Cathy, je n'irai pas jusqu'au bout de la nuit, je sens que je vais me planter avant, j'ai les yeux qui se ferment.

– D'accord, dit Cathy (elle aussi prenait une voix d'infirmière, ces filles des gares étaient décidément épatantes), ne vous affolez pas, je vais essayer de vous passer l'exploitation. Si ça ne répond pas à l'exploitation, alors je vous passerai l'entretien – mais je vous en prie, monsieur, soyez prudent.

– Une autre solution, dit alors Prévert, ça serait qu'on bavarde un peu tous les deux. Vous avez une sacrée jolie voix, Cathy. Et un prénom qui me plaît bien. J'aimerais en savoir un peu plus sur vous. Ça me tiendrait éveillé, pas de doute, surtout si vous me racontez ce que vous faites de vos nuits quand vous n'êtes pas de permanence à la gare de Vancouver.

Il y eut un silence, Cathy murmura *« oh ! shit »*, et elle raccrocha.

Quand il transportait des morts, Jacques Prévert téléphonait souvent à des inconnus pour lui tenir compagnie, pour briser ce silence presque palpable, carrément épouvantable, qui était dans les sacs derrière lui. En appelant les standards des grandes entreprises, il était presque sûr de tomber sur une femme qui avait été engagée pour sa belle voix caressante et pour sa patience. S'il la sentait un peu chaleureuse, il lui avouait la vérité : « Je suis seul avec un mort sur une route déserte. Si ça continue, je vais me mettre à parler à ce mort et ça n'est pas sain du tout. » Certaines standardistes acceptaient parfois de bavarder un moment avec lui, ou bien, si c'était l'heure du coup de feu, elles le mettaient en relation avec une autre employée plus disponible. Son métier d'ambulancier lui facilitait les premiers contacts – on le considérait comme quelqu'un faisant partie de ces gens réellement utiles à la société. Cette nuit, il n'avait pas eu de chance avec Cathy de la gare de Vancouver, mais c'était un peu l'exception qui confirmait la règle.

La conduite sur la piste défoncée l'obligeant à une concentration extrême, il décida d'attendre d'être sorti de la forêt pour remettre ça – il interrogerait cette fois la fille de permanence en gare de Toronto.

Le premier incident survint au kilomètre douze, lorsque le phare gauche éclata sous l'impact d'un caillou.

A partir de là, Prévert eut un mal fou à maintenir son alignement par rapport à la partie carrossable de la piste – instinctivement, il avait tendance à rabattre l'ambulance du côté de sa lumière valide. A plusieurs reprises, le véhicule mordit sur le talus, ses roues patinèrent et dérapèrent sur l'amalgame gluant des premières feuilles mortes et de la terre humide. Sa caisse cognait violemment contre le fût des arbres.

Prévert avait les yeux exorbités, injectés de sang, brûlants à force d'essayer d'anticiper les obstacles – ornières pleines de boue, souches à demi enfouies, courses d'animaux affolés qui pouvaient à tout instant surgir dans le pinceau rétréci du phare unique. Crispées sur le volant, ses mains avaient blanchi.

Alors, brusquement, il ne se sentit plus la force de poursuivre cette course à la fois lente et agitée dont le contrôle lui échappait, cette enfoncée cahotique et borgne dans les profondeurs de la forêt, et il dit à Manon :

– Ma petite, il faut qu'on sorte de là, et vite fait.

Jusqu'à présent, la piste avait sinué entre deux espèces de hautes berges. Des touffes de racines livides en crevaient les flancs, frissonnant comme des algues au passage de la voiture.

Sans doute s'agissait-il du lit d'une ancienne rivière aujourd'hui disparue. Prévert, qui venait de repérer un peu plus loin un affaissement de la banquette, quelque chose comme une sorte de gué dans la terre sombre, braqua à fond sur la droite et engagea l'ambulance dans l'échancrure.

Les deux roues avant mordirent dans l'humus. Mais leur labourage fut si profond que les pneus des roues arrière ne rencontrèrent plus qu'une surface gluante et se mirent à patiner.

Sentant la voiture lui échapper en chassant sur le côté, Prévert hésita entre un coup de frein et une accélération. Craignant de s'embourber s'il ralentissait, il préféra enfoncer l'accélérateur.

La voiture se tassa sur ses amortisseurs comme un lièvre qui prend son élan. Pendant une fraction de seconde, Prévert put croire qu'il avait fait le bon choix. Mais, au lieu de maintenir la voiture sur sa trajectoire, l'accélération brutale conjuguée à la glissade des roues arrière la déporta violemment sur la gauche.

L'ambulance heurta un arbre. Celui-ci, un sapin jeune et vert, encore tout suintant de résine, ploya sans se briser. Tel un ressort, il envoya la voiture rebondir de l'autre côté du gué où elle bascula sur le flanc, se balança un instant, puis se retourna sur le toit.

Le moteur cala aussitôt. Après avoir balayé la voûte des arbres, le phare unique jaunit puis s'éteignit.

Prévert, qui avait eu la présence d'esprit de s'agripper à son volant, en fut quitte pour la peur de sa vie et la sensation déconcertante, quand tout fut fini, de se retrouver la tête en bas.

Il tendit l'oreille, surpris de ne pas entendre le son lancinant de l'avertisseur. Dans presque tous les films d'action qu'il avait vus, les voitures continuaient de mugir de façon lugubre quand elles se retrouvaient ainsi les roues en l'air. Ou bien, après une seconde d'incertitude, elles explosaient. Mais l'ambulance s'était juste figée sur le dos comme une bête foudroyée, morte d'un coup, sans un spasme, sans même une hémorragie d'essence ou d'antigel.

Prévert eut à peine besoin de se contorsionner pour se faufiler à travers la vitre latérale qui avait volé en éclats lors du choc contre l'arbre.

En se redressant, il se demanda si la petite Cathy de la gare de Vancouver apprendrait jamais qu'il avait fini par avoir un accident quelques minutes tout juste après qu'elle lui eut recommandé d'être bien prudent. Il sourit en pensant à cette manie qu'il avait d'appeler « petite » chaque fille qu'il ne connaissait pas. Cathy de Vancouver était peut-être une énorme femme d'âge mûr, très vulgaire, qui transpirait et qui avait mauvaise haleine. C'était même ce qu'il y avait de plus probable, car les filles qui méritaient qu'on dise « la petite » en pensant à elles devaient avoir une autre possibilité que d'assurer la permanence de nuit dans les bureaux d'une gare, là où elles ne pouvaient rencontrer personne d'intéressant. Mais Prévert décida néanmoins de continuer à appeler « petite » cette fille de Vancouver parce que c'était une forme de réconfort, quand on avait failli se tuer, que de songer à une jolie personne un peu fragile.

Trébuchant contre les racines, il s'éloigna du lieu de l'accident. Son intention était de rejoindre la ville bloquée par les camionneurs. Il y passerait la nuit. Le lendemain matin, il aviserait. La plupart des camions utilisés par les forestiers étaient équipés de treuils et de grues. Remettre l'ambulance sur ses roues et la remorquer ne devrait pas poser un problème insurmontable.

Prévert n'avait aucun scrupule à laisser Manon derrière lui : tant que le cadavre de cette autre « petite » ne sentirait pas, les bêtes de la forêt ne s'approcheraient pas du sac – et par chance, au fur et à mesure que la nuit s'avançait, il faisait de plus en plus froid.

Lors du retournement de l'ambulance, le hayon arrière s'était arraché, laissant filer le sac. Celui-ci s'était alors retrouvé vrillé sur lui-même, dans une position telle que son enveloppe exerçait une sorte de tiraillement sur la fermeture à glissière dont le cavalier, peu à peu, s'était mis à descendre par saccades le long des dentelures.

A six heures du matin, le sac s'était ouvert aux trois quarts.

La tête, les épaules, puis la poitrine de Manon, apparurent. Finalement, n'étant plus retenu par les pans du sac, le corps tout entier s'échappa et tomba doucement sur le sol humide.

A cet endroit, le parterre de la forêt était composé de plusieurs couches de feuilles d'érable en décomposition, de débris d'écorce, d'aiguilles et de pommes de pin, de mousses et de quelques champignons pâles. Les insectes, les vers, le piétinement et les déjections des bêtes qui empruntaient cette passe avaient fini par transformer tout cela en une sorte de terreau spongieux, d'un brun sombre, au parfum entêtant.

Le visage de Manon s'y incrusta, la terre remplit sa bouche restée ouverte, tandis que de violents effluves de végétaux fermentés envahissaient ses fosses nasales.

Il commença à pleuvoir, une pluie épaisse qui avait du mal à franchir la voûte des arbres.

Mais au fur et à mesure que les feuilles s'alourdissaient ou se détachaient sous le poids de l'eau qui les imprégnait, les branches s'inclinaient en livrant passage au gros de l'averse. Les parties du sol les plus poreuses se gorgèrent avec avidité de tout ce qu'elles pouvaient absorber. Ailleurs, là où la terre était plus imperméable, l'eau se mit à former des flaques noirâtres qui gonflaient comme des petits lacs furieux avant de ruisseler en profitant de la moindre déclivité. Suivant les sinuosités des veines argileuses, des ruisseaux se formèrent et coururent entre les arbres, se rejoignant parfois pour dessiner des deltas où se reflétaient les premières lueurs du jour. Charriant des fétus, roulant des boulettes de terre, des ailes et des carapaces de petits insectes morts, un de ces filets d'eau coula jusqu'à Manon et s'engouffra dans sa bouche ouverte comme une rivière se perd dans une grotte.

Lorsque l'eau froide atteignit sa glotte, Manon toussa. Une partie de l'eau qui dévalait dans sa gorge reflua et, mêlée de salive et d'humus, coula en boue sur son menton.

Ce fut un simple spasme, la réaction automatique de quelqu'un qui s'étouffe en dormant, mais ce réflexe de défense avait suffi pour réveiller son organisme.

Des embryons d'images se formèrent dans sa tête. Ces images étaient ternes, saccadées et floues comme celles d'un film projeté par un appareil aux engrenages déréglés. Elles n'étaient liées entre elles par rien de cohérent, si ce n'est de la souffrance à l'état pur.

Après avoir toussé, Manon resta environ une quinzaine de minutes sans que son corps donne le moindre autre signe d'un retour à la vie. Elle avait refermé ses lèvres – mais peut-être celles-ci s'étaient-elles rejointes d'une manière purement mécanique, sous l'effet, par exemple, du poids des mâchoires.

Les images s'étaient effacées.

Ne pouvant plus se perdre dans sa bouche, l'eau monta alors le long du visage de Manon et baigna ses narines. En cherchant à s'y infiltrer, elle fit se dissoudre les bouchons de terre noire qui les obstruaient. Le nez chatouillé, Manon éternua.

De nouvelles images apparurent alors derrière ses yeux fermés.

Elles étaient déjà moins évanescentes que les premières. Cette fois, Manon reconnaissait leur contenu, elle pouvait nommer mentalement ce que ces images s'efforçaient de lui représenter. Il ne s'agissait pas encore de formes concrètes, de silhouettes identifiables, mais plutôt de concepts tels que froid, douleur, terreur.

Les doigts de sa main droite commencèrent à se recroqueviller. Au cours de ce mouvement très lent, une des nombreuses aiguilles de pin qui tapissaient le sol se trouva disposée de façon à s'insinuer sous l'ongle de l'index. Dans des circonstances normales, Manon n'aurait eu qu'à soulever légèrement son doigt pour s'en défaire. Mais elle ne contrôlait pas sa main, et celle-ci continua donc de se replier en faisant pénétrer l'aiguille de pin de plus en plus profondément entre l'ongle et la chair.

Lorsque le cerveau de Manon enregistra et identifia la sensation de piqûre, il cessa de produire des concepts plus ou moins abstraits et forma sa première véritable image : celle d'une pointe fine et acérée.

Manon ignorait de quoi cette pointe était faite, mais elle

savait qu'elle lui faisait très mal et que, d'une façon ou d'une autre, elle devait trouver un moyen de l'empêcher de continuer à s'enfoncer sous son ongle. C'est alors qu'elle pensa quelque chose comme : « Je n'ai encore jamais eu un problème aussi grand à résoudre ». Les mots n'étaient pas aussi précis, ni ne formaient une phrase aussi intelligible ; mais, bien qu'imparfaite dans sa formulation, cette pensée contenait en germe l'idée d'un « jamais encore » qui obligeait Manon à considérer qu'elle avait un passé. En reprenant conscience du temps, elle comprit obscurément qu'elle était vivante.

Elle ordonna à sa main de cesser de se recroqueviller. A son grand étonnement, sa main lui obéit, ce qui eut pour effet d'interrompre la pénétration de l'aiguille de pin. Si Manon ne fut pas capable de se débarrasser de cette aiguille, la douleur de la piqûre se maintint dès lors à un degré assez tolérable pour lui permettre de se concentrer sur autre chose – essentiellement sur cette révélation qu'elle avait un passé, qu'elle n'avait pas toujours été une boule anonyme de souffrance et d'effroi : elle venait de quelque part, elle était quelqu'un.

Maintenant, il ne pleuvait plus. Le jour s'était levé, le soleil brillait par intervalles. Mais Manon ne pouvait toujours pas appeler par leur nom des choses telles que le soleil, la forêt, les oiseaux dans les arbres, la terre où elle était étendue.

A midi, la jeune fille fut assez forte pour se relever en s'agrippant à des branches basses. Une fois debout, elle s'appuya contre un tronc. L'aiguille de pin était enfin tombée de son doigt, toute seule, ouvrant sous l'ongle une petite blessure où perlait un peu de sang.

En découvrant l'ambulance renversée, Manon devina que cet accident la concernait et qu'il venait de jouer un rôle important dans sa vie. Elle s'approcha de l'arrière du véhicule. Le sac en plastique gisait sur le sol. Ouvert en deux, les rabats de son enveloppe frissonnant au vent, il ressemblait à une grande chrysalide. Manon avait déjà vu à la télévision des sacs comme celui-ci, notamment à l'occasion des reportages sur les guerres. Le vrai nom de cette chrysalide était *bodybag*, elle s'en souvenait à présent. Elle se pencha et recula aussitôt, dégoûtée, en constatant que l'intérieur du sac était souillé de déjections. Alors elle s'aperçut que ses jambes étaient maculées elles aussi, de la même matière molle. Elle en conclut qu'elle avait dû se trouver enfermée dans ce sac, et qu'elle était probablement responsable de ces saletés.

Elle en fut atterrée, elle ne voulait pas sentir mauvais.

Elle arracha des poignées de feuilles, les froissa, s'étrilla furieusement avec, à s'en arracher la peau.

Elle ne parvenait pas encore à se rappeler qui elle était. Elle pensa que ça lui reviendrait peut-être si elle voyait son visage, si elle se reconnaissait.

Elle dut se contorsionner pour s'observer dans l'un des rétroviseurs de l'ambulance renversée. Elle fut étonnée de se découvrir les cheveux si noirs, si raides, la peau mate, la bouche large. Depuis son réveil, elle se croyait blonde, bouclée comme un bébé, les lèvres boudeuses.

Elle se parla. S'affubla de prénoms de petite fille, Zoé, Nina, Julie, Fanchon, Ange, Kim ou Annie, car elle continuait de se sentir très faible et associait cette faiblesse à quelque chose d'enfantin. Il ne lui vint pas à l'idée qu'elle pouvait s'appeler Manon.

A défaut de se trouver jolie, elle se jugea intéressante. Son visage et son corps lui paraissaient déconcertants, mais elle ne voyait pas d'inconvénient majeur à les habiter. Penchant un peu la tête sur le côté, comme si elle cherchait à se séduire, elle se sourit à elle-même dans le miroir du rétroviseur. Elle aima beaucoup ses dents, la façon dont elles étaient rangées, leur nacre mouillée, la forme nette et carrée de ses incisives, la cruauté pour rire de ses canines. Elle cracha dans ses mains pour débarbouiller sa figure des traces de terre. Quand elle l'étala sous son nez, elle nota que sa salive avait une odeur de beurre fade.

On l'avait mise toute nue pour l'enfermer dans le sac, elle l'était encore, elle avait très froid.

Après sa toilette de chat, elle se glissa dans l'ambulance. Elle y trouva une longue robe brune décorée de perles en terre cuite ainsi qu'un paquetage avec une sangle de ficelle et un *tump* hérissé de pointes de porc-épic. Elle se dépêcha d'enfiler la robe épaisse. Elle se sentit tout de suite beaucoup mieux.

En fouillant encore, elle découvrit un carnet à souches où étaient consignés les trajets effectués par l'ambulance. La dernière feuille, qui portait un tampon de la police, confiait au chauffeur la mission de conduire jusqu'à la morgue de Trois-Rivières le corps d'une jeune Indienne morte d'une crise cardiaque à la suite d'une danse de la Soif.

Sur la fiche, Manon lut aussi qu'elle s'appelait Manon Wikaskokiseyin. Manon, c'était gentil, ça valait Fanchon, Ange ou Annie. Mais Wikaskokiseyin était un nom trop difficile à déchiffrer, à prononcer, à mémoriser. Elle ne se sentait pas l'esprit encore assez clair pour ça. Elle arracha du carnet à souches la feuille qui la concernait et la fourra dans son paquetage.

La mort, ou ce qui en avait tenu lieu, la rendait avide de clarté. Elle s'écarta de l'épave de l'ambulance, marcha vers la partie de la forêt où le soleil, passant à travers les arbres, formait de hautes colonnes de lumière dorée où grouillaient en spirales fébriles les derniers insectes de l'été indien.

En s'éloignant, Manon entendit des voix. Sur sa gauche, elle aperçut des forestiers escortant un camion. C'était un tracteur de semi-remorque, une machine américaine dont la cabine rouge se dandinait tout en haut d'un train de pneus énormes qui creusaient dans l'humus de véritables tranchées. Le souffle brûlant du tuyau d'échappement grillait et racornissait les feuilles qu'il effleurait.

Prévert se tenait sur le marchepied. De la voix et du geste, il dirigeait le chauffeur du camion vers la faille où s'était renversée l'ambulance.

Manon ne pouvait pas reconnaître Prévert – elle était déjà dans le sac quand il était arrivé avec son ambulance. Mais, à sa blouse blanche, elle devina qu'il était l'homme chargé de conduire son corps à Trois-Rivières.

Elle faillit se précipiter vers lui, lui crier qu'elle était la fille du sac, mais qu'elle en était sortie et qu'à présent tout allait bien pour elle. Elle ne savait pas s'il avait ressenti un sentiment d'injustice en allongeant dans sa voiture une petite morte aussi jeune (après tout, ces types-là étaient peut-être blasés) ; mais il serait peut-être soulagé en constatant que l'accident survenu à son ambulance n'avait plus autant d'importance à présent que Manon avait ses jambes pour la porter. Car elle marchait de mieux en mieux, elle n'avait trébuché que cinq ou six fois – et encore, c'était à cause des racines, des terriers enfouis sous les feuilles mortes. Tout à l'heure, elle s'était même enhardie à courir un peu, et elle n'avait même pas eu l'impression d'être essoufflée.

Mais elle ne se montra pas, ne dit rien : il y avait des policiers autour de Prévert. Pas beaucoup, deux ou trois seulement, avec de bonnes trognes épaisses et gaies. Mais qui avaient si souvent vu la mort. Certains d'entre eux, peut-être, avaient même été contraints de la donner. En tout cas, ils avaient sûrement tracé des tas de figures de craie autour des cadavres. Cassé de pauvres doigts serrés, rigides, pour leur arracher de force un objet sanglant indispensable à leur enquête. Porté des masques blancs sur le nez, sur la bouche, pour se protéger de la puanteur des corps décomposés qu'on retrouvait chaque printemps sous la neige quand elle fondait. Comment auraient-ils pu admettre qu'une fille morte, enfournée nue dans un *bodybag*, se relève, s'étire, nettoie ses jambes pleines de merde, se rhabille et se mette à courir à travers la forêt ?

Pour ces policiers, Manon n'aurait sûrement jamais dû sortir de son sac. Et puisqu'elle l'avait fait, elle leur deviendrait suspecte. Pour eux, elle serait toujours une évadée.

Ils ne l'arrêteraient pas vraiment, mais elle serait quand même invitée à les suivre. Mains sur l'épaule, voiture de police surchauffée, escaliers, coursives, attente, banquettes très dures, sandwiches ramollis, un peu rances, et :

– Qu'est-ce que tu faisais, toute seule dans la forêt ? Tu as des parents ? On va te ramener chez toi. Tu habites où ?

Réponses évasives. Les policiers consulteraient le fichier électronique des personnes portées disparues. Elle ne ressemblait plus à la jeune fille qui s'était enfuie de Trois-Rivières – mais réussirait-elle à rester impassible en voyant apparaître sur l'écran de l'ordinateur son visage d'avant l'été ?

A la longue, l'épuisement de Manon s'ajoutant à l'impatience des flics, ça pouvait dégénérer. Il y aurait des éclats de voix, des gifles peut-être (elle avait une frimousse assez fraîche pour paraître encore en âge d'être giflée), des menottes autour de ses mains, on la tiendrait en laisse :

– On t'a crue morte, bébé, mais la vérité c'est que tu n'es qu'une petite salope de droguée. Ça s'appelle frôler l'overdose, ce qui t'est arrivé – c'est comment, au fait, le nom de ton dealer ? Quelle drogue il t'a refilée pour te mettre dans cet état ? Ecstasy trafiquée à l'atropine ? Tu ne sais pas ? Mais on va bientôt en avoir le cœur net : bilan général, analyse de sang, de pisse, de salive, de larmes, de morve et *tutti quanti*. Ah ! j'oubliais : ponction de la moëlle épinière. Tu vas en baver. Penche-toi en avant, bébé, fais le dos rond, ne respire plus, qu'on puisse te planter l'aiguille. Si elle gigote trop, que quelqu'un lui tienne les mains.

Les prélèvements ne donnant rien, ils essayeraient autre chose. Nouvel interrogatoire, mais dirigé cette fois par un médecin :

– Vous avez déjà fait des crises d'épilepsie ?

– Non, monsieur.

– On dit « non, docteur », pas « non, monsieur ». Bon, reprenons. Du diabète ? Un coma diabétique ?

– Vous savez bien que non, ma prise de sang…

– Essayez de vous montrer un peu plus coopérative. Un médecin a signé un permis d'inhumer vous concernant. Ou ce confrère a commis une erreur médicale de première grandeur – auquel cas vous devriez être la plus acharnée à vouloir le faire plonger – ou c'est vous qui nous cachez quelque chose. La police vous laissera partir quand nous aurons tous compris ce qui vous est arrivé. On ne ressuscite pas d'entre les morts, mademoiselle – mademoiselle comment, au fait ?

– Wikaskokiseyin.

– Bon Dieu, c'est imprononçable.

– Oui, je sais. On peut traduire par Herbes odoriférantes.

Son nom indien venait de lui revenir d'un coup, il avait éclaté dans sa mémoire au milieu d'une gerbe de souvenirs éblouissante comme un feu d'artifice. Manon revoyait la Réserve, Lazarus, Gibson et Baptiste, les tambours de danse, les autocars, la poussière et les moustiques.

– Je ne pourrai jamais vous appeler mademoiselle Herbes odoriférantes.

– Je comprends. Appelez-moi Manon.

– Très bien, Manon. Alors, on y retourne. De quand date votre dernière impression d'étouffer, cette sensation d'étau dans la poitrine – vous savez très bien ce que je veux dire, Manon, cette douleur qui vous remonte dans le bras gauche, qui irradie votre épaule et votre cou, l'angoisse, l'envie de vomir ? Est-ce que vous vous souvenez d'avoir vomi ?

– Je ne me souviens de rien.

– Soufflez !

– Quoi ?

– Soufflez sur moi – si vous avez vomi, je le sentirai.

Un peu honteuse, elle lui soufflerait au visage son haleine de beurre fade.

– Pardon, dirait-elle.

– Essayons autre chose. Des vertiges ? Des migraines – enfin, ce que vous, les femmes, vous appelez des migraines ? De la photophobie ?

– C'est quoi, ça ?
– Quand la lumière fait mal.
– J'adore la lumière.
– Mais enfin, mon enfant, il faut bien qu'il y ait une explication : comment avez-vous fait pour rendre votre respiration imperceptible et arrêter les battements de votre cœur ?

Elle ne devait pas se laisser prendre. Les mains derrière le dos pour se faire moins épaisse, mordant l'écorce pour se bâillonner, elle s'aplatit contre un arbre. C'était une chance, vraiment, que les policiers n'aient pas eu de chiens avec eux.

Le camion et son cortège passèrent tout près d'elle sans soupçonner sa présence, ils s'éloignèrent et disparurent.

Elle attendit que le silence soit absolu, puis elle reprit sa course. Plus loin, au fond d'une trouée entre les arbres, elle aperçut une mer grise, étale et calme, avec un pétrolier jaune et blanc dont les superstructures semblaient s'être empêtrées dans un voile de petites brumes. En fait, c'était le fleuve. Mais son nom de Saint-Laurent, peut-être parce qu'il lui avait été trop familier, n'effleura pas Manon : sa mémoire s'employait à rassembler d'abord ce qu'elle avait égaré de plus rare.

Durant la nuit, plusieurs dizaines d'autres camions avaient rejoint ceux qui avaient formé le premier barrage. Quelques-uns avaient déchargé des grumes en travers de la route et des trottoirs pour interdire tout passage aux motos de la police.

Et puis, plus rien n'avait bougé.

Personne n'avait brandi des pancartes ni lancé des slogans. On entendait seulement le froissement régulier du grand fleuve et, dans les cabines des poids lourds, les radios qui diffusaient des chansons.

Vue d'hélicoptère, c'était une colère d'autant plus impressionnante qu'elle semblait absolument figée. Tant vers l'aval que vers l'amont, l'engorgement s'étendait sur plusieurs kilomètres, coupant pratiquement la Gaspésie du reste du Québec. Il y avait désormais dans la petite ville presque deux fois plus de semi-remorques que de maisons.

A sec de bière, de pain de mie et de charcuteries sous *blister*, les magasins avaient fermé les uns après les autres. Dans les snack-bars, on ne servait plus qu'un menu unique – des omelettes et du café. La météo prévoyant pour les prochaines vingt-quatre heures une chute de la température qui irait en s'accentuant, les habitants de la ville craignaient que les camionneurs ne fassent tourner leurs moteurs toute la nuit pour réchauffer les cabines où ils dormaient. En l'absence de vent, la pollution risquerait alors de dépasser le seuil de tolérance. Les vibrations provoquées par les camions qui manœuvraient pour s'incruster plus étroitement les uns dans les autres avaient déjà fendu des vitres et fait tomber des objets dans les maisons, dont une série de vitrines renfermant une collection de papillons. Légèrement descellées, certaines enseignes au néon donnaient l'impression de baver comme sur une photo floue.

A la manière de l'épicentre d'un petit tremblement de terre, la ville ébranlée propageait dans son sous-sol des trains d'ondes qui s'en allaient rider les eaux tranquilles du Saint-Laurent.

Par prudence, Manon avait attendu le crépuscule pour entrer dans la ville. Il faisait sombre quand elle s'avança au milieu des camions. Elle longea leur file interminable comme quelqu'un qui cherche son wagon parmi ceux d'un train de nuit.

Depuis leurs cabines, les chauffeurs la suivaient des yeux. Certains ouvraient leur portière et l'invitaient à monter avec eux. Quand ils la voyaient s'approcher, ils baissaient la vitre et poussaient à fond le volume de leur stéréo pour essayer de l'appâter avec cette musique qu'ils avaient à bord, ou bien ils tendaient le bras pour lui offrir du vin dans des gobelets en plastique.

Si c'était vraiment un bon groupe qui jouait, Manon s'asseyait sur le marchepied du camion et attendait la fin du morceau, les yeux fermés, ses pieds battant la mesure sur le macadam. Et puis elle s'en allait, après avoir remercié d'un sourire. Le vin, elle en buvait une gorgée. Les camionneurs se signalaient sa progression par cibi. Elle traversa ainsi toute la ville dont les lumières s'allumaient une à une.

Elle s'arrêta enfin devant le semi-remorque qui, placé en travers de la route, verrouillait la sortie du bourg. Lorsque la coordination des camionneurs donnerait l'ordre de disloquer le barrage, il serait le premier à repartir. Pour occuper cette position stratégique, son chauffeur devait être un homme en qui on pouvait avoir vraiment confiance.

Les rideaux de la cabine étaient tirés sur tout le pourtour du pare-brise, des rideaux avec des oiseaux et des fleurs, qui faisaient penser à ceux qu'on peut s'attendre à trouver dans certains petits hôtels propres et moches.

Peut-être parce que le chauffeur dormait déjà, c'était un des rares camions où on n'entendait pas de musique.

Manon grimpa sur le marchepied, pianota contre la vitre. Le rideau glissa légèrement, le déflecteur de la vitre pivota. Le visage d'un homme apparut. Il avait des cheveux gris et courts, beaucoup de rides partant des yeux et des commissures de ses lèvres. Tout à fait l'air, en somme, d'un amiral américain dans un de ces vieux films sur Midway ou sur Guadalcanal.

– Tu ne vas pas me raconter que personne n'a voulu de toi ? dit-il en se grattant la tête.

– A vrai dire, sourit Manon, c'est moi qui n'ai pas tellement voulu d'eux.

– Et là, tu veux bien de moi ?

Il écarta davantage le rideau, alluma le plafonnier. Sa cabine était arrangée comme une petite maison, avec un peu partout des photos de gens qu'il devait aimer, une gondole de Venise lumineuse dans laquelle on pouvait mettre aussi deux ou trois fleurs à condition naturellement qu'elles n'aient pas une trop longue tige, une sorte de mini-bibliothèque avec des livres de Denise Bombardier, d'Arlette Cousture et de Pierre Morency, une machine à café.

– D'accord, dit-il, tu peux monter. Arrive ici. Moi, c'est René. Si tu veux dormir, tu peux prendre la couchette.

– Et vous ?

– Je vais conduire. On lève le barrage à zéro heure zéro zéro.

– Vous avez obtenu ce que vous vouliez ?

Tandis qu'elle s'asseyait sur le rebord de la couchette et dénouait le bandeau de son *tump* qui commençait à lui donner mal à la tête, René lui expliqua qu'un compromis avait été trouvé : on ne pouvait pas empêcher la fermeture de la papeterie, mais une usine de charpentes et parquets préfabriqués, ainsi qu'un petit chantier naval, allaient prendre le relais. De cette façon le bois continuerait à circuler sur les camions.

Lorsque Manon y posa sa joue, l'oreiller de René était encore chaud et il sentait le parfum un peu pharmaceutique d'un gel pour les cheveux.

– Je vais sur Montréal, et toi ?

Elle haussa les épaules :

– Montréal ou ailleurs.

Il s'accouda au rebord de la couchette. Il n'avait pas l'air de croire que cette fille allait s'endormir dans son camion.

– Après tout, dit-il, peut-être qu'on pourrait partir maintenant.

– Il n'est pas zéro heure zéro zéro.

– A quelques heures près, on s'en fout. Tout est joué. Le camion qui suit me remplacera. Ils sont deux ou trois cents mille-pattes derrière nous. La route sera plus belle si on est les seuls à rouler. Je connais un coin, avant d'arriver à Rimouski, où on a des fois une petite chance de voir des bélugas. Mais à condition de s'y pointer au milieu de la nuit et qu'il n'y ait pas de clair de lune.

Elle fronça les sourcils, fouillant dans sa mémoire. Elle avait récupéré presque tous ses souvenirs, à quelques exceptions près.

– Qu'est-ce que c'est, un béluga ?

– De toute façon, dit René, ça n'est pas sûr du tout qu'on puisse en voir. Mais ça ne fait de mal à personne de passer une heure ou deux ensemble à regarder le fleuve, sans être emmerdés.

Ils avaient grimpé sur la remorque, escaladé l'empilage des grumes pour se jucher sur le tronc d'arbre tout au sommet du chargement, comme en haut d'une arène, dominant l'immensité du fleuve.

Sous les nuages bas, les lumières de Rimouski dansaient sur le Saint-Laurent comme celles de Trois-Rivières, la nuit où Soulacroix avait invité Manon à dîner au restaurant : les mêmes ondulations d'eau fade, les mêmes irisations de bleu et d'or, et surtout la même absence, si curieuse, de toute espèce de reflets rouges – comme si cette couleur, pourtant tellement présente dans la nuit des villes, se diluait jusqu'à disparaître au contact du fleuve.

Cette fois, il ne s'agissait pas de célébrer l'achèvement d'un livre mais d'observer une parade de bélugas. Quand

René lui avait expliqué qu'il s'agissait d'une race de cétacés d'un blanc laiteux, Manon s'était tout de suite souvenue d'en avoir déjà vu. En même temps, elle s'était rappelé que leurs troupeaux ne remontaient jamais le fleuve aussi loin vers l'amont – et elle n'avait pas pu s'empêcher de sourire en songeant au mal que se donnaient les hommes, décidément, pour l'amener au bord de l'eau.

– René, dit-elle.

Il lui mit sur la bouche sa main qui sentait la résine et l'essence :

– Chut, ils vont se montrer, je le sens...

Comme il ne retirait pas sa main, elle tira la langue et lui chatouilla l'intérieur de la paume. Il en fut troublé. Quand elle cessa de le lécher, il regarda le dedans de sa main. C'était mouillé, brillant. Il ne s'essuya pas.

– C'est quoi, ça, Manon ? Pourquoi tu fais ça ?

– René, dit-elle tout bas, il m'est arrivé quelque chose. Je ne sais pas exactement ce que c'est, mais je me sens tellement bien.

Elle éclata de rire. Depuis qu'elle était devenue grande et que les commerçants lui disaient « mademoiselle, vous », c'était la première fois qu'elle retrouvait ce rire en grelots, ce rire interminable et clair qu'elle avait eu dans son enfance. René attendit qu'elle se calme. Sa gravité à lui contrastait avec sa joie à elle.

– Depuis que tu as montré ton museau derrière la vitre du camion, dit-il, je sais à quoi m'en tenir : tu t'es sauvée, hein ? On se sent toujours rudement bien quand on s'est sauvé.

– Je reviens de loin.

– Prison ? Asile ? Non, ne me dis rien, après tout je m'en fous, je préfère ne pas savoir.

Il la prit dans ses bras, assez maladroitement. Il était trop grand pour elle. Quand il la serra contre lui, le front de Manon lui arrivait à peine à la poitrine. Il déboutonna sa chemise, et il sentit aussitôt la bouche mouillée de la jeune fille qui se promenait sur son buste comme un petit escargot.

– Tu savais ce qui allait arriver si tu montais dans le camion avec moi ?

– Bien sûr, dit-elle.

Les caresses de René n'avaient rien de très original. Il ne connaissait pas d'autres positions ni d'autres gestes que ceux qu'il répétait un samedi sur deux sur le corps d'une épouse consentante et douce, mais à qui il manquait d'être voluptueuse et un peu taquine.

Quant à Manon, elle ne put lui donner que ce qu'une petite étudiante bien élevée connaît de l'amour, c'est-à-dire pas grand-chose.

Mais tous deux, pendant les courtes minutes où ils s'aimèrent, furent absolument sincères. Ils n'arrêtaient pas de se regarder, comme émerveillés d'être dans les bras l'un de l'autre. Pour accéder à une jouissance parfaite – et par ailleurs miraculeusement simultanée –, ils n'eurent aucun besoin de recourir à des fantasmes, ni de s'imaginer qu'ils étreignaient un partenaire de rêve : René était convaincu de faire l'amour avec une petite Indienne (jusqu'à ce qu'ils se séparent pour toujours, il crut en effet qu'elle était une petite Indienne, et probablement en est-il encore persuadé aujourd'hui, si tant est qu'il y repense quelquefois), et Manon savait que l'homme qui la pénétrait n'était qu'un camionneur vieillissant qui, sous son allure d'amiral américain, sentait férocement la sueur.

Toute la nuit, le camion roula lentement le long du Saint-Laurent dont, à nouveau, on apercevait les lumières de la rive opposée.

Puis, le jour se leva, venant de l'aval, remontant le fleuve au rebours du courant, allumant des paillettes d'or sur la crête des vaguelettes.

Pourtant longues et monotones, ces heures de route passées à dodeliner de la tête sur l'épaule de René parurent à Manon si pleinement heureuses que leur densité se suffisait à elle-même. Par la suite, elle fut d'ailleurs incapable de se souvenir de quoi elles avaient été exactement remplies – comme si une nouvelle forme d'oubli avait succédé à l'amnésie ayant accompagné son réveil. Elle était seulement sûre de n'avoir pas refait l'amour.

Elle avait demandé à René de ne pas lui poser de questions. Ce n'était pas qu'elle veuille faire des mystères, mais elle en était toujours à chercher les mots justes pour raconter ce qui lui était arrivé.

Même « néant » ne convenait pas pour qualifier ces ténèbres qui l'avaient engloutie entre son malaise après la danse et le moment où elle avait repris conscience dans la forêt.

Elle enviait ces personnes de plus en plus nombreuses qui, au sortir d'un coma si avancé qu'il avait pu laisser croire à leur mort, se rappelaient avoir passé des instants merveilleux, collées au plafond de leur chambre ou volant dans des tunnels bleus qui débouchaient sur une lumière indicible. Manon n'avait eu aucune vision, aucune sensation de ce genre. Elle savait seulement qu'elle n'avait pas dormi – ce qu'elle avait traversé était infiniment plus épais et plus obscur que n'importe quelle espèce de sommeil.

Et même si elle finissait par trouver les mots pour raconter sa nuit, comment pourrait-elle expliquer ce sentiment de plénitude qu'elle éprouvait à présent, si intense qu'elle n'avait jamais rien connu de pareil ?

René n'avait pas insisté. Lui aussi avait besoin de silence pour réfléchir un peu à la chance inouïe qu'il avait eue de rencontrer cette fille. Une fois de retour chez lui, il prendrait le risque d'en parler à sa femme – un risque limité : Prudence n'y croirait jamais ; mais lui, ça lui ferait du bien de parler de Manon.

Le premier groupe d'oies des neiges apparut entre Rimouski et Rivière-du-Loup. Elles venaient du nord, elles étaient encore haut dans le ciel.

– On a raté les bélugas, dit René, mais voilà Dieu qui nous envoie les oies.

Il arrêta le camion. Manon et lui descendirent pour mieux suivre des yeux le vol des grands oiseaux. René, qui avait laissé tourner son moteur, se précipita pour le couper : avec un peu de chance, on allait pouvoir entendre les oies chanter pour célébrer l'approche du cap Tourmente.

Ce matin, le ciel était pur. Depuis l'altitude où elle naviguait, l'oie capitale, celle qui dirigeait la volée, apercevait peut-être déjà, à une centaine de kilomètres plus avant, le miroitement éblouissant des marécages et le flamboiement rouquin des battures.

Une sorte d'excitation brouillonne parut d'ailleurs fausser la géométrie jusqu'alors parfaite de la troupe : les côtés du triangle se mirent à onduler tandis que sa fine pointe s'effilait davantage au fur et à mesure que les oies de tête se rapprochaient de l'oiseau meneur au point que les extrémités de leurs ailes se frôlaient presque.

Par impatience ou par fatigue, quelques juvéniles en profitèrent pour quitter la formation et gagner une altitude plus basse où, d'instinct, après un moment de flottement, ils reconstituèrent un V largement ouvert.

La volée rassemblait plusieurs milliers d'oies. Le bruit de leurs ailes évoquait le claquement des grands draps que les lavandières d'autrefois secouaient avant de les étendre sur les prés pour les mettre à blanchir. Lorsqu'elles survolèrent la rive du fleuve le long de laquelle était arrêté le camion, elles masquèrent le soleil. Leur ombre fut si dense et courut si longtemps sur le sol que Manon eut le temps de sentir le froid matinal lui pincer la nuque.

– Comment les gens peuvent-ils vivre dans des pays où on ne voit jamais ce genre de choses ? dit soudain René d'une voix émue. J'ai une véritable ferveur pour la beauté. Ferveur, je dis bien ferveur, parce que chez moi c'est un sentiment presque religieux.

Manon se rappela la cabine du camion, les rideaux semés de fleurettes naïves et d'oiseaux joufflus, et surtout la petite gondole lumineuse qui trônait en bonne place. Elle n'aurait jamais pensé à classer René parmi les amateurs de belles choses. Mais quand il regardait clignoter sa gondole lors des longues routes de nuit, qui sait ce qu'il voyait vraiment ? Peut-être San Marco, peut-être la Giudecca, peut-être savait-il par cœur le nom de tous les palais du Grand Canal, peut-être même, dans cette vie ou dans une autre, ou simplement dans un rêve, avait-il loué une vraie gondole pour glisser le long des murailles mouillées et les effleurer toutes de sa main.

– Je te demande pardon, dit-elle.

Il la dévisagea, surpris :

– Mais de quoi ?

Le soir tombait lorsqu'ils parvinrent en vue du cap Tourmente.

Les grandes oies polaires les avaient précédés. En quelques heures, volée après volée, cent mille d'entre elles avaient déjà investi la vallée du Saint-Laurent, enneigeant le fleuve de leur blancheur sur près de dix kilomètres de long. D'autres oiseaux, plus du double de ceux qui s'étaient déjà posés, allaient encore arriver au cours des prochains jours.

– Je comprendrais que tu veuilles voir ça, dit René.

– Oh ! je le verrai, dit Manon.

C'était une manière de s'avouer qu'ils allaient maintenant se séparer. René connaissait trop de monde à Québec pour prendre le risque de traverser la ville avec le visage de cette fille collé à la vitre de son camion. De son côté, Manon ne voulait pas se rapprocher davantage de Trois-Rivières.

– Tu as de l'argent ? demanda René.

Il lui tendit cinq cents dollars. Elle garda les poings fermés, crispés. Elle lui dit qu'il se trompait sur son compte, qu'elle n'avait pas fait l'amour avec lui pour avoir des dollars.

– Je sais, Manon. Mais c'est pas pour l'amour, c'est juste à cause des oies. Tu vas aller te balader au milieu de leurs troupeaux, pas vrai ? Elles sont belles, mais barbares. Surtout en automne, quand elles ont leurs jeunes avec elles. Même si elles ont déjà oublié qu'ils étaient leurs gosses, on ne sait jamais. Je ne te le souhaite pas, mais si ça se trouve tu pourrais te faire blesser, avoir besoin de voir un docteur, d'acheter des médicaments, est-ce qu'on sait ! C'est pour ça que je veux que tu prennes cet argent, rien que pour ça.

Tout en parlant, il lui agitait ses dollars sous le nez. C'étaient des billets très convenablement pliés en quatre, qui exhalaient une odeur de fond de poche – miettes de tabac, perles de réglisse à la violette, taches d'urine. Elle en fut émue. Elle avait dû tomber sur le seul homme au monde capable de trouver un prétexte aussi alambiqué que la barbarie des grandes oies des neiges pour persuader une fille d'accepter cinq cents dollars. Elle prit l'argent, l'enfouit dans son paquetage.

– Bon, dit-elle brusquement, je ferais aussi bien d'aller voir tes foutues oies avant qu'il ne fasse tout à fait nuit.

Mais au moment où elle s'enfuyait, René allongea le bras, instinctivement, comme pour la retenir malgré tout. Elle lui échappa de peu.

Quand elle atteignit la batture, l'odeur des fientes la prit à la gorge, si fade qu'elle leva le visage vers le ciel en quête d'un air moins écœurant.

Elle vit alors d'autres oies qui arrivaient.

Certaines se posaient en gloire, les ailes étendues et le cou dressé, avec un cri de conquête. D'autres, épuisées, se laissaient tomber sur la glaise humide dans une attitude froissée qui faisait penser à un mouchoir qui tombe. Dans la brume qui s'élevait des battures échauffées par ces tonnes de chairs grasses et lourdes, les yeux des bêtes brasillaient comme de minuscules brandons.

Le claquement des becs arrachant rhizomes et racines, le pataugeage des pattes dans la vase épaisse faisaient un tel vacarme que Manon n'entendit pas le camion de René qui repartait.

Elle marchait au milieu des oies comme dans une bourrasque, flagellée par leurs ailes battantes qui soufflaient sous sa robe un vent tiède et fétide. Quelques oiseaux firent mine de l'attaquer. Le bec tendu, ils couraient vers elle en sifflant et en se déhanchant. Mais la foule de leurs congénères était si dense que les oies agressives étaient vite arrêtées par la masse des placides, des indifférentes – des affamées, surtout.

De ce tapage confus, de ce boucan de criailleries, de ce cloaque de terre mêlée de déjections et de plumes, se dégageait une émotion primitive plus intense que tout ce que Manon avait éprouvé chez les Indiens de la Réserve.

Ici, il n'était pas question de simulacre : les oies crépitaient de plaisir, braillaient de rage ou de souffrance, sans se préoccuper d'être vues, admirées ou plaintes. A présent qu'elles n'avaient plus à s'épauler dans des volées exténuantes, elles renouaient avec l'égoïsme naturel, le chacun pour soi du commencement du monde. La plupart vaquaient par paires, indifférentes aux autres couples, semblant ignorer la proximité des hommes, les bateaux sur le fleuve, la rumeur des villes et les illuminations des routes de l'autre côté de l'eau.

En même temps que leurs centaines de milliers de petites vies blanches, elles apportaient au Saint-Laurent un peu de la sauvagerie de ces terres froides où elles avaient procréé durant l'été. Elles sentaient encore le sang, l'huile de morse et l'âcre fumée des feux de toundra, elles déambulaient sur leurs détritus avec une fierté dont l'humanité avait depuis longtemps perdu la mémoire.

Tous les oiseaux ne survivraient pas à cette escale, le dernier repos avant les lagunes de la Virginie et de la Caroline du Nord. Éreintées par le voyage, brusquement secouées par une sorte de long frisson d'effroi, certaines vieilles oies gonflaient leurs plumes et quittaient discrètement le troupeau pour s'en aller mourir à l'écart après un dernier festin de racines. Quelques oisons ratés, dont les bréchets pointaient comme des ventres d'enfants mal nourris, aux yeux bleuis et occultés par des paupières purulentes, se dandinaient sur place, puis crevaient après quelques soubresauts.

Les oies s'en écartaient le temps que la boue ramollie par leur immense piétinement absorbe les petits corps, puis revenaient se gaver de scirpes et de sagittaires, aspirant en même temps les sucs issus des chairs de leurs rejetons.

La nuit commençait à tomber lorsque Manon décida de quitter la batture.

C'est en se retournant qu'elle remarqua le comportement insolite d'une des oies qui venaient de se poser. Celle-ci se débattait pour essayer de replier une de ses ailes dont les longues rémiges noires traînaient derrière elle dans la vase. Dans la formidable bousculade provoquée par le dernier atterrissage de la journée, elle avait dû casser cette aile qui restait maintenant ouverte, étendue et crispée, secouée de tremblements sporadiques.

Manon devina que l'oie ne serait jamais capable de repartir avec ses compagnes lorsque viendrait l'heure de la grande envolée vers le sud. Abandonnée à la solitude de la batture, elle finirait dévorée par un prédateur ou tuée par un chasseur.

Manon eut pitié – non pas de la condamnation, mais de la détresse qui allait précéder la mort de l'oie. Elle se rappelait sa propre angoisse en s'effondrant dans le mobile home après la danse de la Soif, sa reptation sur le sol pour atteindre sa couchette, son désespoir en croyant qu'elle n'allait jamais pouvoir s'y hisser. Tout le mal qu'elle s'était donné pour y grimper l'avait fait vomir, épuisant ses dernières forces au point qu'elle n'avait même pas pu s'y allonger – et c'était pourtant ce qu'elle avait désiré le plus au monde.

Elle ignorait ce qu'une oie des neiges pourrait avoir

comme ultime désir avant de mourir, mais elle pressentait que ce désir ne serait pas satisfait.

Elle se dit qu'elle devait donc tuer cette oie, et le faire aussitôt, sans lui laisser le temps de connaître l'impuissance et le désarroi.

En lui murmurant des paroles d'apaisement, elle marcha vers l'oiseau qui dodelinait de la tête. Déjà trop absorbée par sa souffrance pour avoir peur, l'oie se laissa approcher. Quand elle fut à portée, Manon s'accroupit dans la vase, avança vivement le bras et referma une main autour du cou. Celui-ci était plus dur et musculeux qu'elle ne l'avait imaginé.

Elle commença à serrer.

L'oie poussa un long cri guttural dont Manon sentit résonner la vibration jusque dans la pulpe de ses doigts. Elle dit au grand oiseau de ne pas avoir peur, que la mort n'était rien du tout. Mais tandis qu'elle étouffait l'oie en lui racontant ce qu'elle savait de la mort, elle continuait de percevoir une chaleur douce, une petite palpitation sous le fourreau des plumes. La vie s'obstinait.

Manon sut qu'elle ne pourrait pas tuer l'oie des neiges. Pas comme ça, en tout cas.

Elle relâcha son étranglement. Se contentant d'arrondir le pouce et l'index en une sorte de collier pour obliger l'animal à se tenir tranquille, elle manipula l'aile blessée de manière à la ramener, repliée, contre le flanc de l'oiseau. Mais elle eut beau s'y prendre avec précaution, la douleur dut être fulgurante. L'oie se cabra avec violence. Allongeant brusquement son aile valide, elle en battit le sol avec fureur, éclaboussant Manon de vase infecte. Après quoi, le bec entrouvert sur un long sifflement désespéré, elle resta comme tétanisée, les plumes hérissées.

Otant alors le bandeau de son *tump*, la jeune fille s'en servit pour maintenir l'aile attachée contre le corps.

Tout autour sur la batture, malgré l'obscurité de plus en plus dense, les autres oies poursuivaient leur banquet. De leur immense rassemblement montait un bruit de succions, de déglutitions, de mictions.

Manon trouva une chambre à louer dans une maison au crépi bleu, un presbytère accolé contre une église anglicane dont la toiture d'écailles métalliques rappelait les luisances du fleuve. La chambre était à l'étage, donnant sur le Saint-Laurent.

– Vous serez aux premières loges pour voir les oies s'envoler, lui dit la femme du pasteur. Si vous n'avez jamais assisté à ça, c'est le genre de choses qui vous feront comprendre qu'il y a un Dieu, forcément. D'habitude, je garde cette chambre pour notre grand ami le photographe. Il fait des cartes postales, toujours sur le thème des oiseaux, seulement sur les oiseaux. Ces derniers temps, il était devenu trop vieux pour aller patauger sur les battures. L'humidité, vous comprenez, les rhumatismes. Alors il s'installait là, devant la fenêtre, avec ses téléobjectifs. Cette année, il n'est pas venu. Il n'a même pas téléphoné pour se décommander. Vous ne trouvez pas ça bizarre ? Enfin, peut-être bien qu'il est mort. Comme il avait réglé d'avance pour être sûr d'avoir la chambre, je vous fais grâce du loyer, je vous demanderai seulement de payer votre petit déjeuner. Vous faites une bonne affaire, pas vrai ?

Cette nuit-là, en dépit du froid mordant, Manon laissa sa fenêtre ouverte. Grelottant sous un édredon rouge, elle écouta le brouhaha lointain des grands oiseaux. Elle pensait à l'oie dont elle avait tenté de soigner l'aile brisée.

Après avoir hésité entre Charlotte et Suzon, elle l'avait finalement baptisée Louise.

Prononcé sur le mode aigu et en laissant traîner un peu la voix, Louise était un nom qui sonnait comme un chant d'oiseau, un cri dans le ciel. Elle se demanda si elle la reverrait le lendemain. Parce que Louise était trop grièvement blessée pour poursuivre le voyage et qu'un être humain l'avait imprégnée de son odeur, les autres allaient peut-être profiter de la pénombre pour l'achever à coups de bec.

Manon retrouva Louise en train de se dandiner sur la vasière, à peu près là où elle l'avait laissée la veille.

Malgré des accrocs dans le bandeau du *tump* qui prouvaient que l'oie avait frappé du bec pour essayer de se déficeler, son aile cassée était restée sagement liée contre son flanc. Son plumage paraissait juste un peu plus terne et ébouriffé, mais l'espèce d'arc sombre que dessinaient les nombreux denticules couvrant ses mandibules donnait toujours cette impression d'un éternel sourire figé.

En voyant Manon, l'oie émit aussitôt son sifflement de détresse. Quelques jars qui surveillaient des femelles et leurs nichées levèrent la tête, mais aucun ne fit mine d'attaquer.

– Oh ! n'aie pas peur, Louise, dit Manon en s'agenouillant près de l'oie. Ce matin, je ne vais pas te faire de mal. Je suis venue vérifier que tout allait bien pour toi, c'est tout. Le plus important, le plus difficile aussi, c'est de passer la première nuit. Quand tout le monde croit que tu es foutue. J'ai connu ça. Mais te voilà debout. Après tout, peut-être que tu vas t'en tirer, toi aussi.

Pendant deux semaines, elle revint tous les jours. Elle restait de longues heures sur la batture, accroupie dans la vase. Du bout des doigts, elle essayait de caresser Louise. Mais l'oie persistait à refuser le contact, se dérobant d'une brève torsion du cou.

Pour ne pas trop entamer les cinq cents dollars de René qui constituaient sa seule ressource, Manon prenait son petit déjeuner au presbytère et ne s'accordait plus rien d'autre jusqu'au lendemain. Une fois, autant parce qu'elle avait réellement faim que pour montrer à Louise qu'elle essayait sincèrement de se rapprocher d'elle, elle arracha une racine de scirpe, la débarrassa de sa gangue de boue, la porta à sa bouche et la mâcha. Elle la recracha aussitôt, tellement c'était amer.

Ce jour-là, lorsque Manon rentra au presbytère, Louise la suivit jusqu'aux limites de la batture ; mais peut-être n'était-ce qu'une coïncidence.

Début novembre, il commença à neiger un peu. Une agitation fébrile s'empara des oies. Les jeunes n'avaient pas encore perdu leur plumage gris mais, déjà, leur tête avait pris cette teinte rouille qui leur vient dès le premier automne de leur vie à force de fouiller les vases chargées de traces de fer. Le jeudi 4 au soir, la femme du pasteur frappa à la chambre de Manon pour l'inviter à descendre partager le souper qu'elle avait préparé pour le révérend.

– Vos chères oies s'en iront dimanche, lui annonça-t-elle en soulevant le couvercle de la soupière et en touillant vigoureusement le potage épais qui fumait à l'intérieur. A l'heure de l'office, très précisément. C'est toutes les années pareil, ma pauvre petite ! Comme si le Créateur nous jugeait au-dessus de tout ça, le révérend et moi.

– Le fait est, confirma le pasteur, que je ne me rappelle pas avoir vu les oies partir autrement qu'au journal télévisé.

– Je peux même vous prédire, reprit sa femme, qu'elles s'envoleront pile pendant le chant *Tu es mon berger, ô Seigneur.*

– Le bruit au-dessus de l'église devient alors proprement assourdissant, dit le pasteur. Quelque chose comme les hélicoptères d'*Apocalypse Now*, en plus grinçant. Tout le monde se précipite dehors pour voir ça, bien entendu.

– Tout le monde sauf nous, renchérit sa femme.

– Quoi qu'il advienne, dit le pasteur, nous sommes tenus de rester au service de Dieu.

– *Amen*, répondit Manon, qui ajouta : si une oie est blessée, qu'est-ce qui se passe pour elle ?

– Après le grand envol, les chasseurs viennent sur la batture où ils abattent tout ce qui s'y trouve encore de vivant.

Comme l'avait prophétisé la femme du pasteur, l'immense foule des oies prit son envol le dimanche à onze heures, en pleine averse de neige, en plein office aussi, pendant que les fidèles chantaient en effet l'hymne *Tu es mon berger, ô Seigneur.*

Malgré les conseils de prudence du révérend, Manon avait couru vers le fleuve. D'autres gens couraient avec elle, poussant des cris d'émerveillement, mais ils s'arrêtaient sur la route, ils ne se risquaient pas sur la vasière que des milliers d'oies en pleine course martelaient de leurs palmes avant d'étendre leurs ailes et de s'allonger enfin sur le vent.

Manon, elle, descendit sur la batture.

Protégeant son visage derrière ses bras repliés, elle dut se casser en deux, marcher courbée comme une guenon pour se glisser sous les volées aveugles des oies qui faisaient comme un premier ciel soyeux et blanc, ondulant sous les nuées grises du vrai ciel. En même temps que la neige, et se mêlant à elle, tombait une pluie de petites plumes et de duvets que Manon sentit envahir sa bouche, se coller sur sa langue et son palais, obstruer ses narines.

Pour ne pas étouffer, elle s'aplatit dans la boue où elle resta longtemps, à grelotter et à tousser éperdument, tandis que le tonnerre des oies n'en finissait pas de passer au-dessus d'elle.

Quand le retour du silence décida Manon à oser se redresser, la batture n'était plus qu'une longue plage fangeuse, une interminable coulée de sirop brunâtre d'où s'élevait une odeur d'eau croupie et de chairs décomposées.

Comme si toute cette confusion ne les avait pas concernés, quelques oiseaux trop faibles pour partir continuaient de parcourir lentement la vasière, dodelinant de la tête pour arracher, sans réelle conviction, les derniers scirpes survivants.

Alors Manon vit Louise qui, en claudiquant, venait vers elle.

– Ce n'est pas qu'elle vous aime, dit le révérend à la jeune fille. Mon Dieu, non, n'allez pas vous laisser prendre à de pareilles sornettes ! L'homme a déjà de sérieuses difficultés à éprouver ce genre de sentiment, alors un animal, pensez donc !

– De toute façon, reprit la femme du pasteur, il est exclu que vous la gardiez avec vous. Nous refusons les locataires accompagnés de chiens, ce n'est évidemment pas pour autoriser la présence d'une oie. Ces bêtes-là, dans un presbytère bien tenu comme ici, ça peut commettre des dégâts considérables. Vous gardez la chambre ou vous gardez l'oiseau, vous avez le choix.

– Non, dit Manon, je n'ai pas tellement le choix : Louise m'a suivie.

– Elle vous a suivie en raison de ce que les zoologistes appellent le « phénomène d'empreinte », précisa le révérend. Pendant les premiers temps de sa vie, un animal suivra instinctivement une personne humaine qui l'aura nourri ou qui lui aura porté secours. Ensuite, même après qu'il aura été sevré, que ses plaies auront guéri et qu'il aura rejoint ses congénères, cet animal reviendra toujours vers cette personne. Et si c'est possible, il essaiera de rester auprès d'elle – si c'est possible, répéta-t-il comme s'il doutait de la fidélité et de la compassion des humains.

Troisième partie

JOANNE ET MANON

Manon toucha à peine à son repas. Quand elle mastiquait, elle éprouvait de réelles difficultés à mouvoir sa langue dans sa bouche, à la mettre au contact d'aliments chauds, un peu épicés, voire simplement salés. La salade, bien que très modérément vinaigrée, lui fit venir les larmes aux yeux.

Joanne était inquiète, ses manuels de piercing ne parlaient pas de suites douloureuses, seulement de risques d'infection en cas de non-respect des règles élémentaires d'hygiène.

– Je regrette de vous avoir fait ça, avoua-t-elle à Manon.

Manon sourit, l'assura que tout était parfaitement normal. Elle se sentait heureuse, fatiguée, un peu dolente – tout ça lui donnait une irrésistible envie de se mettre en boule dans un lit chaud, et c'était exactement ce qu'elle allait faire sans attendre une seconde de plus.

– Il y a de la glace à la cerise, dit Denise. Je l'ai achetée exprès pour vous, j'ai pensé que le froid vous ferait du bien. La glace, c'est ce qu'on donne aux enfants quand on leur enlève les amygdales.

Manon fit signe qu'elle n'en voulait pas. Elle s'était déjà engagée dans l'escalier. Elle se ravisa, eut un geste inattendu :

elle revint dans la pièce et se pencha pour effleurer des lèvres la joue de Joanne, le front de Denise.

En débarrassant la table, Joanne examina de près le contenu de l'assiette de Manon. Avec un léger dégoût, elle fouilla dans ce que la fille avait recraché. Mais il n'y avait aucune trace de sang.

Désagrégées par la pluie qui commençait à tomber, les dernières plaques de neige de l'hiver glissaient des toits et s'écrasaient dans la rue. Voilà probablement ce que maman appelle « entendre des bêtes marcher là-haut », pensa Joanne ; elle se demanda s'il valait mieux laisser sa mère continuer d'avoir peur de bêtes qui n'existaient pas ou l'amener doucement à reconnaître qu'elle entendait moins bien qu'avant.

Quand elle revint dans la pièce, Denise élevait la bouteille d'AC 23177 vers la lumière :

– Je serais vraiment curieuse de savoir ce qu'ils ont mis là-dedans. Je crois que ça vaudrait la peine d'en confier un fond aux filles d'Air Saint-Pierre pour qu'elles le fassent analyser à Halifax. On se trompait, toi et moi, en pensant que cette vieillerie de whisky n'était qu'une bouteille historique, un talisman familial, ou même simplement quelque chose de délicieux. C'est une drogue. Si tu avais entendu Manon raconter son histoire – enfin, ce qu'elle a essayé de me faire avaler comme étant son histoire –, tu comprendrais ce que je veux dire.

– Beaucoup de gens racontent et font n'importe quoi quand ils ont trop bu, rappela Joanne.

A chaque fois que Paul Ashland abusait du chablis (il ne buvait de vin français qu'à Saint-Pierre, mais il en ingurgitait alors à lui tout seul jusqu'à deux bouteilles par repas), il se déclarait bien décidé à ne pas retourner au Colorado.

Il ne reverrait plus jamais sa femme, plus jamais le directeur commercial de chez Denv'Hair. Il n'avait pas de mots assez durs pour accuser ces deux-là de lui avoir pourri le meilleur de sa vie.

Tout ce que Denv'Hair lui versait (chichement), Carolyn le dépensait (généreusement). « Essaye de comprendre que tu n'es jamais là, récriminait-elle. Alors, bon, il faut bien que j'aie mes petites compensations. Toutes mes amies qui ont épousé un voyageur de commerce rétablissent l'équilibre de la même façon : dépenses ou amant. Ne te plains pas, j'ai choisi les dépenses. » Du coup, Paul Ashland se considérait comme une espèce de pont au milieu duquel se rencontraient des gens – essentiellement Denv'Hair et Carolyn, mais parfois aussi les agents du fisc – pour s'échanger entre eux tous ces dollars qu'il avait gagnés et dont il ne profitait jamais. Le fait d'être un homme-pont était la preuve flagrante qu'on lui marchait dessus, qu'on le piétinait.

Mais c'était fini, tout ça. Enfin, il était libre. Et pour le prouver au monde entier, et d'abord à Joanne et à lui-même, il allait se débarrasser de tous ces échantillons qu'il traînait avec lui, dont le poids lui déformait l'épaule et la hanche droites, et qui étaient le symbole de sa dépendance.

Il s'emparait de sa valise de démonstration avec l'intention d'aller en vider dans la mer tous les flacons, les boîtes, les tubes et les ampoules. En chancelant, il marchait jusqu'au port. Mais le temps d'arriver au bout du wharf, le vent froid l'avait dessoûlé. Alors il posait sa valise sur le quai, s'asseyait dessus, enfouissait son visage dans ses mains, et il prenait une voix lamentable pour expliquer à Joanne que, finalement, il n'allait rien vider du tout dans la mer parce que toutes ces saloperies de produits de chez Denv'Hair risquaient de s'avérer hautement toxiques pour les poissons de Saint-Pierre-et-Miquelon.

– Est-ce que tu m'écoutes, Joanne ? Manon dit qu'elle est morte et ressuscitée. Si AC 23177 était une bouteille de whisky drogué, ce qu'elle raconte n'a évidemment aucune importance. Bon, mais supposons maintenant que le whisky n'ait pas été drogué ?

– Maman, je t'en prie ! Elle prétend seulement avoir perdu conscience et s'être réveillée un peu plus tard dans une ambulance.

– A côté d'une ambulance, précisa Denise. Et à moitié enfermée dans un de ces sacs où on met les morts. Tu ne penses quand même pas que quelqu'un aurait fourré cette fille dans un de ces horribles sacs si elle n'était pas vraiment morte ?

Joanne se rappelait avoir eu connaissance de cas où des médecins avaient déclaré cliniquement mortes des personnes qui ne l'étaient pas tout à fait. Certaines s'étaient réveillées peu de temps après, la plupart sur la table d'opération, quelques-unes au fond de leurs cercueils exposés (encore ouverts, Dieu merci !) dans des salons funéraires. Mais lors d'exhumations, on avait dévissé d'autres cercueils dont le dessous du couvercle, cette fois, était profondément griffé. Ces choses-là revenaient épisodiquement dans ce genre de journaux qui traînaient dans les salons de coiffure comme *Al's*.

Joanne comprenait que cette idée d'une frontière aussi imprécise entre la vie et la mort soit particulièrement angoissante pour une femme âgée. Pour ne pas bouleverser sa mère, elle convint que le whisky AC 23177 pouvait avoir contenu une substance qui faisait délirer.

C'était peut-être par erreur, dit-elle, que cette bouteille avait été offerte au vieux Guiberry. Ou bien, au contraire, Al Capone savait parfaitement ce qu'il faisait en la donnant à Gustin – qui sait même s'il n'avait pas conseillé à celui-ci d'en boire quelques verres pour pouvoir se laisser aller plus facilement quand viendrait pour lui l'heure de mourir ?

Des hommes comme Capone étaient trop exposés à se faire tuer pour ne pas avoir consacré une partie de leur trésor de guerre à commanditer des recherches sur les fins dernières.

Malheureusement, une mort imprévisible et brutale avait empêché Gustin de profiter du cadeau d'Al Capone – un cadeau qui, sur l'instant, avait pu sembler dérisoire eu égard aux services que le vieux Guiberry avait rendus à la cause des bootleggers, mais qui, des années plus tard, tel un alcool qui s'épanouit avec le temps, révélait enfin toute sa saveur.

– De toute façon, conclut Joanne, Manon va s'en aller. A présent qu'elle a obtenu ce qu'elle voulait, elle va partir – elle *doit* partir.

– Eh bien, soupira Denise, puisque tu veux absolument t'en débarrasser…

– Je n'ai jamais dit que je voulais m'en débarrasser, s'offusqua Joanne.

Mais elle ne tenait pas à en discuter. Maintenant, il pleuvait à torrents et Joanne souhaitait seulement pouvoir rentrer chez elle, se mettre au lit et somnoler en guettant le coup de téléphone nocturne de Paul Ashland.

– En attendant, dit Denise, si tu ne veux pas le faire analyser à Halifax, nous allons devoir prendre une décision à propos du whisky d'Al Capone. Car même si on le rebouche convenablement, il y a désormais trop d'air dans la bouteille pour que l'alcool ne s'évente pas. Donc, à mon avis, nous ferions aussi bien de le finir. Peut-être pas ce soir, je te sens fatiguée, mais dans les jours ou les semaines qui viennent. Soit pour trinquer au départ de Manon, soit pour boire au retour de Paul. Sache seulement que tu devras choisir, parce qu'il n'en reste pas assez pour célébrer ces deux grands événements.

Le lendemain matin, Manon entra chez *Al's* pour faire ses adieux à tout le monde et annoncer qu'elle prenait le prochain vol pour Halifax. Les clientes étaient déjà sous les séchoirs et n'entendirent pas ce qu'elle disait. Mais à la façon qu'eut Manon de sourire tristement en étendant ses bras et en les balançant pour imiter un avion, elles comprirent. Elles s'agitèrent sous leurs casques et firent signe à Joanne qu'elles avaient à lui parler :

– Je te le dis en amie, prévint Nathalie Borotra, ce serait une belle sottise de laisser filer Manon. D'accord, la fille en elle-même ne présente aucun intérêt. Elle a le cheveu si mal peigné qu'elle te ferait presque du tort – oui, mais pense à son oie, comprends-tu ?

– C'est la première grande oie des neiges que nous voyons ici, appuya Sylvette Lechanteur. En plus, elle n'est pas si farouche, on peut lui gratter la tête, et c'est tellement doux au toucher que ça donne envie de se faire frictionner avec un baume à la moelle, ou n'importe quel autre de tes produits hors de prix, pour avoir des cheveux aussi agréables à caresser.

– A la longue, enchaîna Elise Montagnais, tout ce que l'île

compte de bonnes femmes va défiler ici. Tu verras, même celles qui se sont toujours vantées de n'avoir besoin de personne pour se coiffer finiront par venir. Maintenant, quand tu es invitée à un dîner, c'est la première question qu'on te pose avant même de t'aider à enlever ton caban : « Avez-vous vu Louise aujourd'hui ? Comment va sa pauvre petite aile ? »

– Tout de même, protesta Joanne, ce n'est qu'un oiseau !

Elle se sentait humiliée. Malgré tous ses efforts tant artistiques que commerciaux, *Al's* n'avait cessé de décliner pendant des années, au point qu'elle avait envisagé de déposer son bilan. A présent, sans avoir rien changé à sa façon de faire les shampooings, les rinçages, les coupes et les mises en plis, la seule présence d'un volatile blessé transformait une certitude de déroute en espérance de succès.

– Je serais toi, Joanne, je me ferais peindre une enseigne avec une grande oie des neiges sur un fond bleu. Et il va de soi que je ne m'appellerais plus *Al's*, mais *Chez Louise*.

Joanne entraîna Manon dans le réduit où elle stockait ses produits capillaires. Elle la prit aux épaules, l'attira contre elle. Elle la supplia d'attendre encore un peu avant de partir.

– Je dois m'assurer que votre piercing cicatrise correctement. J'irai jusqu'au bout de ce que vous m'avez obligée à vous faire.

– Mon billet d'avion pour rentrer au Québec n'est valide que jusqu'à demain, dit Manon. Si je laisse passer la date, je ne pourrai pas m'en payer un autre. Je n'ai pas l'intention d'être coincée ici pour l'éternité.

Joanne sourit. Ces jeunes personnes avaient décidément vite fait de traiter d'éternité ce qui n'était qu'un maigre petit lambeau de leur temps.

– Je vous fais une proposition : restez avec nous jusqu'au solstice, c'est l'affaire de quelques semaines. Vous repartirez avec mon ami, M. Ashland. Il se débrouillera pour arranger votre histoire de billet. Les commis voyageurs ont toujours des tas de combines, vous savez.

Il lui déplaisait de traiter Paul de commis voyageur. Elle ne pensait jamais à lui sous ce vocable qu'elle associait, Dieu sait pourquoi, à l'image d'un homme las qui remontait le col de sa gabardine et s'en allait sur un trottoir mouillé, longeant des hôtels tristes sous les porches desquels des femmes vulgaires stoppaient d'un index humecté de salive les mailles de leurs bas qui filaient. Mais enfin, jusqu'à ce qu'il vienne la chercher pour l'emmener avec lui dans cette autre vie où tous les deux feraient des sculptures magnifiques à partir de morceaux de bois ramassés sur la plage, Paul était bel et bien un commis voyageur. Et c'était parfaitement exact qu'il avait des combines. Et donc, autant en profiter.

– Vous acceptez, n'est-ce pas ? Je vous promets que vous n'aurez pas le temps de vous ennuyer. Je vous ferai visiter les sept îles de l'archipel, nous irons courir parmi les arbres nains, je suis sûre que vous n'avez jamais enjambé toute une forêt d'aulnes et de sapins, il faudra simplement que vous enfiliez un jean, à Miquelon je vous montrerai les phoques et les chevaux sauvages, Louise pourra venir elle aussi, plus on va vers le solstice et plus la lumière est belle.

– Après tout, dit Manon, ça remet seulement les choses à un peu plus tard.

– Quelles choses ? Si vous avez besoin de quoi que ce soit…

Manon rit :

– Non, ça tu n'y peux rien : je suis pressée que quelqu'un

me dise quel effet ça fait d'être embrassé par une fille qui a un bijou au bout de la langue. La première fois, c'est sûrement bizarre pour le partenaire. Là-bas, je parie que Lazarus aurait tout de suite accepté de me servir de cobaye. Tandis qu'ici, je ne connais personne.

– Oh ! évidemment, dit Joanne.

Mentalement, elle n'en resta pas à ce stupide et morne « évidemment ». Dans sa tête, elle ajouta qu'elle voulait bien tenter l'expérience du baiser sur la bouche. Elle était disposée à s'y prêter aussi spontanément que ce Lazarus. Il suffisait de tirer la porte du réduit. Si fort était son acquiescement à la demande de Manon qu'elle croyait pouvoir faire sans peine jaillir ces mots si simples, les assembler et les former avec ses lèvres aussi naturellement qu'ils lui venaient à l'esprit. Mais quelque chose bloquait le mécanisme qui aurait dû les faire passer du stade de la pensée à celui de la parole. Elle se troubla, repoussa Manon qu'elle continuait de tenir serrée contre elle :

– Je ferais aussi bien de retourner m'occuper des clientes, des fois que le séchoir n° 2 recommence à nous jouer un de ses tours.

Pour tout ce qui concernait son corps de femme, Joanne se confiait à sa mère : Denise avait connu les mêmes douleurs de ventre, les mêmes sautes d'humeur avant ses règles, la même façon de suspendre sa respiration et de fermer les yeux pour se palper les seins. S'agissant de questions plus élevées, d'interrogations sur la probabilité d'un Dieu ou les chances de durée des amours humaines, son confident privilégié devenait alors Paul Ashland.

Mais à qui pouvait-elle avouer son désir violent d'embrasser Manon – un désir qui, à vrai dire, n'était pas nouveau, mais qui avait bien failli, cette fois, atteindre un point de non-retour au milieu des flacons de shampooing ?

Denise volait des petites cuillers pour réparer le préjudice qu'un incendie avait commis à l'égard de sa fille, et Paul fuyait l'affrontement avec Carolyn pour ne pas faire de peine à celle-ci. Denise et Paul avaient d'excellentes raisons d'agir comme ils le faisaient. Tandis que l'envie qu'avait Joanne d'embrasser Manon était dépourvue de sens.

L'idée lui vint alors que Gyokuchô Hosokawa, malgré tout ce qui les avait séparés durant leur collaboration, aurait pu entendre et comprendre ce qu'elle éprouvait. Elle décida de faire un détour par l'hôpital après la fermeture du salon. Elle n'aurait pas besoin d'entrer. Sans quitter son 4×4, sans couper les phares ni le moteur, il lui suffirait de regarder vers le mur derrière lequel elle savait se trouver la morgue et de dire tout doucement, comme si elle priait : « Bonsoir, monsieur Hosokawa. D'après les gendarmes, personne ne saura sans doute jamais qui était cet homme, ce garçon, ou peut-être même cet enfant, que vous avez secrètement aimé et à cause de qui vous vous êtes donné la mort d'une façon si terrible qu'on ne peut pas s'empêcher de penser, monsieur Hosokawa, que vous avez voulu vous punir de cet amour. Pour moi, personne non plus ne sait que je suis en train de tomber amoureuse de Manon Framboisiers. Si je suis venue vous en parler ce soir, c'est que je suis très seule. Je n'ai qu'une mère et un amant. Maman est d'une autre époque, et Paul vit dans un autre pays. Je sais que vous ne me répondrez pas, mais je me sens déjà mieux d'avoir pu en parler à quelqu'un. Avec mes excuses pour vous avoir dérangé dans votre sommeil, monsieur Hosokawa. Bonne nuit, monsieur. »

Il était trois heures du matin quand Paul Ashland appela enfin. Il se trouvait dans une ville du Vermont, si insignifiante que Joanne eut d'abord du mal à la trouver sur la carte. Quand elle l'eut enfin située, elle constata que le circuit de Paul commençait à s'infléchir résolument vers le nord-est, le rapprochant de la Nouvelle-Écosse et de Halifax où il prendrait son avion pour Saint-Pierre. Elle lui dit que c'était merveilleux, grâce aux petites épingles plantées dans la carte, de vérifier que, cette fois, il était vraiment en route – c'est-à-dire sur la route du solstice. Elle était désolée d'apprendre qu'il avait dû se coucher si tard cette nuit encore, mais à partir de maintenant les choses iraient mieux, forcément : entre Augusta et Saint-John, la plupart des établissements que Paul devait encore démarcher n'avaient de salon de coiffure que le nom. Beaucoup n'étant que de simples officines de barbiers qui ne s'embarrassaient pas de commander des produits sophistiqués, Paul n'aurait pas besoin de traîner pour placer son shampooing bas de gamme (celui aux œufs et à la pulpe de potiron) et son indémodable lotion à la lavande. Personne ne lui en voudrait s'il filait vers le client suivant sans avoir pris la peine d'ouvrir sa valise de démonstration. Paul laissa parler Joanne, puis il dit :

– De toute façon, je n'ai plus de valise de démonstration.

Il lui était arrivé ce qui pouvait survenir de pire à un représentant : on lui avait dérobé sa valise, ses échantillons, ses dépliants publicitaires. Le vol avait eu lieu à six heures du matin, dans une gare routière où il était descendu le temps d'essayer de se faire servir un café, abandonnant sa valise dans le Greyhound :

– Je l'y ai déjà laissée mille fois, ne serait-ce que pour marquer ma place dans le putain de bus, et je l'ai toujours retrouvée. Forcément, hein, qui veux-tu que ça intéresse de faucher pas loin de quarante kilos de mèches collées sur des bouts de carton, des mini-flacons marqués *Not for sale* et des photos de filles avec des tignasses de toutes les couleurs ?

– Un fétichiste des cheveux, risqua Joanne.

– Arrête, *honey*, les mèches ne sont même pas de vrais cheveux, c'est de l'acrylique.

– Le fétichiste pouvait ne pas le savoir.

Ils se turent un instant, accablés l'un et l'autre. La ligne téléphonique qui les reliait crachait un bruit de fond lancinant, une espèce de ruissellement continu.

– On dirait qu'il pleut dans le Vermont.

– Un déluge. Et à Saint-Pierre ?

– Pareil, dit-elle. Mais tu sais bien, c'est toujours comme ça avant le solstice.

Elle prit sa respiration, ferma les yeux et, courageusement, posa la question dont elle connaissait d'avance la réponse :

– A propos de notre solstice, Paul, est-ce que cette histoire de valise risque de changer quelque chose ?

Il ne répondit pas tout de suite, dérouté qu'elle se montre aussi directe. Il oubliait souvent qu'elle allait avoir quarante ans et qu'elle avait donc un peu moins envie de jouer qu'au début.

Il se ressaisit, lui expliqua que, n'ayant plus rien à montrer, plus de produits à présenter ni d'échantillons à faire essayer, sa tournée des salons de coiffure n'avait désormais plus lieu d'être. Il ne lui restait plus qu'à rentrer à Denver.

– Tu as sûrement raison. Retourne là-bas aussi vite que possible – et peut-être qu'ils te donneront une autre valise, non ?

– Si j'avais été au début de ma tournée, oui. Mais là, j'allais finir.

– Il te restait Saint-Pierre-et-Miquelon.

– Je t'en prie, *honey*, tu sais très bien ce qu'ils pensent de Saint-Pierre-et-Miquelon, chez Denv'Hair.

– Oh oui, je sais ce qu'ils en pensent. Les gens de chez Denv'Hair sont comme les autres – il n'y en a pas beaucoup qui attachent de l'importance à ce que nous sommes, nous autres ici. C'est assez lamentable à dire, mais le seul type qui se soit jamais soucié de nous, qui s'en soit vraiment soucié à fond, c'était Al Capone. Mais il est tard, Paul. Tu as dû avoir une journée terriblement éprouvante à cause de cette histoire de valise volée. Tu as sûrement envie de dormir, maintenant, et de ne plus penser à tout ça. Surtout que demain, si tu veux rentrer au Colorado, j'imagine que tu ne vas pas pouvoir traîner au lit. Alors, il vaut mieux que je te laisse, n'est-ce pas ?

Elle raccrocha, attendit un instant, mais il ne la rappela pas.

Il y avait deux solstices par année, après tout. Paul et elle venaient d'en rater un, il leur restait l'autre. Sauf que le solstice d'hiver ne valait pas le solstice d'été. Il comportait toujours une immense part d'incertitude. Les liaisons aériennes pouvaient être retardées, voire suspendues en cas de brumes intenses. Pour qui avait la vie devant soi, ça n'avait pas tellement d'importance. Mais Paul Ashland ne disposait que de quelques jours. Au fur et à mesure qu'il remontait vers Halifax, il suivait avec plus d'attention l'évolution de la météo.

– Ils annoncent plusieurs jours de tempête, *honey*. Crois-tu qu'il soit bien raisonnable que je vienne quand même ? Suppose que je reste bloqué dans l'île…

Ce qui n'était pas raisonnable, c'était cette façon qu'ils avaient de s'aimer surtout par téléphone. Mais tant qu'il y aurait Carolyn, il faudrait bien se contenter du téléphone, des solstices et des rêves. Quelquefois, par la poste, Paul envoyait à Joanne la photo d'une maison qui était à vendre dans le Maine – un polaroïd qu'il avait fait en passant, à travers la vitre du bus. Sur la pancarte accrochée au balcon du premier étage, on pouvait lire le nom et le numéro de téléphone de l'agence qui était chargée de vendre cette maison. « *Honey* que j'aime, note bien ce numéro », écrivait Paul au verso de la photo. Ainsi se nourrissent les oiseaux en hiver, pensait Joanne en punaisant la photo sur un panneau de liège, entre une citation de Confucius et la liste des choses qu'elle avait à faire – ainsi survivent-elles, les petites mésanges frigorifiées.

L'hiver, Joanne n'était pas aussi désirable que l'été.

Pour aller accueillir Paul à l'aéroport, elle devait enfiler un vêtement imperméable et chaud qui l'engonçait, mettre des bottes à cause de la neige, des moufles à ses mains, enduire ses lèvres de pommade contre les gerçures. Quand elle se présentait devant son amant, quand elle courait vers lui pour se jeter dans ses bras en riant et en pleurant tout à la fois, elle avait l'impression de n'être qu'une de ces grosses poupées qu'on vient d'arracher de leur emballage translucide et qui vous jettent au nez leur odeur raide de matière plastique – car l'hiver, dans ce hall d'aéroport, Joanne ne pouvait rien sentir d'autre que le plastique mouillé.

Or, parmi tous les charmes de Joanne, la préférence de Paul allait avant tout à son parfum naturel, à la fragrance un peu lactée qu'elle exhalait quand elle était simplement nue et tiède. Saturé par la fréquentation de centaines de salons de coiffure tous imprégnés des mêmes effluves artificiels, l'odorat du commis voyageur n'était plus surpris – c'est-à-dire ému et séduit – que par l'exception de ces odeurs *sui generis* que les chimistes de chez Denv'Hair ne savaient pas (ou n'osaient pas ?) reproduire. Il préférait l'amertume poivrée d'un léger excès de transpiration ou la fadeur de yaourt d'une haleine matinale à ces bouillies de vanille, de chypre et de gardénia dont regorgeaient les petits flacons roses et potelés qu'il trimbalait, écœuré, tout au long de la côte Est. Ce en quoi, évidemment, il n'était pas très américain – et ceci expliquait (peut-être) pourquoi il n'était pas si bien noté que ça chez Denv'Hair.

En hiver, le froid, le brouillard et la neige étouffaient les senteurs fragiles et vraies des femmes. Alors, Paul Ashland était toujours un peu moins empressé. Les hommes, ah ! merde, murmura Joanne en reposant le téléphone.

En se tournant sur le côté pour attendre le sommeil, elle se demanda 1) ce que pouvait bien sentir cette triste punaise hyper-savonnée qu'était probablement Carolyn Ashland, 2) quelle sorte de parfum pouvait aimer une fille comme Manon Framboisiers.

Joanne se garda d'avertir Manon que Paul Ashland ne viendrait pas pour le solstice d'été, et qu'il n'aurait donc pas l'occasion d'exercer ses brillants talents de commis voyageur pour faire revalider un billet d'avion périmé.

Elle avait deux raisons de ne rien dire. La première était que la défection de son amant ne portait pas réellement préjudice à Manon dans la mesure où Joanne, le moment venu, pourrait toujours payer de sa poche le passage de la fille et de sa grande oie sur un vol d'Air Saint-Pierre ou un ferry à destination de Terre-Neuve. La seconde raison de son silence était le plaisir qu'elle se promettait à l'idée de garder la petite auprès d'elle, celle-ci devenant alors une sorte de captive inconsciente de l'être, dont Joanne déciderait, seule et en secret, du jour et de l'heure de son élargissement.

Mais elle découvrit que sa prisonnière n'était pas si facile à enfermer, fût-ce dans un espace en apparence ouvert. Elle ignorait que les détenus sentent leur liberté plus limitée en promenade qu'en cellule.

Manon se lassa de parcourir une ville dont les rues se coupaient sagement à angles droits et ne se différenciaient que par la couleur des maisons, elle en eut vite assez de voir frissonner toujours les mêmes rideaux de dentelle derrière les mêmes fenêtres. Un de ces rideaux, surtout, tendu derrière le châssis bleu d'une fenêtre à double vitrage, l'exaspérait jusqu'à la nausée. Elle aurait voulu briser la vitre d'un jet de pierre et arracher ce rideau. Il représentait un coucher de soleil vu depuis une terrasse sur laquelle étaient disposés une chaise longue, un livre ouvert, un chapeau à rubans. Mais il n'y avait personne pour s'allonger sur la chaise longue, personne pour feuilleter le livre posé sur la terrasse ou pour nouer sous son menton les rubans du chapeau. Il n'y avait qu'une absence poignante sur laquelle le soleil brodé dardait ses rayons aussi glorieux qu'inutiles. Par dérision, Manon baptisa cette maison Pompéi.

Elle ne comprenait pas pourquoi Joanne restait confinée des journées entières dans la moiteur de son salon de coiffure tellement étriqué, où plein de petits cheveux étrangers s'agglutinaient dans les cous et le sillon des seins comme du poil à gratter. Les éclaboussures de shampooing collaient ensemble les pages des magazines ; en les séparant brutalement, il arrivait d'arracher en même temps le visage d'une jolie femme.

Le soir chez Denise, pendant le souper ou en aidant à la vaisselle, Manon évoquait de plus en plus souvent la forêt où elle avait dansé, et le vent fou qu'avaient fait naître ce demi-million d'ailes qui s'étaient mises à battre toutes ensemble sur les battures du Saint-Laurent, le jour de l'envol des oies des neiges.

Louise aussi supportait mal cette acclimatation forcée à un monde qui n'était pas le sien. Gavée de maïs mais manquant des fibres qu'apportent les scirpes et autres plantes marécageuses, elle se mit à gonfler à l'image de ces dindes que les Américains engraissent pour le *Thanksgiving Day*. Il fallut la conduire chez un vétérinaire. Le docteur Dournon pronostiqua que son aile cassée avait d'assez bonnes chances de guérir, mais que son système digestif était dans un tel état de délabrement que Louise, vraisemblablement, ne passerait pas l'été.

Sentant monter chez Manon un besoin d'immensité, Joanne pensa que le moment était venu de lui faire visiter les autres îles. Et pour montrer qu'elle considérait ça comme une vraie fête qui méritait d'être marquée d'un signe d'exception, elle choisit un jour de semaine et elle ferma *Al's*.

Monsieur Hosokawa ne risquait pas de se retourner dans sa tombe, car il n'en avait toujours pas – on avait placé son corps dans un container embarqué sur un navire à destination de Yokohama, mais c'était un cargo très lent qui, en outre, suivait un itinéraire passant par le canal de Panama.

De toute façon, le chiffre d'affaires du salon dégringolait à nouveau, car la présence de Louise n'était plus aussi attractive qu'au début ; maintenant, certaines clientes se disaient même incommodées par son odeur d'oiseau gras et par ses fientes.

Un matin, très tôt, Joanne et Manon montèrent à bord du traversier.

L'isthme reliant Langlade à Miquelon, la Dune, était un long cordon grumeleux d'une dizaine de kilomètres, composé de galets et de sable. Les naufrages l'avaient palissé de fragments d'épaves que la lumière et le sel, peu à peu, avaient érodés, tannés, donnant aux pièces de bois des teintes, presque des veloutés, de peaux blondes ou argentées. La rouille couvrait les débris métalliques d'une sorte de duvet.

Comme il faisait très beau, Joanne choisit de louer une carriole pour visiter l'île. Attelée à un cheval noir, c'était une charrette faussement rustique, et même assez fine avec ses quatre grandes roues cerclées de filets jaunes et sa haute banquette à dossier égayée par une jonchée de coussins clairs.

– Est-ce que cette carriole ne vous fait pas penser à celle dans laquelle montent Gary Cooper et Grace Kelly pour s'en aller, à la fin de *High Noon ?*

– Je n'ai jamais vu *High Noon*, dit Manon.

– Eh bien, s'écria Joanne en faisant claquer le fouet, je peux vous assurer que c'était tout à fait le même genre d'engin !

La carriole s'élança, courant à travers des ajoncs encore verts que ses hautes roues fauchaient comme une moissonneuse, soulevant derrière elle un sillage de sable léger.

– *Si toi aussi tu m'abandonnes*, chantait Joanne à tue-tête.

Manon joignit sa voix à la sienne. Joanne rit :

– Vous voyez bien que vous connaissez *High Noon !*

– Seulement la chanson, dit Manon.

Effrayés par le martèlement des sabots du cheval, de petits oiseaux blancs s'envolaient, s'éparpillant en éventail de part et d'autre de la Dune. L'air sentait l'herbe et le varech, le crottin, le cuir chaud des harnais. A certains moments, les roues s'enfonçaient dans une soupe dorée de sable et d'eau où frétillaient de minuscules alevins.

– Louise aurait aimé venir avec nous, dit Manon.

– Maman aussi, reconnut Joanne. Mais Louise a grossi et ma mère a vieilli. Elles auraient eu du mal à suivre. C'est mieux de les avoir laissées ensemble. Comme ça, elles se surveillent mutuellement.

La carriole filait à présent si vite que Manon dut se retenir des deux mains pour ne pas être éjectée. Le vent de la course faisait voler ses cheveux avant de les rabattre n'importe comment. Joanne la trouva jolie avec toutes ces mèches qui lui dansaient sur la figure. Elle se dit qu'un vrai bon coiffeur pourrait faire fortune s'il avait l'idée – et l'humilité – de s'inspirer des vents de Saint-Pierre-et-Miquelon pour ébouriffer ainsi les jeunes filles, sans chichis, à la diable. Mais elle n'était pas un vrai bon coiffeur. En fait, elle pensait n'être pas grand-chose, et c'est pourquoi elle avait tellement besoin de Paul Ashland. Les solstices étaient les seuls moments de l'année où quelqu'un la considérait comme exceptionnelle.

– Louise n'a aucun sens moral, reprit Manon en riant, alors ne compte pas trop sur elle pour empêcher ta mère de piquer les petites cuillers dans les bars.

– Maman n'est pas exactement amorale, dit Joanne qui ajouta : *Tout ce qui se fait par amour...*

– *...se situe toujours par-delà le bien et le mal,* compléta Manon. Est-ce que ça n'est pas devenu un peu lourd de citer Nietzsche à notre époque ? Mais je suis assez d'accord avec lui quand il dit que Dionysos était le seul dieu à peu près supportable parce que celui-là, au moins, il était franc, spontané et plutôt marrant. J'ai fréquenté Dionysos, moi aussi.

– Je trouvais déjà épatant que vous connaissiez Nietzsche, mais je suis franchement soufflée que vous ayez approché Dionysos. Je suppose que *c'était pendant l'horreur d'une profonde nuit* ?

– Quelle profonde nuit ?

– Cette fameuse nuit où vous étiez une pauvre petite

morte, ironisa Joanne. Comme tout le monde, vous êtes descendue aux Enfers – à propos, est-ce qu'ils se sont enfin décidés à installer un ascenseur, ou au moins des escaliers mécaniques ? Dionysos vous a fait visiter. Je comprends que l'excursion d'aujourd'hui vous paraisse un peu fade.

Manon ne s'était pas encore extasiée une seule fois sur la beauté des paysages, les colonies de phoques du Grand Barachois, les chevaux sauvages qui couraient sur les buttereaux.

– Mon Dionysos n'était qu'un prof, là-bas à Trois-Rivières. D'après lui, si le XVIIIe siècle avait inventé les droits de l'homme, le XIXe était allé beaucoup plus loin en réclamant pour tout le monde le droit au bonheur. Tous les siècles ont voulu le bonheur, mais le XIXe est le premier à avoir vraiment tenté le coup.

– Ça n'a pas marché, constata Joanne.

– Non, dit Manon. Le coup du bonheur, ça ne marche jamais.

– Et comment justifiait-il cet échec, votre professeur ?

– Il est mort avant d'avoir pu nous l'expliquer. Suicide.

– Un comble, railla Joanne, pour quelqu'un de passionné par le bonheur.

Le vent était violent, chargé de sel. Manon lécha ses lèvres. Un éclat de soleil fit étinceler la barrette d'argent qui traversait sa langue.

– Ne te moque pas de ça, dit-elle. C'est à cause de moi qu'il s'est tué. J'en suis sûre. Il a voulu m'obliger à lui donner quelque chose que j'ai refusé. Si je racontais ce que c'était, tout le monde trouverait qu'il était dégueulasse de m'avoir demandé ça. On me donnerait raison d'avoir refusé. Et on le mépriserait.

– Et on se tromperait, c'est bien ce que vous voulez dire ?

– J'aurais dû accepter, c'est tout. Je le sais, maintenant D'ailleurs, je crois que je l'ai su presque tout de suite après lui avoir dit non. C'est à ce moment-là que j'ai compris que je l'aimais. Pas seulement comme un prof génial, mais comme un homme. Seulement, c'était trop tard. Il avait fait demi-tour, on rentrait, il conduisait vite comme s'il était pressé d'en finir, d'oublier, on voyait déjà les lumières de la ville. Certaines choses sont impossibles à rattraper.

Elles se turent un instant. Puis Joanne dit que c'était donc pour se punir que Manon avait tellement voulu se faire percer la langue. Ce n'était pas une question qu'elle posait.

– Comme vous êtes barbare, Manon !

Retenant le cheval, elle arrêta la carriole. On était au milieu de l'isthme, et au milieu de cette promenade lumineuse.

La conversation avait commencé par l'évocation d'un de ces inoubliables vieux films américains. Joanne et Manon en avaient ensuite fredonné le refrain *Si toi aussi tu m'abandonnes*... – comment en étaient-elles arrivées, alors, à parler de choses graves, en tout cas bien navrantes ?

– C'est toi, dit Manon. C'est toi qui as commencé avec ton Nietzsche. A partir de là, ça ne pouvait que déraper. Je propose qu'on laisse tomber. Il y a d'autres sujets de conversation pour deux chouettes filles comme nous.

Profitant de la halte, elle descendit de la voiture, fit quelques pas en direction de l'océan. Joanne pensa qu'il lui manquait une ombrelle dont elle se serait servi machinalement pour fustiger les ajoncs.

– Tu ne veux pas m'embrasser ? fit brusquement Manon en se retournant vers elle ; à sa voix, il était évident qu'elle envisageait autre chose qu'un baiser sur la joue.

– Pourquoi croyez-vous ça ? demanda Joanne sans se compromettre.

– Quand tu me parles, tu regardes ma bouche.

– Peut-être, en effet. C'est à cause du piercing. Pour moi, ça reste quelque chose de très déroutant.

– Avant le piercing aussi, tu regardais ma bouche.

Elle revint vers la carriole, leva son visage vers Joanne, le lui offrit en fronçant légèrement ses lèvres.

– Non, dit Joanne, je ne peux pas.

– Pourquoi ?

– Nous sommes deux femmes.

– C'est nul, comme argument. Nietzsche et Dionysos se ficheraient bien de toi en t'entendant sortir des trucs pareils.

– Ce ne sont pas seulement mes arguments qui sont nuls. C'est moi tout entière qui suis nulle.

– Je vais t'expliquer, dit doucement Manon (comprenant qu'elle ne serait pas embrassée, du moins pas tout de suite, elle s'écartait à nouveau de la carriole, elle retournait vers les vagues, elle était à contre-jour et les embruns mettaient de petits crépitements clairs dans ses cheveux si sombres), il faut me croire : personne ne te juge. Il n'y a pas d'enfer, pas de paradis non plus. La mort est noire. On dort, c'est tout. Des fois, on se réveille. Et voilà. Je le sais.

– Vous ne savez rien du tout, dit Joanne avec agacement. Vous n'êtes pas morte, Manon. Tout ça, c'est *bullshit* et compagnie.

Manon fit remarquer que *bullshit* n'était pas français. Joanne haussa les épaules. Elle arracha le fouet du tube où il était enfoncé et se mit à le faire claquer dans l'air, essayant visiblement de massacrer les papillons qui voletaient autour de la carriole.

– Ta mère me croit, elle, dit Manon.

– Évidemment, qu'elle vous croit ! Ce genre d'histoires, ça la passionne. Elle se sent concernée, forcément, elle a quatre-vingts ans. Elle lit tout ce qu'on publie sur le sujet. Elle se voit déjà sortant de son corps pour aller se coller un moment au plafond, avant d'être aspirée dans un tunnel au bout duquel il y aura de la lumière, une lumière qui n'existe soi-disant nulle part sur la terre, des milliards de fois plus éblouissante que le soleil sauf qu'elle ne fait pas mal aux yeux. Si ça la rassure, je n'ai rien contre.

– Des conneries, dit Manon. Il ne m'est rien arrivé de pareil.

– Chacun sa vie, alors pourquoi pas chacun sa mort ? Mais en ce qui vous concerne, la vérité c'est que vous êtes juste tombée dans le coma.

– Si je n'étais pas morte, pourquoi m'auraient-ils enfermée dans un sac ? On vérifie avant, non ?

– Je suis sûre qu'ils ont essayé de vérifier, dit prudemment Joanne. Mais il se peut que ça ne marche pas à tous les coups. On doit pouvoir se tromper pour ça comme pour le reste.

– Des fois, répéta Manon de sa petite voix obstinée, on se réveille. Pourquoi ? Je ne sais pas. Mais on se réveille et on revient. Sans avoir eu ni punition ni récompense. Juste en pleine forme, comme après une bonne nuit. Je n'avais même pas mal à la tête. Il ne faut pas avoir peur.

– Je n'ai pas peur, dit Joanne.

En faisant beaucoup de bruit et en effrayant le cheval, elle avait tout de même réussi à abattre un papillon. Le coup de fouet avait transformé celui-ci en une petite boulette fripée, une fleur de coton qui gisait sur le bord du chemin. Elle répéta qu'elle n'avait pas peur de la mort, et elle était sincère.

– En parlant de peur, dit Manon, je pensais surtout à ton envie de m'embrasser. Tu peux m'embrasser sans que ça fasse de tort à qui que ce soit. Il faut que tu comprennes bien ça : personne ne te sautera dessus en criant que tu es répugnante.

Joanne reposa le fouet. Après la mort de leur frère, les autres papillons étaient tous partis. Il n'y avait plus que des mouches qui bourdonnaient au cul du cheval. Mais atteindre une mouche avec la fine pointe d'un fouet, et tout ça sans toucher le cheval, était un exploit dont Joanne ne se sentait pas capable. Il lui revint en mémoire un livre traduit du japonais que lui avait prêté Gyokuchô Hosokawa et dont l'auteur avait établi le catalogue de tout ce qu'il aimait et de tout ce qu'il détestait ; dans le même ordre d'idées, il y avait aussi le livre de Georges Perec qui dressait la liste d'un certain nombre de choses dont il se souvenait – mais pas *toutes* les choses, c'était précisément là que résidait l'intérêt de ces livres en même temps que leurs limites. Mais il manquait un livre, pensa Joanne, où quelqu'un recenserait tous les actes dont il se savait incapable.

Elle regarda Manon. Dieu merci, elle s'était éloignée. A présent, il y avait bien trente mètres de dune entre la carriole et elle. Peut-être même cinquante mètres. Enfin, une distance considérable.

– Vous êtes bien trop loin, maintenant, pour que je vous embrasse.

– Oh alors, dit Manon en pivotant sur elle-même, s'il n'y a plus que ça qui t'arrête, je peux me rapprocher de toi.

Le vent la prit à revers, rebroussant ses cheveux noirs et

dégageant son front. Elle avait un beau front bombé, lisse comme un couvercle d'ivoire sur une boîte pleine de mystères.

– S'il vous plaît, non, dit Joanne, ne le faites pas. Restez où vous êtes.

Manon se mit à rire :

– Tu vas repartir avec la carriole en me laissant toute seule ici ? Il ne passe pas grand-monde sur cette route, ajouta-t-elle après avoir jeté un regard circulaire.

Alors Joanne rit aussi. La tension entre elles venait de se dissiper. Elle fit signe à la fille de revenir s'asseoir à côté d'elle. Pour l'y inciter, elle tapota les coussins comme on le fait aux oreillers pour les rendre plus moelleux.

– Montez. Les risques de vous embrasser sont finalement très limités : je viens de m'apercevoir que vous n'étiez pas miss Kelly et que je n'étais pas non plus Gary Cooper.

– C'est peut-être l'inverse, dit gentiment Manon. Tu as un peu une tête de Grace Kelly.

Joanne apprécia. Paul Ashland lui trouvait une lointaine ressemblance avec Michelle Pfeiffer. Des blondes, tout ça.

Elles passèrent à Miquelon une de ces journées délicieusement mornes, où l'on ne fait presque rien et qui pourtant, une fois achevées, vous laissent une impression d'épuisement. Une de ces journées éblouissantes et vides dont on se dit plus tard, oh ! parfois bien des années plus tard, que ç'avait été sacrément bon de vivre tout ça – mais tout ça quoi ? Car pour autant on n'est pas fichu de se rappeler vraiment ce qu'on avait vécu ce jour-là. La mémoire n'en garde que des bribes d'une grande banalité, un goût de thé, une impression de lumière légère, quelques bouffées d'une chanson de Lennon. Ces souvenirs anodins pourraient tout aussi bien appartenir à une autre journée, mais non, ils font partie de ce jour, celui-ci précisément, un jour à la fois enfui et si présent, un jour de tulle blanc comme ces robes de mariée qu'on ne porte qu'une fois et qu'on n'oublie jamais. Ces jours-là sont souvent ceux où l'on a le mieux su aimer, mais sans rien dire ni faire pour exprimer cet amour.

Car finalement, Joanne et Manon ne s'étaient pas embrassées. Elles n'en avaient même plus parlé. Pas une fois elles n'avaient cherché à se prendre la main. Elles se promenaient sagement, assises côte à côte dans la carriole, et ne regardaient pas toujours ensemble dans la même direction.

A une occasion seulement elles s'étaient touchées. Elles avaient acheté des foulards pour protéger leurs cheveux du vent et de la poussière, et, parce que c'était plus commode en l'absence de miroir, chacune avait attaché un foulard sur la tête de l'autre. Tandis que Joanne lui nouait sous le menton les deux pointes de son foulard coccinelle, Manon avait un instant baissé son visage. Dans ce mouvement peut-être un peu brusque, ses lèvres avaient effleuré les mains de Joanne, et elle était demeurée ainsi un court moment avant de se redresser. Mais Joanne avait continué, comme si de rien n'était, à finir de serrer son nœud sous le menton de Manon.

La seule réelle avancée dans leurs relations fut que Joanne décida qu'elle allait elle aussi tutoyer Manon.

L'idée leur vint de passer la nuit dans l'île.

Confiant la carriole à la garde de Manon, Joanne alla voir

à *L'Escale* si l'hôtel avait encore des chambres libres. Il n'en restait qu'une, mais elle convenait parfaitement pour deux personnes. Joanne connaissait les chambres de *L'Escale* pour y avoir dormi avec Paul Ashland. Elle demanda quand même à visiter celle qu'on lui proposait. Elle voulait se faire une idée de l'effet que pourrait donner, dans le décor de cette chambre, une Manon toute nue en train de prendre une douche ou de regarder la télé en sirotant une canette – elle s'amuserait sûrement à faire tinter contre le rebord de la boîte de bière ou de Coca la barrette d'argent qu'elle avait plantée dans sa langue, et Joanne serait obligée d'élever la voix pour la supplier d'arrêter ce petit bruit exaspérant. Elle se dit aussi que le bijou dans sa langue allait probablement faire ronfler Manon. Les nuits étant encore froides, on n'ouvrirait pas la fenêtre. Joanne se rappelait quelle odeur flottait au matin dans une chambre où avaient dormi deux amants (cette odeur la faisait penser aux dragées), mais elle se demandait avec curiosité ce que ça sentirait si elle y passait toute une nuit avec une fille.

La raison pour laquelle elle ne retint pas de chambre à *L'Escale* fut évidemment qu'elle se savait trop faillible pour prendre le risque d'une nuit avec Manon à côté d'elle, si proche.

– J'ai essayé de trouver ailleurs. J'ai téléphoné aux autres hôtels, mais il n'y en a pas beaucoup à Miquelon. C'est complet partout. Même chez l'habitant, il ne reste plus une chambre disponible. Je suis désolée, tu dois être déçue.

– Un peu. C'est très beau, tes îles – l'appréciation venait tard, mais Manon semblait sincère –, tu y viens souvent ?

– Avec Paul, fit négligemment Joanne. Il adore Miquelon. Pour rien au monde il ne renoncerait à passer une nuit ici avec moi. Surtout au solstice d'été. Il y a partout une telle jubilation, une telle impression de résurrection.

Sauf que cette fois-ci, pensa-t-elle, Paul ne l'emmènerait pas voir fleurir les cornouillers près de l'étang de Mirande. Elle essaya de se rappeler la voix qu'il avait eue quand il l'avait appelée depuis cette fameuse petite ville insignifiante dans le Vermont, là où un fou criminel montait dans les bus Greyhound pour voler les valises des voyageurs de commerce. Sur le moment, elle n'avait pas prêté attention au ton de sa voix, mais à présent il lui semblait bien que celle-ci avait été paisible et sereine, une voix froide et vide comme un miroir qui n'a plus rien à refléter. Indifférente ? Peut-être, en effet, avec le recul, pouvait-on qualifier d'indifférente la voix qu'avait eue Paul Ashland cette nuit-là. Elle se mordit les lèvres pour ne pas éclater en sanglots.

– Je sais que Paul revient bientôt, dit Manon. Ne t'en fais pas, je serai partie avant. Je ne t'en avais pas parlé pour ne rien gâcher, mais c'était aujourd'hui mon dernier jour avec toi. Je m'en vais vendredi, après-demain. Louise va mourir, et je veux que ça se passe au bord de son fleuve.

Le traversier du soir les ramena à Saint-Pierre. Ce qu'elles se dirent à bord du bateau était sans importance – les phrases toutes faites qu'on échange dans ces circonstances :

– Manon, tu n'as pas froid, au moins ? Si tu veux, on peut rentrer à l'intérieur.

– C'est vrai, il ne fait pas chaud. Mais c'est tellement formidable, aussi, d'être là, comme ça, sur la mer. Et merde, tiens, voilà que j'ai perdu ma montre.

– Tu es sûre ?

– Mais puisque je te le dis. Si je ne l'ai plus, hein, c'est que je l'ai perdue. Tiens, forcément. Perdue, je l'ai perdue.

– Regarde dans ta manche. Non, plus bas. Plus loin que le coude. Elle a très bien pu se détacher. Glisser dans ta manche de chandail, ça arrive.

– Elle n'y est pas. Non. Oh attends, je sais, c'est à force de monter et de descendre dans cette carriole. A tous les coups c'est ça. J'ai dû m'accrocher quelque part. A quelque chose.

– D'accord, admettons. Mais tu aurais entendu un bruit. Une montre qui tombe, ça fait du bruit. Dans la neige, je ne dis pas. Peut-être pas de bruit dans la neige, non. Mais sur la terre.

– Aucun bruit, ça n'a fait aucun bruit. Rien entendu. Rien du tout.

– Alors tu sais quoi, elle est tombée dans les coussins. Et même, plus j'y pense, plus je suis sûre que c'est ça. Dans les coussins. Entre les coussins. On l'avait sous les fesses, ta montre, et on n'a rien senti.

– Tu as payé comment, pour la carriole ?

– Carte Visa.

– Donc, ils ont ton adresse. S'ils trouvent ma montre, ils vont te la renvoyer.

– Absolument. Pas la peine de s'affoler. Ils me la renvoient, et moi je te la renvoie à mon tour. Tu me donnes juste ton adresse, je te la renvoie.

– Quelle adresse ?

– Je ne sais pas, moi. Tu dis que tu pars, mais je ne sais pas où tu vas. Enfin, une ville au bord du Saint-Laurent, non ? Là où tu emmènes Louise. Là où tu veux qu'elle meure. Là où tu l'as trouvée. Chez le pasteur et sa femme.

Manon comprit que Joanne tentait une manœuvre –

humble mais habile – pour savoir où la retrouver le cas échéant.

Joanne devait appartenir à ce genre de femmes blondes, tièdes, potelées, timides (oh ! *très* timides), pour qui la vie était comme une succession de pas japonais émergeant d'un cloaque, comme des feuilles de nénuphars sur un étang. Ces femmes sautillaient d'une nostalgie, d'un regret à l'autre, comme les grenouilles sur les nénuphars et les pas japonais.

Aujourd'hui, elle n'avait pas eu l'audace d'embrasser Manon. Elle en mourait d'envie, pourtant. Au fil des jours, elle se persuaderait qu'elle avait été digne, courageuse, honnête et propre, en résistant à son envie. Soit. Mais une fois passé le solstice d'été, au fur et à mesure qu'il ferait de plus en plus beau et chaud sur les îles et que les nuits seraient de plus en plus étoilées, ce désir qu'elle n'avait pas assouvi allait cheminer dans sa tête. Certains désirs ont en eux du sang d'animal, ils sont de la famille des hordes, des ruées, des charges – furieux, irrésistibles sont certains désirs.

« Pourquoi ne l'ai-je pas embrassée ? se demanderait un jour Joanne. Elle me le proposait si gentiment, cette gosse. Comme elle s'est offerte, comme je l'ai rabrouée ! Quelle idiote, non mais quelle idiote j'ai été ! Si je l'avais fait, qui l'aurait su ? Et si on l'avait su, où était le crime ? Si je revois cette petite, je ne serai pas aussi bête. Je dois la revoir absolument. Mais où la revoir ? »

– Je serai quelque part où les oies sont heureuses, dit Manon.

Elle ajouta que si Joanne lui retrouvait sa montre, elle pourrait en effet la poster à l'adresse du pasteur et de sa femme. Manon ne manquerait pas de leur rendre visite pour leur donner des nouvelles de Louise.

Le pasteur serait heureux d'apprendre que la fille et son oie étaient restées jusqu'au bout parfaitement fidèles l'une à l'autre. Il ferait sans doute de cette fidélité le thème d'un de ses sermons du dimanche. Dieu, dirait-il, se comportait envers les hommes comme Manon envers Louise : Il repérait chaque humble créature parmi la multitude, Il allait à elle en pataugeant dans la boue, Il voyait les blessures (Dieu les *voyait*, ce qui ne voulait pas dire que Dieu les *guérissait*), à chaque créature Il donnait un nom, et Il accompagnait chacune jusqu'à sa mort.

Et les gens chanteraient *Tu es mon berger, ô Seigneur* avec plus d'entrain que les autres dimanches.

– Mais quelle est l'adresse du pasteur ?

– L'adresse exacte, je ne sais plus. Mais c'est un presbytère au crépi bleu. Il ne doit pas y en avoir tant que ça dans les parages du cap Tourmente.

Joanne pensa que cette fille ne faisait décidément pas beaucoup d'efforts. Malgré ses « embrasse-moi si ça te chante », elle aimait moins Joanne que Joanne ne l'aimait. Avec Paul aussi, Joanne était probablement celle qui aimait le plus et le mieux. Ainsi, malgré l'amour qu'elle leur donnait, Joanne pouvait disparaître de la vie des gens, et les gens ne s'en portaient pas plus mal. Elle détourna son regard et garda le silence jusqu'à l'accostage.

Malgré l'heure tardive, il faisait encore jour. Privilège du nord. La lumière était d'un blanc doux, une blancheur de litchi à peine salie par un léger brouillard qui montait de la mer.

Denise et Louise attendaient sur le quai. Elles étaient à peu près seules. De loin, se découpant en ombres chinoises sur le ciel pâle, leurs silhouettes donnaient l'impression charmante d'une illustration de conte pour enfants, quelque chose comme *La Sorcière et l'Oiseau*. Mais de près, on voyait qu'elles n'allaient pas bien du tout.

Le croupion de Louise était englué par les restes d'une diarrhée, et Denise, déçue que Joanne ne l'ait pas invitée à faire cette promenade à Miquelon, s'était vengée en finissant toute seule la bouteille AC 23177.

Elle avait bu le whisky à petites gorgées, dans une tasse à thé en porcelaine très fine ornée de fleurs de pivoines. A sa grande déception, l'alcool sacré ne lui avait procuré aucune sensation rare. Finalement, ça n'était que du whisky, ni plus ni moins parfumé que les autres whiskies dans lesquels elle avait déjà trempé ses lèvres. Il lui avait juste donné mal à la tête et une vague envie de pleurer : même si c'était Joanne qui avait débouché la bouteille, Denise n'en était pas moins celle qui avait définitivement anéanti le talisman des Guiberry.

Il n'y avait désormais plus rien pour les protéger, Joanne et elle, contre la cruauté du monde.

La séparation se fit simplement. Comme dit la Bible, *il y eut un soir, et il y eut un matin.* Le soir, la fête. Et le matin, plus rien.

A la fin du repas, on dansa entre femmes. Chacune était supposée faire une démonstration de la danse la plus représentative de sa génération. Denise dit : « Moi, c'est le tango ou la valse. »

Comme il n'y avait chez elle aucun disque de tango, elle se résigna donc à valser. Mais elle avertit que ça serait moins joli qu'un tango parce que personne ne portait ce soir ce genre de légères robes volantes qui conviennent si bien à la valse.

Elle choisit Manon comme partenaire. Enfin, comme poupée, car Manon ne savait rien de la valse. Dans le rôle de l'homme, Denise fut parfaite. Elle était naturellement rigide, sèche, cassante. Corsetée dans son arthrite comme un prince autrichien dans son plastron. Manon se laissa diriger. Vautrée sur le sofa, Joanne regardait cette enfant brune qui tournoyait, languide, entre les bras de la vieille dame. On dit des filles souples qu'elles ont des grâces de faons ou d'herbes dans le vent, mais, pour Joanne, Manon n'était ni une herbe ni un faon, elle évoquait quelque chose d'encore plus fluide, peut-être la flamme d'une bougie quand on joue à y passer son doigt très vite, juste pour la taquiner un peu, pour qu'elle se couche en bleuissant, puis se redresse toute pleine d'un renouveau de lumière et de vivacité.

Joanne se demanda quelle danse elle allait choisir quand son tour viendrait. Le rock'n'roll était ce qu'elle avait pratiqué le plus souvent, et Paul disait qu'elle le dansait bien. Elle imagina comme il lui serait agréable de faire évoluer Manon autour d'elle, lui imposant des passes un peu acrobatiques, puis la repoussant à bout de bras pour aussitôt la rappeler d'une brève pression des doigts. Elle la ferait virevolter derrière elle, dans son dos, comme une petite ombre. Peu de danses exigeaient autant d'obéissance, voire d'humilité, de la part de la cavalière. Dominer un peu Manon ne lui déplaisait pas. A la fin du rock'n'roll, Manon serait épuisée, le visage en sueur, haletante, sa jolie bouche grande ouverte.

On fouilla dans les caisses en bois où Denise rangeait ses disques, mais on ne trouva rien d'assez rythmé pour danser le rock'n'roll.

– Un slow, alors, dit Joanne.

Denise lui tendit une pochette d'un bleu profond sur laquelle une averse de neige (à moins que ce ne soit une pluie d'étoiles) entourait un médaillon contenant la photo en noir et blanc d'un visage féminin, beau et résigné. C'était un très vieux 33 tours consacré aux airs de Cole Porter.

Au nom de cette même prudence qui l'avait déjà retenue de louer une chambre à Miquelon pour y dormir avec Manon, Joanne insista pour danser *Night and Day* toute seule, sans personne dans ses bras. En guise de partenaire, elle serra contre elle un coussin rose dont elle se malaxa la poitrine : « Autrefois, dans les slows, il y avait toujours la phase frotti-frotta. Quand j'étais plus jeune, comme les hommes aimaient les seins ! Et les miens n'étaient pas mal du tout. »

Puis elle appliqua le coussin sur son visage, et sa voix se fit plus étouffée : « Les violons pleurent, le saxo s'envole, c'est le moment fatal où le type essaye d'embrasser sa cavalière. On n'échappait pas à ça, quand j'avais dix-sept ans. Mais les garçons avaient moins mauvaise haleine qu'aujourd'hui. »

Elle dansait avec un coussin parce qu'elle ne savait pas comment elle aurait réagi si Manon, jouant le jeu du « toi tu fais l'homme et moi la fille », avait doucement posé sa joue sur son épaule.

Le trouble qu'elle éprouvait au contact de Manon ne devait rien à l'éloignement de Paul.

La jeune fille ne compensait ni ne rachetait aucune des défections, voire des lâchetés, de Paul Ashland ; de même que celui-ci, plus tard, s'il revenait jamais, n'aurait pas le pouvoir de faire oublier à Joanne que Manon avait existé, ni à quel point elle avait compté dans sa vie.

Joanne s'imaginait essuyant la buée sur les vitres des voitures pour scruter les trottoirs et les rues des villes nord-américaines dans l'espoir d'entrevoir à nouveau, même fugitivement, la silhouette de la fille au *tump*. Paul (ou un autre) lui dirait : « Mais comme c'est étrange, vraiment, cette manie que tu as de frotter sans arrêt les vitres avec la manche de ton pull – bon sang, est-ce que tu as eu dans ta famille quelqu'un qui était laveur de carreaux, ou quoi ? »

Pourtant, elle savait de quelle façon s'aimaient les femmes, et l'idée de donner ou de recevoir ce genre de caresses molles ne la fascinait pas particulièrement. Si elle avait envie d'embrasser cette fille, c'était par convoitise de gourmande – la bouche de Manon était aussi ravissante que peut prétendre l'être une bouche humaine, et Joanne, qui avait contemplé cette bouche de si près au moment d'en perforer la langue, rêvait à présent d'en connaître le goût et l'odeur.

C'était sensuel, pas sexuel : elle imaginait cette aventure sous la forme de petites lèches, de mordillements furtifs, d'aspirations légères, plutôt que d'un baiser profond. Dégustation, pas déglutition. Même devant sa mère, elle était prête à soutenir qu'il n'y avait décidément pas grand mal à tout ça. Mais qu'arriverait-il si sa sensualité n'était pas seule récompensée, si sa tendresse et son émotion y trouvaient leur compte elles aussi, si les deux femmes s'enlaçaient et gémissaient un peu en se goûtant ? Il n'y avait qu'un petit « s » de différence entre s'embrasser et s'embraser.

Vers la fin du morceau, le disque se mit à gratter. Denise donna une chiquenaude sur la tête de lecture, mais l'aiguille ne voulait pas quitter le sillon *(night and day in the roaring trafic town, night and day in the roaring trafic town, night and day, night and day)* où elle s'était bloquée.

Joanne lâcha son coussin rose, coupa le son, regarda Manon :

– C'est à toi, maintenant. Qu'est-ce que tu nous danses ?

– La danse de la Soif, dit Manon. Je n'en connais pas d'autre.

– Oh mais... est-ce que ça n'est pas la danse à cause de laquelle vous êtes morte ? demanda Denise.

Elle avait pris sa voix nasillarde, cette voix ridicule de petite fille angoissée qu'elle avait pour récriminer contre les bêtes qui hantaient sa maison, ou à chaque fois qu'elle ne retrouvait pas les petites cuillers qu'elle était pourtant sûre d'avoir volées le matin même. Elle avait l'air de penser que la danse de la Soif était capable de tuer Manon ce soir encore. Dans l'esprit de Denise, la danse de la Soif devait être quelque chose comme le cancer ou le sida, quelque chose de miné par des statistiques épouvantables.

– Il ne faut pas que ça recommence, insista-t-elle en se tordant les mains. Je ne veux pas de ça chez moi.

– Maman, dit Joanne, Manon n'est pas morte. Jamais elle n'a été morte. Elle a eu un malaise, *nothing more*.

– Pourquoi me parles-tu anglais ? reprocha Denise. Tu sais bien que je déteste quand tu parles anglais.

– Un malaise, poursuivit Joanne, comme des millions de jeunes filles en ont eu et continueront d'en avoir. Tant qu'il y aura des jeunes filles, il y aura des malaises. Enfin, des syncopes. Autrefois, on leur faisait respirer des sels d'ammoniac. Aujourd'hui, il semblerait qu'on préfère les étouffer en les fourrant dans des sacs. Et alors ? Bon Dieu, maman, pourquoi n'essayes-tu pas de te tenir un peu mieux au courant des progrès de l'humanité ? Le monde n'arrête pas d'évoluer, il est en train de devenir quelque chose de réellement magnifique. Un monde où on étouffe les jeunes filles, tu devrais être heureuse et fière d'avoir ta place à bord.

– Est-ce que tu dis ça pour te moquer de moi, Joanne ? Pourquoi es-tu si méchante avec moi, ce soir ? Qu'est-ce que Manon va penser de nous deux !

Joanne ne répondit pas. Dans le miroir au-dessus de la cheminée, elle se vit debout au milieu du salon, ses chaussures à la main car elle avait préféré danser pieds nus. A cause d'une écharde du parquet, son collant gauche avait filé. Elle se trouva un air pitoyable et se demanda ce que Manon, en effet, pouvait bien penser d'une femme comme elle.

Elle vit aussi, comme si elle le découvrait pour la première fois, ce salon dont sa mère était si fière.

Sous chaque lampe, il y avait un cadre avec un portrait de Gustin Guiberry à ces époques où il avait été quelqu'un d'important, d'abord dans la pêche à la morue, puis dans la fabrication des biscuits de mer et enfin dans la contrebande de l'alcool. Il y avait aussi des photos des nombreux chats que Denise avait tenté d'apprivoiser ; mais les chats étaient flous sur tous les tirages, comme s'ils avaient tenu à prévenir le photographe qu'ils ne faisaient que passer.

En y accumulant ses souvenirs, Denise avait insensiblement transformé sa maison en une sorte de musée de la disparition sous toutes ses formes. Rien de ce qui trônait sous la tiède lumière des abat-jour n'existait plus, du moins sous l'apparence où la photographie l'avait figé. Toutes ces poses pleines de suffisance, tous ces sourires affectés, tous ces chats ventrus et ingrats – tout s'était effrité, dilué.

Joanne comprit alors que, pour Denise, le monde ne pouvait plus évoluer : il était devenu flasque, il n'enveloppait plus que de l'absence et du vide.

Elle dévisagea sa mère, effarée de pouvoir repérer sous la peau fanée les dominantes osseuses qui allaient bientôt dessiner une tête de mort aux orbites vides, à la mâchoire béante.

– Tu mets ton manteau ? s'étonna Manon. Tu t'en vas ? Tu ne veux pas me voir danser ?

– Non, dit Joanne.

En sortant, l'idée l'effleura que ce non était le dernier mot, peut-être, qu'elle adressait à Manon. C'était dommage de se séparer sur un mot comme ça. Elle faillit revenir sur ses pas, sonner, entrer, sourire et dire – mais dire quoi ?

A peine dans sa voiture, elle pleura. Elle voulut démarrer, mais elle dut s'y reprendre à plusieurs fois car ses larmes la gênaient pour trouver le contact. Elle s'était enfuie si précipitamment qu'elle avait oublié de remettre ses chaussures. Elle ne savait plus ce qu'elle en avait fait. Probablement les avait-elle oubliées chez sa mère, quelque part dans son triste salon. Elle eut un instant l'espoir fou que Manon allait les lui rapporter. Si Manon venait, Joanne l'embrasserait. Oh ! cette fois, oui. Mais Manon ne se dérangerait pas pour une paire de chaussures, elle devait se coucher tôt à cause de cet avion à prendre très tôt demain matin. De toute façon, elle ne savait même pas où habitait Joanne. Au début, pour ne pas s'encombrer de cette fille, Joanne avait soigneusement évité de l'amener chez elle, et même de lui montrer la rue où elle vivait.

Maintenant, elle s'en voulait d'avoir été aussi bête.

Pourquoi prenait-elle si peu de risques, pourquoi entretenait-elle des relations si étriquées, si peu ouvertes, si peu généreuses, avec le futur en général et son futur à elle en particulier ?

Elle n'avait parié qu'une seule fois sur l'avenir. Elle avait tout misé sur sa vie dans le Maine, sa vie de femme mariée avec Paul Ashland, sur l'amour de Paul, sur une maison face à la mer, sur un chien renifleur d'épaves et un hangar à bateaux, sur des étés aux odeurs de foins chauds et d'algues fraîches.

Elle avait perdu. La bille de la roulette n'était pas tombée dans cette alvéole sur laquelle Joanne avait joué l'idée qu'elle se faisait du bonheur. La bille continuait de courir sur le cylindre, mais ça n'était plus sa bille, c'était celle de Carolyn Ashland.

Elle regarda dans le rétroviseur son visage en larmes, et cracha sur son reflet pour se punir.

Jusqu'à cette nuit, elle n'avait jamais vraiment vu quelle tête elle faisait quand elle pleurait. Il y avait toujours quelqu'un pour la consoler avant que son visage soit ravagé. Mais à présent, dans le rétroviseur, elle voyait à quel point les blondes étaient vite défigurées quand elles sanglotaient ; leurs peaux si claires se mettaient tout de suite à rougir, une rougeur charcutière, pensa Joanne, une rougeur de jambon malsain. Elle envia la peau si mate de Manon.

Tout au fond d'elle-même, Joanne ne croyait pas encore vraiment au départ de Manon.

Les cent dollars que possédait celle-ci, si même elle les avait encore, ne suffisaient pas à acheter un billet d'avion pour elle et Louise. Un voyage par mer était moins onéreux, bien sûr, mais les bateaux allaient à Terre-Neuve, pas au Québec.

Le lendemain matin, pourtant, Denise lui confirma que la fille et son oie avaient quitté la maison.

Il faisait si beau que Manon avait décidé d'aller à pied jusqu'à l'aéroport. Elle économiserait ainsi l'argent d'un taxi, elle traverserait la ville une dernière fois. Louise ne marchant pas très vite, Manon avait jugé plus prudent de se mettre en route dès le point du jour. Derrière les rideaux de dentelle de sa fenêtre, la vieille dame les avait suivies des yeux jusqu'à ce qu'elles aient tourné le coin de la rue Beaussant. Manon, précisa-t-elle, marchait avec une dignité qu'elle n'avait jamais vue chez aucune jeune fille moderne.

La rue Beaussant n'était pas l'aéroport. Joanne pouvait encore penser que Manon avait seulement changé de domicile. Imaginons qu'elle se soit ennuyée chez Denise où les soirées devaient être assommantes. Elle n'en avait rien dit pour ne faire de peine à personne. Et ça, c'était bien Manon. Mais, discrètement, elle s'était mise en quête d'un autre gîte.

Au cours de ses longues journées d'oisiveté passées à parcourir la ville, elle avait pu rencontrer d'autres gens disposés à l'accueillir. A Saint-Pierre, maintenant, presque tout le monde la connaissait. On se retournait sur elle en la croisant, on la saluait d'un sourire, on ne manquait jamais de prendre des nouvelles de sa grande oie des neiges. Pour certaines personnes, héberger Manon Framboisiers, et surtout Louise, pouvait être un faire-valoir social au moins aussi important que l'achat d'une voiture neuve.

Si Manon était encore à Saint-Pierre, Joanne finirait par l'apprendre. Un jour ou l'autre, la fille passerait fatalement devant chez *Al's*. La ville était trop petite pour qu'elle puisse réussir à toujours éviter cette rue, ce trottoir. Et alors, même si la vitrine était pleine de buée, Joanne reconnaîtrait sa silhouette. Même si elle avait les mains dans le shampooing, elle abandonnerait sa cliente pour courir vers Manon. Elle serait si heureuse de la serrer contre elle, de frôler sa bouche et d'en respirer l'odeur incertaine, et d'enfouir son visage dans ses cheveux lourds pour ne pas laisser voir son horrible rougeur charcutière. La jeune fille n'aurait pas besoin de se justifier. Sa présence suffirait à tout expliquer comme à tout pardonner.

A midi, Joanne perdit ses illusions.

Ce jour du départ de Manon, au nom de cet instinct des mères qui savent quand on a *vraiment* besoin d'elles, Denise invita sa fille à venir partager un plat de carottes à la béchamel. Joanne haïssait cette façon de préparer les carottes. D'ailleurs elle détestait les carottes. Mais elle était contente de voir sa mère parce que celle-ci ne pourrait pas s'empêcher de lui parler de Manon.

Elle ne se trompait pas.

En touillant sa sauce écœurante, Denise lui expliqua comment Manon avait payé son retour au Québec : elle avait récupéré la bouteille AC 23177 dans la poubelle où la vieille dame l'avait jetée après l'avoir vidée et, en échange d'un billet d'avion pour elle et son oie, la petite s'était engagée à livrer à un antiquaire de Montréal cette bouteille accompagnée d'un certificat d'authenticité.

– Quel certificat d'authenticité, maman ?

– Un papier prouvant que cette bouteille a appartenu à Al Capone et précisant les circonstances dans lesquelles il l'avait offerte à ton grand-père.

– Et que tu as trouvé où ?

– Quoi, le papier ? C'est moi qui l'ai écrit, reconnut Denise avec fierté, c'est moi qui ai garanti tout ce qu'il y avait à garantir. Oh ! je sais ce que tu dois penser de moi, ma chérie, mais je n'ai pas fait un faux, enfin pas *exactement* un faux, puisque je suis sûre de l'origine de la bouteille. Nous connaissons son histoire comme nous connaissons celle de notre famille, pas vrai ? D'ailleurs, j'ai parlé au téléphone avec cet antiquaire de Montréal. Il m'a paru tout à fait charmant. Il m'a suggéré quelques tournures de phrases pour que mon certificat ait un peu plus d'allure, c'est tout.

Elle affirma, en son âme et conscience, avoir agi pour le bien de tout le monde. Au Québec, ça n'était pas comme à Saint-Pierre : là-bas, les vétérinaires connaissaient parfaitement les grandes oies des neiges, et Louise avait une chance raisonnable d'être bien soignée. Quant à Manon Framboisiers, elle obtiendrait peut-être de cet antiquaire si charmant quelques dollars de gratification en plus de son billet d'avion.

– Et toi, conclut-elle, te voilà délivrée. Tu vas pouvoir te consacrer à ton salon. Fermer *Al's* toute une journée pour aller batifoler à Miquelon sous prétexte de distraire cette pauvre fille, ça n'était pas raisonnable. Je te voyais glisser sur une mauvaise pente.

Après un premier réchauffement trompeur, le froid avait lancé une offensive d'arrière-garde. Il avait neigé en plein soleil. D'un bleu léger et poudré comme une pastille de menthe, un petit iceberg dérivait entre la tête sud de Gélin et les Grappinots.

Puis ce fut le solstice d'été.

Joanne attendit un coup de téléphone de Paul Ashland. Vainement. Elle était pourtant sûre qu'il aurait envie de savoir comment elle comptait passer toute seule ces quelques heures lumineuses que, les autres années, ils avaient célébrées ensemble. Le 21 juin était pour eux deux un jour plus sacré que celui de n'importe quel anniversaire. Il n'avait pas le droit d'oublier ça.

Même s'il était chez lui à Denver, sous la coupe de Carolyn, Paul pouvait facilement appeler Saint-Pierre-et-Miquelon. Il lui suffisait de dire à sa femme qu'il allait faire un tour dehors pour profiter de ce temps splendide du premier jour de l'été. Ensuite, il n'avait qu'à s'isoler n'importe où avec son portable.

Mais cette fois, Paul avait dû négliger de recharger les batteries de son appareil. Ou bien celui-ci était tombé en panne – il suffisait de l'avoir oublié au soleil, sur le rebord d'une fenêtre ou sur la plage arrière d'une voiture, pour que des connexions aient fondu ; d'après la météo américaine que Joanne suivait sur CNN, une vague de canicule sévissait justement sur le Colorado où l'on avait enregistré des températures approchant les quarante degrés.

Un jour comme aujourd'hui, un jour sans Paul, sans Manon, sans Louise, presque sans clientes (dès qu'il faisait un peu beau, ces dames prenaient le traversier pour s'égailler sur les plages de Langlade), un jour plein de petites cuillers chipées qu'il allait falloir restituer une à une sans se tromper d'établissement – oh ! par un jour de solstice d'été aussi moche, vide et dénué de sens que celui-là, elle avait envie d'appeler son médecin pour se faire prescrire un check-up dans l'espoir que l'un ou l'autre des examens auxquels on la soumettrait révélerait qu'elle était atteinte, enfin, d'une maladie lente, propre, mortelle.

Madame Denise Guiberry, sa mère
Monsieur Paul Ashland, son amant
Mademoiselle Manon Framboisiers, son exaspération et sa tentation
Tous les serveurs et serveuses des bars de Saint-Pierre, ses amis
Les quelques clientes du salon de coiffure Al's
Ont la douleur de vous faire part du décès de

Mademoiselle Joanne Guiberry

Good night, baby !

D'accord, même dans le silence feutré des comas, la mort était une violence. Mais c'était la dernière brutalité qu'il fallait endurer. La toute dernière. Après, il n'y avait plus rien. Non seulement Joanne acceptait ce rien, mais elle le souhaitait. Il l'apaisait par avance, comme quand elle entrait dans sa chambre en plein après-midi, regardait son lit et pensait simplement : « Oh, ce soir, vite ! »

Elle avait appris avec satisfaction qu'il ne fallait pas beaucoup plus de cinq ans pour que la chair disparaisse tout à fait, pour qu'il ne reste plus que des os et, éventuellement, un peu de peau soufflée, sèche et fanée.

Une fois, elle avait esquissé le geste de se supprimer. C'était après un solstice d'hiver. On était à quelques jours – on pouvait même dire à quelques heures – de Noël. Cette année-là, elle avait offert à Paul un cadeau qui ne lui avait pas plu. Il l'avait remerciée comme les autres fois, mais Joanne avait bien vu qu'il était déçu. D'ailleurs, au moment où elle l'achetait, elle avait pressenti que son cadeau serait un fiasco. Elle avait attendu la dernière minute, l'annonce du départ imminent de l'avion d'Air Saint-Pierre, pour l'offrir à Paul avec une brutalité qu'il avait dû prendre pour de la timidité :

– Tiens, c'est pour toi, joyeux Noël.

Elle s'était empressée d'ajouter qu'il n'était pas obligé de défaire le paquet tout de suite, qu'il aurait tout son temps dans l'avion pour voir de quoi il s'agissait. Mais Paul avait absolument tenu à dénouer les rubans. Comme tous les gens qui reçoivent un paquet, il se battait avec les nœuds compliqués en répétant d'une voix qu'il s'efforçait de rendre excitée : « Mais qu'est-ce que ça peut bien être ? Oh, *honey*, je suis sûr que tu as encore fait une folie ! » Enfin, le paquet s'était ouvert. Et Paul avait sorti l'objet, l'avait vaguement tripoté en hochant la tête, et il avait dit sans conviction : « Rudement joli, ça. » Puis il avait fourré le cadeau dans sa poche et tendu à Joanne les rubans et le papier de Noël froissé en boule :

– Tu jetteras ça quelque part, veux-tu ?

Lui, cette année-là, n'avait rien apporté pour elle. Mais il n'apportait jamais rien, sinon des échantillons de chez Denv'Hair. Il avait l'air de penser – et Joanne le pensait aussi – qu'il était en lui-même une sorte de cadeau.

– Et maintenant, avait-il dit, rendez-vous au solstice d'été. C'est celui des deux que je préfère.

Il l'avait embrassée. Il ne savait pas embrasser. Comme la plupart des hommes, il était persuadé que sa langue devait se comporter comme un sexe, être pénétrante, brutale et dure, s'enfoncer le plus loin possible dans la bouche de sa partenaire. Joanne, au contraire, attendait d'un baiser quelque chose d'à la fois suave et frétillant, avec un chouette petit goût de liqueur d'amande amère. Elle n'avait jamais obtenu ça, bien sûr, ni de Paul ni d'aucun des autres hommes qui, avant lui, s'étaient jetés sur sa bouche. Pour elle, leurs baisers n'en étaient pas. Peu importe, les hommes n'étaient jamais aussi émouvants que lorsqu'ils collaient sur la sienne leurs bouches brutales, maladroites, leurs bouches furieuses de petits garçons affamés. Mais plus tard, pensait-elle en les subissant, elle ferait grandir un de ces petits garçons. Elle l'initierait à la civilisation éblouissante du vrai baiser sur la bouche : « Quand nous vivrons tous les deux ensemble, se disait-elle, quand nous aurons vraiment du temps à nous, Paul et moi, je lui apprendrai comment les femmes rêvent d'être embrassées. J'imagine que les nuits d'hiver doivent être longues dans le Maine – comme on s'amusera bien ! »

Derrière une vitre de l'aérogare, elle avait regardé l'avion quitter le tarmac et s'aligner en bout de piste. Malgré les systèmes de dégivrage, ses ailes étaient blanches de neige. L'appareil s'était envolé et avait tout de suite disparu dans les nuages.

En s'écartant de la vitre, Joanne avait pensé que cet avion n'aurait pas dû décoller par un temps aussi exécrable. Il existait maintenant une probabilité pour qu'il s'écrase dans la mer avec Paul Ashland à son bord. Elle avait aussi songé que cet hiver pouvait être celui de la mort de Denise – en quelque cent jours de brouillards, de frimas, de verglas, tant de choses risquaient d'arriver à une vieille dame qui s'en allait tous les matins dans le froid. Et en suivant le bourdonnement du bimoteur qui tournait au-dessus du terrain pour prendre la direction de l'ouest, Joanne s'était enfin souvenue des paroles de Gyokuchô Hosokawa prévoyant la faillite d'*Al's*, immanquable, pour le courant de la nouvelle année.

Elle avait respiré à fond, mais avec l'impression qu'elle ne parviendrait jamais à remplir ses poumons. « Et voilà, se dit-elle, je suis probablement en train de devenir spasmophile. »

Il faisait nuit quand elle était sortie de l'aérogare pour récupérer son 4×4. La commande d'essuie-glace ne fonctionnait plus. Elle avait dû rouler les vitres baissées, le cou tendu à l'extérieur pour essayer d'y voir quelque chose à travers le tourbillon des flocons. Malgré la vivacité de l'air, elle avait toujours autant de difficulté à respirer. Elle avait allumé la radio, s'attendant à tout instant à entendre l'annonce que l'avion avait eu un accident.

Elle s'était arrêtée face à l'océan. Elle avait coupé son moteur, mais laissé les phares continuer d'illuminer l'eau grise qui faisait la chair de poule sous le crépitement de l'averse de neige. Ce soir, la température de la mer devait être très basse. Quelqu'un qui s'y jetterait n'aurait que quelques minutes d'espérance de survie. Joanne avait entendu dire que la noyade procurait une des morts les plus clémentes qui soient. Quant au froid, il avait l'avantage de retarder la décomposition des corps – Denise ne serait pas trop horrifiée en allant reconnaître celui de sa fille.

Joanne avait alors ouvert sa portière et fait quelques pas sur la corniche. Elle essayait d'être sincère avec elle-même : voulait-elle vraiment mourir ou seulement échapper à cette angoisse qui l'empêchait de respirer ? Elle était revenue s'asseoir sur le marchepied de la voiture pour réfléchir à tout ça.

La radio était restée branchée. A travers la vitre baissée, Joanne avait entendu la musique s'interrompre et une voix annoncer un flash spécial d'information. Cette fois, sa respiration s'était bloquée tout à fait. Son pressentiment ne l'avait donc pas trompée – alourdi par ses ailes pleines de neige, l'avion de Paul Ashland avait dû tomber quelque part entre Saint-Pierre et Halifax.

Mais il ne s'agissait pas d'un accident d'avion. De quoi exactement, elle ne s'en souvenait plus. Un attentat, probablement, ou quelque chose comme ça. Toujours est-il que, par comparaison, sa propre mélancolie lui avait alors paru bien étriquée. Elle avait tourné le dos à l'océan pour remonter dans sa voiture. Elle s'était arrêtée au centre commercial pour acheter une boîte de soupe à la tomate. Elle n'aimait pas la soupe à la tomate. Jusqu'à ce soir, elle n'avait jamais eu envie de soupe à la tomate. Mais jusqu'à ce soir, elle n'avait jamais non plus eu envie de mourir. Elle avait haussé les épaules. Sûrement, elle allait avoir ses règles.

Tout de suite après le départ de Manon, la clientèle avait afflué pendant quelques jours encore : les femmes venaient aux nouvelles, curieuses de savoir ce qu'étaient devenues la fille à la langue percée et son oie.

Peut-être Joanne aurait-elle dû inventer une histoire émouvante – une Manon rappelée de toute urgence à Montréal pour s'y faire greffer enfin le cœur tout neuf qu'elle attendait depuis si longtemps, une Manon tombée brusquement amoureuse d'un marin de Terre-Neuve et s'enfuyant vivre avec lui dans une maison de la baie de Fortune, une Manon convoquée en Suède pour présenter Louise à un casting de volatiles savants en vue du tournage d'une nouvelle version du *Voyage de Nils Holgersson*. Mais ça ne lui était pas venu à l'idée et elle s'était contentée de la vérité :

– Elles ne faisaient que passer, toutes les deux. A présent, elles sont reparties. Et vraiment, il n'y a rien d'autre à en dire, vraiment non.

On en voulut à Joanne de l'indifférence un peu hautaine avec laquelle elle semblait prendre les choses.

Sans demander l'avis de personne, au mépris des divers désagréments que cela pouvait impliquer pour sa clientèle, elle avait hébergé chez *Al's* une grande oie des neiges qui se dandinait et s'oubliait entre les séchoirs. Les fientes de Louise avaient irrémédiablement souillé le daim de certains souliers délicats. Et juste au moment où on commençait à s'y habituer, où on avait même fini par trouver ça original et plutôt amusant (bon, c'était enfin quelque chose à quoi, apparemment, n'avaient pas encore songé les Américains), voilà qu'elle laissait filer cette oie sans rien organiser pour son départ – oh, on ne demandait pas à Joanne Guiberry de tenir une conférence de presse, bien sûr, mais un petit discours sur fond de vin d'honneur aurait été bien accueilli.

Les demandes de rendez-vous s'espacèrent. Jusqu'au jour où il n'y en eut presque plus. Sachant le salon quasiment déserté, les dernières clientes à lui rester fidèles ne prenaient plus la peine de téléphoner. Elles entraient chez *Al's* quand ça les arrangeait, souvent à l'heure où Joanne s'apprêtait à fermer. Des journées entières s'écoulaient à ne rien faire, et puis, juste comme le soir tombait, trois ou quatre femmes impatientes arrivaient en même temps pour un coup de peigne d'avant dîner. Joanne s'agitait de façon désordonnée, comme quelqu'un qui sait devoir absolument se réveiller mais qui, trop englué de sommeil, n'y parvient pas. Arrangés dans l'affolement, ses chignons s'effondraient – le vent, il faut dire, soufflait en tempête ; et c'était un vent d'été humide et chaud, un de ces vents moites qui sont aux coiffures sophistiquées ce que le diable est au bon Dieu.

La dernière semaine de juin, Joanne dut se contenter d'une teinture, d'une permanente et de six brushings. Début juillet, un soir, il y eut un orage. Le séchoir n° 2 fut victime d'un court-circuit. Il prit feu alors qu'une cliente était encore sous son casque. La femme se dégagea juste à temps, en hurlant. Sans l'intervention rapide des pompiers, *Al's* aurait probablement brûlé. Cela aurait peut-être mieux valu, pensa Joanne en regardant les pompiers emporter son séchoir carbonisé. La chaleur excessive avait recouvert l'appareil d'une multitude de cloques qui lui donnaient un air misérable de Noir adolescent, boutonneux et affreusement maigrichon. Bien que le séchoir nº 2 ne lui ait jamais apporté que des ennuis, Joanne eut pitié de lui comme d'un être vivant. L'espace d'un instant, elle fut heureuse de n'avoir pas eu de fils de Paul Ashland. Leur enfant aurait peut-être fini comme ça, emporté par des hommes rudes, balancé sans ménagement dans un véhicule hérissé de gyrophares.

Elle s'assit sur le trottoir, à peu près là où s'était blottie Manon le premier jour. Elle pleura un bon coup.

Cet été-là, le tribunal de commerce prononça la liquidation de la s.a.r.l. que Joanne avait fondée pour exploiter *Al's*.

C'était un mardi de la fin juillet, exceptionnellement chaud. Pour l'occasion, Joanne avait passé une robe en lainage couleur feuille morte rehaussée de parements noirs. Elle transpirait abondamment, car ce n'était évidemment pas la tenue la mieux adaptée à un jour de canicule. Mais, comme la plupart des femmes qui n'avaient pas de quoi s'offrir une toilette pour chaque saison, elle avait depuis longtemps décidé que sa seule robe véritablement élégante serait une robe d'hiver.

Après l'audience, Joanne et Denise s'offrirent un déjeuner au restaurant *La Ciboulette*. Elles choisirent les plats les plus chers, commandèrent une bouteille de champagne. C'était tout sauf raisonnable, et c'est précisément pourquoi elles le firent.

– Quand tu avais de mauvaises notes à l'école, rappela Denise, je me dépêchais d'aller t'acheter un petit jouet pour te consoler. Dans la plupart des familles, je suppose qu'on devait punir la sale gamine qui rapportait à la maison une place de dernière de sa classe. Mais punir, moi, je n'ai jamais trop su comment on s'y prenait. C'est quoi, punir ? Des gifles ? En pénitence au piquet, à genoux sur une règle et les mains sur la tête ? Un écriteau dans le dos ? Des privations ? Déjà que tu n'as pas eu de père, de quoi est-ce que ta pauvre mère aurait encore dû te priver ?

Après le déjeuner, Joanne et Denise retournèrent chez *Al's* pour la dernière fois.

Tout ce qui s'y trouvait était sous scellés et devait bientôt être mis en vente pour couvrir une partie du passif, mais Joanne voulait récupérer quelques objets qu'elle considérait comme personnels.

Parmi eux figuraient les petits outils brillants qui lui avaient servi à percer la langue de Manon. L'huissier les avait examinés, mais sans les inscrire à son inventaire. Il les avait d'abord manipulés avec un air intrigué – il n'avait pas vu d'emblée à quoi cela pouvait servir. Quand il avait enfin compris, il avait semblé marquer de l'intérêt, puis, presque tout de suite, avait repoussé le poinçon et les aiguilles aux embouts roses avec une grimace de dégoût.

– Mademoiselle Guiberry, avait-il dit, mon avis est que personne dans nos îles ne voudra acquérir quelque chose d'aussi barbare. Ni surtout d'aussi superflu. Vous les avez utilisés souvent, ces instruments ?

– Une seule fois.

– Je vois. Ils ne sont même pas amortis. Quel gâchis ! Votre comptable ne vous a donc jamais mise en garde contre les investissements à perte ?

– Je vous en prie, ce n'est pas ce matériel de piercing qui a coulé *Al's*.

– Votre salon de coiffure n'est pas le seul commerce dont monsieur Hosokawa tenait la comptabilité, fit remarquer l'huissier, mais c'est le seul à avoir dû déposer son bilan.

– La vie même de monsieur Hosokawa semble avoir été une faillite.

– Pourquoi vous dites ça, mademoiselle Guiberry ?

– Parce qu'il s'est tué.

– Le suicide n'est pas forcément un échec. Relisez Mishima.

– Qui ?

– Yukio Mishima. Le romancier, vous savez bien.

Joanne avait haussé les épaules – un geste qui pouvait laisser supposer qu'elle connaissait parfaitement ce Yukio Mishima, mais qu'elle n'approuvait pas forcément ce qu'il avait écrit à propos du suicide. En réalité, elle ignorait tout de Mishima. Contrairement à sa mère, Joanne lisait peu. Elle n'aurait pas voulu passer pour une de ces personnes incapables de penser par elles-mêmes et qui éprouvent en permanence le besoin de se référer à des livres qui leur donnent raison.

Elle préférait parler pendant des heures au téléphone avec Paul, en laissant courir ses idées comme elles lui venaient – quelle importance, après tout, si elle disait des sottises ? –, ou feuilleter des magazines de décoration dont elle pourrait s'inspirer plus tard pour décorer sa maison dans le Maine. C'était un reportage paru dans l'un ou l'autre de ces magazines qui lui avait donné l'envie d'un hangar à bateaux. Elle savait désormais qu'elle n'achèterait jamais une maison dépourvue de hangar à bateaux ; et c'était beaucoup plus important à ses yeux que le point de vue que pouvait avoir Mishima à propos du suicide.

Tout en regardant sa fille aller et venir dans le salon, toucher des objets, les déplacer, les reposer, Denise se demandait qui rachèterait *Al's*, et pour en faire quoi. Certainement pas un autre salon de coiffure. Peut-être une boutique de fringues.

A moins que la laverie automatique ou le vidéoclub qui l'encadraient ne veuillent s'agrandir. Ces deux commerces étaient tenus par des Chinois. Celui des machines à laver, jeune, ardent et brutal, racontait qu'il avait dû fuir Pékin après le massacre de Tien-An-Men. Personne ne savait si c'était vrai. En tout cas, même quand il faisait très froid, il était en chemise blanche pour se donner des airs de cet étudiant qui, là-bas, s'était si courageusement interposé entre les chars et ses camarades. L'autre, âgé, raffiné, malin jusqu'à la perversité, était originaire de Shanghai. Les deux Chinois ne s'aimaient pas et ne s'adressaient la parole qu'en cas d'extrême nécessité.

Denise attendait avec intérêt la lutte fratricide qui n'allait pas manquer de les opposer pour s'approprier *Al's*. Elle espérait que l'homme de Shanghai l'emporterait sur le blanchisseur, car il avait promis, le jour où il serait enfin moins à l'étroit, de créer un rayon consacré aux vieux films.

Denise rêvait de revoir le visage de Simone Simon dans *Violettes impériales* – elle se souvenait d'un visage de chat un peu comme celui de Cat Capone – ainsi que le lit d'enfant où Carroll Baker suçait son pouce dans *Baby Doll*. Peut-être louerait-elle aussi *The Collector*, que William Wyler avait réalisé d'après ce curieux roman de John Fowles que Manon trimbalait partout. *Baby Doll* et *The Collector* étaient exactement le genre de films qui pouvaient inciter le Chinois de Shanghai à racheter *Al's* pour s'agrandir. Il serait sans doute moins évident de le persuader d'inscrire à son catalogue une mièvrerie comme *Violettes impériales*.

Le téléphone sonna. La vieille dame décrocha.

– Bonjour, dit-elle en imitant le ton neutre d'un répondeur, ici le salon de coiffure *Al's*. Merci beaucoup pour votre appel auquel nous regrettons de ne pas pouvoir donner suite. Mais notre établissement est provisoirement fermé. Car nous voilà en vacances, c'est l'été, les jours radieux. Il est donc inutile de laisser un message après le bip sonore.

– Pourquoi tu ne leur dis pas la vérité, maman ? protesta Joanne.

– Quelle vérité, ma chérie ?

– Oh, merde. Faillite, huissiers, clé sous la porte. C'est ça, la vérité.

– C'est drôle, comme tu parles. Comme tu te décourages vite. On dirait que tu oublies le vieux Gustin, son entrepôt plein de biscuits rongés, pourris, invendables. On dirait que tu oublies comment ton grand-père s'en est sorti.

– Il avait le dix-huitième amendement. L'Amérique était avec lui.

– Tu as la Chine avec toi, dit Denise.

Joanne écarquilla les yeux.

– Quand la Chine s'éveillera, cita Denise. C'est le titre d'un bouquin. Si tu lisais un peu plus, tu le saurais. La Chine va s'éveiller, chérie. Ici même, dans cette rue, Pékin et Shanghai vont se battre pour te racheter *Al's*. Les enchères vont s'envoler. Même si presque tout cet argent sert à payer tes créanciers, les impôts, la sécurité sociale, tout ça, il t'en restera bien un petit peu. *Al's* ne va pas mourir. Pas complètement.

Depuis que Manon lui avait raconté son histoire, la vieille dame avait la certitude que tout ce qui s'éteignait pouvait se rallumer un peu plus tard. Il y avait toujours des braises sous la cendre.

Elle se souvenait d'avoir entendu dire que l'éternité était comparable à une boule de fer qui aurait, mettons, le volume de la Terre. Ensuite, il convenait d'imaginer une plume suspendue dans l'espace, une simple plume d'oiseau, par exemple une plume de Louise. Cette plume, une fois tous les dix mille ans, viendrait effleurer la boule de fer. Au terme d'un milliard d'années de ce jeu entre la plume de Louise et la boule de fer, l'éternité ne serait pas davantage entamée que la boule de fer sous la caresse de la plume.

C'était assez dire que l'éternité allait être longue et riche en surprises.

– Tout peut arriver, conclut Denise. Et en attendant, moi, je crois que je vais me faire un bon petit café. Est-ce que ton huissier a aussi posé ses horribles scellés sur la machine à café ?

Joanne n'en savait plus rien. L'huissier s'était montré courtois, il avait procédé avec discrétion. Son épouse, Marie-Christine, avait fréquenté *Al's* pendant un temps. Joanne se souvenait de lui avoir fait des mèches d'un blond très clair. Elle lui avait conseillé de mettre un rouge à lèvres d'un rose beaucoup plus pâle et un peu brillant. Tout ça lui donnait une tête d'ange. En voyant revenir sa femme à la maison, l'huissier avait apprécié. Il avait souri : « Si ta coiffeuse a un jour des ennuis, ce n'est pas sur moi qu'il faudra compter pour l'embêter. » D'une certaine façon, il avait tenu sa promesse car, quand le moment était venu de poser les scellés, il avait trouvé des paroles compatissantes, des mots d'anesthésiste qui frotte à l'alcool la veine dans laquelle il s'apprête à enfoncer l'aiguille : « Si ça vous fait du mal, mademoiselle Guiberry, vous n'êtes pas obligée de regarder ce que je fais. Respirez un bon coup, décontractez-vous et essayez de penser à autre chose. De toute façon, il n'y a rien de plus dérisoire que des scellés. De vous à moi, ça arrête qui ? La vérité, c'est qu'il est déjà arrivé que des araignées les brisent – si, si, figurez-vous, des araignées. Et pourtant, hein, une araignée, qu'est-ce que c'est qu'une araignée ? »

Denise vit que des scellés avaient été posés sur la machine à café. C'était juste un petit tortillon de fil de plomb avec, au bout, une espèce de pastille terne.

– C'est logique, maman, dit Joanne. C'est pour protéger le fric qui est dans la machine.

– Sauf que personnellement, déclara Denise avec hauteur, je n'en ai rien à faire, moi, des scellés. Et ton grand-père Gustin, lui non plus, n'en aurait rien eu à faire.

Elle brisa les tortillons. Elle mit une pièce dans la machine, pressa la touche marquée café noir et celle marquée sucre. Sur cette dernière, elle appuya par deux fois pour obtenir une double dose de sucre. L'appareil émit une série de borborygmes. Un peu de vapeur fusa, en jets pointus. Pour la dernière fois, une délicieuse odeur de café envahit *Al's*.

En août, Paul Ashland prit ses trois semaines de vacances. D'habitude, il en profitait pour repeindre la maison – ça évitait de déménager tout en donnant à Carolyn l'illusion de changer de domicile et de tout reprendre à zéro. Il enfilait une combinaison en plastique et grimpait sur une échelle tandis que sa femme, vautrée sur la pelouse que le soleil des Rocheuses transformait chaque été en paillasson, écoutait sur sa chaîne portable de vieux standards de Paul Anka. C'était son chanteur préféré, elle avait eu dix-sept ans quand il chantait *Diana*, elle était mince et ravissante à l'époque de *Crazy Love*, et puis il s'appelait Paul comme son mari. Au fil des années, Carolyn avait doucement enlaidi, sa stupidité s'était épanouie en même temps qu'elle s'était mise à grossir, surtout des cuisses, et il lui arrivait d'être méchante (elle avait des conflits avec tout son voisinage), mais le fait est qu'elle n'avait jamais cessé d'aimer les deux Paul – Anka et Ashland. Cette passion, qui avait l'abnégation mais aussi le côté quémandeur de celle d'un chien, mettait Paul mal à l'aise – on était loin de l'humilité de Joanne qui se contentait de ses deux solstices.

Cette année-là, il se dit que c'était sans doute la dernière fois qu'il allait passer des vacances avec Carolyn. A l'automne, il divorcerait ou bien il la tuerait. Alors, pour se déculpabiliser, il lui offrit une croisière aux Caraïbes. Comme il s'y était pris à la dernière minute, il ne trouva de places que sur un petit paquebot lamentable, un ancien ferry-boat italien qui était venu faire sa haute saison à Miami. Leur cabine n'avait pas d'ouverture donnant sur la mer, la nourriture était spongieuse et grasse. Pour tout arranger, ils essuyèrent un cyclone.

Un mois après son retour, Paul n'avait toujours pas reçu sa nouvelle valise d'échantillons. On attendait, paraît-il, la sortie de la nouvelle gamme. Vers la fin septembre, alors qu'approchait le moment fatidique où il allait devoir se résoudre à divorcer ou à assassiner Carolyn, il fut convoqué par Leonardo Agricente, le directeur commercial chargé de l'équipe des représentants.

Paul s'était préparé à un licenciement avec préavis et commençait déjà d'éplucher les petites annonces. Contre toute attente, il eut une promotion. C'était inexplicable, peut-être dû à une bourde de l'ordinateur central de chez Denv'Hair, mais on le nommait chef de produit et on lui confiait le lancement d'une ligne de shampooings pour bébés. Présentés dans des flacons rigolos, ces shampooings sentaient le bonbon et produisaient une épaisse mousse aux teintes fluo. Cette mousse ne piquait pas les yeux et – toute l'astuce était là – les bébés pouvaient s'en régaler comme si c'était de la barbe à papa.

– En plus, dit Leonardo Agricente, ça leur donne bonne haleine. Vous verrez, c'est un argument commercial non négligeable. Après avoir connu l'ère des déodorants pour dessous de bras, l'Amérique, dans le droit fil de la campagne antitabac, entre en guerre contre la mauvaise haleine. Inutile de vous préciser que nous avons l'appui du lobby des dentistes et de celui des industriels du dentifrice et des bains de bouche. Avec les bébés, forcément, nous sommes à la pointe du combat.

– Mais, Don Leonardo (Paul savait qu'Agricente aimait assez jouer les parrains et qu'il appréciait que ses collaborateurs l'appellent « Don »), est-ce que les bébés n'ont pas naturellement bonne haleine ? Est-ce que, d'une certaine façon, ils ne sont pas « nés avec » ?

– Avez-vous jamais eu un bébé, mon vieux ?

– Non, reconnut Paul.

– Faites un bébé, mon vieux, et vous vous apercevrez qu'ils puent comme tout le monde. Peut-être pas l'ail ou la cigarette, bien sûr. Mais le lait caillé. Une enquête vient de démontrer que beaucoup de jeunes mères étaient absolument révulsées par cette odeur. Croyez-moi, nous allons conquérir un marché immense et inattendu – *vous* allez nous conquérir ce marché, Ashland. Pour vous, fini la route, les Greyhound, les motels. Plus de notes de frais, c'est vrai, mais votre salaire est doublé à partir d'aujourd'hui. Votre bureau est au onzième étage. En attendant qu'on mette votre nom sur la porte, sachez qu'il a le numéro 11-887. Votre secrétaire s'appelle Cathy – très frais, comme prénom, n'est-ce pas ?

– Oui, Don Leonardo, très frais. Je vous remercie.

– Elle a cinquante-quatre ans. Ne vous fiez pas aux prénoms, Ashland. Ne vous fiez à rien.

Paul n'eut pas le courage d'appeler Joanne pour lui faire part de sa promotion et lui dire que sa vie – *leur* vie – allait changer. Il tergiversa pendant plusieurs semaines, puis décida de lui écrire.

Sa lettre de rupture – car ça n'était pas autre chose, même s'il affirmait croire en un destin facétieux qui réussirait bien à les faire se retrouver un jour ou l'autre – était belle et longue, écrite à la main avec un stylo à encre qu'il avait dû acheter pour cette occasion. On sentait qu'il s'était donné vraiment du mal, qu'il avait souhaité rédiger le genre de lettre qu'une femme bouleversée lirait et relirait en pleurant, et qu'elle garderait pour toujours.

A l'instant même où Joanne déchiquetait la lettre de Paul et s'approchait de sa poubelle de cuisine pour l'y jeter, il se mit à neiger doucement sur Saint-Pierre-et-Miquelon.

Dehors, dans la rue, elle entendit des enfants qui riaient. Au sous-sol, sa chaudière se mit en route automatiquement. Puis le téléphone sonna. « Oh ! non, Paul, dit tout bas Joanne, non, je ne suis plus là pour toi. Laisse-moi tranquille. » La sonnerie insistait. Joanne décrocha et hurla à s'en casser la voix :

– Va te faire foutre !

C'était Denise, qui ne se formalisa pas :

– Manon cherche à te joindre. Elle a d'abord téléphoné chez *Al's*, mais le répondeur a été débranché. Alors, elle est passée par moi parce qu'elle avait mon numéro. Elle l'avait noté sur sa brosse à dents.

– Elle l'avait noté où ça ? balbutia Joanne, ahurie.

– Sur le manche de sa brosse à dents. C'est un manche en bois, tu peux y marquer un tas de choses à condition d'écrire tout petit. Astucieux, non ? On doit perdre sa brosse à dents moins souvent que son agenda. Comme je ne voulais pas qu'elle t'embête, je lui ai dit que j'allais te faire part de son appel et que tu aviserais de la suite à donner.

– Je peux la rappeler où ?

– Je n'en sais rien.

– Elle était où, quand elle a téléphoné ?

– Au Québec, j'imagine.

– Mais où ça, au Québec ?

– Elle ne me l'a pas dit.

– Oh, maman, s'il te plaît, tu n'as pas une toute petite idée ?

Paul Ashland avait appris à Joanne à identifier les origines de ses appels à partir de menus indices. Entre eux, c'était devenu comme un jeu : « Qu'est-ce que tu entends quand je me tais, *honey* ? – Rien. – Mais si. Écoute mieux. Il y a un bruit de fond. – Un truc qui bourdonne, c'est ça ? – Bravo, *honey*. Maintenant, trouve ce qui bourdonne. – La rumeur d'une grande ville ? Tu es à Philadelphie ? – Tu ne réfléchis pas assez. Si c'était la rumeur d'une ville comme Philadelphie, à un moment ou à un autre tu entendrais des sirènes, il ne se passerait pas deux minutes sans que tu entendes une de ces putains de sirènes, d'accord ? – D'accord. On se parle depuis plus de deux minutes, et il n'y a pas eu de sirènes. Donc tu n'es pas dans une grande ville. – Non. – Paul, je ne trouve pas. – Écoute encore, *honey*, écoute mieux. – Est-ce qu'il pleut, là-bas où tu es ? Oui, il pleut. En plus du bourdonnement, j'entends la pluie. – Quelle espèce de bruit fait cette pluie ? Est-ce qu'elle crépite ? – Non, elle ne crépite pas. Elle ruisselle, plutôt. Oh, Paul, c'est une pluie énorme ! – Crois-tu qu'une pluie puisse être énorme à ce point-là, Joanne ? – Je crois que j'ai trouvé, Paul. Le bourdonnement, c'est la clim. Tu es dans une chambre où on ne peut pas dormir avec la fenêtre ouverte, alors on met la clim. – Pourquoi on ne peut pas dormir avec la fenêtre ouverte ? – Parce que, tout près, il y a des chutes d'eau. Quelque chose de terriblement impressionnant. Tu es dans un motel à Niagara Falls. – Tu as gagné, miss bouclettes. »

Denise connaissait le jeu du téléphone auquel jouaient Joanne et Paul. Mais ne recevant pas d'autres appels que ceux de sa fille, elle n'avait jamais eu l'occasion de s'y exercer, et donc aucune idée, vraiment, de l'endroit d'où Manon avait téléphoné.

– Mais elle rappellera sûrement. Je lui ai demandé si je pouvais faire quelque chose pour l'aider, elle a répondu qu'elle ne voulait parler qu'à toi, que c'était assez urgent. Elle était tendue comme quelqu'un qui a un sacré problème – ou bien alors, c'est qu'elle n'avait presque plus d'unités sur sa carte de téléphone – mais je penche plutôt pour le problème. Je pense, moi, que son trou dans la langue a dû finir par s'infecter. Oh ! je sais, tu as pris toutes les précautions possibles. Mais il y a quelque chose qui t'échappait : AC 23177. Tu sais ce que disent les sommeliers quand leur vin a un goût de bouchon : « On s'excuse beaucoup, mais on n'était pas dans la bouteille. » Toi non plus, Joanne, tu n'étais pas dans la bouteille. Qu'est-ce qui prouve que le vieux whisky d'Al Capone n'était pas plein de germes, un bouillon de culture, une bombe à retardement ? Suppose que Capone ait voulu punir notre vieux Gustin. Le punir de quoi ? Est-ce qu'on sait ! Guiberry n'était pas du genre à avoir froid aux yeux, et Capone était un tueur – il faudra bien qu'on se décide un jour à regarder les choses en face, dans cette famille. Le miracle, c'est que le grand-père n'ait pas cédé à la tentation de déboucher AC 23177 et d'y goûter. Seulement voilà, des années plus tard la bombe éclate dans la bouche de Manon Framboisiers. Et maintenant, cette petite appelle pour savoir ce qu'elle doit faire. Ne t'en mêle surtout pas. Elle pourrait intenter un procès contre toi – et avec quoi est-ce que tu payerais les dommages et intérêts, ma pauvre fille ? Si elle a des aphtes ou je ne sais quelle saleté d'éruption dans sa bouche, dis-lui d'aller voir un médecin. Dégage ta responsabilité. Envoie-la chier – oui, Joanne, oui, ta mère a dit « chier ». Tu n'as aucune raison d'avoir pitié de cette fille, aucune raison de la ménager. Je sais que tu ne me crois pas, pourtant c'est la vérité : ils ont mis Manon dans le sac des morts, et Manon est sortie du sac. Elle ne risque plus rien, elle. Mais toi ? Mais nous ?

– C'est toi qui as fini la bouteille, maman, rappela Joanne avec lassitude. Est-ce que ça t'a donné des aphtes ?

– Non, reconnut Denise. Mais on ne m'a pas fait un trou dans la bouche, à moi. Au fait, qui a acheté la petite barrette en argent que Manon a vissée dans sa langue ?

– Moi, dit Joanne. Cadeau pour elle.
– Un cadeau ? Pourquoi un cadeau ?
– Parce que je l'aime.
– Oh, dit seulement Denise.

L'averse de neige tourna à la tempête. En quelques heures de précipitations ininterrompues il y eut vingt centimètres, puis cinquante, puis plus d'un mètre de poudre froide et blanche dans les rues de Saint-Pierre.

Joanne passa devant son ancien salon de coiffure. La neige s'était infiltrée sous la porte, recouvrant les avis de lettres recommandées et les prospectus publicitaires que le facteur y avait glissés. Des congères s'élevaient le long de la vitrine, assez haut pour masquer l'affichette légale mentionnant que le fonds de commerce serait prochainement vendu aux enchères par l'entremise de maître Yveline Ségurian, commissaire-priseur.

En humidifiant la vitre, le froid avait eu raison des caractères en feutrine qui avaient formé le mot piercing. Décollées, les lettres jaune fluo étaient tombées sur le sol où elles s'alignaient en désordre, comme sur une réglette de Scrabble après une pioche.

Des gens s'affairaient déjà à monter des sas en planches sur le porche de leurs maisons pour en protéger l'entrée contre les intempéries. Ces tambours, qui devaient rester en place jusqu'après les dernières neiges de mai, faisaient un peu comme des soufflets de wagons de chemin de fer. Avec les fumées qui s'échappaient à présent des cheminées, la ville prenait des allures de vieux train aux voitures en bois de toutes les couleurs – un train immense et tellement entortillé sur lui-même qu'il n'avait aucune chance, semblait-il, de jamais réussir à démêler ses anneaux et à quitter l'hiver.

Joanne s'installa chez sa mère sous prétexte de lui éviter l'obligation pénible de sortir pour aller faire ses courses : « Je ne resterai que quelques jours, le temps que les trottoirs et les rues soient bien dégagés. »

Denise apprécia modérément la présence de sa fille, qui l'empêchait de se livrer à la chasse aux petites cuillers. Mais elle réussit à cacher sa contrariété. Après tout, Joanne agissait pour son bien : si la vieille dame glissait sur une plaque de verglas et se brisait le col du fémur, c'était pour le coup qu'elle devrait renoncer pour longtemps – peut-être pour toujours – à reconstituer le contenu de l'écrin bleu. Or elle voyait se rapprocher le moment inéluctable où Joanne lui annoncerait qu'elle était amoureuse et qu'elle allait se marier. Si ce n'était pas avec Paul Ashland, ce serait avec un autre homme, quelqu'un surgi de n'importe où, descendu d'un bateau ou d'un avion, qui apparaîtrait à travers le rideau de neige aussi soudainement que l'avait fait Manon. Cela ne pouvait pas manquer d'arriver à présent que Joanne avait perdu *Al's* et qu'elle allait devoir compter sur quelqu'un pour la faire vivre. A l'idée de ne pas disposer des cent soixante-douze pièces d'argenterie le jour du mariage, Denise se sentait tenaillée par une angoisse insupportable. Elle se réveillait la nuit, baignant dans des draps inondés de sueur aigre, cherchant l'air comme une asphyxiée.

Elle ignorait que sa fille ne rêvait plus des hommes : Joanne était venue s'établir quelques jours chez sa mère uniquement pour ne pas manquer un appel de Manon.

Au soir du troisième jour, le téléphone sonna enfin.

– Madame Guiberry ? C'est moi, c'est Manon.

– Manon, dit seulement Joanne.

Elle eut beau se concentrer, elle n'entendait rien d'autre que la respiration de la jeune fille, qu'elle trouva d'ailleurs un peu précipitée. Sinon, il n'y avait aucun bruit de fond, pas de passages de voitures ni de convois ferroviaires grinçant sur des aiguillages, aucune rivière ne coulait à proximité, on n'entendait pas la mer, ni le vent, pas de chiens ni de chevaux, et pas non plus de fracas d'usine, il n'y avait pas de rires, pas d'applaudissements, pas de couverts entrechoqués ni de verres heurtés bord à bord, aucune espèce de musique de fête foraine dans le lointain.

Le souffle de Manon se détachait seul, impeccablement pur, sur le silence.

Peut-être qu'elle est déjà couchée, pensa Joanne (elle regarda furtivement sa montre – oui, c'était l'heure à laquelle une jeune fille pouvait raisonnablement s'être mise au lit, surtout si elle avait sa pauvre bouche pleine d'aphtes qui l'empêchaient de profiter de la vie). Peut-être bien qu'elle me parle tout contre son oreiller, qu'elle a remonté ses couvertures sur sa tête – oh ! peut-être qu'elle me téléphone en cachette, en clandestine, comme une amoureuse.

– Tu es là, Manon ?

– Oui, madame Guiberry.

– Ce n'est pas madame Guiberry. C'est Joanne. Si ça te fait trop mal de parler, tu n'as qu'à répondre juste par oui ou par non.

– Pourquoi est-ce que ça me ferait mal de parler ?

– A cause de ta langue, dit Joanne.

Elle entendit Manon qui riait :

– Oh non, tu en es encore là ? Tout est OK pour ma langue et pour moi.

Bouchant un instant le combiné, Joanne se tourna vers sa mère et lui chuchota, furieuse et soulagée :

– Qu'est-ce que tu me racontais, toi ? La langue de Manon va très bien. Maudit bon Dieu, tu m'as affolée pour rien.

– Maudit bon Dieu toi-même ! s'insurgea Denise. Est-ce que tu lui as seulement demandé si elle avait des aphtes ? Ou une glossite, tiens, puisque tout est parti de sa langue ? A moins qu'elle n'ait une stomatite herpétique. On voit bien que tu n'y entends pas grand-chose en médecine. Et même rien du tout. Le jour où je ferai un infarctus, là sous tes yeux, je suis sûre que tu me mettras des gouttes de goménol dans le nez.

Joanne cala le portable sous son oreille et alla se réfugier dans le tambour. A travers les vitres contre lesquelles papillonnaient les flocons, elle vit un petit chasse-neige qui remontait la rue. Le thermomètre indiquait trois degrés en dessous de zéro.

– Et Louise ?

– Justement, dit Manon. C'est à propos de Louise que je t'appelle.

– Elle est morte, n'est-ce pas ? Je m'en doutais un peu. Je suis désolée. Tu en as tant fait pour cette oie – oh ! j'ai failli dire : pour cette bête qui n'était qu'une oie après tout, mais ç'aurait été stupide de ma part de dire ça, évidemment que c'était stupide. Elle comptait beaucoup pour toi. Et je suis sûre que, pour elle, tu as beaucoup compté toi aussi. Je comprends que tu aies du chagrin, petite fille. Mais elle était dans un état pitoyable quand tu as quitté l'île. Pauvre Louise, j'espère qu'elle n'a pas trop souffert. Est-ce que tu veux me raconter comment ça s'est passé ? Est-ce que ça peut te soulager d'en parler ou, au contraire...

– Mais arrête, s'écria Manon, qu'est-ce qui te prend ? Louise est en pleine forme. Et même, figure-toi qu'elle bat des ailes – des deux ailes, à présent, comme n'importe quel autre oiseau.

– C'est magnifique, bredouilla Joanne.

Elle paniquait complètement à l'idée qu'elle n'allait jamais retrouver à temps la voix enjouée et le ton euphorique qui convenaient à ce renversement de situation.

– Je suis tellement fière de toi, Manon. Tellement contente pour toi. Et pour Louise aussi, bien sûr.

– Merci, dit la fille. Mais c'est maintenant que tout va vraiment commencer. Est-ce qu'il neige, chez toi ?

– Pas mal, oui.

– Au Québec aussi. Les grandes oies sont descendues du Nord. Elles se sont posées sur les battures. Attends, je vais ouvrir la fenêtre, je crois que tu devrais pouvoir les entendre – elles font un sabbat de tous les diables.

La membrane du microphone se mit à vibrer. Joanne entendit un bruit assourdissant et feutré à la fois, qui ressemblait à celui d'une foule immense piétinant des brindilles de bois mort.

– Tu as entendu ? fit Manon en reprenant le téléphone. Elles sont des centaines de milliers. A présent qu'elle est capable de voler, je crois que Louise doit les rejoindre.

– Je le crois aussi, Manon.

– Je vais la conduire sur la batture. J'irai là-bas tous les jours, pour qu'elle s'habitue. Pour qu'elle se choisisse un troupeau. Et puis, quand je sentirai qu'elles sont toutes prêtes à s'envoler, je la lâcherai parmi les autres. Est-ce que tu penses que je fais bien ?

– Oui, dit Joanne. Sincèrement oui, j'en suis sûre.

– Merci, reprit Manon. J'appelais pour te proposer de venir voir ça. Je peux le faire toute seule, évidemment, mais j'aimerais bien que tu sois là.

– Te revoir ?

– Revoir Louise, corrigea vivement Manon.

Joanne fit non de la tête, même si, par téléphone, ça ne se voyait pas – elle ne voulait pas se comporter avec Manon comme ces vieux couples qui ne trouvent plus rien à se dire s'ils ne parlent pas de leurs enfants.

– J'aime bien Louise, dit-elle, mais c'est toi que je veux revoir.

Denise ne pouvait pas entendre ce qui se tramait dans le tambour. De toute façon, les paroles de sa fille étaient couvertes par le grondement du petit chasse-neige dans la rue. Alors, sans crainte ni honte, Joanne ajouta :

– Je voudrais tellement t'embrasser, Manon. Je viens. Je pars demain. Dis-moi seulement où je peux te retrouver.

Elle écouta, fit répéter (il ne s'agissait pas de se tromper), inscrivit avec son doigt l'adresse sur la buée des vitres du tambour, raccrocha comme si le téléphone était devenu une chose brûlante ou sale, apprit par cœur l'endroit des retrouvailles, pensa « Oh merde, je suis heureuse ! Comment vais-je m'habiller pour la revoir ? », revint dans la pièce où Denise débarrassait la table et dit :

– Laisse, maman, je vais faire ça.

Et puis, disparaissant dans la cuisine :

– Au fait, je ne t'en ai pas parlé, mais il se pourrait que j'aille quelques jours au Québec. C'est à Montréal, cette année, que Denv'Hair réunit ses représentants – tu sais, ce genre de symposium pour les motiver. Oh, je ne serai absente que deux ou trois jours, pas davantage, c'est juste histoire d'apercevoir Paul entre deux séances. Remarque, si ça se trouve, il n'aura pas une heure à me consacrer. Quand une boîte américaine organise ces trucs-là, ce n'est pas pour offrir des vacances à ses employés. D'ailleurs, hein, Montréal…

– Quoi, Montréal ? fit Denise en entrant à son tour dans la cuisine. C'est une très belle ville, Montréal. C'est plein d'écureuils, comme à Chicago.

Que Joanne disparaisse soixante-douze heures, ou même seulement quarante-huit, et la vieille dame pourrait enfin fouiller sa maison de fond en comble. Sans crainte d'être prise en flagrant délit, elle mettrait tout sens dessus dessous. Elle soulèverait les lames du parquet, démonterait les rayonnages de la bibliothèque. Elle travaillerait jour et nuit si nécessaire, mais elle finirait par retrouver les couverts – probablement des centaines de couverts – qu'elle était absolument sûre d'avoir cachés et oubliés quelque part chez elle. Sans compter les nouvelles petites cuillers qu'elle allait pouvoir voler sans avoir une Joanne en train de camper chez elle et de lui interdire de sortir par ce froid. Oh ! elle allait décidément en finir avec son rocher de Sisyphe, boucher son tonneau des Danaïdes : quand sa fille reviendrait, elle aurait récupéré de quoi lui garnir plusieurs ménagères. Joanne pourrait se marier, divorcer, se remarier autant de fois qu'elle voudrait : à chaque fois, Denise Guiberry serait là, sereine, avec son écrin bleu et la satisfaction d'avoir accompli son devoir de mère.

– Tu vas aimer Montréal, dit-elle.

Pendant tout le vol, Fabienne O'Creagh et Pauline Leglorieux gavèrent Joanne de recommandations diverses, d'adresses de boutiques incontournables et de petits restaurants du meilleur rapport qualité/prix. Montréal était une ville si chère quand on se montrait étourdie. Joanne les écoutait avec une attention d'écolière appliquée, leur réclamait des détails, prenait des notes. Au retour, tout cela lui servirait à nourrir le grand mensonge qu'elle serait bien obligée de servir à sa mère ; car Joanne ne resterait pas à Montréal, elle ne traverserait peut-être même pas la grande ville : Manon avait dit qu'elle l'emmènerait tout de suite sur les bords du Saint-Laurent pour voir les oies sur les battures.

Lorsque l'avion entama sa descente, Fabienne et Pauline abandonnèrent Joanne pour récupérer les boîtes de bière, de Coca et de jus de fruit qu'elles avaient offertes aux passagers. Joanne les regardait s'affairer dans l'allée centrale, le fameux sourire commercial plaqué sur leurs lèvres dont elles avaient ravivé la couleur, le brillant. Quand *Al's* avait fermé, elles avaient dû émigrer vers un autre salon où on les coiffait désormais d'une manière beaucoup plus sophistiquée, à grand renfort de gels et de laque.

Le plus mouvementé des atterrissages forcés n'aurait pas réussi à déranger une seule de leurs mèches – mais cette fois, l'avion effectua un atterrissage banal sur l'aéroport de Dorval.

Manon était vêtue d'un gros anorak manifestement tout neuf, molletonné, gris anthracite, avec un capuchon bordé d'une fourrure synthétique imitant celle du renard. Le contour de ses oreilles et le bout de son nez étaient aussi de la couleur des renards. Une couche de pommade antigerçures, grasse, orange, parfumée aux fruits de la passion, barbouillait ses lèvres. Elle avait enfermé ses mains dans des moufles en laine. Elle avait dû souffler sur ces moufles pour réchauffer un peu ses doigts, et son haleine s'était alors congelée en une infinité de petits cristaux brillants qui étaient restés emberlificotés dans les fils de laine. Quand elle les agita pour signaler à Joanne qu'elle était là, les mains de Manon scintillèrent sous les néons des compagnies aériennes comme si elle avait eu des diamants à ses doigts, des menottes nickelées à ses poignets. Elle portait aux pieds d'énormes chaussures au laçage passablement compliqué et, sous son anorak, un chandail en V, bleu marine, marqué au chiffre d'une équipe de hockey. Sur l'échancrure du chandail rebiquaient les deux pointes du col d'un chemisier blanc.

Manon se précipita vers Joanne, balançant ses bras comme une patineuse. Joanne ne se rappelait pas que son amour avait d'aussi longs bras – mais c'était peut-être parce que, jusqu'à cet instant, elle n'avait encore jamais prêté attention aux bras de Manon, c'est-à-dire qu'elle n'y avait pas pensé comme à deux choses douces et chaudes qui devaient être assez longues pour pouvoir bien enlacer et bien se nouer.

Manon mit ses bras interminables sur les épaules de Joanne et les croisa derrière son cou. Elle fit pression sur la nuque de son amie, l'obligeant à incliner son visage vers elle.

– Maintenant ? souffla-t-elle. Tu veux maintenant ?

– Là, ici, devant tout le monde ?

– Personne ne verra rien, j'ai un énorme capuchon, il va nous cacher.

– Je crois qu'il vaut mieux attendre, dit Joanne. Un hall d'aéroport, ça n'est pas tellement romantique.

Manon eut une façon ravissante d'écarquiller les yeux :

– Tu ne veux plus ?

– J'en meurs d'envie. Touche comme je tremble. Mais ce n'est pas parce que nous sommes deux filles qu'on doit s'aimer planquées sous un anorak. Je veux t'embrasser doucement, mais pas en douce. Où m'emmènes-tu nicher ? Chez ton pasteur ?

– Nous deux, il n'aurait pas compris. Déjà, pour Louise et moi, il avait du mal. Il aurait fallu qu'on se surveille. En plus, son presbytère est tout en bois et vraiment très vieux. La nuit, pour se retrouver, on n'aurait pas pu faire un pas sans tout faire grincer. Il serait apparu au pied de l'escalier, avec une lampe de poche : « Qu'est-ce qui se passe ? Vous êtes malade, Manon ? Ou bien c'est votre amie ? Pourtant, ma femme avait préparé un souper très léger. Le soir, nous mangeons toujours si légèrement. »

Joanne imagina le pasteur en pyjama de satinette, avec sa lampe aux piles flageolantes et ses pieds nus recroquevillés sur le parquet, des pieds de vieil homme aux ongles cornus. Un jour, Paul Ashland aurait lui aussi les mêmes ongles cornus, un peu jaunes, aux bords effrités. Joanne aurait éprouvé du dégoût à lui caresser les orteils, à les approcher de ses lèvres pour les chatouiller de la pointe de sa langue, caresse sans aucun intérêt pour elle mais dont Paul raffolait parce que sa femme, Dieu sait pourquoi, la lui refusait – Carolyn refusait pas mal de choses à Paul, et pourtant c'était elle qui l'avait emporté.

– J'ai loué une voiture, reprit Manon, c'est une limousine. Je ne l'ai pas mesurée exactement, mais elle doit avoir à peu près la longueur d'un petit paquebot. J'ai réussi à l'amener jusqu'ici, mais à partir de maintenant c'est toi qui vas la conduire, moi elle me fait trop peur. Je l'ai choisie immense parce que, pour ces quelques jours, j'ai pensé qu'on pourrait vivre dedans. La banquette avant pour moi, la banquette arrière pour toi, et Louise se baladera où elle voudra. Tu crois que tu réussiras à dormir dans une limousine ? Le seul problème, c'est le froid. La nuit, pour avoir assez de chaleur, on devra faire tourner le moteur au moins dix minutes toutes les heures. Il va falloir qu'on organise des tours de garde.

– Mais j'adore l'idée des tours de garde, dit Joanne. J'adore l'idée de te regarder dormir – pour ça, si je comprends bien, il faudra que je me penche par-dessus le dossier des sièges, comme font les mamans au-dessus des berceaux ?

– Attention, dit Manon, je ne suis pas un bébé.

– Je n'ai aucune idée de ce que tu peux être, reconnut Joanne.

C'était en effet une limousine américaine, basse et longue, très belle, noire avec un intérieur gris perle et des vitres fumées.

Pour se mettre au volant, Joanne dut écarter Louise qui

s'était installée à l'avant du véhicule, allongeant son cou pour poser sa tête à l'endroit précis où Manon s'était assise pour conduire. Les yeux à demi fermés, elle avait un petit air de béatitude voluptueuse qui faisait hésiter à la déranger.

Joanne se souvint d'avoir surpris Paul Ashland dans une posture à peu près similaire. Une nuit d'été, elle l'avait conduit à travers le Bois de la Vigie jusqu'au petit étang de la Demoiselle, et là elle était descendue de son 4×4 pour lui montrer à quoi ressemblait l'expansion de l'Univers : il suffisait de lancer un caillou dans l'eau sombre et parfaitement immobile pour avoir l'illusion de voir les étoiles s'enfuir vers les bords de l'étang. Elle avait donc ramassé une pierre et elle attendait Paul. Comme il tardait décidément à la rejoindre, elle s'était retournée et l'avait alors aperçu en train de frotter furtivement son visage sur le siège encore tiède qu'elle venait de quitter. « J'arrive, avait-il dit en se relevant, c'est juste que je croyais avoir fait tomber quelque chose. » Il avait eu l'air passablement gêné – et, de fait, son attitude pouvait sembler puérile et ridicule. Pourtant, Joanne avait été émue qu'un homme soit épris d'elle au point d'embrasser un siège de voiture où elle avait posé ses fesses.

– Allez, la grosse poule, tu dégages, dit-elle en fustigeant Louise avec le magazine qu'elle avait acheté pour passer le temps en avion.

Louise protesta en sifflant furieusement. Incurvant son long cou et le balançant comme un serpent qui s'apprête à frapper, elle se laissa néanmoins exiler à l'arrière de la voiture.

– Ne sois pas comme ça avec elle, s'insurgea Manon, ne lui tape pas dessus. Et je déteste que tu la traites de grosse poule.

– Quand tu auras des gosses, dit Joanne en riant, ne me

demande jamais de les garder : ils vont être sacrément mal élevés avec une mère aussi permissive.

– Je n'aurai jamais d'enfants, répondit Manon avec gravité. En arrivant à Montréal, je suis allée voir un médecin. Il m'a trouvée ravagée.

Joanne la dévisagea avec inquiétude :

– Qu'est-ce que tu entends par « ravagée » ?

– Eh bien, tu devrais comprendre que je ne suis pas morte de rien, dit la fille.

Joanne coupa le contact de la voiture. Se tournant vers Manon, elle lui prit le visage entre ses mains en lui enfonçant légèrement ses ongles dans les joues :

– Ton histoire a beaucoup plu à maman. Je te suis très reconnaissante de la lui avoir racontée avec autant de conviction parce que, d'une certaine façon, ça l'a rassurée. Mais moi, tu ne me parles jamais plus de ces conneries, d'accord ?

Elles roulèrent en bordure de la ville, effleurant celle-ci sans jamais y entrer vraiment. Passant sous des ponts métalliques qui pissaient une bruine d'humidité rouillée, de neige fondue et de gas-oil, elles contournèrent des échangeurs d'autoroutes que les salissures duveteuses des échappements faisaient ressembler à d'immenses nœuds de velours noir. Elles se glissèrent entre des falaises de béton décorées de tags si hauts, si grêles, aux couleurs si absurdement tendres, qu'on croyait y voir des femmes de Giacometti. En longeant un parc d'attractions aux manèges bâchés, elles virent un couple de forains qui démontait le train fantôme, la femme talquait puis repliait comme des cartes routières les ailes des chauves-souris en caoutchouc, son compagnon attachait les mains et les pieds des squelettes pour les empêcher de s'entrechoquer pendant le voyage vers un autre champ de foire. Elles passèrent devant un parking en plein air où, les doigts crochetés dans les mailles du grillage, un petit garçon et une petite fille jouaient à la visite en prison ; leur jeu était si réaliste qu'elles pensèrent que ces enfants, peut-être, imitaient ce que vivaient leurs parents. Puis elles traversèrent des terrains vagues où de grands chiens s'exerçaient à sauter à travers des pneus de camions, et franchirent des rues tout au bout desquelles elles pouvaient apercevoir de hautes superstructures de cargos.

Et toujours Joanne et Manon prenaient grand soin de garder le Saint-Laurent à main droite.

– C'est sûr que ça nous ferait plus direct par la Métropolitaine, avait expliqué Manon en indiquant l'itinéraire à Joanne, mais Louise est plus tranquille quand elle sent la proximité immédiate du fleuve – son fleuve. Elle sait toujours où il est, ne se trompe jamais. Si Louise était un chien, je dirais que c'est une question d'odorat. Mais une oie utilise d'autres indices. Une fois, avec elle, je me suis perdue. Pas très loin d'ici, du côté de Lachine. On visitait, je ne connaissais pas le coin. Il s'est mis à faire nuit, avec un sale temps orageux qui n'arrangeait rien. Je voulais rentrer, j'ai essayé d'arrêter des gens pour demander mon chemin. Mais ils se défilaient avant même de savoir ce que je leur voulais. Pourquoi, Joanne, pourquoi les gens ne voulaient-ils pas s'arrêter ? Ils agitaient la main l'air de dire : « Non, non, désolé mon petit, je n'ai rien sur moi. » C'est comme ça dans les villes, aujourd'hui. Tu t'approches, on s'écarte. Matière, antimatière. Même si tu es une fille, on te fuit. Surtout si tu es une fille. Les hommes doivent penser que s'ils te sourient tu vas gueuler au viol et rameuter les flics. Alors je me suis assise sur un bout de trottoir, et j'ai attendu de me faire manger jusqu'à l'os par les maringouins – des nuages entiers de maringouins, ma chère, car c'était la fin de l'été, une grande époque pour ces saletés-là. Louise est allée tout droit dans un de leurs nuages. Elle y est entrée. En se dandinant du croupion, terriblement hautaine. Avec ces milliers et ces milliers de maudits moustiques qui lui bourdonnaient autour, tu aurais juré une espèce de reine qui prenait son bain de foule. Mais la reine marchait au milieu de la chaussée et j'ai eu peur qu'elle ne finisse par se faire écraser par une voiture. Ou qu'on lui tire dessus depuis une fenêtre – quelqu'un qui n'aurait jamais mangé d'oie et qui voudrait essayer le goût que ça a. J'ai suivi Louise parmi les maringouins. Ils m'ont piquée, mais pas forcément beaucoup plus que si j'étais restée assise sur mon trottoir. Comme tu sais, ils aiment l'eau. Louise le savait. Il nous a suffi de traverser le nuage d'un bout à l'autre pour tomber droit sur les rapides de Lachine. Là, Louise s'est arrêtée et m'a regardée : « Eh bien voilà, pauvre pomme, c'est le canal de Lachine. A partir de là, tu devrais pouvoir t'orienter et nous ramener, non ? Les maringouins et moi, on t'a mâché le plus gros du travail. A présent, à toi la main. » J'ai aperçu quelqu'un qui regardait couler l'eau et je suis allée vers lui. Il s'appelait O'Neill, Jean O'Neill. Sur le moment, je l'ai pris pour un pêcheur. Mais non, c'était un écrivain. Quelqu'un de chez nous. Il nous a bien aidées à retrouver notre chemin, Louise et moi. Depuis, j'ai lu tous ses livres – oh ! ça n'est pas un exploit, il n'en a pas écrit tellement. Mais j'espère qu'il en fera d'autres où il parlera de Louise. Ou de moi. J'aimerais bien être dans un livre. S'il n'était pas mort, Jean Soulacroix aurait certainement fini par me mettre dans un de ses bouquins. Une scène de nuit, dans une voiture.

Dans le rétroviseur, Joanne voyait l'oie frémir et se dresser quand, au fond d'une impasse, dans une échancrure d'immeubles bas, de maisons à bardeaux, au bout de jardinets où des luges renversées attendaient l'hiver, s'ouvrait une brève échappée sur le Saint-Laurent. L'odeur de Montréal, une senteur de gaufre et de sucre chaud que rehaussait parfois une pointe de cannelle, était alors brusquement balayée par celle du fleuve, fade, froide, presque visqueuse à respirer.

– Est-ce que tu ne pourrais pas plancher [1] pour arriver au plus vite ? dit Manon. J'aimerais qu'on soit là-bas avant la noirceur [2].

Joanne sourit. Par bouffées, la fille retrouvait sa « parlure » québécoise. Et c'était très bien comme ça, parce que cette façon de parler l'obligeait à ouvrir la bouche un peu plus grand et un peu plus longuement – le temps de bien déglutir les sons après les avoir bien savourés –, et comme Joanne aimait cette bouche ouverte…

– Excuse-moi, dit-elle, je me gavais du paysage.

– Quel paysage ? C'est rien qu'une autoroute. En plus, elle est moche.

– Mais c'est ma première autoroute, fit remarquer Joanne.

Quand Manon l'avait arrachée à sa rêverie, elle était en train de se dire qu'en filant plein sud elle trouverait devant

1. Accélérer.

2. Avant la nuit.

elle assez de route pour la conduire jusqu'en Terre de Feu. Elle n'avait aucune envie particulière d'aller en Terre de Feu, mais ça lui faisait drôle de penser qu'elle pouvait partir pour aussi loin sans se retrouver quelques heures plus tard à son point de départ, sans tourner en rond, sans jamais être arrêtée par la mer.

Elle n'avait pas acheté son 4×4 par nécessité – Denise le lui avait assez reproché – mais pour posséder un engin de baroud, une vraie voiture des grands espaces, pour pouvoir rêver un peu à chaque fois qu'elle prenait son volant pour faire le tour de Saint-Pierre. Tirer le diable par la queue en punition de s'être offert un 4×4 à peu près inutile et fondre de bonheur en roulant sur une autoroute sans grâce étaient des réactions d'insulaire auxquelles Manon, qui trouvait normal de prendre un hydravion pour traverser de lac en lac les immensités canadiennes, ne pouvait probablement rien comprendre. Paul Ashland lui-même, malgré son engagement de ne pas se mêler des affaires de Joanne tant qu'il n'aurait pas divorcé pour l'épouser, avait qualifié l'achat du 4×4 de pur enfantillage.

– A propos de route, tu es retournée à Trois-Rivières ?

Manon secoua la tête : elle irait chez elle quand Louise aurait recouvré sa liberté, repris son vol et son voyage vers le sud. Mais dès son arrivée à Montréal, elle avait appelé ses parents. Le téléphone avait sonné longtemps avant qu'ils ne décrochent, preuve qu'ils n'étaient pas suspendus à son écoute. Manon leur avait dit qu'elle les aimait, qu'elle allait rentrer à Trois-Rivières, mais pas tout de suite.

– Ils ont toujours cru que je m'étais sauvée avec un chum [1]. Je leur ai dit que j'étais avec une oie. Mais eux, ils

1. Petit ami.

ont compris que c'était mon chum que je traitais d'oie. Alors, ils m'ont demandé pourquoi j'étais restée si longtemps avec quelqu'un dont je reconnaissais à présent – enfin ! s'est écriée maman – qu'il était bête comme une oie. Mon père a ajouté qu'il ne s'expliquait pas une telle erreur de jugement de la part d'une fille qui, quelques mois auparavant, était tellement fascinée par l'intelligence « presque inhumaine » (mes propres mots, il paraît) d'un de ses professeurs qu'elle avait frôlé la crise de nerfs en apprenant sa mort. Mais ça ne fait rien, ils étaient rudement contents de m'entendre. Pendant tout le temps où je travaillais à la Réserve, je leur envoyais des cartes postales, mais sans donner mon adresse – le genre : « Tout va bien pour moi. Ce petit mot est pour prouver que je ne vous oublie pas. Et vous, si vous m'aimez, soyez gentils et foutez-moi la paix. *I'll be back.* » Chez nous autres, au Québec, on évite l'anglais. Là, je l'utilisais exprès pour qu'ils comprennent que j'avais eu un problème qui m'avait obligée à passer de l'autre côté du miroir – de leur miroir à eux. *I'll be back.* Au téléphone, je leur ai promis d'être de retour à la maison pour Noël. Et j'y serai.

– Tu y seras, murmura Joanne. Et ça sera bien pour vous tous.

Joanne n'était donc avec Manon que pour quelques jours – si peu de jours, en fait, qu'on pouvait aussi bien parler de quelques heures. Il en avait été convenu ainsi, et pourtant elle éprouva un sentiment de frustration et d'injustice en entendant Manon faire le serment d'être chez elle à Noël et fixer ainsi, par avance et de façon inéluctable, un terme à ce qui allait – peut-être – leur arriver à toutes les deux.

– Une fois que tu seras rentrée chez tes parents, dit-elle, je ne te reverrai plus jamais.

– Mais comme c'est bête de dire ça ! s'exclama Manon. Deux femmes libres dans un monde libre se retrouvent où elles veulent, quand elles veulent, et j'ajoute : pour faire ce qu'elles veulent.

– Je ne crois pas à la liberté, dit Joanne, non, pas à la liberté à ce point-là. Ce n'est pas faute d'avoir essayé, mais j'ai toujours trouvé quelque chose en travers de ma route – ne serait-ce que toi.

– Moi, en travers de ta route ? Moi, je t'empêche de passer ? Enjambe-moi, si je te bouche le passage – mais pour aller où ?

– Où je veux aller maintenant, je n'en sais plus rien. Mais avant que tu arrives, c'était très clair dans ma tête.

– Ta tête blonde, sourit Manon.

– Ma tête blonde, répéta Joanne. Je voulais faire marcher *Al's* du tonnerre de Dieu pour, ensuite, le revendre un bon prix. Je voulais aller vivre dans le Maine avec Paul Ashland, je voulais avoir un chien, voilà ce que je voulais : juste une maison, un mari, un chien.

– Et un hangar à bateaux, je crois me souvenir.

– Et un hangar à bateaux, parfaitement.

– C'était un chouette programme, apprécia Manon.

– Au lieu de ça, dit Joanne, mon comptable s'est suicidé, *Al's* est en liquidation, Paul Ashland ne m'épousera pas, et, si jamais je vais dans le Maine, ce sera comme touriste. Au lieu d'avoir un chien, je vais devoir patauger et m'enfoncer jusqu'aux fesses dans une saleté de vase pourrie pour t'aider à faire s'envoler une oie dont je me fiche éperdument. Au lieu de la maison avec son hangar à bateaux, je vais dormir dans cette voiture avec toi, moi recroquevillée contre toi et…

– Pas toi recroquevillée contre moi, l'interrompit Manon.

Je t'ai dit qu'on aurait chacune notre banquette. Ne t'inquiète pas, tu pourras t'allonger de tout ton long si c'est le seul but qui te reste dans la vie.

Joanne enfonça la pédale de frein, des deux pieds à la fois – elle se méfiait du temps de réaction d'une pareille voiture. La limousine dérapa en chassant de l'arrière avec la majesté un peu molle qui convenait à ce modèle d'auto, et s'immobilisa en travers, barrant à elle toute seule deux des trois voies de l'autoroute.

– J'ai un autre but dans la vie, dit Joanne, c'est toi.

Elle cherchait désespérément l'interrupteur des feux de détresse.

– Qu'est-ce que tu veux dire, là, exactement ?

– Eh bien, je…

– Tu as déjà fait l'amour avec une fille ? s'enquit posément Manon.

– Jamais, hurla Joanne en frappant du poing sur le volant. C'est contre nature et, en plus, je suis sûre que c'est mièvre et poisseux. D'ailleurs, je n'ai jamais rencontré personne que ça avait l'air d'intéresser. Tu es bien la première.

Manon retrouva cette façon charmante d'écarquiller les yeux qu'elle avait quelquefois :

– Je ne crois pas t'avoir dit que ça m'intéressait.

L'arrêt de la limousine en travers de la route avait tout de suite provoqué un ralentissement des autres véhicules. Quelques conducteurs avaient stoppé et s'étaient approchés en courant pour s'assurer que personne n'avait besoin d'aide. Rassurés, ils étaient repartis en conseillant à Joanne de se dépêcher de remettre la limousine dans le sens de la route. Joanne avait répondu qu'elle ne manquerait pas de suivre leur avis, mais elle n'en avait rien fait. Quelque chose lui disait que la position extravagante de la limousine s'accordait parfaitement avec l'absurdité de son existence en général et de cet instant de sa vie en particulier : elle avait voulu faire comprendre à Manon à quel point celle-ci comptait pour elle et Manon en avait aussitôt conclu que Joanne la désirait. L'expression faire l'amour avait été prononcée sans ambiguïté. Et maintenant, en regardant cette fille assise à côté d'elle, Joanne était bien obligée d'admettre que l'idée de la caresser et de recevoir d'elle les mêmes caresses en retour était loin de lui déplaire. Si cela arrivait, bien sûr que ça ne serait ni mièvre ni poisseux – mais éblouissant. En fait, cette idée était enfouie en elle depuis longtemps. La censure la plus efficace n'étant pas de détruire les choses mais d'en détourner le sens, Joanne avait édulcoré son envie d'amour en la réduisant à une simple envie d'embrasser Manon.

Elles continuaient de se dévisager, comme brusquement intimidées.

Autour d'elles, le ralentissement s'était mué en bouchon. Les autres véhicules s'agglutinaient derrière la limousine avant de se disputer la seule voie restée libre et de s'y écouler au compte-gouttes. A présent, les conducteurs qui se faufilaient entre la limousine et les barrières de sécurité ne se souciaient plus de savoir si Joanne et Manon avaient besoin d'assistance – ils les injuriaient copieusement. Le jour était tombé, les voitures avaient allumé leurs phares. Sur le flanc de la limousine exposé au trafic, cela faisait comme un buisson mouvant de petits yeux blancs.

– Je ne sais plus où j'en suis, laissa échapper Joanne d'un ton découragé.

– Pousse-toi, dit Manon, je vais redresser la voiture…

Elle coinça Joanne contre la portière et prit sa place derrière le volant.

–...et ôte tes pieds des pédales. Tu ne réagis pas du tout comme une femme de quarante ans.

– Merci de me rappeler que je suis deux fois plus vieille que toi.

Lentement, à petits coups de marche avant puis de marche arrière, Manon remit la limousine dans l'axe de la route. Aussitôt, dans un concert d'avertisseurs furieux, le flot des voitures s'engouffra dans la brèche ouverte. Les phares éclataient dans l'habitacle comme des flashes de photographes. Joanne avait l'impression d'être nue.

– Ramène-moi à Montréal, dit-elle. J'ai trop honte.

– Pourquoi ? A présent que tu sais ce que tu veux, tu devrais être en paix avec toi-même. Surtout que tu vas l'avoir, ce que tu veux.

Une voiture aussi sophistiquée que la limousine comportait évidemment un nombre considérable de plafonniers. Manon les alluma tous pour que Joanne puisse voir que son regard ne mentait pas :

– L'amour, voilà ce que tu vas avoir.

– Mais toi, tu veux aussi ?

– Quand je me suis réveillée toute seule dans la forêt, j'aurais pu me poser beaucoup de questions – ce qui m'était arrivé, ce que je foutais là, ce que je devais faire à présent pour m'en sortir. Comme je n'étais pas sûre de trouver les réponses, j'ai préféré oublier les questions. On verrait tout ça plus tard. Mais j'ai pris deux décisions. La première, très peu de gens la prennent parce qu'elle risque de les emmener très loin : ne plus jamais répondre non à quelqu'un qui me demanderait quelque chose.

– Et la deuxième décision, c'était quoi ?

– De tout faire pour avaler au plus vite un café bien chaud.

Elles rirent. Manon posa sa joue sur l'épaule de Joanne.

– Je vais éteindre les plafonniers, dit-elle, ça doit te gêner pour conduire.

Il était plus de vingt heures quand elles arrivèrent au cap Tourmente. Du fleuve montait un brouillard gris, ondulant, effiloché comme une fumée, chargé d'odeurs de vase. Un halo cernait les réverbères, les fenêtres allumées, la moindre ampoule, le bout incandescent des cigarettes, le clignotement des flippers et des jeux électroniques derrière les vitres des cafés, tout ce qui s'efforçait malgré tout de scintiller un peu dans la nuit. Les enseignes au néon bavaient comme ces cartes postales écrites à l'encre et sur lesquelles tombe la pluie le temps qu'on les glisse dans la boîte aux lettres.

Ses phares ne portant plus au-delà d'une dizaine de mètres, la limousine dut ralentir jusqu'à rouler au pas.

Le presbytère bleu était plongé dans l'obscurité. Mais les lustres du chœur brillaient à travers les vitraux de l'église où la chorale paroissiale finissait de répéter l'hymne *Tu es mon berger, ô Seigneur*. Quand le chant fut terminé, l'organiste improvisa une sortie enlevée. Les portes s'ouvrirent. La chorale s'éparpilla sur le parvis, tandis que la femme du pasteur, allant de l'un à l'autre, distribuait des morceaux de brioche aux chanteurs dont les haleines se mêlaient au brouillard.

Manon baissa sa vitre et cria :

– Ohé, monsieur le pasteur, vous me reconnaissez ?

Le pasteur venait d'assurer son chapeau sur son crâne en pain de sucre. Il l'ôta aussitôt et, l'agitant devant lui pour disperser le brouillard, il vint vers la voiture.

– Dieu soit béni dans son immense bonté ! s'exclama-t-il. Vous nous revenez donc ? Toujours fidèle aux oies, alors ? D'après les journaux, il y en aurait plus de trois cent mille, cette année. Une rudement bonne année. Mais si vous voulez les voir sur la batture, il vous reste peu de temps : nous venons de répéter *Tu es mon berger, ô Seigneur* que nous chanterons demain pendant le service. Or, comme je vous l'ai déjà expliqué, c'est toujours le moment que choisissent les oies pour s'envoler.

– Mais demain, remarqua Manon, ce n'est pas dimanche.

– Non, dit le pasteur, c'est mercredi. Mais nous avons un enterrement, demain. Le hasard, toujours ce malencontreux hasard. Einstein affirmait que Dieu ne jouait pas aux dés, mais quelqu'un d'autre a répondu à cela que non seulement Dieu jouait aux dés, mais qu'il lui arrivait même de les lancer si loin qu'on ne pouvait plus les voir. En ce qui me concerne, il y a des années que Dieu lance les dés si loin que je ne vois jamais les oies s'envoler.

Il se recula de quelques pas pour examiner la voiture – en fait, la limousine était si longue que, pour pouvoir l'apprécier dans son entier, le pasteur dut reculer davantage.

– Voilà une sacrément belle voiture. Splendide réussite que la vôtre, mademoiselle Manon.

Manon fut émue qu'il se soit rappelé son nom.

– Je ne vous demande pas si ça vous intéresse de louer la chambre, reprit le pasteur. Quand on a une voiture pareille, je suppose qu'on a aussi de quoi se payer le meilleur motel du coin. S'il n'y avait pas ce maudit brouillard, je vous aurais bien demandé de m'emmener faire un tour dans votre voiture. On aurait pu aller jusqu'au fleuve pour admirer les oies dans la lumière des phares.

– Attendez donc une seconde, Révérend, dit Manon, on va peut-être jouer contre Dieu avec des dés pipés.

Elle se tourna vers Joanne et lui demanda si la limousine disposait d'une batterie de phares antibrouillard. Joanne ne s'était pas posé la question – la brume lui convenait à merveille, c'était le meilleur des prétextes pour rouler tout doucement et pouvoir, sans complexe, détourner son regard de la route et se repaître du profil gauche de Manon qu'elle trouvait, à cause d'une légère boursouflure de la lèvre supérieure, bien plus émouvant que le droit.

Pour complaire à la petite, elle examina le tableau de bord, trouva deux touches rouges marquées *fog*, les enfonça.

– Et la lumière fut ! s'écria le pasteur.

Sur la batture dévastée par le piétinement du troupeau s'étendait, aussi loin que pouvait porter le faisceau des phares, un moutonnement de bosses rondes qu'un souffle d'air, parfois, faisait frissonner : les oies dormaient, la tête sous l'aile.

– Le vent se lève, dit le pasteur. Avant qu'il soit minuit, il aura chassé le brouillard. Et ce vent vient du sud, c'est assez dire qu'il est favorable au décollage de nos oies. Il y a plusieurs jours qu'elles ont pris la décision de partir, mais elles attendent le vent juste. A l'aube, les jars et les oies capitales vont se lever, faire face au vent, évaluer sa force à la façon qu'il aura de les ébouriffer, puis ouvrir leurs ailes, laisser le vent les remplir, le tâter du bout des rémiges, presque le goûter. Si tout est bien comme il faut, si le vent leur convient, quelques jars prendront leur envol. Le temps que les volées se préparent, ils décriront au-dessus du fleuve des spirales de plus en plus hautes, de plus en plus tendues vers le sud. En haut, le silence et l'harmonie. Mais en bas, sur la batture, quelle pagaille ! Des milliers et des milliers d'individus qui vont devoir s'élancer tous ensemble, les vieux routiers bousculant les juvéniles affolés, sans la moindre tour de contrôle pour organiser les alignements et donner les autorisations de décoller.

Il observa un instant de silence. Puis, comme quelqu'un qui n'en peut plus d'être exposé à une tentation d'autant plus cruelle qu'il n'a même pas le pouvoir d'y céder, il se détourna.

– C'est à peu près comme ça, dit-il, que je crois que les choses vont se passer. Mais je ne suis sûr de rien. Les oies et Dieu, c'est pareil : je suis obligé d'imaginer ce que mes yeux ne peuvent pas voir.

Pendant toute la nuit, on entendit une sorte de sifflement, une seule note continue, à la fois moelleuse et aiguë. C'était le fleuve qui courait sur les foins de mer et les herbes à bernaches, c'était le vent du sud flûtant dans les joncs, c'était surtout la respiration, presque la psalmodie, de l'immense champ d'oiseaux assoupis à proximité duquel était stationnée la limousine.

– Je ne peux pas dormir, dit Joanne.

– Moi non plus, avoua Manon. Quelle heure est-il ?

– Quatre heures du matin. Qu'est-ce que tu crois que nous devrions faire ?

– Il n'y a rien à faire. Si : attendre le jour.

– En parlant ?

– Je veux bien, moi. De quoi est-ce qu'on parle ?

Joanne réfléchit. Les choses dont elle aurait aimé parler avec Manon étaient innombrables. Mais, dans l'obscurité qui permettait de tout dire sans avoir à baisser les yeux ni montrer qu'on rougissait, n'importe quel sujet de conversation, même le plus anodin, pouvait déraper et prendre des proportions imprévisibles. Elle étendit sa main par-dessus le dossier qui lui cachait la banquette où Manon s'était pelotonnée. Elle reconnut au toucher le visage de la jeune fille, y fit courir ses doigts comme une aveugle. Mais lorsqu'elle atteignit la pulpe des lèvres, qu'elle sentit celles-ci s'écarter et que son index fut sur le point d'être aspiré dans une chute humide et tiède, elle retira vivement sa main.

– Je pense à ma mère, dit-elle.

– Ah bon ? fit Manon en pouffant. Je ne m'attendais pas vraiment à ça.

– C'est la première fois que je la laisse toute seule.

– Tu ne fais que commencer à entrer dans l'ère des Premières Fois. Est-ce que ça te fait très peur ?

– Ne te fiche pas de moi.

– Je constate seulement, dit Manon. Par exemple, il y a un instant, tu as eu très peur – une vraie panique, hein ? – quand j'ai failli embrasser ton doigt. Comment vas-tu te comporter si jamais ma langue touche la tienne ? Est-ce que tu vas devenir livide et t'évanouir ?

Comme un diable sort de sa boîte, elle se dressa soudain au-dessus du dossier. Une larme coulait sur la joue qu'elle avait appuyée sur la banquette en cherchant une position pour s'endormir, et qui gardait l'empreinte du revêtement gaufré.

– Oh, Joanne, je te demande pardon ! dit Manon. Tu sais, je ne suis pas une peste. Mais pas une sainte non plus. Je fais mon possible, c'est tout.

Joanne la dévisagea. Dans la pénombre qui gommait les irrégularités de son visage, estompait son nez un peu busqué et l'obligeait à ouvrir en grand ses yeux trop fendus, Manon pouvait paraître assez jolie. Et peut-être l'était-elle réellement. Mais ce n'est pas seulement parce qu'elle la trouvait jolie que Joanne, se redressant à son tour, lui prit le visage entre ses mains – ça n'aurait jamais suffi pour ce qu'elle allait faire à présent.

En attirant vers elle ce visage qui avait perdu sa larme, ce visage qui ne savait pas encore s'il allait être puni ou caressé, Joanne pensa que le jour où les vivants cesseraient enfin de se demander désespérément pourquoi ils avaient tellement envie de courir dans la lumière, ce jour-là serait un jour qui vaudrait d'être vécu. Peut-être mériterait-il d'être appelé le *vrai* Premier Jour du monde.

Pour elle, en tout cas, c'était simple : elle mourait d'envie de courir dans la lumière. De bondir dans la lumière. De s'y rouler, de s'y vautrer, de s'en gaver. D'arracher avec ses ongles et avec ses dents autant de lumière qu'elle pourrait en attraper.

Ce qu'elle fit, en embrassant Manon sur la bouche.

Elle ne se demanda pas si ça avait un goût de miel, de pommade antigerçures ou d'haleine affadie par la nuit. Pour la première fois de sa vie, elle éprouva quelque chose qui n'avait pas de nom et qui la submergea.

Louise les regarda toutes les deux. Tout le temps.

Après s'être embrassées, elles renoncèrent d'un commun accord à dormir. Elles savaient qu'elles n'y arriveraient pas. Elles décidèrent d'épuiser ce qui restait de nuit en jouant aux cartes, comme s'il leur était vital de compenser ce qu'elles venaient de faire en s'affrontant sur un terrain futile. Elles choisirent de jouer à la bataille parce que c'était un jeu où le hasard seul décidait. Elles n'avaient qu'à abattre leurs cartes, machinalement. Rien ne pouvait les distraire de penser l'une à l'autre. Elles n'auraient pas été capables de jouer à un jeu où il fallait réfléchir.

Joanne découvrit assez vite qu'elle avait les quatre as dans sa main. Elle ne pouvait pas perdre la partie, aussi longue soit-elle. A plus ou moins brève échéance, ses as mangeraient les rois de Manon, puis ses dames et ses valets.

Alors, Joanne tricha et glissa subrepticement son as de carreau dans le paquet de Manon.

Il y eut une première bataille d'as, et Manon l'emporta. Elle avait à présent deux as dans son jeu, autant que Joanne. Quelques levées plus tard, une deuxième bataille d'as donna encore l'avantage à Manon. Puis un troisième duel fit passer le dernier as dans le jeu de Manon. La jeune fille battit des mains :

– Je t'ai eue, Joanne !

– On le dirait bien.

– On bat les cartes et on recommence ?

– Non, je continue comme ça.

– Mais tu n'as aucune chance.

– Je sais, mais ça m'amuse.

La partie se poursuivit. La pioche de l'une s'amenuisait au fur et à mesure que gonflait la pioche de l'autre. Cette nuit, il ne s'agissait encore que de cartes à jouer, mais bientôt Joanne laisserait Manon la dépouiller de tout ce qu'elle avait. Elle serait nue devant elle, dans tous les sens du terme. Elle accéderait à un degré d'offrande et de vulnérabilité qui, par avance, lui donnait le vertige. Avec Paul, elle avait rêvé de partager. Avec Manon, elle voulait seulement donner. C'est à cela qu'elle savait qu'elle l'aimait.

Et enfin, il ne lui resta plus que deux cartes. Elle les regarda. C'étaient des cartes mineures, un trois de trèfle et un sept de cœur.

Elle posa le trois de trèfle sur le strapontin de la limousine qui leur servait de table de jeu. Manon le recouvrit d'un trois de carreau.

– Bataille, s'écria-t-elle, c'est la guerre des trois !

– Bataille, répéta doucement Joanne. Probablement la dernière.

Elle abattit son sept de cœur. Manon le cacha aussitôt sous une carte qu'elle disposa à l'envers, comme pour faire durer le plaisir :

– Suspense intolérable – qu'est-ce que ça serait si on jouait au poker, s'il y avait un enjeu !

– Il y a un enjeu, dit Joanne. Si tu perds, j'ai le droit de t'embrasser encore une fois. Immédiatement et aussi longtemps que ça me plaira.

Elle aurait aimé entendre Manon lui répondre qu'elle ne demandait pas mieux. Mais Manon haussa les épaules :

– Je ne peux pas perdre, j'ai tous les as.

– Tous sauf l'as de carreau.

– C'est quoi, cette embrouille ? Je t'ai bouffé des tas de rois et de reines avec l'as de carreau.

– Il est dans ton jeu mais il ne t'appartient pas. En quelque sorte, je te l'ai prêté. A un moment donné, tu t'es retournée et j'en ai profité pour te refiler cet as. S'il sort, là tout de suite, je considère que c'est ma carte. Et donc que j'ai gagné. Non seulement la guerre des trois, mais la partie. Non seulement la partie, mais ta bouche. Non seulement ta bouche, mais ton corps.

– Tu n'as qu'une chance sur cinquante et une, dit Manon.

Et elle retourna l'as de carreau.

Le petit matin les trouva sur la batture. Dans une lumière de vieux film, pâle et hachurée, elles étaient comme deux jeunes soldats épuisés.

A la guerre des trois avait donc succédé une autre guerre qui les avait fait tellement rire, tellement gémir, tellement crier, dont elles étaient sorties griffées, léchées, écorchées, stupéfaites et heureuses, courbatues, mal partout, envie de dormir, avec une de ces soifs, une de ces faims.

Joanne rêvait de vin français, un vin de Loire blanc et très frais, et Manon d'une poutine[1].

Mais elles devaient d'abord s'occuper de Louise.

Elles pataugeaient dans la vase molle, s'en arrachaient tant bien que mal avec des bruits de succion qui les rendaient hilares. Elles bâillaient. Leurs yeux étaient cernés de mauve. Elles n'avaient pas pu se laver, elles ne sentaient pas très bon.

Manon avait enfilé des bottes de pêcheur qui lui remontaient jusqu'à l'aine. A cause de l'irritation provoquée par le frottement du caoutchouc contre ses cuisses, elle se dandinait comme un petit éléphant.

N'ayant pas pensé à apporter des bottes, Joanne avait choisi de marcher pieds nus pour épargner ses souliers. Ça lui donnait des allures de grand échassier un peu hautain.

Mais, bottes ou pas bottes, bébé pachyderme ou vieux héron, elles finissaient immanquablement par s'engluer. Elles tombaient lourdement sur leurs genoux, les mains en avant. D'autres fois, elles s'étalaient de tout leur long. Celle qui était restée debout partait d'un rire nerveux. L'autre, le nez dans la boue, disait : « Et merde ! » Elles culbutaient chacune à leur tour. Il y avait longtemps que leurs mouchoirs étaient hors d'usage, alors elles s'essuyaient le visage d'un revers de la manche.

---

1. Frites parsemées de parcelles de cheddar et arrosées d'une sauce brune.

Seule la grande oie des neiges allait sur la batture en souveraine. Ses pattes palmées semblaient à peine effleurer le sol. Elle avait des grâces de patineuse. C'était merveille de la voir.

Il avait été convenu que Joanne marcherait en tête pour ouvrir un chemin à Manon et à Louise à travers les milliers d'oies encore endormies.

A l'approche de Joanne, certains oiseaux s'effrayaient, se relevaient brusquement, allongeaient le cou et cherchaient à lui mordre les mollets.

– Si tu te fais pincer par une oie, lui avait expliqué Manon, tu ne cries pas. Tu te débrouilles pour t'en débarrasser d'un coup de pied, tu vises le bréchet et tu cognes fort. Vas-y sans hésiter, comme si tu voulais massacrer les couilles d'un type qui t'emmerde. Mais même si l'oie t'a mordue profond, même si elle t'a arraché un bifteck, surtout tu ne cries pas.

On ne pouvait pas prendre le risque de faire naître un sentiment de panique parmi le troupeau : s'il était toujours possible de repousser l'agression d'une oie isolée, on ne pourrait pas résister à une attaque menée par plusieurs milliers d'individus.

– Elles finiraient par nous bouffer, avait encore dit Manon. Je crois bien que ça les rendrait malades à crever, mais elles n'hésiteraient pas à nous croquer vivantes. La terreur, tu sais.

Joanne eut beaucoup de mal à se retenir de hurler. A plusieurs reprises, elle sentit des becs durs et coupants fouailler sa jupe sous laquelle ses jambes étaient nues. Car pour plaire à Manon elle avait mis une jupe, une jupe toute simple, couleur bouton d'or, qui s'évasait vers le bas avec un ourlet gansé – ce genre de jupe qui dévoile les jambes quand on tourbillonne en dansant. C'était une jolie jupe, mais c'était aussi une jolie bêtise de l'avoir mise pour entreprendre une pareille expédition.

Il n'y avait pas dix minutes que Joanne avançait parmi les oies lorsqu'elle reçut aux jambes une série de coups de bec particulièrement cruels. Avec un haut-le-cœur, elle baissa les yeux pour voir qui l'attaquait. C'était un grand jars en posture de menace. Le cou relevé mais le bec pointé vers le sol pour pouvoir frapper par en dessous, c'est-à-dire sous la corolle de la jupe, il dodelinait de la tête, prêt à mordre à nouveau.

Mais le plus grand danger viendrait de ses ailes, déjà en érection à hauteur des articulations, qu'il allait déployer brusquement pour en fustiger Joanne – et celle-ci savait que le jars avait dans les ailes assez de force pour la renverser et s'acharner sur elle.

Alors, Louise la sauva.

Malgré ce dont Joanne et Manon voulurent absolument se persuader par la suite, l'oie des neiges n'agit pas dans l'intérêt de la jeune femme – cela aurait supposé que Louise éprouvait pour Joanne quelque chose comme un sentiment, or elle n'avait pas été créée pour ressentir quelque émotion que ce soit à l'égard des humains, sinon de la répugnance et de l'effroi.

Simplement, elle fit ce que son instinct lui commandait de faire à cet instant, et qui était de profiter d'une situation de tension et d'hostilité pour se faire reconnaître par une partie de l'immense communauté des oies rassemblées sur cette batture. Pour leur envoyer un signal qui disait que la nouvelle arrivante, malgré la repoussante odeur d'humanité – l'odeur du chasseur, et donc de la mort – qui imprégnait chacune de ses plumes, était une oie dominante.

Il se trouve que l'instinct de Louise allait dans le même sens que les intérêts de Joanne, c'est tout ce qu'on peut dire.

Louise s'interposa entre Joanne et le jars. Elle fut la première à écarter ses ailes, à hérisser ses plumes et à émettre un sifflement tendu, très rauque. Le grand mâle s'était préparé à attaquer et à blesser un être humain, pas à être défié par quelqu'un de sa race.

Ce n'était pas le même combat, donc pas la même stratégie. Désorienté, le jars recula. Louise assura sa victoire. Enveloppant son adversaire – à présent sa victime – entre ses ailes battantes, elle lui asséna des coups de bec en rafales. Elle ne le lâcha que quand il se mit à pousser des cris de détresse.

L'idée de Manon était de relâcher Louise en la conduisant au cœur du rassemblement des oies. Et, une fois là, de la « perdre » en s'éclipsant à son insu, de telle façon que le réflexe d'empreinte ne puisse pas jouer.

Joanne avait d'abord approuvé ce plan. D'ailleurs, elle n'en voyait pas d'autre. Mais depuis l'attaque du jars, elle était mal à l'aise, presque au bord de la nausée à l'idée de s'immerger plus profondément encore parmi les oies. Elle se retourna avec l'intention de dire à Manon que, pour sa part, elle n'irait pas plus loin.

En voyant la jeune fille claudiquer maladroitement sur la vasière, elle songea que Manon, elle aussi, pouvait être agressée par les oies. Empotée dans ses trop grandes bottes, elle ne pourrait pas se sauver. Elle serait terrorisée et elle aurait très mal. Les oies ne la lâcheraient pas comme ça, elles s'entêteraient à la punir. Joanne ne put supporter la pensée écœurante de tous ces becs déchiquetant la chair de Manon – elle l'aimait trop, maintenant, cette petite chair souple et tiède qui se contractait et frémissait quand on la caressait et qui, sous la langue, avait un peu le goût poivré des fleurs de capucine.

Alors, finalement, elle ne dit rien à Manon. Mais pour justifier son geste de s'être retournée vers elle, elle lui sourit.

Elle espérait que les sourires qu'elle faisait à Manon (elle lui avait beaucoup souri au cours de la nuit) ne ressemblaient pas à ceux qu'elle avait gaspillés pour Paul Ashland. Et si elle trouvait jamais le culot de lui dire je t'aime, je t'aime d'amour (elle y avait aussi beaucoup pensé au cours de cette nuit, mais ça, quand même, elle n'avait pas osé), cela non plus ne devrait pas être dit de la même façon. En plus de sa tendresse et de son désir, elle avait envie de donner à cette petite ce qu'elle était sûre de posséder intact au fond d'elle-même et qu'elle n'avait encore offert à personne.

Dix coups sonnèrent au clocher de l'église qui dominait le Saint-Laurent. Dix coups espacés, bien détachés par le sacristain qui avait la charge des cloches. Ce sacristain sonnait systématiquement les heures avec une avance de quelques minutes. C'était sa façon à lui de rappeler la primauté de Dieu sur les montres à quartz.

D'après ce qu'avait dit le pasteur, c'était aux alentours de dix heures que la chorale de la paroisse entonnerait l'hymne *Tu es mon berger, ô Seigneur.*

Depuis un moment déjà, toutes les oies s'étaient dressées.

Beaucoup s'occupaient encore à lisser leurs plumes avec une application qui tournait vite au nervosisme, à la frénésie. Après quoi, elles se secouaient, rejoignaient les autres, les milliers d'autres qui s'étaient mises à déambuler selon des itinéraires apparemment aléatoires mais qui, comme l'aimant attire la limaille, finissaient par les rassembler de façon presque géométrique, les faisant se frôler sans pourtant jamais se toucher. On aurait dit qu'elles apprenaient une dernière fois à s'éviter tout en restant solidaires, faisant du sol de la vasière comme une maquette du plein ciel où elles allaient bientôt monter toutes ensemble.

Le cou tendu vers les nuages, elles piétinaient ces rhizomes de scirpes pour lesquels elles avaient effectué la première moitié de leur longue migration. Elles semblaient ne plus du tout les voir. Elles n'avaient plus faim de racines gluantes, plus soif d'eau fluviale. Dans la lumière d'un soleil encore un peu acide, elles étaient pâles et sérieuses comme des anges. Certaines ouvraient déjà les ailes, les agitaient un instant, puis les refermaient – mais, même repliées, leurs ailes restaient parcourues de frissons.

Joanne, Manon et Louise parvinrent enfin au centre de la colonie des oies.

– Je crois que c'est ici qu'on se quitte, ma petite Louise, dit Manon. Comment fait-on, pour se dire adieu ? Je ne peux quand même pas t'embrasser sur tes grosses joues d'oie – ça me plairait bien, mais tu serais capable de me filer un coup de bec.

– Peut-être une caresse, suggéra Joanne.

– Elle déteste qu'on la tripote, tu ne sais pas ça ? Mais qu'est-ce que tu as donc appris sur les oies des neiges pendant tout ce temps où Louise a racolé pour toi et pour ton foutu *Al's* ?

Manon était injuste, sa voix presque méchante. C'est qu'elle a du chagrin, pensa Joanne en se demandant si elle-même saurait émouvoir la jeune fille et se l'attacher aussi fort que l'avait fait cette oie.

– Il faut partir, maintenant, dit Manon. Il faut laisser Louise avec ses copines. Mais avant, on va lui chanter une chanson. Tu sais, l'hymne dont le pasteur raconte que c'est sur cet air-là, à tous les coups, que les oies s'envolent. Une espèce de chant du départ pour ces bêtes-là, en quelque sorte : *Tu es mon berger, ô Seigneur...*

Joanne fut heureuse de constater que le petit bijou d'argent qui lui traversait la langue ne gênait pas Manon pour chanter, pas plus que pour embrasser ou pour aimer avec sa bouche. Elle posait parfaitement sa voix, une voix haute et claire qui rappelait combien elle était encore proche de l'enfance.

– *Rien ne saurait manquer où tu me conduis*, chanta alors Joanne.

– *Dans tes verts pâturages, tu m'as fait reposer*, reprit Manon.

– *Et dans tes eaux limpides, tu m'as désaltéré*, enchaîna Joanne.

Elles chantaient pour Louise, mais Louise n'écoutait pas. Elle aimait le bruit du vent, le bruit de la mer et du fleuve, mais le bruit de l'hymne n'évoquait rien pour elle – c'était juste une alternance de piaillements et de mugissements. De toute façon, elle avait enfoui sa tête dans la vase. Elle se gavait des rhizomes abandonnés par les autres. Il y avait si longtemps qu'elle n'en avait pas mangé. Elle retrouvait sa vie d'avant dans le goût des scirpes. Chaque déglutition la ramenait un peu plus vers la sauvagerie. Probablement aussi vers la joie.

Joanne avait bien remarqué que leur cantique à deux voix n'avait aucun effet sur Louise. Mais elle avait tellement de plaisir à chanter avec Manon – son visage tout proche de celui de la jeune fille, leurs joues se touchant presque, elle pouvait respirer son souffle – qu'elle aurait voulu prolonger ce moment. Aussi, quand le cantique fut terminé, s'empressa-t-elle de le reprendre depuis le début :

– *Tu es mon berger, ô Seigneur...*

Alors, Manon hurla :

– Foutons le camp !

Trois cent mille oies blanches s'envolent dans une clameur étourdissante.

Déchaînant un vacarme de meute, remplissant le ciel d'un tapage de chiens et de renards, elles jappent et aboient, grincent et couinent, elles déploient une immense criaillerie qui ondule du rauque à l'aigu, du sanglot des trompettes au ricanement des flûtiaux, un concert d'harmonies et de dissonances, une musique ironique et sauvage.

Brassant le vent, leurs ailes lèvent une tempête de plumes, de fientes, de brindilles, d'algues fluviales et de fange.

Les oies s'envolent par grappes, comme des ballons. Au contraire des cygnes ou des grues qui doivent prendre un long élan avant de sentir l'air devenir assez ferme pour pouvoir les porter, il suffit aux oies de quelques battements d'ailes pour être aussitôt délivrées, comme aspirées par la lumière. On dirait qu'elles s'élèvent davantage par un effet de leur volonté que par un effort de leurs muscles, qu'elles peuvent voler simplement par désir.

Elles montent vers le ciel comme ravies en extase, les yeux mi-clos sur une sorte de volupté, gonflant le plastron comme des amoureuses, claquant du bec en grognant de bien-être.

Alors, telles ces âmes qui, dit-on, restent un long moment reliées par une corde d'argent au corps qu'elles viennent de quitter, les oies semblent hésiter entre ciel et terre. Dans une posture qui n'est pas encore épanouie comme le sera celle du vol au long cours, elles commencent à décrire des cercles qu'elles n'achèvent jamais tout à fait, des spirales dont elles s'échappent par de brusques virages qui les lancent dans des glissades subites, inattendues. Elles affluent et refluent, s'éparpillent et se rassemblent, comme si un doute les tenaillait, comme si elles n'étaient plus sûres de l'Appel et de leur capacité à y répondre.

Par sa confusion, ses saccades, ses tâtonnements d'aveugle, leur tourbillon évoque un banc de poissons affolés, un nuage de papillons de nuit piégés dans le faisceau d'un phare.

Joanne et Manon virent les oies venir à elles en tournoyant sur elles-mêmes comme la trombe d'un cyclone.

– Oh ! non, cria Joanne, elles vont nous massacrer ! Est-ce qu'elles savent le mal qu'elles vont nous faire, est-ce qu'elles le font exprès ?

– Elles ne nous voient même pas, dit Manon.

Il était trop tard pour s'enfuir. Il fallait se coucher, profil bas, s'étendre sur la vase, attendre que les oiseaux s'organisent, que les oies capitales viennent prendre la tête des volées et les emmènent en altitude.

Joanne et Manon s'aplatirent. Le sol était froid, instable,

il se dérobait sous leurs poitrines et leurs ventres comme quand on s'allonge sur le sable mouillé et que la mer se retire. Mais elles n'étaient pas sur une plage, elles s'enfonçaient dans la boue. Elles se prirent par la main en se serrant bien fort. Elle se regardaient, un peu ahuries, ne sachant trop si elles devaient rire ou se mettre à hurler.

L'air autour d'elle était saturé d'odeurs de plumes, d'entrailles et de graisse d'oiseau.

Une petite foule s'était rassemblée sur les bords du fleuve aussitôt que la rumeur avait couru que les grandes oies des neiges allaient s'envoler. Les gens trépignaient, excités et joyeux. La longue glissade des oies au-dessus du Saint-Laurent, leurs ventres blancs reflétant le flamboiement des érables, n'allait pas manquer d'être, cette année encore, un spectacle magnifique. Il faisait très beau, avec un ciel d'un bleu assez soutenu pour que les oiseaux s'y détachent bien – les caméscopes pourraient les accompagner pratiquement jusqu'au bout.

Au milieu de la pétarade des canettes de bière qu'on décapsulait, quelqu'un dit alors qu'il y avait là-bas deux femmes, apparemment égarées, au milieu des oies.

Joanne et Manon étaient loin, la réverbération du soleil empêchait de bien voir. Après quelques instants d'observation, l'avis général fut que ce qu'on avait pu prendre pour des femmes était en réalité des souches d'arbres que le fleuve avait roulées jusqu'ici.

A tout hasard, la foule cria aux souches de revenir, de ne pas rester là-bas où elles risquaient de se faire blesser.

Mais quand Joanne et Manon se jetèrent à plat ventre,

tout le monde vit bien qu'elles n'étaient pas des souches d'arbres. On crut qu'elles avaient été heurtées et renversées par les oiseaux.

– Maudit bon Dieu, dit un homme, il faut faire quelque chose.

Il commença à courir vers la batture. Mais sa femme le supplia de ne pas s'exposer. Elle prenait à témoin les autres spectateurs :

– Il veut toujours faire ceci et cela, et à chaque fois ça lui retombe sur le nez !

De sa voix perçante, elle décrivit quelques-unes des catastrophes que Félix avait provoquées en se mêlant de ce qui ne le regardait pas – à Sainte-Anne-de-Beaupré où ils habitaient, il était si connu pour ça qu'il en était devenu une sorte de légende vivante. Félix cessa de courir. De toute façon, il n'était pas allé bien loin. Même pour courir, il n'était pas doué.

– Il faudrait un fusil, dit alors un autre homme qui se présenta rapidement comme étant un pharmacien. Est-ce que personne, ici, n'a un fusil dans le coffre de sa voiture ?

Si fait, beaucoup de gens avaient des fusils. Mais on fit remarquer au pharmacien que tirer sur les oies n'aiderait pas les deux femmes effondrées dans la vase : le mal était fait, elles avaient été assommées. La seule action efficace consistait à aller chercher ces femmes et à les ramener jusqu'à la route. On les allongerait à l'arrière d'une voiture et on les conduirait à l'hôpital.

Mais, à l'exception de Félix qui voulait toujours en découdre, personne n'était tellement enthousiaste à l'idée de se risquer sur la batture et d'affronter le tourbillon des oies.

– Quand elles s'envolent comme ça, se répétaient les gens en hochant la tête, ce sont de sacrés maudits bestiaux.

Une petite fille affirma que ces oies-là descendaient en droite ligne de grands oiseaux préhistoriques qui n'avaient pas craint de se mesurer avec les dinosaures. Elle avait chez elle la reproduction en plastique souple d'un de ces oiseaux, on les appelait ptérodactyles.

– Vas-tu arrêter de niaiser ? se fâcha une jeune institutrice aux cheveux rouges et frisés. Les oies, ça n'a rien à voir avec les ptérodactyles.

On approuva l'institutrice. Malgré ses cheveux rouges, elle était si jolie. Seul Félix défendit la petite fille – il croyait bien se souvenir, lui aussi, d'avoir entendu raconter un truc comme ça ou de l'avoir lu quelque part.

Maintenant, tout le monde parlait à la fois. Pratiquement plus personne ne regardait les oies s'envoler, monter enfin haut dans le ciel, s'y rassembler en formations et prendre la direction du sud.

– Jamais rien vu d'aussi beau, dit Joanne en collant sa bouche contre l'oreille de Manon (c'était le seul moyen de dominer le tapage des oiseaux). Beau est un mot trop banal pour décrire ça, mais là, pas le temps d'en chercher d'autre.

– Soulacroix aurait trouvé le mot juste, dit Manon (à son tour elle avait appliqué ses lèvres chaudes sur l'oreille de Joanne). Il était très fort pour les mots justes. Il passait des heures à les traquer. Et il finissait toujours par dénicher celui qui convenait exactement.

– C'était sûrement un grand écrivain, dit Joanne.

– C'était un tout petit écrivain, rectifia Manon en lui postillonnant dans l'oreille. Ses fameux mots justes lui servaient à décrire le décor d'une chambre, les lumières que tu vois dans la rue depuis chez toi, le goût des choses, l'odeur d'une peau – ça, j'avoue, il était épatant pour détailler les odeurs, surtout les odeurs des filles. Mais, bon, rien d'important. Il ne mettait pas vraiment des idées dans ses livres. Juste des histoires. Il écrivait des bouquins pour partager ce qu'il imaginait et qui lui plaisait bien, mais il ne cherchait pas à convaincre qui que ce soit ni à faire bouger les choses. Était-il futile ou puéril ? Les deux, peut-être. Si je lui avais raconté ce qui m'est arrivé dans la forêt, comment j'ai été morte et de nouveau vivante, si je lui avais raconté ça pour qu'il en fasse un livre, il m'aurait interrompue avant la fin, il aurait posé un doigt en travers de ma bouche : « Chut, mademoiselle Framboisiers. Pas ça, et pas moi. Mais une jolie petite monographie sur la façon qu'ont les jeunes filles comme vous d'embrasser les garçons – inutile de prendre votre air affolé en regardant vers la porte, je n'ai pas dit *les hommes*, je ne suis pas concerné par vos baisers –, alors ça, oui, un jour, pourquoi pas ? »

Joanne pensa que Manon et elle avaient aimé – et perdu – des hommes décidément bien anodins. Séduisants, mais dont leur époque aurait aussi bien pu se passer. Un vendeur de shampooings qui ne piquaient pas les yeux, un raconteur d'histoires qui ne remettaient rien en question.

Elle-même, d'ailleurs, se sentait terriblement anodine.

Manon était différente. Elle avait des audaces, Manon, dont la moindre n'était pas cette obstination à se croire morte et ressuscitée.

Elle finirait par l'écrire toute seule, le livre de son obstination. Les gens la traiteraient de folle, évidemment. L'immense majorité des gens. Mais il y en aurait quelques-uns pour croire qu'elle racontait la vérité. Il y a toujours des crédules, des naïfs, persuadés que d'autres en savent un peu plus qu'eux sur la mort.

Et alors, de son côté, Joanne écrirait l'histoire du vieux Guiberry. Non plus comme une nouvelle, mais comme un roman. N'était-ce pas ce qu'elle avait de mieux à faire, à présent qu'elle avait perdu son gagne-pain ?

Manon et elle dédicaceraient leurs ouvrages ensemble dans les librairies, au salon du livre de Montréal, à celui de Trois-Rivières. A Trois-Rivières, une foule considérable se bousculerait pour acheter l'ouvrage de Manon (l'enfant du pays, pensez donc !). En revanche, presque personne ne se passionnerait pour la vie de Gustin Guiberry. Mais quelle importance ?

Après la séance de signatures, rêva Joanne, nous rentrerons toutes les deux, Manon jasant (comme ils disent chez elle) et moi l'écoutant. Nous marcherons sous la neige. Et surtout *dans* la neige. Le crissement des pas d'une jolie fille foulant la neige est un des bruits les plus émouvants, les plus sensuels qui soient au monde – ça me fait penser au frou-frou du chemisier de Manon quand ma main lui caresse la poitrine, au son du zip que je fais descendre tout doucement, au bruissement de son collant sous lequel je faufile deux ou trois doigts.

Si Manon publie son livre sur sa mort et moi celui sur mon grand-père, si nous avons le même éditeur, la même attachée de presse, si nos dates de sortie coïncident, ma mère ne verra aucun mal, aucune ambiguïté, à ce que nous fassions notre promotion et voyagions ensemble, cette petite et moi. Denise est méfiante, c'est notre île difficile qui veut ça, mais elle a toujours mal placé sa méfiance – elle continue de regarder systématiquement du mauvais côté de la rue avant de traverser, elle n'attend jamais le danger du côté où il vient.

Et puis, que j'aime Manon ou Paul Ashland, qu'est-ce que ça change pour maman, dès lors que je suis heureuse ? Elle s'est fait une raison : je ne lui donnerai pas de petits-enfants, j'ai quarante ans, c'est trop tard. Mon enfant, ma fille, mon amour, c'est Manon. Maman saura s'en contenter. Mieux que s'en contenter : s'en réjouir. Elle n'aura plus à courir après les couverts. Pas besoin de me constituer une ménagère de cent soixante-douze pièces, la fille que j'aime n'est pas du genre argenterie, elle préfère manger avec les doigts.

– Les oies sont parties, annonça Manon.

Joanne rouvrit les yeux – elle les avait fermés un moment, elle ne savait pas rêver autrement que les yeux fermés.

– Toutes parties ?

Incrédule, elle se redressa sur ses coudes. Elle observa la batture que le formidable branle-bas des envols, en éparpillant l'eau dans toutes les directions, avait tout à l'heure presque desséchée. Le fleuve sourdait à nouveau des craquelures de la terre. Il revenait glisser entre les joncs, formant de petits rus de plus en plus vifs qui lissaient et relevaient les longues herbes emmêlées et mâchurées par les piétinements, qui comblaient les creux en forme de coups de cuiller où chaque oiseau s'était moulé pour dormir.

Irrésistible et tranquille, le limon allait ainsi recouvrir et digérer jusqu'au moindre vestige le festin d'automne des grandes oies blanches. De tout ce qu'elles laissaient de pourrissant derrière elles – leurs plumes tombées, leurs sanies, leurs morts –, le Saint-Laurent saurait extraire des sucs subtils auxquels il mêlerait sa propre force. Cette alchimie quasiment invisible – elle ne se signalait que par quelques bulles épisodiques montant crépiter à la surface de la vase – servirait à régénérer les plantes dont raffolaient les oies et à préparer de nouvelles délices pour les volées du printemps.

– Il en reste une, dit Joanne en tendant le doigt vers une oie qui se trémoussait, solitaire, sur le miroir de la vasière.

C'était Louise.

– La dernière fois, je n'avais pas l'ombre d'un doute. Mais cette oie-ci, dit le pasteur (et tout le monde releva le lapsus, *cette oie-ci* pour *cette fois-ci*, qui dénotait son trouble et sa perplexité), je ne suis plus aussi certain que notre fameux phénomène d'empreinte suffise à justifier que cet oiseau refuse de s'éloigner de vous. Mais au moins, êtes-vous sûre que son aile soit tout à fait guérie ?

– Louise vole comme vous et moi, s'écria précipitamment Manon.

– Je ne vole pas, dit le pasteur.

– Oh... bien sûr, je ne vole pas moi non plus, dit Manon en rougissant. C'était une façon de parler.

– J'avais parfaitement compris, la rassura le pasteur.

– Il semble que nous soyons tous un peu nerveux, dit Joanne.

La femme du pasteur annonça qu'elle allait faire du thé pour réchauffer tout le monde. Elle avait déjà remarqué que le froid incitait à dire des sottises. Elle se proposait d'allumer dans la cheminée la première flambée de la saison. C'était toujours un petit événement que ce feu brillant qui clôturait l'été des Indiens pour inaugurer la période des pluies froides et des neiges fondantes. Elle se réjouissait de pouvoir le célébrer cette année avec Manon et son amie Joanne qui semblait si charmante, avec le darjeeling, les biscuits secs et les caramels au beurre d'érable. Enfin, bien qu'on fût au soir d'un triste jour d'enterrement – que le Seigneur reçoive dans sa lumière l'âme d'Éliane, notre chère défunte, que l'Esprit Saint guide les chercheurs qui luttent contre le cancer de l'utérus ! – le moment n'était-il pas particulièrement choisi pour déboucher une bouteille de caribou [1] ?

– Comme tu voudras, Louloute, dit le pasteur.

L'épouse s'éclipsa. Sa longue jupe grise était pleine de faux plis, elle sentait le pressing et le détachant. Ô mon Dieu, ajouta silencieusement Joanne à la bribe de prière qui venait d'être dite, accorde-moi la grâce que jamais Manon ne m'appelle Louloute !

Le pasteur se leva pour aller fouiller dans sa bibliothèque. Il revint s'asseoir avec un volume à la reliure ancienne qu'il désigna comme étant l'un des dix-sept livres du *De Natura animalium* de Claudius Aelianus, dit Élien le Sophiste.

– C'est un florilège d'histoires d'animaux dont certaines sont véritablement extraordinaires. Sont-elles authentiques ? Nul ne le sait. Mais à supposer qu'elles le soient, alors nous devons reconnaître avec humilité que la science moderne, en dépit de ses prétentions qui sont si souvent justifiées, n'a pas encore élucidé la moitié du quart du dixième des étrangetés que décrit le Sophiste.

– Est-ce qu'elle a seulement cherché à le faire ? demanda Manon.

Le pasteur la dévisagea avec curiosité :

1. Caribou : liqueur typique à base d'alcool et de vin rouge.

– Vous posez une bonne question. Mon opinion est que la science ne s'attaque à un problème que pour autant qu'elle sache pouvoir, tôt ou tard, en trouver la solution. Or l'homme est confronté à des interrogations dont on peut raisonnablement penser qu'elles ne recevront jamais de réponses satisfaisantes.

– La mort, par exemple, dit Manon.

– Manon, je t'en prie, dit Joanne.

Ce presbytère n'était pas le genre d'endroit où l'histoire de Manon avait des chances d'être appréciée. En dépit de la liberté d'esprit qu'il affichait, le pasteur devait avoir de la mort une approche parfaitement structurée par de longues années de foi personnelle et de théologie bien assimilée. En quarante ans de ministère au bord du Saint-Laurent, il avait présidé aux funérailles d'une multitude d'hommes, de femmes et d'enfants. Des centaines de fois, il s'était tenu au bord de la fosse, il avait vu les cercueils descendre entre les quatre parois d'humus noir, il avait entendu le bruit mat des cordes raclant le chêne, celui de la première fleur qu'on lance sur le couvercle, le crépitement des pelletées de terre. Ce n'était pas lui que Manon allait convaincre que les choses n'étaient pas – enfin, pas toujours – comme il les avait constatées.

– La mort, dit-il pourtant, est en effet une de ces questions. Mais vous êtes beaucoup trop jeune, il me semble, pour que cela vous concerne d'aucune façon. Nous ferions mieux d'en revenir à nos oies. Je voudrais vous lire un court passage d'Élien le Sophiste. Il dit ceci : « On raconte qu'un chien tomba amoureux de Glauce le harpiste. D'aucuns, cependant, affirment que ce n'était pas un chien, mais un bélier ; d'autres encore disent que c'était une oie. »

Comme si le fleuve se soulevait à son tour pour accompagner le voyage des oies, le brouillard montait une nouvelle fois du Saint-Laurent. Ce n'était pas une simple évaporation de la surface des eaux, mais une brume dense, agitée, pleine de longues effilochées de vapeur sombre. En quelques minutes, elle masqua les hautes falaises du cap Tourmente. Puis l'église et le presbytère disparurent. Une chape humide s'étendit sur la campagne. Si la température continuait à descendre, demain il ferait blanc.

Presque sans transition, la nuit succéda au crépuscule. Phares allumés, la limousine filait sur une route rectiligne qu'enjambaient des pylônes électriques. Sur les câbles aériens, des écureuils jouaient les funambules.

Dans la cour des fermes, à la lueur de baladeuses, des hommes révisaient leurs motoneiges. On entendait parfois la pétarade d'un moteur, le cliquetis de chenilles tournant à vide. Plus loin, on posait des socs neufs au mufle de petites souffleuses[1] jaunes. Joanne avait l'impression d'assister à la reconstitution d'un gigantesque manège dont les pièces auraient été éparpillées à travers le paysage.

En approchant de Québec, quelques flocons vinrent poudrer le pare-brise. La chaleur qui régnait dans la voiture les fit fondre aussitôt. Joanne conduisait. Elle se tourna vers Manon. La fille berçait la grande oie qui s'était endormie.

– Les lumières de Québec, dit-elle en désignant l'horizon que drapait une lueur diffuse qui ondulait un peu comme une aurore boréale. Tu ne veux pas qu'on s'arrête là ? Il commence à se faire tard.

---

1. Chasse-neige.

– Qu'est-ce qu'on s'en fiche, de l'heure ! On va faire la fête à Montréal. Je sais les endroits où on s'amuse. Soulacroix m'a filé des adresses. Chaque fois qu'il allait à Montréal apporter ses manuscrits ou pour la promo de ses bouquins, il sortait avec son attachée de presse. Elle s'appelait Gabrielle. D'après lui, elle était bien jolie. Mais impossible de rien faire avec elle. Même pas de l'embrasser. Elle avait déjà son chum, comprends-tu. Ce qui n'empêchait pas Soulacroix de tenter sa chance. A chacun de ses séjours à Montréal, il essayait de prolonger un peu plus longtemps ses virées avec elle. Quand ils se séparaient à une heure du matin au lieu de minuit, il avait l'impression d'avoir remporté une grande victoire. Dans le fond, c'était peut-être pour ça, pour revoir Gabrielle, qu'il écrivait et qu'il publiait tellement – lui, le type même de l'écrivain qui n'avait rien à dire. Pour se promener avec Gabrielle dans Montréal la nuit, lui effleurer les genoux dans les taxis, boire en catimini dans son verre, rester planté comme un gnochon [1] devant les toilettes des restaurants quand elle avait envie de pisser, et finalement ne rien recevoir d'elle que des sourires et un dernier bâillement grâce auquel il pouvait voir jusqu'au fond de la bouche rose mouillé de Gabrielle : « Allez, dormez bien, Jean, et à la prochaine fois. »

– Et c'est ça qui t'inspire ? C'est ça que tu veux qu'on fasse toutes les deux à Montréal ?

Manon éclata de rire :

– Nous, on pourra entrer dans les mêmes toilettes : on est deux filles. Même Louise est une fille, ajouta-t-elle presque tendrement en caressant le long cou de son oie.

Car désormais, Louise était *son* oie. Louise avait ignoré

1. Abruti.

l'Appel, renoncé à s'envoler avec les autres, repoussé la tentation séculaire, choisi de rester avec Manon. Elle avait préféré la jeune fille à ses trois cent mille sœurs. Elle en était tombée amoureuse comme l'oie d'Élien le Sophiste qui avait aimé Glauce le harpiste.

– Tu t'emballes peut-être un peu vite, dit Joanne. Élien a parlé d'une oie qui pouvait aussi bien être un bélier. Ou même un chien.

– Oh ! mais je suis sûre, moi, que c'était une oie, dit Manon. Le monde est merveilleux. Je voudrais ne plus jamais quitter le monde.

Elle marqua une pause. On entrait dans Québec par le nord de la ville.

– Ce qui m'est arrivé dans la forêt, reprit-elle, c'est Denise qui te l'a raconté ?

– Qui d'autre ?...

– Et elle te l'a raconté comment ? Elle ne t'a pas dit que j'étais pactée, complètement flyée ?

– Traduction ?

– Diluée. Totalement allumée.

– Pour ça, pas besoin qu'elle précise, sourit Joanne. Avec tout le whisky que tu avais avalé, ça allait de soi. Quand je t'ai troué la langue, tu n'as même pas tressailli. A ta place, mon petit lapin, n'importe qui aurait couiné.

– C'est pour ça que tu n'y crois pas.

Joanne continua de sourire sans répondre.

– Dommage, dit Manon.

Elle bascula son siège en position couchette, se cala entre les deux oreillettes de l'appui-tête. Elle s'endormit, la grande oie des neiges vautrée sur sa poitrine. A peine atténués par les vitres fumées de la limousine, les néons de Québec zébraient son visage de peintures de guerre rouges et bleues.

Joanne aurait aimé la contempler. On ne prend jamais assez le temps de regarder son amour. Il y avait déjà des détails de Paul Ashland dont elle n'était plus si sûre. Mais elle conduisait une limousine extrêmement longue dont elle avait du mal à distinguer l'extrémité du capot. La circulation était soutenue. Et il y avait cette neige fondue qui collait des cataplasmes sur les panneaux de signalisation et pouvait lui faire perdre la bonne direction.

Avant que la fête commence, Manon voulut montrer à Joanne ce qu'il était advenu du talisman des Guiberry. Elle se sentait une part de responsabilité envers cette bouteille dont elle avait fait rebondir le destin en l'arrachant à la poubelle pour la mettre sur le marché des objets de valeur.

Elle dirigea Joanne jusqu'à la rue Sherbrooke. Situé à deux pas du Ritz-Carlton, le magasin d'antiquités était peint en gris de Payne – une couleur tellement plus distinguée que le vert pomme acide dont Joanne avait barbouillé la façade d'*Al's*. Les volontaires imperfections de la vitrine – elle était faite d'un verre légèrement pâteux et ambré, plein de petites bulles noyées dans sa masse – semblaient ajouter une touche de patine aux objets proposés à la vente.

Accompagnée de son certificat d'authenticité signé par Denise Guiberry, AC 23177 trônait à la place d'honneur.

Joanne ne se rappelait pas que Denise était capable, à quatre-vingts ans, de tracer encore des lettres aussi rondes et enfantines. A Saint-Pierre, elle n'avait pas souvent l'occasion de voir l'écriture de sa mère. Elle fut émue de la retrouver dans la nuit d'une grande ville, exposée à l'admiration des passants.

Autour de la bouteille, l'antiquaire avait habilement disposé un fac-similé du dix-huitième amendement de la Constitution des États-Unis d'Amérique, des coupures de presse concernant Al Capone et le temps de la Prohibition ainsi que des photos de Saint-Pierre prises autrefois par Paul-Émile Miot, Alexandre Henry Bannerman et le Dr Louis Thomas.

Au goulot de la bouteille était attachée une minuscule étiquette indiquant le prix auquel elle était vendue. Mais, sans doute pour inciter les clients éventuels à entrer dans la boutique pour se renseigner, l'étiquette était tournée de telle façon que le chiffre n'était pas lisible. Manon le connaissait. Elle le dit à l'oreille de Joanne, qui sursauta :

– Tant que ça ? Pleine, j'aurais encore pu comprendre – mais vide...

– A part des extraits d'actes judiciaires, c'est peut-être la seule chose indiscutable qui reste d'Al Capone.

Dès le lendemain, Joanne reprendrait l'avion pour Saint-Pierre et Manon rentrerait à Trois-Rivières. Après, elles devraient se contenter de s'écrire, de se téléphoner, de se fixer des rendez-vous tellement lointains et compliqués qu'il y en aurait probablement toujours une des deux obligée d'annuler à la dernière minute. Même si elles refusaient d'y penser, il n'était pas impossible qu'elles ne se revoient plus jamais.

Leur fête devait être inoubliable. Elles décidèrent de ne pas regarder à la dépense. Avant de se séparer, elles brûleraient tout l'argent qu'avait rapporté la vente d'AC 23177 ainsi que les économies qu'elles avaient pu faire.

Elles ne choisirent donc pas leur hôtel en fonction de son prix, mais de sa hauteur. Elles demandèrent la chambre la plus élevée, une chambre au dernier étage pour dominer Montréal et avoir la sensation d'être devenues comme des oies, de glisser au-dessus des buildings en se faufilant entre les publicités lumineuses.

Comme il s'agissait d'un hôtel de luxe où l'on avait l'habitude des clients à caprices, on ne fit pas de difficultés pour admettre Louise – elles durent simplement payer un supplément pour animal domestique et cinquante dollars d'assurance obligatoire couvrant bris, salissures, détériorations diverses.

Après avoir rempli ces formalités d'inscription, elles se précipitèrent pour voir la chambre qu'on leur avait attribuée au vingt-septième étage.

Tandis que Louise s'arrêtait un instant sur le seuil pour y déposer un petit tortillon de fientes verdâtres, Joanne et Manon entrèrent avec timidité. Elles se tenaient par le bout des doigts.

Elles eurent la même pensée en constatant que leur chambre était équipée de deux lits. Elles se dépêchèrent de les rapprocher. Joanne serra entre ses mains le visage de Manon et l'embrassa.

Sur chaque oreiller, la femme de chambre avait déposé un chocolat et les fiches du petit déjeuner à suspendre à la poignée de la porte. Comme elles ne savaient pas si elles prendraient le temps de dîner, elles commandèrent pour le lendemain matin à peu près tout ce qui était proposé.

Elles ouvrirent les rideaux. Ils étaient d'un gris élégant que striaient de longues griffures orange. Ils se manœuvraient électriquement. En s'écartant comme au cinéma, ils découvrirent un vaste paysage de gratte-ciel illuminés, des avenues où glissaient lentement des files de voitures. Il neigeait. A cause de l'enseigne de l'hôtel qui se dressait sur le toit juste au-dessus, la neige qui tombait derrière la fenêtre prenait des reflets rouges – c'était comme une chute ininterrompue de petites tomates.

– Je suppose que c'est l'impression qu'on doit avoir en ballon dirigeable, dit Joanne.

– Tu as déjà voyagé en ballon dirigeable ? s'enquit Manon en écarquillant des yeux déjà pleins d'admiration.

– Bien sûr que non ! Tu me crois si je te dis que c'est la toute première fois que je sors de mon île ?

– Oh moi, fit Manon, je te crois toujours. C'est toi qui ne me crois pas.

Elles poussèrent contre la fenêtre une table sur laquelle elles posèrent Louise, face à la ville immense.

Laissant l'oie cacarder en contemplant le panorama, elles allèrent explorer leur salle de bains. Elles la jugèrent épatante, se promirent de se servir absolument et abondamment de tous les accessoires de confort et de beauté qui étaient à leur disposition.

Puis elles brisèrent les scellés du mini-bar, ouvrirent une demi-bouteille de champagne pour elles, un sachet de cacahuètes pour Louise.

Avant de sortir, elles admirèrent encore une fois la ville qui s'étendait à leurs pieds. Elles éprouvèrent une sorte de vertige délicieux, qui n'était rien encore à côté des autres vertiges vers lesquels elles s'élancèrent.

Tous ceux qui les virent cette nuit-là boire un verre au Café Cherrier, puis grignoter ensemble, incisives en avant comme des petits lapins, un seul épi de maïs pour deux et ensuite se lécher mutuellement la bouche pour se débarbouiller des coulures de beurre fondu, puis se blottir voluptueusement en écoutant du blues chez *Biddle's* avant d'aller sautiller comme des haricots mexicains sur les rythmes latinos du *Bayou Brasil*, tous ceux qui les virent monter et descendre la rue Sainte-Catherine sous l'averse de neige qui redoublait, se prendre par le bras pour imiter le pas des patineurs et tomber sur leurs fesses, tous les chauffeurs de taxis qui refusèrent de les embarquer parce qu'une oie polaire les accompagnait et que ça devait être du genre à faire des saletés partout ces bêtes-là, et tous ceux qui voulurent bien les prendre malgré l'oiseau, qui les transportèrent toutes les trois à travers la ville de plus en plus blanche vers des lieux qui n'existaient pas, ou bien qui étaient fermés quand elles y arrivaient, et qui les ramenèrent alors au carrefour de la rue Sainte-Catherine et du boulevard Saint-Laurent dont elles avaient fait leur base avancée, tous ceux qui les virent ramasser un homme perdu pour l'inviter à venir manger à leurs frais à *L'Estofa* – elles avaient choisi *L'Estofa* parce que ça ne fermait pas avant trois heures du matin, comme ça l'homme perdu pourrait manger aussi longtemps qu'il aurait faim –, tous ceux qui les virent recueillir de la neige pour sculpter une grande oie au milieu du carré Saint-Louis, tous ceux qui les virent rayonner, jouer, se griffer de joie comme un plein panier de chatons, et danser dans les bras l'une de l'autre sur le parvis de la cathédrale Marie-Reine-du-Monde en chantant *someday, somewhere, we'll find a new way of living, we'll find a way of forgiving, somewhere, somewhere, there's a place for us* [1], et courir du *Bowling Bar* à l'*Angel's Pub*,

1. D'après *West Side Story*.

et de là gagner les hauteurs du Mont-Royal où elles voulaient absolument rencontrer des ragondins et s'entretenir un moment avec eux pour savoir si les ragondins étaient aussi heureux qu'elles l'étaient elles-mêmes, tous ceux qui cette nuit-là croisèrent leur regard ne fût-ce qu'un instant, frôlèrent leurs petites mains brûlantes, respirèrent leur haleine, entendirent fuser leurs deux rires, tous ceux qui les virent enlever leurs souliers pour mieux danser, quitter le dancing en oubliant qu'elles étaient nu-pieds et pousser des cris pointus en plantant leurs petits orteils roses dans la neige, oh ! tous furent éblouis, tous furent émus, et certains bouleversés, comme s'ils avaient eu le privilège de rencontrer deux anges complètement fous accompagnés d'une oie qui les escortait, glorieuse, le cou dressé, ses deux ailes largement écartées comme pour y embrasser toute la ville.

A trois heures du matin, Joanne et Manon regagnèrent leur hôtel. Il n'avait pas cessé de neiger sur Montréal, une neige abondante mais flageolante qui n'avait aucune chance de tenir, qui au moindre réchauffement de la température se diluerait en gadoue – en *sloche*, disait Manon, un mot qui faisait bien le bruit de ce qu'il décrivait. En attendant, c'était joli à voir, on avait l'impression de patauger dans un bol de crème où seuls les buildings surnageaient, comme ces sucres de farces et attrapes qui ne fondent jamais.

Elles ne gagnèrent pas tout de suite le vingt-septième étage. Elles savaient qu'une fois dans leur chambre elles n'auraient plus envie de parler ; or elles avaient encore deux ou trois choses à se dire, des questions matérielles à régler dont elles préféraient se débarrasser pour, ensuite, s'abandonner l'une à l'autre.

Qui allait se charger de rendre la limousine de location ?

Dans un hôtel de cette catégorie, l'usage voulait-il qu'on donnât un pourboire à chaque membre du personnel, ou suffisait-il de laisser une enveloppe avec cent dollars sur les lits en désordre ?

Manon reprendrait-elle ses études à l'université de Trois-Rivières ?

Et d'ailleurs, quelles études – et si oui, qui s'occuperait de Louise pendant les cours ?

Sur quoi Joanne comptait-elle désormais pour vivre ?

Répondrait-elle à la lettre de Paul Ashland, essayerait-elle de renouer avec lui ?

Et toutes les deux, quand se reverraient-elles ?

Pourquoi ne pas remplacer le rituel des solstices par celui de la migration des grandes oies des neiges – on se retrouverait une fois au printemps lorsque les oiseaux s'élanceraient vers le nord, une autre fois à l'automne quand ils descendraient vers le soleil ?

Mais si l'une des deux tombait amoureuse de quelqu'un d'autre, viendrait-elle encore au rendez-vous des oies ?

Qu'éprouverait alors celle qui, fidèle, ferait le voyage de cap Tourmente, si elle n'y trouvait pas l'autre en arrivant ?

Manon continuerait-elle à porter sa barrette d'argent ou bien allait-elle l'enlever pour laisser le trou dans sa langue se refermer naturellement ?

Y avait-il moyen de savoir quel genre de collectionneur allait finalement acheter la bouteille AC 23177 ? Devait-on se résigner à perdre irrémédiablement la trace de cette bouteille ? Ne pouvait-on lui attacher autour du goulot un collier avec puce électronique, comme faisaient les ornithologues pour suivre le déplacement des oies ?

A aucune de ces questions, sauf celle concernant la limousine, elles ne trouvèrent de réponses définitives, ni même provisoirement satisfaisantes. Elles se regardaient, perplexes :

– Je ne sais pas, moi – et toi, tu as une idée ?

Elles bâillèrent.

– Montons, proposa Joanne. Nous sommes rudement fatiguées.

– Si je m'allonge, dit Manon en laissant reposer sa tête sur l'épaule de son amie, j'ai peur de m'endormir d'un seul coup.

Joanne lui caressa la joue :

– Cela ne fait rien, va, si tu dors. Il nous reste encore demain matin.

A travers la porte entrouverte de la salle de bains, Joanne vit Manon aller et venir pour éteindre les lampes une à une. Elle pensa « Pauvre chou, elle a vraiment sommeil », tout en se disant que « pauvre chou » était une expression infantile qui ne convenait pas à la longue fille brune, odorante et musclée qu'était Manon.

Elle revint dans la chambre, nue sous le peignoir de l'hôtel dont, à tout hasard, elle n'avait pas noué la ceinture. Grâce à la neige qui renvoyait les lumières de la ville vers le ciel, et donc vers le vingt-septième étage, on y voyait presque autant qu'avec l'éclairage électrique. Simplement, c'était une lueur plus diffuse, plus bleutée, plus fraîche.

– Louise ne va pas bien, dit alors Manon.

Elle désigna l'oie qui s'était réfugiée dans un angle de la pièce. Les pattes ramassées sous elle, le plumage hérissé et comme terni, les yeux mi-clos, Louise paraissait trembler devant quelque chose de hideux dont elle était seule à percevoir la présence.

– Je crois que nous avons un peu abusé de ses forces, dit Joanne.

Elle s'était efforcée de prendre un ton enjoué, mais elle trouvait, elle aussi, que Louise n'était pas bien du tout.

– Les oies polaires sont pourtant très résistantes, dit Manon. Elles volent sur des distances considérables sans jamais ressentir de fatigue.

– Il y a sûrement une différence entre voler là-haut dans la nuit et le silence et faire la foire en ville dans le raffut, les odeurs d'essence, les néons, l'air conditionné. Et puis, tous ces gens qui ont absolument voulu la toucher pour voir si elle était douce à caresser – pauvre petite bête, on ne l'a pas ménagée !

– On l'a tuée, c'est ce que tu veux dire ?

– Mais non, voyons ! sourit Joanne. Elle n'est pas au mieux de sa forme, c'est vrai, mais de là à penser...

– Elle va mourir, dit Manon d'une voix butée. Je sens qu'elle va mourir. Je sais très bien, moi, ce qu'on éprouve quand on va mourir.

Elles s'accroupirent près de l'oie, l'appelant gentiment Louise, petite Louise, lui répétant qu'elle était un bel oiseau, qu'elle ne devait pas avoir peur, qu'il ne pouvait rien lui arriver tant qu'elles étaient là toutes les deux.

Louise se recroquevilla davantage dans son encoignure. Malgré son immobilité, on voyait bien qu'elle était comme quelqu'un qui fuit.

Alors Manon pleura.

– Non, dit Joanne, je ne veux pas que tu pleures. J'appelle un vétérinaire.

Elle chercha un annuaire, mit la main sur une première bible, puis sur une seconde – la direction de l'hôtel avait dû penser qu'il était cohérent de placer deux bibles dans une chambre prévue pour deux personnes, puisqu'aussi bien on offrait deux peignoirs, deux bonnets de douche, deux petites corbeilles de produits d'accueil.

Ne trouvant pas d'annuaire, Joanne composa le numéro du standard et demanda le téléphone d'un vétérinaire. L'opératrice lui répondit qu'elle était désolée, mais qu'elle n'avait sous les yeux que des numéros de première urgence.

– Parce qu'un animal malade, ça n'est pas une urgence ? s'énerva Joanne.

– Ce n'est pas moi qui décide de ce qui est urgent, dit l'opératrice en conseillant à Joanne de consulter plutôt l'annuaire qui était dans sa chambre.

– Si je vous appelle, mademoiselle, c'est parce que je ne trouve pas ce putain d'annuaire.

– Oh, dit l'opératrice (à sa façon tellement lasse et indifférente de dire « oh », Joanne eut la certitude que cette fille devait être en train de se faire les ongles, peut-être même de se vernir ceux des pieds), si vous ne le trouvez pas, c'est probablement que le client qui occupait la chambre avant vous l'aura emporté. Les gens fauchent n'importe quoi, vous savez.

Bien sûr, Joanne savait cela mieux que n'importe qui. Elle pensa à Denise. Elle eut envie de lui téléphoner, juste pour pouvoir dire « maman ».

– Si cela peut vous être agréable, continua l'opératrice, le concierge vous fera monter un nouvel annuaire. Pour avoir le concierge, c'est facile : vous composez unité-zéro-unité. Bonsoir, madame, bon séjour parmi nous.

Cet hôtel devait être absolument parfait tant qu'on ne s'écartait pas de la liste des prestations qu'il offrait, dûment répertoriées dans la brochure *Guide de l'Hôtel/Hotel Directory*. Il devait être plus facile d'obtenir les services d'une fille complaisante (rubrique *Personal Escort Service*) que d'un vétérinaire. La vie était souvent comme ça, on se croyait libre parce qu'on fonçait droit devant soi en se sentant du vent plein la bouche, et on était en réalité ballotté de rails en rails – mais qui pesait sur les leviers d'aiguillages au moment où l'on passait à toute vitesse ?

Joanne finit par dénicher l'annuaire.

Manon s'était mise en boule tout contre Louise, comme pour la réchauffer.

Si tard dans la nuit, la plupart des cliniques vétérinaires étaient évidemment sur répondeur. Au onzième appel, enfin, Joanne tomba sur une voix qui n'était pas celle d'une machine mais d'un homme ensommeillé. En s'efforçant d'être aussi précise que possible, elle entreprit de décrire l'état de Louise. Le vétérinaire l'interrompit : il n'y connaissait rien en animaux sauvages.

– Cette oie n'est pas à proprement parler une bête sauvage, insista Joanne. Si vous savez soigner les oiseaux, vous pouvez sûrement faire quelque chose pour elle. Je vous en prie, venez. L'argent que ça coûtera n'a aucune importance.

– Vous avez vu, dehors, ce qui est tombé comme neige ? Aucune chance d'être à votre hôtel avant une bonne heure, et encore !

– Prenez le temps qu'il faudra, mais venez.

Le vétérinaire raccrocha brusquement, sans que Joanne puisse savoir si c'était pour faire au plus vite ou, au contraire, parce qu'il renonçait à se déplacer.

Mais elle dit à Manon, sans hésiter :

– Il arrive.

Il vint plus vite que prévu. Il entra dans la chambre, apportant avec lui une bouffée de tabagie, de vieille voiture, de nuit lourde. Il était jeune, sale et désabusé. Mais il était là.

Il s'assit sur le bord d'un lit pour ôter ses claques[1].

– Ils n'apprécient pas trop qu'on salisse, dans ce genre d'hôtels. Vous avez de la chance que votre oie ne se soit pas encore répandue sur leur belle moquette. Je vous prendrai trois cents dollars pour le diagnostic. Évidemment, s'il faut faire des radios, des piqûres, une opération, c'est en plus. On n'y voit rien, chez vous. Est-ce qu'on peut allumer ?

– C'est pas la peine, dit Manon, elle est morte.

Elle se releva. Elle ne pleurait plus, mais elle était très pâle. Joanne voulut la prendre dans ses bras, la serrer contre elle. Manon secoua la tête :

– Fous-moi la paix.

Elle se réfugia dans la salle de bains, ferma la porte à clé. Joanne et le vétérinaire firent silence, guettant le moment où ils allaient l'entendre vomir. Mais il n'y eut aucun bruit de ce genre.

– Bon, dit le vétérinaire, puisque je n'ai rien pu faire, je me contenterai de cent cinquante dollars pour le dérangement.

1. Couvre-chaussures en caoutchouc souple.

Pendant que Joanne fouillait dans son sac pour le régler, il se pencha sur Louise. Il lui caressa le cou, machinalement.

– C'est beau, ces oiseaux-là. Mais ça n'a pas été inventé pour vivre dans une chambre d'hôtel. Même de luxe.

Joanne ne répondit pas. Il était trop tard, à présent, pour raconter toute l'histoire de Louise. Elle se détourna, vaguement écœurée, quand le vétérinaire écarta les ailes qui commençaient à se rigidifier, enfonça ses doigts dans la plume et palpa le corps inerte.

– Le foie est assez volumineux.

Il écarta le bec, y fourra son nez comme pour flairer l'intérieur de l'oie.

– Les odeurs que dégagent les bêtes malades me renseignent presque aussi bien qu'une prise de sang. Pour le foie, je confirme. Conséquence probable d'une alimentation fantaisiste, comme bien souvent quand des gens qui n'y connaissent rien se mêlent d'élever des oiseaux. Mais ne vous culpabilisez pas trop, ce n'est pas de ça qu'elle est morte.

– De quoi, alors ?

– Crise cardiaque.

Il retourna Louise sur le dos, lui rabattit le cou sur le poitrail comme s'il s'apprêtait à la ficeler à la façon d'une dinde de Noël.

– Je vais faire une autopsie avant de l'incinérer. Ça m'intéresse de voir de plus près à quoi ressemble un cœur d'oie qui n'a pas supporté… pas supporté quoi, au fait ? Épuisement ? Stress ? Émotions violentes ? Dites donc, madame, est-ce que par hasard vous n'auriez pas un grand sac ? Je peux toujours l'emporter comme ça, votre bestiau, mais s'il se vide dans l'ascenseur…

Manon apparut alors à la porte de la salle de bains. Elle

avait dû se passer la tête sous l'eau, ses cheveux trempés étaient plaqués contre ses joues et dans son cou comme des plumes noires.

– Vous n'y touchez pas, dit-elle. Vous partez. Vous ne touchez pas à Louise et vous vous tirez, compris ? Joanne, donne-lui son argent. Donne-lui vite, qu'il s'en aille.

– Pourquoi êtes-vous agressive ? dit le vétérinaire. Je voulais seulement vous rendre service. Vous débarrasser de cette carcasse. Vous n'allez pas pouvoir la balancer n'importe où, vous savez. Pas de cadavres dans les poubelles, c'est interdit. Et ça m'étonnerait que le room service accepte de vous en défaire. Moi, je vous la brûle sans que ça vous coûte un cent. Après, si vous voulez récupérer les cendres, je les mets dans une boîte en fer et vous passez à ma clinique pour…

Joanne s'avançait vers lui, avec des dollars au bout des doigts :

– Il vaut mieux que vous partiez tout de suite.

– Deux folles, conclut le vétérinaire.

A peine eut-il tiré la porte derrière lui que Manon la rouvrit et, d'un geste brusque, arracha les commandes du petit déjeuner accrochées à la poignée :

– Je ne veux pas qu'on vienne.

– Manon, murmura Joanne, je te promets que personne ne viendra.

La jeune fille inclina la tête sur le côté comme pour mieux évaluer le sérieux de cette promesse.

– Il fait chaud dans cette chambre, dit-elle enfin, beaucoup trop chaud.

– Je ne trouve pas, moi, qu'il fasse si chaud.

– Mais si. Pour Louise, il fait trop chaud. Les oiseaux

morts, ça se décompose vite. Elle était si belle, il ne faut pas qu'elle pourrisse. Pas cette nuit, pas la dernière nuit qu'on passe toutes les trois ensemble. Tu sais comment régler la clim ? Sur le plus froid possible, s'il te plaît. Je dormirai dans ton lit, je me serrerai contre toi. Tu seras bien.

Le système de climatisation n'était pas prévu pour descendre en dessous de quatorze degrés.

– C'est encore trop, dit Manon.

Joanne décida alors de le couper. La froidure extérieure et la neige collée aux vitres suffiraient sans doute à abaisser la température.

Malgré la tiédeur que diffusait le corps de Manon, Joanne grelotta longtemps. Sans doute autant d'énervement que de froid. De temps en temps, elle regardait vers la dépouille de l'oie. Tassée sur elle-même, celle-ci la faisait penser à ces vieux chiffons que les mécaniciens jettent dans un coin de garage après s'être essuyé les mains.

Joanne fut contente d'avoir insisté pour prendre ce côté du lit, celui d'où l'on pouvait voir Louise avachie contre le mur. Manon n'aurait jamais pu s'endormir en ayant sous les yeux quelque chose d'aussi lamentable.

Le bruit qui réveilla Joanne ressemblait à celui d'un sculpteur maniant timidement son burin. Un sculpteur qui, se mettant à son œuvre de bon matin, se serait retenu de frapper trop fort de peur de réveiller son voisinage, et qui, plutôt que d'arracher de grands éclats de marbre, se serait contenté de fignoler quelque détail entrepris la veille – l'ourlet d'une paupière, l'arrondi d'une oreille.

Joanne se redressa. Le rideau tiré devant la fenêtre bougeait, comme si le sculpteur travaillait précisément derrière ce rideau et le faisait remuer à chaque fois qu'il levait le bras pour donner un léger coup de maillet sur son burin.

Joanne savait qu'il n'y avait pas de sculpteur dans la chambre. Sauf si elle était en train de rêver, mais c'était peu probable, car, à l'exception du sculpteur invisible, le reste de la pièce, son volume, la couleur de ses murs, la disposition des meubles, étaient parfaitement réalistes et conformes à l'image raisonnable qu'on pouvait se faire d'une chambre d'hôtel.

Elle s'approcha du rideau qui ondulait, l'écarta.

Louise était juchée sur cette table que, la veille au soir, Joanne et Manon avaient approchée tout près de la fenêtre pour lui permettre de regarder la ville sur laquelle tombait la neige.

La ville était toujours là, sauf qu'à présent il faisait jour et qu'il ne neigeait plus. Il y avait un interminable ciel gris dans lequel se perdaient les sommets des gratte-ciel. Le vingt-septième étage était juste à la limite, quelques mètres sous les nuées.

Du bec, la grande oie des neiges frappait obstinément contre la vitre.

– Non, dit Joanne.

Elle entendit alors les pieds nus de Manon courir sur la moquette. Sans se retourner, elle lui dit :

– Et toi, s'il te plaît, retourne te coucher. Il fait un froid épouvantable dans cette chambre. Ou alors, enfile au moins des chaussettes – c'est toujours par les pieds qu'on s'enrhume.

Il est indispensable, quand quelque chose devient trop oppressant, de s'attacher à de toutes petites préoccupations domestiques – moins pour nier l'élément d'oppression que pour le garder relié à la grande chaîne de la vie. « Quand j'ai découvert ton père électrocuté dans sa baignoire, rappelait souvent Denise, la première chose à laquelle j'ai pensé a été : aurai-je assez de café moulu pour tous les gens qui ne vont pas manquer d'arriver ? Je ne me suis décidée à crier qu'après avoir vérifié cette histoire de café. »

– Elle veut sortir, chuchota la voix de Manon à l'oreille de Joanne. Il faut que tu lui ouvres la fenêtre.

Un instant, Joanne espéra que seule la voix de Manon avait quitté son lit pour venir lui souffler dans l'oreille son haleine chaude, cette haleine de fleur fade qu'elle avait le matin. Si le corps de Manon était, lui, resté sagement endormi sous la couette, alors il y avait une assez bonne chance pour que tout cela, malgré tout, ne soit qu'un songe.

Mais Joanne se retourna et elle reconnut Manon, ses yeux allongés, ses seins courts et ronds, la cicatrice du vaccin qui étoilait le haut de son bras gauche, ses cheveux tout ébouriffés car ils étaient encore mouillés quand elle s'était couchée la veille au soir.

Elle se demanda si elle allait réussir à parler. A son grand étonnement, sa voix était beaucoup plus assurée qu'elle ne l'aurait cru :

– Il est impossible d'ouvrir cette fenêtre. A l'étage où nous sommes, aucune fenêtre ne s'ouvre.

– Si on ne peut pas l'ouvrir, dit Manon, trouve autre chose, je ne sais pas, moi !...

Son visage était chiffonné, marqué par des plis d'oreiller qui donnaient une idée du genre de femme qu'elle serait plus tard, quand elle serait ridée – moins jolie mais toujours troublante, pensa Joanne.

– Louise n'est plus morte, insista Manon. Elle recommence à vivre. Ce sont des choses qui arrivent – allons ! tu le sais bien. Alors pourquoi restes-tu plantée là comme une idiote, Joanne ? Aide-la, voyons !

Du croupion de la grande oie tombaient des fientes qui s'empilaient en spirales sur la table. Joanne se pencha pour les toucher, les humer. Ces fientes étaient chaudes, gluantes, elles avaient une odeur de vraies fientes.

Elle se rappela qu'il y avait, dans le couloir, un poste d'incendie avec un tuyau plat sur un dévidoir, un extincteur, un seau, un marteau accroché à une chaînette.

Elle y courut, en espérant vaguement que quelque chose allait se déchirer – ou se reconstruire – au moment où elle franchirait le seuil de la chambre. Mais il ne se passa rien de tel. Le couloir était un couloir normal, avec sa moquette beige et fuchsia, ses veilleuses, ses panneaux verts indiquant la direction des issues de secours. Derrière un tournant, du côté des ascenseurs, on entendait le bruit saccadé d'une machine à fabriquer des glaçons.

Pour s'emparer du marteau, Joanne devait casser la chaînette. Un adhésif rappelait que des poursuites seraient engagées contre toute personne qui briserait cette chaînette sans un motif valable. Joanne prit le marteau et tira d'un coup sec. La chaînette se rompit. Deux ou trois secondes après, une sirène se déclencha.

Joanne revint dans la chambre. Elle savait maintenant ce qu'elle devait faire et, surtout, pour qui elle allait le faire. Elle n'avait pas peur des sanctions. Elle n'avait plus peur du tout.

– J'ai un marteau, dit-elle à Manon.

Manon lui sourit.

Le marteau d'incendie était vraiment d'une conception et d'une qualité irréprochables. Joanne n'eut aucune peine à pulvériser la fenêtre. La vitre se fracassa en une multitude d'éclats qui tombèrent dans la rue en pluie étincelante. Joanne assainit les contours de la fenêtre, faisant sauter les dernières échardes de verre qui y restaient incrustées. Il ne fallait pas que Louise se blesse au moment de prendre son envol.

Manon et elle s'écartèrent.

Louise allongea le cou comme pour humer la fraîcheur

du matin. Encore un peu pataude, elle passa de la table sur le rebord de la fenêtre.

Face au vide, elle écarta ses ailes, laissa le vent les remplir. En une série de battements de plus en plus amples, de plus en plus accélérés, elle brassa cet air dont ses ailes se gorgeaient.

Elle s'envola.

Louise commença par monter droit vers le ciel et disparut dans la couche nuageuse qui stagnait sur la ville. Puis, comme un plongeur refait surface, elle réapparut un peu plus loin.

Virant sur l'aile, elle revint vers la fenêtre brisée. Elle lança un cri bref et claironnant, comme un jappement de trompette de jazz qu'un seul moulinet de la main fait sonner et se taire aussitôt.

Après avoir ainsi salué Joanne et Manon – pouvait-on interpréter autrement son passage à frôler la fenêtre ? – Louise incurva de nouveau son vol pour s'évader, triomphale, entre les deux gratte-ciel qui faisaient face à l'hôtel.

Joanne sentait les reins de Manon tout chauds contre son pubis. La jeune fille se retourna alors pour lui sourire. Elle avait quelque chose d'ébloui dans le regard – une éblouissante certitude.

La grande oie des neiges s'éloignait, ample et tranquille, vers l'horizon.

Elle suivit le cours du Saint-Laurent, et puis on ne la vit plus.

Tandis que la sirène d'incendie continuait de hurler, la chambre du vingt-septième étage commença de se remplir de gens qui bousculaient Joanne et Manon, leur demandaient des explications, exigeaient des réponses à leurs questions.

Avant qu'ils ne se précipitent tous dans la pièce, Manon avait eu le temps de murmurer :

– Tu sais, on n'est pas obligées de tout leur dire.

– Ils ne comprendraient pas, avait approuvé Joanne.

Trois-Rivières – Montréal 1996
La Roche – Chaufour 1998

Table

Du même auteur

AUX MÊMES ÉDITIONS

Le Procès à l'amour
bourse Del Duca 1966

La Mise au monde
1967

Laurence
1969

Elisabeth ou Dieu seul le sait
1970
prix des Quatre Jurys 1971

Abraham de Brooklyn
1971
prix des Libraires 1972
coll. « Points » n° P453

Ceux qui vont s'aimer
1973

Trois Milliards de voyages
essai, 1975

Un policeman
1975
coll. « Points Roman » n° 266

John L'Enfer
prix Goncourt 1977
coll. « Points » n° P221

L'Enfant de la mer de Chine
1981
coll. « Points Roman », n° 62

Les Trois Vies de Babe Ozouf
1983
coll. « Points Roman » n° 154

La Sainte Vierge a les yeux bleus
essai, 1984

Autopsie d'une étoile
1987
coll. « Points Roman » nº 362

La Femme de chambre du Titanic
1991
coll. « Points » nº P 452

Docile
1994
coll. « Points » nº P 216

La Promeneuse d'oiseaux
1996
coll. « Points » nº P 368

CHEZ D'AUTRES ÉDITEURS

Il fait Dieu
essai, Julliard, 1975

La Dernière Nuit
Balland, 1978

La Nuit de l'été
d'après le film de J.-C. Brialy
Balland, 1979

Il était une joie... Andersen
Ramsay, 1982

Béatrice en enfer
Lieu commun, 1984

Meurtre à l'anglaise
Mercure de France, 1988
Folio, nº 2394

L'Enfant de Nazareth
(avec Marie-Hélène About)
Nouvelle Cité, 1989

Elisabeth Catez ou l'obsession de Dieu
Balland, 1991

Lewis et Alice
Laffont, 1992
Pocket nº 2891

La Route de l'aéroport
coll. « Libres », Fayard, 1997

LITTÉRATURE POUR ENFANTS

O'Contraire
Robert Laffont, 1976

La Bible illustrée par les enfants
Calmann-Lévy, 1980

La Ville aux Ours
Pour trois petits pandas
Les Éléphants de Rabindra
Le Rendez-vous du monstre
série « Le Clan du chien bleu »
Masque Jeunesse, 1983

EN COLLABORATION

La Hague
(photographies de Natacha Hochman)
Isoète, 1991

Cherbourg
(photographies de Natacha Hochman)
Isoète, 1992

Presqu'île de lumière
(photographies de Patrick Courault)
Isoète, 1997

Les Sentinelles de lumière
(photographies de Jean-Marc Coudour)
Desclée de Brouwer, 1997

RÉALISATION : I.G.S. - CHARENTE-PHOTOGRAVURE À L'ISLE-D'ESPAGNAC
IMPRESSION : S.N. FIRMIN-DIDOT AU MESNIL-SUR-L'ESTRÉE (EURE)
DÉPÔT LÉGAL : AVRIL 1998. N° 30857 (42218).